살인자, 마녀
또는

아그네스

BURIAL RITES
by Hannah Kent

Map by Martin Lubikowski, ML Design, London.

이 도서의 국립중앙도서관 출판예정도서목록(CIP)은
서지정보유통지원시스템 홈페이지(http://seoji.nl.go.kr)와
국가자료종합목록 구축시스템(http://kolis-net.nl.go.kr)에서 이용하실 수 있습니다.
(CIP 제어번호: CIP2020039132)

BURIAL
RITES

살인자, 마녀 또는 ——— 아그네스

해나 켄트
장편소설
Hannah Kent

고정아 옮김

엘릭시르

부모님께

차례

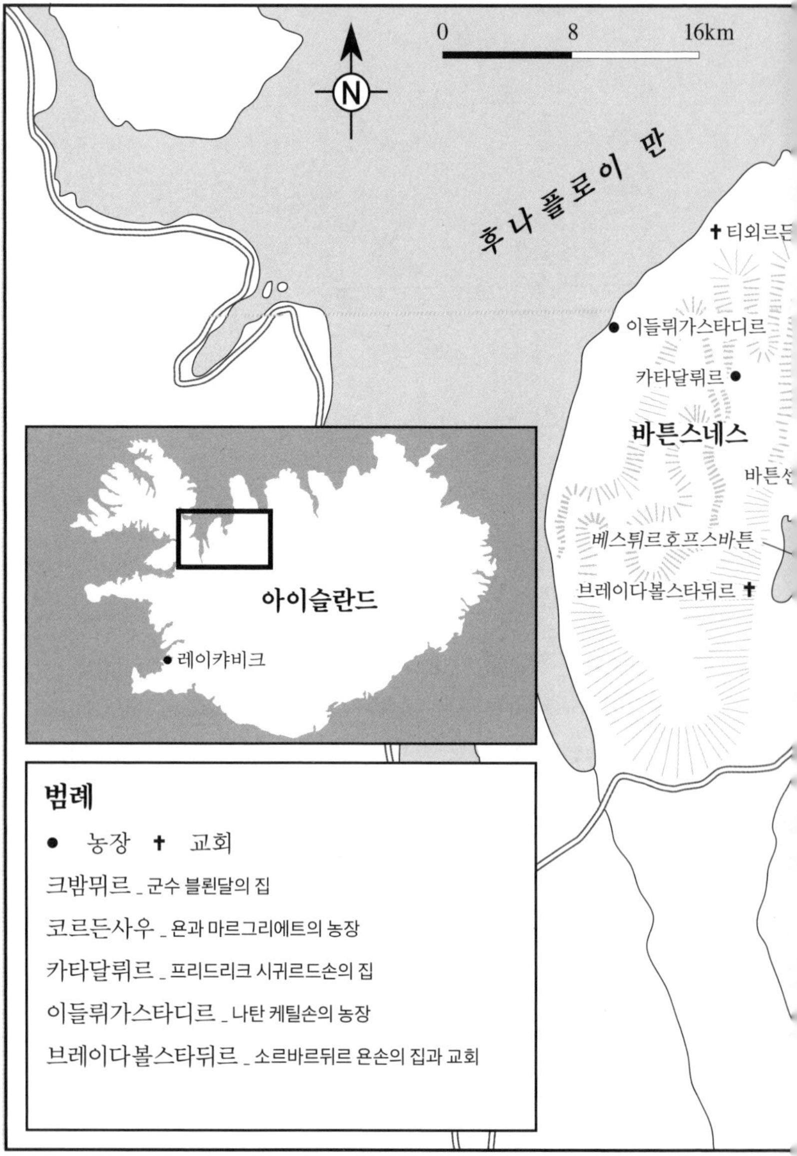

0
8
16km
N
후나플로이 만
이들뤼가스타디르
카타달뤼르
바트스네스
베스튀르호프스바트
브레이다볼스타뒤르
아이슬란드
레이캬비크
범례
농장
교회
크밤뮈르 _ 군수 블뢴달의 집
코르든사우 _ 욘과 마르그리에트의 농장
카타달뤼르 _ 프리드리크 시귀르드손의 집
이들뤼가스타디르 _ 나탄 케틸손의 농장
브레이다볼스타뒤르 _ 소르바르뒤르 욘손의 집과 교회

판뢰이가르스타디르
괴잉귀스쾨르드
스카가피외르뒤르 군
나피외르뒤르 만
게이타스카르드
게이라르
리틀라길리아우
브레퀴코트
부르페들
호프 호수
스리스타파르
라보르그
플라가
크밤뮈르
가플
길스타디르
코르든사우
블란다 강
윈디르페들
그뷔드루나르스타디르
후나바튼 군
바튼스달뮈르 계곡

일러두기

* 본문의 주는 모두 역자 주이다.
* 이 작품의 배경인 1830년경의 아이슬란드는 1814년 덴마크-스웨덴-영국 간에 체결된 킬 조약에 의해 덴마크령에 속해 있었다. 아이슬란드가 덴마크로부터 독립한 것은 1918년의 일이다.

등장인물

아그네스 마그누스도티르 하녀. 살인 사건의 피의자.

프리드리크 시귀르드손 농부. 살인 사건의 피의자.

시그리뒤르 그뷔드뮌스도티르 애칭 시가. 하녀. 살인 사건의 피의자.

나탄 케틸손 이들뤼가스타디르의 농부. 약사. 살인 사건의 피해자.

피에튀르 욘손 도축업자. 살인 사건의 피해자.

비외르든 외이뒨손 블뢴달 후나바튼 군의 군수.

소르바르뒤르 욘손 애칭 토티. 브레이다볼스타뒤르 교회의 부목사.

욘 욘손 코르든사우 농장의 주인. 지방 관원.

마르그리에트 코르든사우 농장의 안주인. 폐병을 앓고 있다.

스테인뵈르 욘스도티르 애칭 스테이나. 코르든사우 농장의 첫째 딸.

시귀르들뢰이흐 욘스도티르 애칭 뢰이가. 코르든사우 농장의 둘째 딸.

아이슬란드식 이름에 대하여

아이슬란드의 인명 체계는 전통적으로 아버지의 이름에 접미사 -són(아들) 또는 -dóttir(딸)를 붙여서 자녀의 성으로 삼는다. 그러므로 아그네스 마그누스도티르(Agnes Magnúsdóttir)는 글자 그대로는 '마그누스의 딸 아그네스'라는 뜻이다. 이런 체계 때문에 아이슬란드의 가족 구성원은 성이 제각각이다.

나는 내가 가장 사랑한 사람에게 최악이 되었노라.

『락스다일라 사가❖』

❖ 사가(Saga)는 영웅담, 모험담, 연애담은 물론 기독교 성자들의 행적을 담은 중세 아이슬란드의 산문체 이야기다. 그중 『락스다일라 사가』는 엇갈린 사랑, 복수, 죽음 등을 다룬 사가집으로 오랫동안 큰 사랑을 받았다.

프롤로그

그들이 말했다, 내가 죽어야 한다고. 내가 사람들의 목숨을 빼앗았으니, 이제 그들이 내 목숨을 빼앗아야 한다고. 우리 모두가 촛불처럼 느껴진다. 기름 냄새를 풍기며 어둠과 바람 속에 펄럭이는 촛불. 고요한 방 안에서 발소리가 들린다. 나를 훅 불어 끄려고, 내 생명을 회색 연기로 날려버리려고 오는 섬뜩한 발소리가. 나는 공기 속으로, 어둠 속으로 사라질 것이다. 그들은 자신들의 불빛만 남을 때까지 우리를 하나하나 차례로 불어 끌 것이다. 그때 나는 어디에 있을까?

때로는 어둠 속에서 불타는 농장이 눈앞에 떠오른다. 때로는 허파에 겨울의 통증이 느껴지고, 바다에 비치는 불길이 보이는 듯하다. 불빛이 어른거리는 바다는 너무도 낯설다. 그날 밤 어느 순간 나는 돌아보았다. 불을 보려고 돌아보았다. 내 피부를 핥으면 아직도 소금 맛이 난다. 그리고 연기 맛이.

추위가 늘 그렇게 지독한 것은 아니었다.

발소리가 들린다.

1장

공지

1828년 3월 24일, 이들뤼가스타디르에서 농부 나탄 케틸손의 유품 경매가 있을 예정. 암소 한 마리, 말 몇 마리, 양 상당 두수, 건초, 가구, 안장, 고삐, 그릇 등. 적절한 금액에 모두 매각할 것. 모든 물품은 최고액 입찰자에게 돌아감. 악천후로 경매가 불가능할 경우 일정이 하루 연기됨.

군수

비외르든 블뢴달

1828년 3월 20일

요한 토마손 목사님께

목사님의 14일 자 서신에 감사드립니다. 우리가 어떻게 게이타스카르드의 피에튀르 욘손의 장례식에 참석하게 되었는지 물으셨지요. 이달 13일 밤과 14일 새벽 사이에 나탄 케틸손과 함께 살해되고 불에 탔다는 사람 말입니다. 목사님께서 알고 계신 대로, 그의 뼈를 신성한 땅에 묻어야 하는지를 두고 약간의 토론이 있었습니다. 그는 절도와 장물 취득 혐의로 대법원에 상고되어 유죄판결과 처벌이 예정되어 있었지만, 덴마크에서는 아무 서신이 없는 상태였습니다. 고등법원이 작년 2월 5일 피에튀르에게 유죄판결을 내리면서 코펜하겐 라스푸스에서의 사 년 노역형을 선고했으나, 살해당하던 시점에 그는 '자유 상태'였습니다. 그래서 목사님 질문에 답을 드리자면, 그의 뼈는 나탄의 뼈와 함께 기독교 의식 속에 매장되었습니다. 그가 기독교 바깥의 무리였다고 볼 수 없기 때문입니다. 기독교식 장례를 허락할 수 없는 사람들에 대해서는 국왕 폐하의 1740년 12월 30일 교서에 정확히 명시되어 있습니다.

군수

비외르든 블뢴달

1829년 5월 30일

T. 욘손 목사 앞

베스튀르호프 교구 브레이다볼스타뒤르

소르바르뒤르 욘손 부목사님께

목사님의 건강을, 또 베스튀르호프에서 행하시는 주님의 사업이 늘 순조롭기를 바랍니다.

먼저, 늦었지만 남부에서 공부를 무사히 마치고 돌아오신 데 축하의 말씀을 전합니다. 교구민들은 목사님이 정말 부지런한 젊은이라고 칭송하고, 저 또한 목사님이 북부로 돌아와 부친의 감독 아래 성직을 수행하기 시작하신 것을 환영하는 바입니다. 사람과 하느님에게 의무를 다하고자 하는 의인들이 남아 있다는 것은 저에게 큰 기쁨입니다.

둘째로, 저는 군수로서 목사님께 한 가지 요청을 드리고자 합니다. 잘 아시겠지만 최근 우리 지역에 어두운 범죄의 그림자가 드리웠습니다. 지난해에 벌어진 이들뤼가스타디르 살인 사건은 그 흉악함으로 우리 군의 부패와 사악함의 상징이 되었습니다. 후나바튼 군의 군수로서 저는 사회적 일탈 행위를 좌시할 수 없습니다. 그리고 기다리던 코펜하겐 대법원의 재가가 나왔으니, 이제 이들뤼가스타디르의 살인범들을 처형할 생각입니다. 이 일에 소르바르뒤르 부목사님의 도움을 요청합니다. 기억하시겠지만, 저는 열 달 전 성직자분들께 공문을 보내 이 사건과 관련해 교회에서 징벌의 설교를 해주실 것을 요청한 바 있습니다. 목사님께서 이제 좀더 관심을 기울이실 수 있도록 다시 한번 그 사건에 대해 설명해드리겠습니다.

지난해 3월 13일 밤과 14일 새벽 사이에 세 사람이 두 남자에게 흉악한 행위를 저질렀습니다. 피해자는 어쩌면 목사님도 아실지 모르는 나탄 케틸손과 피에튀르 욘손입니다. 피에튀르와 나탄은 불에 탄 나탄의 농장 이들뤼가스타디르에서 발견되었고, 그들의 시신을 조사한 결과 고의적으로 가해진 상처가 발견되었습니다. 그에 따라 조사가 이어지고, 재판이 열렸습니다. 그리고 작년 7월 2일 그들을 살해한 혐의로 기소된 세 사람—남자 한 명과 여자 두 명—이 제가 주관하는 지방법원에서 유죄판결을 받고 참수형을 선고받았습니다. "사람을 죽인 자는 반드시 죽으리라.❖" 사형선고는 작년 10월 27일 레이캬비크 고등법원에서 확정되었습니다. 이 사건은 현재 코펜하겐의 대법원으로 이관되어 있으며, 거기서도 제가 내린 선고가 유지되리라 예상됩니다. 피고 중 남자의 이름은 프리드리크 시귀르드손으로, 카타달뤼르에 사는 농부의 아들입니다. 두 여자는 하녀들로, 이름은 시그리뒤르 그뷔드뮌스도티르와 아그네스 마그누스도티르입니다.

죄수들은 지금 여기 북부에 구금되어 있으며, 계속 여기 있다가 처형될 것입니다. 프리드리크 시귀르드손은 요한 토마손 목사가 싱게이라르로 데려갔고, 시그리뒤르 그뷔드뮌스도티르는 미드호프로 옮겨졌습니다. 아그네스 마그누스도티르는 처형 때까지 스토라보르그에 있는 것으로 되어 있었지만, 지금은 밝힐 수 없는 몇 가지 이유로 다음 달에 바튼스달뤼르 계곡의 코르든사우 농장으로 옮겨질 예정입니다. 마그누스도티르는 현재 자신을 담당한 성직자에게 불만을 품고, 주어진 약간의 권리를 활용해 성직자의 교체를 요청했습니다. 그리고 소르바르뒤르 부목사님을 직접 지명했습니다.

사실 목사님께 이 일을 부탁드리기엔 다소 석연찮은 마음입

❖ 『출애굽기』 21장 12절.

니다. 지금까지 목사님이 맡으신 일은 교구 젊은이들의 교육에 한정되어 있다는 것을 잘 압니다. 물론 매우 가치 있는 일이지만, 정치적으로는 그리 중요하다 할 수 없지요. 어쩌면 목사님께서 스스로의 경험이 일천하기에 이 죄수 여인을 주님과 그분의 무한한 자비로 이끌지 못하리라 생각하실지도 모르겠고요. 그럴 경우, 거절하시더라도 제가 불만을 품는 일은 없을 것입니다. 경험 많은 성직자에게도 맡기기 주저되는 부담스러운 일이니까요.

하지만 만일 아그네스 마그누스도티르를 주님께 인도하는 책임을 맡아주시겠다면, 날씨가 허락하는 한 꾸준히 코르든사우를 방문하셔야 합니다. 죄인에게 하느님의 말씀을 전하고, 참회를 이끌어내고, 정의를 받아들이게 하셔야 합니다. 혹여 죄인과 목사님 사이에 어떤 인연이 있다 해도 그것을 배제하고 결정을 내려주십시오. 결정이 어렵다면 저와 의논해주십시오.

답신을 기다리겠습니다. 제가 보낸 심부름꾼에게 바로 답을 주시기 바랍니다.

군수

비외르든 블뢴달

소르바르뒤르 욘손 부목사가 브레이다볼스타뒤르 교회에 딸린 작은 농가에서 새 돌로 화덕을 손보고 있는데 아버지가 문간에서 헛기침을 하는 소리가 들렸다.

"크밤뭐르에서 심부름꾼이 왔다, 토티. 널 찾아왔어."

"저를요?" 토티는 놀라서 돌멩이를 떨어뜨렸다. 돌은 그의 발을 살짝 빗나가 단단히 다져진 흙바닥에 떨어졌다. 욘 목사는 불만스러운 듯 쯧 소리를 내더니 고개를 숙여 문 안으로 들어와 토티를 옆으로 부드럽게 밀었다.

"그래, 널 말이다. 밖에서 기다리고 있어."

심부름꾼은 하인으로, 낡은 코트 차림이었다. 그는 토티를 한동안 바라보다가 입을 열었다. "소르바르뒤르 욘손 목사님이십니까?"

"네, 안녕하세요. 저는 부목사입니다."

하인이 어깨를 으쓱였다. "비외르든 블뢴달 군수님의 서신을 가지고 왔습니다." 그러곤 코트 안쪽에서 편지를 꺼내 토티에게 건넸다. "목사님께서 편지를 다 읽으실 때까지 밖에서 기다리라는 지시를 받았습니다."

편지는 하인이 품고 온 탓에 따뜻하고 축축했다. 토티는 봉인을 뜯고 편지가 그날 쓰였다는 점을 눈여겨보며 마당의 장작 패는 그루터기에 걸터앉아 읽기 시작했다.

블뢴달의 편지를 다 읽고 고개를 들어보니, 하인이 그를 바라보고 있었다. "그러면 어떻게……?" 하인이 눈썹을 치올리면서 물었다.

"네?"

"군수님께 뭐라고 답을 드릴까요? 하루 종일 기다릴 수는 없습니다."

"아버지하고 이야기를 해봐도 될까요?"

하인은 한숨을 쉬었다. "그럼 그렇게 하십시오."

아버지는 바스토바❖의 자기 침대 위에 천천히 모포를 펴고 있었다.

"무슨 일이냐?"

❖ 아이슬란드 특유의 가옥 구조로, 온 가족이 함께 생활하는 일종의 공동 침실이다.

"군수가 보낸 거예요." 토티는 아버지에게 편지를 내밀고 그가 읽는 동안 가만히 기다렸다. 어떻게 해야 할지 알 수가 없었다.

아버지는 무표정한 얼굴로 편지를 접어서 돌려줄 뿐 아무 말이 없었다.

"뭐라고 대답할까요?" 토티가 마침내 물었다.

"네가 결정할 일이다."

"저는 그 여자를 모릅니다."

"모르지."

"우리 교구민이 아니죠?"

"그래."

"왜 저를 불러달라고 한 걸까요? 저는 겨우 부목사인데요."

아버지는 침대로 돌아섰다. "그 여자한테 직접 물어보는 게 좋을 것 같구나."

하인은 장작 패는 그루터기에 앉아 칼로 손톱 밑을 파내고 있었다. "군수님께 부목사님이 뭐라고 했다고 전해드릴까요?"

토티는 자신이 어떻게 결정했는지 깨닫기도 전에 대답했다.

"제가 아그네스 마그누스도티르를 만나보겠다고 전해드리십시오."

하인의 눈이 휘둥그레졌다. "그러면 제가 여기 온 게 그 일 때문인가요?"

"저에게 그 여자의 영혼을 돌보는 일을 부탁하셨습니다."

하인은 입을 딱 벌렸다가 이내 웃음을 터뜨렸다. "세상에, 생쥐로 고양이를 길들이겠다니." 그는 그렇게 중얼거리며 말에 올라타고 언덕들 너머로 사라졌다. 토티는 편지에 불이 붙기라도 할 것처럼 그것을 멀찌감치 든 채 서 있었다.

✱

스테이나 욘스도티르는 뗏장 오두막❖ 바깥마당에 마른 소똥을 쌓다가 말발굽 소리를 들었다. 그녀는 치마에서 흙을 떨고, 오두막 모퉁이를 돌아 계곡 길이 잘 보이는 곳으로 갔다. 선홍색 코트 차림의 남자가 다가오고 있었다. 그가 이쪽으로 방향을 트는 것을 보자 스테이나는 자신이 그를 맞이해야 한다는 사실을 깨닫고 당황해서는 다시 모퉁이를 돌아간 뒤 침을 뱉어 두 손을 닦고 소매로 코를 문질렀다. 그녀가 다시 마당으로 가보니, 말을 타고 온 사람이 기다리고 있었다.

"안녕하신가." 남자가 스테이나와 그녀의 더러운 치마를 가

❖ 아이슬란드의 전통 가옥은 지붕과 벽 외부에 뗏장을 입혀 추위를 막는다.

만히 내려다보았다. "일하는 데 방해가 된 것 같군." 그러더니 스테이나의 눈앞에서 다리를 우아하게 휘둘러 말에서 내렸다. 덩치가 큰 편인데도 동작이 가벼워 보였다. "혹시 내가 누군지 아는지?" 그가 자신을 알아보는 기색인지 확인하듯 그녀를 살폈다.

스테이나는 고개를 저었다.

"나는 군수 비외르든 외이뒨손 블뢴달일세." 그는 그녀에게 고개를 살짝 끄덕여 보인 뒤 코트를 매만졌고, 스테이나는 코트에 은단추가 달린 것을 보았다.

"크밤뮈르에서 오셨군요?" 그녀가 물었다.

블뢴달은 느긋이 미소를 지었다. "그래, 내가 자네 아버지의 상관이야. 아버지를 만나러 왔네."

"아버지는 집에 안 계십니다."

블뢴달은 얼굴을 찌푸렸다. "그러면 어머니는?"

"두 분이 함께 계곡 남쪽의 친척 집에 가셨습니다."

"그렇군." 그는 스테이나를 빤히 바라보았다. 그녀는 어쩔 줄 몰라 들판 이곳저곳으로 불안한 시선을 던지고 있었다. 코와 이마에 드문드문 주근깨가 났지만 그것만 빼면 피부는 파리했다. 갈색 눈에 미간이 넓었고, 앞니 사이가 크게 벌어져 있었다. 뭔가 볼품없는 여자라고 블뢴달은 생각했다. 손톱 밑에도 초승달 모양의 때가 진하게 박혀 있었다.

"나중에 다시 오셔야 할 것 같습니다." 스테이나가 마침내 말했다.

블뢴달의 표정이 굳었다. "잠시 집에 들어가볼 수는 없을까?"

"네, 원하신다면요. 말은 저기 묶으세요." 블뢴달이 마당의 말뚝에 말의 고삐를 묶는 동안 스테이나는 입술을 깨물고 있다가 돌아서서 집 안으로 뛰다시피 들어갔다.

블뢴달이 그 뒤를 따라 고개를 숙이고 낮은 현관 안으로 들어섰다. "아버지는 오늘 중으로 돌아오시지?"

"아뇨" 하는 짧은 답이 돌아왔다.

"하, 이렇게 일진이 안 좋을 수가." 블뢴달이 탄식하며 어두운 복도를 힘겹게 걸었고, 스테이나는 그를 바스토바로 안내했다. 그는 군수가 된 뒤로 몸집이 비대해진데다 수입 목재로 지은 크밤뮈르의 넓은 집에 익숙해져 있었다. 뗏장으로 지어져 여름이면 먼지를 쏟아내는 좁은 방들이 폐를 괴롭히는 탓에 그는 농부들의 오두막이 영 불편했다.

"죄송합니다, 군수님. 어머니와 아버지는 내일 돌아오실 거예요. 날씨가 안 좋으면 모레 오실 수도 있고요." 스테이나는 좁은 방의 가까운 쪽 한 면을 가리켰다. 회색 모직 커튼이 바스토바와 작은 응접실을 갈라놓고 있었다. "저 안에 계세요.

동생을 불러올게요."

스테이나의 여동생 뢰이가 욘스도티르는 집 근처의 보잘것없는 채소밭에서 김을 매고 있었다. 허리를 굽히고 일을 하느라 군수가 오는 것은 못 봤지만, 자신을 부르는 소리는 언니의 모습이 보이기 한참 전부터 들을 수 있었다.

"뢰이가! 어디 있니? 뢰이가!"

뢰이가는 일어서서 흙 묻은 손을 앞치마에 닦았다. 그녀는 대답하는 대신 스테이나가 긴 치마에 걸려 비틀거리며 달려올 때까지 가만히 선 채 기다렸다.

"사방을 찾아다녔잖아!" 스테이나가 헐떡이며 말했다.

"무슨 일 때문에 이래?"

"군수가 왔어!"

"누구?"

"블뢴달 말야!"

뢰이가가 언니를 빤히 보았다. "비외르든 블뢴달 군수? 코 좀 닦아, 언니. 콧물 묻었어."

"응접실에 와 있어."

"어디?"

"커튼 뒤 말야."

"그분을 혼자 두고 온 거야?" 뢰이가의 눈이 휘둥그레졌다.

스테이나가 인상을 썼다. "그러니까 네가 얼른 가서 그분하고 이야기 좀 해."

뢰이가는 언니를 바라보다가 얼른 더러운 앞치마를 풀어서 당귀 옆에 떨구었다. "가끔 언니는 대체 무슨 생각을 하는지 모르겠어." 그들은 잰걸음으로 집을 향해 걸어갔다. "블뢴달 같은 분을 바스토바에 혼자 덩그러니 두고 오다니."

"응접실에 앉혔어."

"그게 그거지! 유청이라도 드렸겠지?"

스테이나는 당황한 얼굴로 동생을 돌아보았다. "아무것도 안 드렸는데."

"언니! 우리를 시골뜨기라고 생각할 거야!" 뢰이가가 걸음을 빨리했다.

스테이나는 뢰이가가 풀밭을 총총 가로지르는 모습을 보며 중얼거렸다. "우리 시골뜨기 맞잖아."

뢰이가는 얼른 얼굴과 손을 씻고, 낯선 사람의 목소리에 부엌에 숨어 있던 하녀 크리스틴에게서 깨끗한 앞치마를 빼앗았다. 뢰이가가 가보니 군수는 응접실의 작은 테이블에 앉아 종이쪽지를 읽고 있었다. 그녀는 언니의 무례한 응대에 사과하면서 차가운 양고기 다짐육 요리를 내놓았고, 그는 기쁘게 받아들였지만 기분 상한 내색은 감추지 않았다. 뢰이가는 그가 먹는 동안 옆에 조용히 선 채 그의 두툼한 입술이 고기를 감싸는 모습을 지켜보았다. 어쩌면 아버지가 지방 관원 자리에서 더 높이 승진하게 된 건지도 몰랐다. 어쩌면 덴마크 정부에서 제복이나 국록을 받게 될지도 몰랐다. 그러면 새 드레스가 생기고, 새집이 생기고, 하인도 늘어날 것이다.

블뢴달이 나이프로 접시를 긁었다.

"스키르❖를 좀 가져다드릴까요?" 그녀가 빈 접시를 집어 들면서 물었다.

블뢴달은 거절할 듯 가슴 앞에 두 손을 흔들다가 이내 멈추고 말했다. "그래, 그러면 좋지. 고맙네."

뢰이가는 얼굴을 붉히고 스키르를 가지러 갔다.

"그리고 커피도 있으면 나쁘지 않을 것 같군." 그가 커튼 뒤로 돌아가는 뢰이가를 향해 덧붙였다.

"뭐래?" 스테이나가 부엌의 불가에 웅크리고 앉아서 물었다. "여기서는 네가 복도를 왔다 갔다 하는 소리밖에 안 들려."

뢰이가는 더러운 접시를 언니에게 내밀었다. "아직은 아무 말도 안 했어. 그냥 스키르하고 커피를 달래."

❖ 요거트와 치즈의 중간쯤 되는 아이슬란드 전통 발효 식품.

스테이나가 크리스틴을 바라보자, 크리스틴은 눈을 샐쭉 굴렸다. "집에 커피가 없는데." 스테이나가 조용히 말했다.

"있어. 지난주에 찬광에서 봤어."

스테이나가 망설였다. "내가…… 내가 먹었어."

"언니! 커피는 우리가 먹을 게 아니잖아! 만약을 위해 놔둔 거라고!"

"만약? 그동안 저 선생이 한 번이라도 여기 왔었니?"

"군수야, 언니!"

"하인들이 레이캬비크에서 곧 돌아와. 커피도 사 오겠지."

"그건 그때고. 당장 어떻게 해?" 뢰이가는 답답해하며 크리스틴을 찬광 쪽으로 밀었다. "스키르하고 크림 가져와, 빨리!"

"맛이 궁금해서 그랬어." 스테이나가 말했다.

"어쨌든 이미 늦었어. 대신 신선한 우유를 갖다드려. 있는 건 다 갖다드려. 아냐, 크리스틴을 시켜. 지금 언니 몰골은 말하고 같이 흙밭을 뛰어다닌 것 같아." 뢰이가는 스테이나의 옷에 묻은 똥을 흘겨보고 다시 복도로 나갔다.

블뢴달이 그녀를 기다리고 있었다. "내가 찾아온 이유가 궁금하겠지? 그런데 자네 이름이……?"

"제 이름은 시귀르들뢰이흐입니다. 그냥 뢰이가라고 부르셔도 돼요."

"그렇군. 시귀르들뢰이흐."

"아버지 일 때문인가요? 아버지는 지금……."

"남쪽에 가셨다고? 그래, 아까 언니인지 동생인지에게 들었어……. 아, 여기 왔군."

뢰이가가 고개를 돌려보니 스테이나가 커튼 옆을 돌아 나오고 있었다. 한 손에는 스키르와 크림과 과일을, 다른 손에는 우유를 들고 왔는데 두 손 모두 더러웠다. 뢰이가는 스테이나에게 짜증스러운 눈길을 던졌다. 언니가 실수로 커튼 끝자락을 스키르에 빠뜨렸기 때문이다. 다행히 군수는 그 모습을 못 본 것 같았다.

"군수님." 스테이나가 우물거리다가 그릇과 컵을 테이블에 놓고는 어색하게 무릎을 굽혀 절을 했다. "맛있게 드시기 바랍니다."

"고맙네." 블뢴달이 대답했다. 그는 스키르의 냄새를 맡더니 고개를 들어 자매를 바라보고 희미하게 웃었다. "어느 쪽이 언니지?"

뢰이가가 언니를 쿡 찔렀지만, 스테이나는 아무 말 없이 입을 벌린 채 남자의 선홍색 코트만 바라보았다.

"제가 동생입니다, 군수님." 뢰이가가 마침내 말했고, 보조개가 보이도록 미소를 지었다. "연년생이에요. 스테인뵈르 언니는 이번 달에 스물한 살이 됩니다."

"그냥 스테이나라고 불러주세요."

"둘 다 아주 예쁘군." 블뢴달이 말했다.

"감사합니다." 뢰이가가 다시 스테이나를 쿡 찔렀다.

"감사합니다." 스테이나가 우물쭈물 말했다.

"둘 다 아버지처럼 금발이야. 눈은 어머니처럼 파란색이고."

그는 뢰이가를 향해 고개를 끄덕이며 말했다. 그런 뒤 손대지 않은 스키르 그릇을 뢰이가를 향해 밀어놓더니 우유를 집어 들었다. 이어 그 냄새를 맡고는 다시 테이블에 내려놓았다.

"드세요, 군수님." 뢰이가가 그릇을 가리키며 말했다.

"고맙지만 갑자기 생각이 없어져서." 블뢴달은 코트 주머니에 손을 넣었다. "이 집 주인과 의논할 생각이었는데, 지방 관원 욘이 집에 없고 또 올 때까지 기다릴 수도 없으니 딸들에게 이야기해야겠군." 그는 종이를 들어 그들이 읽을 수 있도록 테이블 위에 펼쳐놓았다.

"작년에 이들뤼가스타디르에서 벌어진 사건 알지?" 그가 물었다.

스테이나가 몸을 움찔했다. "살인 사건 말씀이신가요?"

뢰이가가 고개를 끄덕였다. 파란 두 눈이 갑자기 엄숙해졌다. "군수님 댁에서 재판이 열렸지요."

블뢴달은 고개를 숙였다. "그래. 약초꾼 나탄 케틸손과 피에튀르 욘손이 살해된 사건. 그 불행하고 참혹한 일이 후나바튼 군에서 일어나는 바람에 내가 피고들 관련해서 레이캬비크의 치안판사와 고등법원과 일종의 협의를 해야 했지."

뢰이가는 종이를 집어 들고 햇빛이 드는 창가로 가서 읽었다. "그래서 그 일은 다 끝난 걸로 아는데요."

"그렇지 않아. 피고 셋은 지난 시월에 이 나라 법원에서 살인과 방화로 유죄판결을 받았어. 그런 뒤 사건은 덴마크 코펜하겐의 대법원으로 넘어갔지. 국왕께서……." 여기서 블뢴달은 일부러 말을 멈추었다. "……국왕께서 사건을 접하시고 내가 내린 판결을 승인해주셨네. 그걸 읽으면 알겠지만 세 피고는 모두 사형을 선고받았어. 사법 정의의 승리라고 할 수 있지."

뢰이가는 여전히 종이를 읽으면서 멍하니 고개를 끄덕였다. "그 사람들을 덴마크로 안 보내나요?"

블뢴달은 빙긋 웃더니 부츠 뒤축을 땅에서 떼고 나무 의자에 앉은 몸을 돌렸다. "그래, 안 보내."

뢰이가는 어리둥절해서 그를 바라보았다. "군수님, 제 무지를 용서하세요. 그렇다면 그 사람들은 어디로……." 그녀가 말꼬리를 흐렸다.

블뢴달이 의자를 밀치고 일어나더니 스테이나는 무시한 채 창가의 뢰이가 곁에 가 섰다. 창 너머를 응시하던 그는 유리 대신 끼운 양 방광 피막의 지저분한 표면에 정맥이 가늘게 퍼져 있는 것을 알아채고 몸서리를 쳤다. 그의 집 창문에는 물론 유리가 끼워져 있었다.

"그 사람들은 여기서 처형될 거야." 마침내 그가 입을 열었다. "아이슬란드에서. 정확히 말하면 아이슬란드 북부에서. 나와 레이캬비크의 치안판사는 그러는 편이 더……." 그는 잠시 멈추고 말을 골랐다. "경제적일 거라고 판단했지."

"정말인가요?"

스테이나의 의심 어린 눈빛에 블뢴달은 얼굴을 찌푸렸다. 스테이나가 뢰이가의 손에서 종이를 빼냈다.

"그래, 물론 이 처형으로 우리 지역사회에 중범죄인의 말로를 똑똑하게 보여줄 수도 있고 말이지. 어쨌건 이 일은 아주 신중하게 처리해야 돼. 시귀르들뢰이흐, 자네는 똑똑하니 알겠지만, 이런 흉악범은 대개 외국에 보내서 형을 받게 하지. 거기에 감옥이며 그런 것들이 다 있으니까. 하지만 이 세 사람은 아이슬란드에서, 그리고 그들이 범죄를 저지른 해당 지역에서 처형하도록 결정되었고, 그러니 우리는 처형 날짜와 장소가 결정될 때까지 이들을 구금해두어야 해.

자네도 알겠지만 후나바튼 군에는 죄인을 구금할 만한 공장이나 여관 같은 시설이 없지." 블뢴달은 다시 의자로 돌아가 앉았다. "그래서 나는 이자들을 농가에, 모범적인 기독교인의 집에 두기로 결정했어. 모범적인 삶을 보여줌으로써 이들에게서 참회를 이끌어내고, 또 결정이 내려지기 전까지 일손으로 활용할 수 있는 농가에."

블뢴달은 스테이나를 향해 테이블 위로 몸을 굽혔다. 스테이나는 한 손을 입에 대고 다른 손으로는 편지를 움켜쥔 채 그를 바라보았다. 그가 말을 이었다. "그러니까 이들을 수용함으로써 정부 관원의 직분을 충실히 수행할 수 있는 아이슬란드인의 집에 말이지."

뢰이가는 당황한 표정으로 군수를 바라보며 나직하게 물었다. "레이캬비크의 수용 시설에 둘 수는 없는 건가요?"

"안 돼. 비용이 들어." 그가 손을 들어 내저었다.

스테이나의 눈이 가늘어졌다. "그래서 그 사람들을 여기 보내신다고요? 우리 집에요? 레이캬비크의 법원이 죄수를 외국에 보낼 돈을 아껴야 해서요?"

"언니." 뢰이가가 나무랐다.

"보상이 있을 거야." 블뢴달이 얼굴을 찌푸리고 말했다.

"그러면 그 사람들을 어떻게 구금해요? 침대 기둥에 묶어두나요?"

블뢴달은 천천히 일어섰다. "달리 방법이 없네." 그의 목소리가 갑자기 낮고 위협적으로 변했다. "자네들 부친의 직위에는 책임이 따르는 법이야. 부친이라면 내게 질문하지 않았겠지. 코르든사우에는 일손이 모자라고, 경제적인 어려움도 있잖나." 그는 침침한 빛 속에 스테이나의 작고 더러운 얼굴을 내려다보면서 그녀의 앞으로 다가섰다. "게다가 스테인뵈르, 이 집에 죄수 세 명을 전부 맡긴다는 건 아니야. 여자 한 명뿐이지." 그러고서 그는 스테이나의 어깨에 두툼한 손을 얹었다. 그녀가 움찔하는 것도 신경 쓰지 않았다. "같은 여자가 무서운 건 아니겠지?"

블뢴달이 떠난 뒤 스테이나는 응접실로 돌아가 그가 손대지 않은 스키르 그릇을 집어 들었다. 가장자리가 굳어 있었다. 그녀는 절망과 분노로 덜덜 떨면서 아랫입술을 깨문 채 그릇을 테이블에 대고 강하게 눌렀다. 소리 없는 비명 속에 그릇을 부서뜨릴 듯한 기세였다. 그러다 마침내 분노가 물러가자, 그녀는 부엌으로 돌아갔다.

✱

가끔 내가 이미 죽은 게 아닌가 하는 생각이 든다. 어둠 속에서, 침묵 속에서, 맑은 공기의 냄새를 잊을 만큼 불결한 방에서 이렇게 하염없이 기다리는 일을 사는 것이라고 할 수는 없다. 요강은 내 오물로 가득 차서 누가 얼른 와 비워주지 않으면 넘치고 말 것이다.

그들이 마지막으로 온 게 언제였던가? 이제는 그 모든 시간이 긴 하룻밤 같다.

겨울은 이보다 나았다. 겨울에는 스토라보르그 사람들도 나처럼 집 안에 갇혀 있었으니까. 눈보라가 오두막을 때릴 때 우리는 함께 바스토바에 있었다. 그들은 깨어 있는 동안에는 램프를 켜두고, 기름이 떨어지면 초로 어둠을 물리쳤다. 그러다 봄이 오면서 나는 창고로 옮겨졌다. 이곳에는 빛도 들지 않아 시간을 가늠할 방법이 없다. 낮과 밤이 구별되지 않는다. 이제 내 벗이라고는 손목에 두른 사슬과 바닥의 흙과 부서져 구석에 뒹구는 베틀, 그리고 부러진 실패뿐이다.

어쩌면 이미 여름인지도 모른다. 하인들이 복도를 오가는 소리, 밖을 드나드는 소리가 들린다. 이따금씩 하녀들이 바깥에서 수다를 떨며 까르르 웃는 소리가 들려오는 것으로 보아 날씨가 누그러들고 바람이 순해졌음을 짐작할 수 있다. 나는 눈을 감고 길고 긴 여름날의 계곡을 상상해본다. 태양이 땅의 뼈들을 따뜻하게 데워 마침내 백조들이 호수로 날아들고, 구름 뒤에서 나타난 하늘이 너무도 높고 푸르러서 울음이 터질 것만 같은 그 시절을.

✻

비외르든 블뢴달이 코르든사우의 딸들을 만나고 간 날로부터 사흘이 지난 뒤에야 그들의 아버지이자 바튼스달뤼르의 지방 관원인 욘 욘손과 그의 아내 마르그리에트는 집으로 출발했다.

욘은 쉰다섯 번의 겨울을 지낸 남자로, 구부정하고 여윈 체격에 백금발 머리였고, 귀가 커서 어수룩해 보였다. 그는 말고삐를 잡고 익숙한 걸음으로 울퉁불퉁한 땅 위를 걸었다. 검은 말에 올라앉은 아내는 스스로 인정하지는 않지만 여행에 지쳐 있었다. 그녀는 턱을 살짝 든 채 가늘고 힘없는 목으로 머리를 지탱하고 있었다. 두터운 눈꺼풀 밑에 자리한 두 눈은 바튼스달뤼르 계곡의 농가들을 건성으로 훑어보다가 기침이 터져 나올 때만 감겼다. 기침이 잦아들면 옆으로 몸을 기울여 침을 뱉은 뒤 숄 구석으로 입을 닦으며 짧은 기도를 읊조리곤 했다. 남편은 이따금 그녀가 말에서 떨어질까 염려스러운 듯 그녀를 향해 고개를 기울였지만, 그럴 때를 빼면 두 사람은 쉬지 않고 계속 길을 갔다.

다시 한번 거친 기침 발작이 지나간 뒤 마르그리에트는 풀밭에 침을 뱉고 두 손을 가슴에 댄 채 숨을 다스렸다. 입을 열었을 때, 그녀의 목소리는 갈라져 있었다.

“욘, 아우스네 집에 암소가 한 마리 늘었던데.”

“음?” 남편은 자기 생각에 빠져 있었다.

“아우스네 집에 암소가 한 마리 늘었다고.”

“아, 그래?”

“당신이 몰랐다니 신기하네.”

“몰랐어.”

마르그리에트가 칙칙한 빛에 눈을 깜박이는 순간 앞쪽 멀리 코르든사우 오두막이 희미하게 나타났다.

“이제 다 왔네.”

남편은 동조하는 듯한 소리를 냈다.

“그런 생각 안 들어, 욘? 우리도 암소가 한 마리 더 있으면 좋겠다는 생각.”

“더 있으면 좋은 게 암소 한 마리만이 아니지.”

“그래도 암소 한 마리가 더 있으면 참 좋을 것 같아. 버터도 더 만들고, 수확 일꾼도 더 쓸 수 있을 텐데.”

“때가 되면 그럴 수 있을 거야, 마르그리에트.”

"때가 되면 나는 죽고 없어."

그 말은 의도했던 것보다 더 차갑게 나왔다. 욘은 대답 없이 말만 재촉했고, 마르그리에트는 남편의 모자 뒤쪽을 보면서 얼굴을 찌푸린 채 그가 돌아보기를 기다렸다. 하지만 그가 계속 앞만 보고 걷자 한숨을 깊이 들이쉬고 다시 코르든사우를 바라보았다.

늦은 오후, 건초밭 위의 힘없는 빛을 몰아내며 동쪽에 낮은 구름들이 모여들고 있었다. 산등성이의 오래된 눈은 구름의 위치에 따라 지저분한 회색으로, 다시 눈부신 흰색으로 연신 모습을 바꾸었다. 여름새들이 건초밭 위를 날며 벌레를 잡았고, 소년들에게 이끌려 계곡에서 농가로 가는 양들은 신경질적으로 울어댔다.

뢰이가와 스테이나는 계곡물을 길어 오려고 오두막을 나섰다. 뢰이가는 햇빛에 눈을 비볐고 스테이나는 발걸음에 맞추어 양동이를 휘둘렀다. 둘 다 아무 말도 없었다.

지난 며칠 동안 자매는 완전한 침묵 속에서 일했다. 삽을 달라거나 절인 대구 통 중에서 어느 것을 먼저 열어야 하는지 묻거나 할 때만 입을 열 뿐이었다. 군수가 다녀간 뒤 한바탕 싸우면서 생겨난 그 침묵에는 분노와 불안이 배어 있었다. 서로에게 최대한 말을 하지 않으려는 노력은 두 사람 모두에게 피곤했다. 뢰이가는 언니의 고집과 어설픔이 답답했고, 부모님이 블뢴달의 방문에 대해 뭐라고 할지 걱정이었다. 블뢴달이 전한 소식에 스테이나가 그렇게 퉁명스럽게 반응한 일이 그들의 사회적 지위에 나쁜 영향을 미치는 건 아닐까? 비외르든 블뢴달은 권세 있는 사람이고, 새파랗게 젊은 여자가 따시고 드는 일을 달가워하지 않을 것이다. 스테이나는 온 가족이 블뢴달에게 얼마나 의지하고 있는지 모르는 건가? 그들이 어떻게 주어진 임무만 수행하며 살 수 있다는 말인가?

스테이나는 죄수 일을 생각하지 않으려고 했다. 살인이라는 범죄만으로도 속이 울렁거렸고, 죄수를 떠맡기던 군수의 냉정한 태도를 생각하면 목구멍으로 분노가 치밀었다. 뢰이가는 동생이었다. 동생이 자신에게 이래라저래라 할 수는 없었다. 붉은 재킷을 입은 뚱뚱한 남자 앞에서 어떤 태도를 취해야 하는지 자신이 어떻게 다 알겠는가? 그래, 그 생각은 아예 하지 않는 편이 좋았다.

스테이나는 양동이의 무게에 한쪽 어깨를 늘어뜨린 채 크게 하품을 했다. 옆의 뢰이가도 하품을 하지 않을 수 없었고, 그들은 잠시 서로를 바라보았다. 둘 다 서로의 피로함을 공감했지만, 곧 뢰이가가 입을 가리라고 퉁박을 주자 스테이나는 성난 얼굴로 땅을 내려다보았다.

부드러운 오후 햇빛이 냇가로 가는 그들의 얼굴을 따뜻하게 비추었다. 바람도 없이 너무도 조용한 계곡의 나른한 공기 속에서, 두 여자는 걸음을 늦추었다. 냇가의 돌출 바위 근처에 이르렀을 때, 뢰이가가 가시덤불에서 치마를 떼어내려고 몸을 돌리다가 멀리서 말이 오는 것을 보았다.

"아!" 뢰이가가 놀라서 소리쳤다.

스테이나가 돌아보았다. "또 뭔데?"

뢰이가가 말이 오는 방향으로 고갯짓을 했다. "어머니하고 아버지야. 돌아오셨어." 그녀는 숨가쁘게 말한 뒤 찌푸린 눈으로 뿌연 햇빛 속을 내다보았다. "맞네." 뢰이가가 혼잣말처럼 덧붙이더니, 갑자기 흥분해서 스테이나에게 자기 양동이를 주고 시냇가를 가리켰다. "이 양동이도 채워줘. 두 개 다 할 수 있지? 나는…… 집에 가서 불을 피워야 할 것 같아." 그녀는 스테이나의 어깨를 의도했던 것보다 더 강하게 밀고 돌아섰다.

길가의 가시덤불이 스타킹을 붙잡았지만 뢰이가는 안도감 속에 오두막으로 달려갔다. 이제 아버지가 군수와 아그네스 마그누스도티르의 일을 처리할 것이다.

집 안으로 들어선 뢰이가는 복도를 따라가다가 왼쪽으로 돌아 부엌으로 갔다. 크리스틴이 안주인 없는 사이 오후 시간을 빼서 가족을 만나러 갔지만, 화덕에선 아직도 아침에 피운 불의 연기가 오르고 있었다. 뢰이가는 그 위에 말린 소똥을 급하게 얹다가 불을 꺼뜨릴 뻔했다. 군수가 다녀갔다는 소식을 전하면 아버지는 어떤 반응을 보일까? 그 죄수는 코르든사우에 얼마나 있어야 하는 걸까? 그녀에겐 블뢴달에게서 받은 편지도 없었다. 스테이나하고 싸우다가 불 속에 던져버린 터였다.

그래도 일단 아버지가 알게 되면 알아서 해주실 거라고, 그녀는 화덕 위의 갈고리에 냄비를 걸면서 생각했다.

뢰이가는 화덕에 풀무질을 해서 불을 키운 뒤 복도로 나가 문을 열고 고개를 내밀었다. 다시금 두려움이 엄습했다. 아버지는 어떻게 하실까? 그녀는 고개를 다시 안으로 들이고 저녁 식사 거리로 쓸 만한 게 뭐가 있는지 보러 찬광으로 갔다. 약간의 보리뿐이었다. 하인들이 아직 남부의 시장에서 돌아오지 않은 탓이었다.

뢰이가는 문턱에 걸려 비틀거리며 문간을 지나서 양고기를 가지러 창고로 갔다. 이 계절에 훈제 양고기가 있을 리는 만무하지만 겨울에 먹던 선지 소시지가 조금 남아 있었다. 아주 시긴 해도 먹을 만했다.

모두 바스토바에서 함께 식사를 하겠지. 그때 말씀드려야겠어. 뢰이가는 생각했다. 그때 바깥마당에서 말발굽 소리가 들렸다.

“어머니, 아버지!” 뢰이가가 손에서 똥 먼지를 닦아내고 머리를 모자 안으로 밀어 넣으며 오두막 밖으로 나갔다. “무사히 돌아오셔서 기뻐요.”

아버지 욘은 말을 세우고 승마모를 쓴 얼굴로 웃어 보였다. 그가 맨손을 들어 인사한 뒤 딸에게 다가와서 가볍게 키스했다.

“뢰이가, 잘 지냈니?” 그는 말 등에 묶은 짐을 풀기 위해 다시 돌아섰다.

“오셨어요, 어머니?”

마르그리에트는 따뜻한 표정으로 뢰이가를 내려다보았지만 입술은 거의 움직이지 않았다. “잘 있었니, 시귀르들뢰이흐.”

“좋아 보이시네요.”

“아직 살아 있다.” 그녀가 대답했다.

“피곤하세요?”

마르그리에트는 대답 없이 주춤주춤 땅에 내려섰다. 뢰이가는 어머니를 수줍게 안았다가, 이어 손으로 말의 코를 훑었다. 말의 떨리는 콧구멍과 따뜻하고 축축한 숨이 손바닥에 느껴졌다.

“언니는 어디 있니?”

뢰이가는 시냇가의 돌출 바위 쪽을 보았지만 아무런 움직임이 없었다. "저녁 준비를 하느라 물을 길으러 갔어요."

마르그리에트가 눈썹을 치올렸다. "여기서 우리를 기다리고 있을 줄 알았는데."

뢰이가는 다시 아버지에게로 돌아섰다. 아버지는 안장에 묶은 짐을 땅에 부리고 있었다. 그녀는 심호흡을 했다. "아버지, 조금 있다가 드릴 말씀이 있어요."

욘은 말을 둘러 묶은 빳빳한 밧줄을 풀었다. "뭐가 죽기라도 한 거냐?"

"네?"

"짐승이 죽었어?"

"아, 아니에요. 그런 게 아니에요." 뢰이가가 대답하고 덧붙였다. "다행히 그런 일은 없었어요." 그러곤 아버지에게 한 발짝 더 다가가서 나직하게 말했다. "아버지한테만 말씀드려야 할 것 같아요"

하지만 어머니가 그 말을 들었다. "아버지에게 할 말이라면 나한테도 할 수 있어, 뢰이가."

"어머니한테 걱정 끼치고 싶지 않아서요."

"나야 늘 걱정이지." 마르그리에트가 문득 미소를 지으며 말했다. "애들을 키우고 하인을 부리고 하다 보면 어쩔 수가 없어." 그러더니 짐을 진흙에 내려놓으면 안 된다며 남편에게 주의를 준 뒤 꾸러미 몇 개를 들고 집 안으로 들어갔다. 뢰이가가 그 뒤를 따라갔다.

뢰이가가 수프를 내왔을 때 욘은 바스토바에 들어가 아내 곁에 앉아 있었다.

"따뜻한 수프를 드시면 피로가 조금 풀릴 거예요." 뢰이가가 말했다.

욘은 쟁반을 들고 선 뢰이가를 올려다보았다. "먼저 옷부터 좀 갈아입고 싶구나."

뢰이가는 망설이다가 쟁반을 어머니 옆의 침대에 내려놓은 뒤 무릎을 꿇고 앉아 욘의 부츠 끈을 풀었다. "두 분께 말씀드릴 게 있어요."

"크리스틴은 어디 있니?" 마르그리에트가 날카롭게 물었다. 욘은 팔꿈치를 괴고 앉은 채 뢰이가가 젖은 양말을 벗기게 했다.

"언니가 반나절 휴가를 주었어요." 뢰이가가 대답했다.

"스테이나는 어디 있고?"

"모르겠어요. 근처에 있을 거예요." 부모님의 질책 섞인 질문에 뢰이가는 당혹감으로 배가 뒤틀릴 지경이었다. "아버지, 두 분이 안 계실 때 블뢴달 군수님이 다녀갔어요." 그녀가 나직이 말했다.

욘이 몸을 약간 일으키고 딸을 내려다보았다. "군수가?"

마르그리에트는 주먹을 쥐고 물었다. "그 사람이 왜?"

"아버지에게 드릴 편지를 가지고 왔어요."

마르그리에트가 뢰이가를 내려다보았다. "왜 하인을 안 보내고? 블뢴달이 확실해?"

"아, 어머니."

욘은 말이 없었다. "편지는 어디 있냐?" 잠시 후 그가 물었다.

뢰이가가 그의 다른 쪽 부츠를 벗겨서 바닥에 떨구었다. 가죽에서 마른 흙이 떨어졌다.

"스테이나가 태웠어요."

"그걸 왜? 아이고!"

"어머니! 괜찮아요. 제가 내용을 다 알고 있어요. 아버지, 우리가……."

"아버지!" 스테이나의 목소리가 복도를 울렸다. "우리 집에 누굴 가둬놔야 하는지 아세요?"

"가둬?" 마르그리에트가 방금 뛰어 들어온 큰딸을 돌아보며 물었다. "저런, 스테이나, 홀딱 젖었구나."

스테이나는 흠뻑 젖은 앞치마를 내려다보고 어깨를 살짝 들썩였다. "양동이를 떨어뜨려서 냇가에 다시 다녀왔어요. 아버지, 블뢴달이 우리 집에 아그네스 마그누스도티르를 가두라고 했어요!"

"아그네스 마그누스도티르?" 마르그리에트가 기겁한 얼굴로 뢰이가를 돌아보았다.

"네, 그 살인범요, 어머니!" 스테이나가 소리치며 젖은 앞치마를 풀어 옆에 있는 침대에 휙 던졌다. "나탄 케틸손을 죽인 여자 말예요!"

"언니! 내가 지금 막 아버지한테 설명하려고……."

"그리고 피에튀르 욘손도 죽였죠."

"언니!"

"아, 뢰이가, 네가 말하고 싶어서 그래?"

"언니가 내 말을 끊었……."

"얘들아!" 욘이 두 팔을 내뻗고 일어섰다. "그만 좀 하고 처음부터 차근차근 이야기해보렴, 뢰이가. 어떻게 된 거냐?"

뢰이가는 망설이다가 부모님에게 블뢴달의 방문과 관련된 일을 전부 말했다. 편지의 내용을 전하는 그녀의 얼굴이 점점 붉게 달아올랐다.

뢰이가가 이야기를 마치기도 전에, 욘은 다시 옷을 입기 시작했다.

"설마 이게 의무 사항은 아니겠지?" 마르그리에트가 남편의 소매를 붙잡았지만 욘은 그 손을 뿌리쳤고, 아내의 걱정 어린 얼굴도 바라보지 않았다.

"욘." 마르그리에트는 그를 불렀다가 딸들에게로 눈길을 돌렸다. 두 딸은 모두 손을 무릎에 올리고 앉아서 말없이 부모를 바라보고 있었다.

욘은 다시 부츠를 신고 발목에 끈을 맸다. 끈이 팽팽해지며 가죽을 스치는 소리가 들렸다.

"늦었어, 여보." 마르그리에트가 말했다. "크밤뮈르에 가려고? 모두 자고 있을 거야."

"그러면 깨워야지." 그는 못에 걸린 승마모를 내린 뒤 아내의 어깨를 잡고 부드럽게 옆으로 밀었다. 이어 딸들에게 고개를 끄덕여 인사하고는 복도로, 이어 오두막 밖으로 나갔다.

"어떻게 하죠, 어머니?" 뢰이가의 작은 목소리가 어두운 방구석에 울렸다.

마르그리에트는 눈을 감고 심호흡을 했다.

욘은 몇 시간 뒤에 코르든사우로 돌아왔다. 오후 휴가를 다녀왔다가 마르그리에트에게 혼쭐이 난 크리스틴은 스테이나에게 원망의 눈길을 보내고 있었다. 마르그리에트가 뜨개질을 멈추고 딸들을 화해시켜야 할지 생각하고 있는데, 오두막 문이 끼익 열리더니 복도에 남편의 발소리가 울렸다.

욘이 들어와서 곧장 아내를 바라보았다. 그녀는 이를 앙다물었다.

"어떻게 됐어?" 마르그리에트가 남편을 침대로 데리고 가며 물었다.

욘은 부츠 끈을 더듬었다.

"아버지, 제가 할게요." 뢰이가가 무릎을 꿇었다. "블뢴달이 뭐래요?" 그녀는 몸을 뒤로 당겨 부츠를 벗겼다. "그래도 그 여자를 우리 집에 보낼 거래요?"

욘이 고개를 끄덕였다. "뢰이가 말대로야. 아그네스 마그누스도티르는 스토라보르그의 구금 시설에서 우리 집으로 옮겨질 거야."

"하지만 왜요, 아버지? 우리가 무슨 잘못이라도 한 거예요?" 뢰이가가 조용히 물었다.

"우리가 잘못한 건 없어. 나는 지방 관원이야. 아무 집에나 그 여자를 맡길 수는 없지. 그 여자는 관의 책임이고, 난 관의 일원이잖니."

"스토라보르그에도 관원은 많아." 마르그리에트가 불쾌한 목소리로 말했다.

"어쨌건 옮기긴 해야 돼. 사건이 있었어."

"무슨 일인데요?" 뢰이가가 물었다.

욘은 작은딸의 하얀 얼굴을 가만 내려다보다가 말했다. "우리가 신경 쓸 일은 아니야."

마르그리에트는 짧게 웃었다. "이런 명령에 그냥 따라야 해? 강아지처럼?" 그녀의 목소리가 거칠어졌다. "그 여자는 살인범이야, 욘! 우리에겐 두 딸이 있고, 일꾼들도 있고, 크리스틴도 있잖아! 우리는 여러 사람을 책임지고 있다고!"

욘은 아내에게 의미심장한 눈길을 보냈다. "블뢴달이 보상을 해주겠대, 마르그리에트. 그 여자를 수용하는 데 대한 보상이 있을 거야."

마르그리에트는 아무 대답이 없었다. 마침내 다시 입을 열었을 때 그녀의 목소리는 누그러들어 있었다. "아이들은 다른 데 보내야 할지도 몰라."

"안 돼요, 어머니! 저는 떠나기 싫어요." 스테이나가 소리쳤다.

"너희를 위해서야."

욘은 목을 가다듬었다. "당신이 있으니 아이들은 괜찮을 거야, 마르그리에트." 그가 한숨을 쉬었다. "한 가지 더 있어. 비외르든 블뢴달이 그러는데, 여자가 여기 오는 날 나는 크밤뮈르에 있어야 한다는군."

마르그리에트는 기가 막혀서 입이 딱 벌어졌다. “그러면 나더러 그 여자를 맞으라는 말이야?”

“아버지, 어머니 혼자 그 여자랑 있는 건 말도 안 돼요.” 뢰이가가 소리쳤다.

“어머니 혼자가 아니지. 너희도 있을 테니까. 스토라보르그의 관원들도 올 거야. 그리고 목사님도. 블뢴달이 다 준비해놓았어.”

“도대체 우리 집에 살인범이 오는 날 당신이 크밤뮈르에 꼭 있어야 할 만큼 중요한 일이 뭐야?”

“마르그리에트…….”

“아니, 들어야겠어. 이건 부당해.”

“사형집행인을 결정해야 해.”

“사형집행인!”

“지방 관원이 모두 모일 거야. 바튼스네스의 관리들도 스토라보르그 사람들하고 같이 오고. 다들 그날 밤 거기서 자고 다음 날에야 돌아갈 거야.”

“그리고 나는 당신도 없이 나탄 케틸손을 죽인 여자랑 같이 있어야 하고.”

욘은 차분하게 아내를 바라보았다. “아이들이 있잖아.”

마르그리에트는 뭐라 말하려다가 입을 다물어버렸다. 대신 남편을 노려본 뒤 뜨개질감을 집어 들고 맹렬하게 바늘을 움직이기 시작했다.

스테이나는 고개를 숙인 채 부모님 눈치를 살피며 저녁을 먹었다. 속이 울렁거렸다. 나무 그릇을 두 손으로 들고 기름진 수프 속을 헤엄치는 양고기 고깃점들을 바라보았다. 그녀는 천천히 숟가락으로 그중 한 조각을 건져 입에 넣고 씹었다. 고깃점 속 연골이 혀에 느껴졌다. 스테이나는 그것을 뱉어내고 싶은 충동을 억누르고 이로 짓뭉갠 뒤 조용히 삼켰다.

✲

나를 이곳에 두기로 결정한 뒤로, 스토라보르그 사람들은 종종 저녁이면 내 두 다리를 묶는다. 달아나지 못하게, 꼭 말의 앞다리를 묶어두듯이. 하루하루 지날수록 그들에게 나는 점점 더 짐승이 되는 것 같다. 남은 음식으로 밥을 먹이고 비바람을 막아주어야 할 멍한 눈빛의 짐승 말이다. 그들은 나를 어둠 속에 두고, 빛과 공기를 차단하고, 밧줄로 묶어 원하는 곳으로 끌고 간다.

이곳 사람들은 내게 말을 하지 않는다. 겨울에 바스토바에서는 늘 내 숨소리가 귓가에 울렸고, 나는 사람들이 들을까 싶어 침을 삼키는 것도 두려웠다. 그때 벗이 되어준 것은 성경책 넘기는 소리와 속삭임뿐이었다. 이따금씩 내 이름이 언급되기도 했는데 좋은 얘기는 아니었다. 이젠 법에 따라 내게 편지인지 포고문인지를 읽어줄 때도 내 등 뒤에 있는 다른 누군가에게 말을 전하는 것 같다. 그들은 내 눈을 바라보지 않는다.

피고 아그네스 마그누스도티르의 살인 방조에 대해 유죄를 선고한다. 피고 아그네스 마그누스도티르의 방화와 살인 음모에 대해 유죄를 선고한다. 피고 아그네스 마그누스도티르에게 사형을 선고한다. 피고 아그네스, 아그네스.

그들은 나를 모른다.

나는 조용히 지낸다. 세상에 나를 닫고, 마음을 다잡고, 아직 빼앗기지 않은 것들에 결연히 매달리자고 마음먹는다. 나마저 나를 흘려보낼 수는 없다. 내면의 나 자신에게 매달리고, 내가 보고 듣고 느낀 것들을 놓치지 않을 것이다. 내가 손이 틀 때까지 빨래하고 낫질하고 부엌일을 하며 쓴 시들. 내가 기억하는 사가들. 내게 남은 모든 것을 가라앉히고 물속으로 침잠한다. 내가 말을 하면 그것은 공기 방울이 될 것이다. 그들은 내게서 말을 꺼내지 못할 것이다. 그들은 창녀를, 미친 여자를, 살인범을, 풀밭에 피를 흘리며 입에 흙을 문 채 웃는 여자를 볼 것이다. "아그네스"라고 말하면, 그들은 거미를, 스스로 짠 운명의 거미줄에 걸린 마녀를 볼 것이다. 까마귀들이 선회하는 하늘 아래서 어미를 잃고 우는 어린 양을 볼 것이다. 하지만 그들은 나를 보지 못할 것이다. 나는 없을 것이다.

✱

소르바르드뒤르 욘손 목사는 교회 밖으로 나가 냉습한 오후 공기 속으로 들어서면서 한숨을 쉬었다. 여자 사형수를 방문해달라는 블륀달의 제안을 수락한 뒤로 한 달 남짓이 지났고, 그사이 그는 날마다 자신의 결정에 의문을 던졌다. 아침마다 악몽에서 깬 듯 마음이 어지러웠다. 매일 브레이다볼스타뒤르의 작은 교회에 가서 정적 속에 기도를 드릴 때에도 명치가 답답했고, 그의 몸도 정신의 혼란에 지친 듯 바들거렸다. 오늘도 다르지 않았다. 딱딱한 신도석에 앉아 두 손을 내려다보는데, 문득 중병에라도 걸려서 코르든사우의 임무에서 빠져나오고 싶다는 생각까지 들었다. 이토록 마음이 내키지 않는다는 사실과 이 일을 모면하기 위해서라면 자신의 건강마저 기꺼이 희생하고 싶어 하는 마음이 그를 질겁시켰다.

하지만 이제는 늦었다고, 그는 교회 묘지 안의 보잘것없는 정원을 걸으면서 생각했다. 사람과 하느님께 약속했으니 돌아갈 길은 없었다.

한때, 어머니가 돌아가시기 전에 교회 묘지의 무덤가에는 여름마다 자주색 꽃이 가득 피었다. 어머니는 그걸 보며 죽은 자들이 겨울을 보낸 신도들에게 꽃을 흔들어 인사를 하는 거라고 말씀하셨다. 하지만 어머니가 돌아가시자 아버지는 들꽃을 모두 뽑았고, 그 뒤로 무덤들은 계속 헐벗은 상태였다.

브레이다볼스타뒤르 오두막의 문이 살짝 열려 있었다. 안으로 들어서니 부엌의 열기와 복도에 켜둔 촛불의 수지 냄새에 구토감이 일었다.

아버지가 부글거리는 주전자를 굽어보면서 나이프로 무언가를 쑤석이고 있었다.

“지금 출발해야 할 것 같아요.” 토티가 말했다.

아버지가 생선 요리에서 눈을 들고 고개를 끄덕였다.

“저녁 일찍 도착해서 코르든사우의 식구들과 인사하고, 또…… 죄수가 올 때 그들 곁에 함께 있으라는 지시를 받았거든요.”

아버지가 얼굴을 찌푸렸다. “그러면 가거라.”

토티는 망설였다. “제가 이 일을 할 수 있을까요?”

욘 목사는 한숨을 쉬고 불 위의 갈고리에서 주전자를 내렸다. “네 일은 네가 알지.”

"교회에서 계속 기도를 드렸어요. 어머니라면 이 일을 어떻게 생각하셨을지 궁금해요."

아버지는 천천히 눈을 깜박이더니 그에게서 고개를 돌렸다.

"아버지는 어떻게 생각하시나요?"

"남자는 약속을 지켜야 한다."

"어쨌건 옳은 결정이겠죠? 저는…… 저는 아버지를 실망시키고 싶지 않아요."

"주님께 기쁨이 되는 일을 해야지." 욘 목사가 나이프로 끓는 물에서 생선을 꺼내며 말했다.

"저를 위해 기도해주실 거죠, 아버지?"

토티는 기다렸지만 대답이 돌아오지 않았다. 아마도 살인자를 만나는 일에는 당신이 더 적합하다고 여기실 거야, 토티는 생각했다. 그 여자가 나를 선택한 걸 질투하시는지도 몰라. 그는 아버지가 칼날에 붙은 생선살을 핥는 모습을 지켜보았다. 그 여자가 나를 선택한 걸 말이야. 토티는 속으로 되뇌었다.

"돌아와서 나를 깨우지 말거라." 돌아서서 나가는 아들에게 욘 목사가 큰 소리로 말했다.

토티는 말에 안장을 얹고 올라탔다. "이제 시작이구나." 그가 조용히 속삭이고 양 무릎을 부드럽게 조여 말을 출발시키며 오두막을 돌아보았다. 부엌에서 피어오른 가느다란 연기가 오후의 이슬비 속으로 흩어졌다.

교회 옆 계곡의 긴 풀들을 헤치고 가면서, 토티는 무슨 말을 어떻게 해야 할지 생각해보았다. 친절하고 따뜻하게 말해야 할까? 아니면 블뢴달처럼 엄격하고 강하게 나가야 할까? 그는 말 위에서 다양한 어조와 인사말을 연습했다. 어쩌면 여자를 보고 결정하는 게 좋을지도 몰랐다. 그러다가 그는 예상치 못한 작은 전율을 느꼈다. 그녀는 평범한 하녀일 뿐이지만, 동시에 살인자이기도 했다. 두 남자를 죽였다. 짐승처럼 도살했다. 그는 소리 없이 입술을 움직여보았다. 살인자. 그 단어가 우유처럼 그의 입속을 굴렀다.

지평선에 바다가 어른거리는 북쪽 반도를 지나갈 무렵, 구름이 차츰 걷히면서 유월 말의 부드러운 붉은빛이 고갯마루로 밀려들었다. 물방울이 땅 위에서 반짝거리고, 언덕들은 차분한 분홍빛을 띠었으며, 그곳을 따라 머리 위를 흘러가는 구름의 그림자가 천천히 움직여 나아갔다. 날벌레들이 햇빛 속에 먼지 가루처럼 반짝였고, 수확을 앞둔 풀들의 달콤하고 축축한 냄새가 계곡의 서늘한 공기 속을 떠돌았다. 이런 시골 풍경을 조용히 감상하고 있자니 토티의 가슴을 무겁게 짓누르던 두려움도 흩어졌다.

우리는 모두 하느님의 자녀라고, 그는 생각했다. 그 여자도 예수 안에서 나의 누이야. 나는 영적 형제로서 그녀를 인도해야 해. 그는 미소를 짓고 천천히 말의 걸음을 재촉하며 속삭였다. "내가 그 여자를 구원할 거야."

2장

1828년 3월 3일

바튼스달뤼르 윈디르페들

죄수 아그네스 마그누스도티르는 1795년에 윈디르페들 교구의 플라가에서 태어났다. 1809년에 견진성사를 받았고, 당시 기록에 의하면 "두뇌가 명석하며, 기독교에 대한 지식과 이해가 풍부하고 깊다"라고 되어 있다.

이상, 윈디르페들 교적부에 기록된 내용입니다.

P. 비아르드나손

그들이 나를 방에서 끌어내 다시 수갑을 채웠다. 이번에는 법원 관원이 왔다. 피부가 얽고 미소가 불안한 젊은이로, 나는 그가 크밤뮈르의 하인임을 알아보았다. 그가 입을 벌리자 썩은 치아들이 보였다. 입 냄새는 고약했지만 내 입 냄새보다 고약하지는 않았다. 내가 악취덩어리라는 건 알고 있다. 내 몸에는 때와 내가 흘린 체액들, 피와 땀과 기름이 쌓여 두꺼운 층을 이루고 있다. 마지막으로 씻은 게 언제인지 모른다. 내 머리는 기름칠한 밧줄 같다. 머리를 묶고 싶었지만 사람들이 끈을 주지 않았다. 관원의 눈에 나는 괴물처럼 보였을 것이다. 아마도 그래서 미소를 지었으리라.

그가 나를 그 지독한 방에서 끌어내 어두운 복도를 지나 데려가는데 다른 사람들이 따라왔다. 아무도 말이 없었지만 등 뒤로 그들이 느껴졌다. 그들의 시선이 내 목덜미에 차가운 손아귀처럼 닿았다. 이어 나는 오직 나 자신의 악취와 요강만을 벗 삼아 몇 달을 지낸 방에서 스토라보르그의 흙바닥으로 이끌려 나왔다. 비가 오고 있었다.

다시 숨을 쉬는 느낌을 어떻게 표현할 수 있을까? 마치 새로 태어난 것 같았다. 나는 세상의 빛 속에 비틀거리며 맑은 바다 공기를 깊이 들이마셨다. 늦은 오후의 습기가 얼굴을 때렸다. 사람들이 나를 밖으로 끌어내던 그 짧은 순간, 내 영혼은 확 피어났다. 나는 흙바닥에 치마를 쏟으며 쓰러져 기도하듯 고개를 들었다. 빛을 다시 보게 된 기쁨에 울음이 터져 나올 것 같았다.

한 남자가 손을 뻗어서 잘못 뿌리내린 엉겅퀴를 뽑듯이 나를 끌어 올렸다. 그때야 비로소 나는 구경꾼이 모여 있다는 것을 깨달았다. 처음에는 왜 남자 여자 할 것 없이 모두 그렇게 조용히 서서 나를 보고 있는지 알 수가 없었다. 하지만 곧 그들이 나를 보는 것이 아님을 알았다. 그들이 보는 것은 내가 아니었다. 나는 죽은 두 남자였다. 나는 불타는 농장이었고, 칼과 피였다.

이 사람들 앞에서 나는 어찌할 바를 몰랐다. 그때 로사가 어린 딸의 손을 잡고 멀찍이 서 있는 모습이 보였다. 아는 얼굴이 마음에 위안을 주었고, 나는 나도 모르게 미소 지었다. 하지만 그 미소는 잘못된 것이었다. 그것이 분노의 물꼬를 텄다. 하녀들의 얼굴이 뒤틀리는가 싶더니, 어떤 아이의 비명이 침묵을 깼다. 악마야! 비명이 간헐천처럼 공중으로 솟구쳐 올랐다. 내 얼굴에서 미소가 떨어졌다.

그 소리가 사람들을 깨운 것 같았다. 누군가가 차갑게 웃었고, 소리친 아이는 어떤 여자에게 이끌려 가버렸다. 사람들이 하나둘 집 안으로 또는 하던 일로 돌아가, 가랑비 속에는 나와 관원들만 남았다. 내 스타킹은 마른땀으로 뻣뻣했고, 내 심장은 불결한 피부 안쪽에서 이글거렸다. 다시 보니 로사도 떠나고 없었다.

이제 우리는 말을 타고 아이슬란드 북부를 지나간다. 물속에 잠긴, 대양 속에 웅크린 이 섬을. 산과 언덕들 위로 우리의 그림자가 우리를 앞서간다.

그들은 나를 매장지로 이송하는 송장처럼 안장에 묶었다. 그들의 눈에 나는 이미 죽은 여자, 곧 무덤에 누울 여자다. 두 팔은 앞으로 묶여 있다. 이런 끔찍스러운 행렬을 이루어 달리는 내내 수갑이 살을 찔러 눈앞에서 피가 흘러내린다. 몸을 다치는 것쯤이야 이제는 놀랄 일도 아니다. 스토라보르그의 간수들이 소소하게 폭력을 휘둘러 내 몸에 미움을 기록한 터다. 피부 여기저기에 흉터와 멍 자국이 성단처럼 피어났다. 피부에 갇힌 검고 누런 연기. 그중에는 나탄을 알던 자들도 있을 것이다.

하지만 이제 사람들은 나를 동쪽으로 데려가는 중이고, 비록 도살장에 끌려가는 양처럼 묶여 있지만 나는 바위보다 풀이 가득한 계곡 지대로 돌아간다는 사실이 감사하다. 거기서 죽는다 해도.

말들이 더부룩한 풀밭 지대를 힘겹게 지나가는 동안 나는 생각한다. 나를 언제 죽일까. 그때까지 어디에 둘까. 버터처럼, 훈제 고기처럼 지하 저장소에 둘까. 시체처럼 땅이 녹을 때까지 보관해두었다가 돌멩이처럼 흙 속에 던져버릴까.

이런 것을 그들은 내게 말해주지 않는다. 대신 수갑을 채워 끌고 가고, 나는 소처럼 끌려간다. 발버둥칠 수는 없다. 그러면 바로 칼이 들이닥친다. 밧줄과 냉혹한 종말이 닥친다. 나는 고개를 숙인 채 끌려가면서 그곳이 무덤이 아니기를 바란다, 아직은.

날파리들은 나쁘다. 놈들이 내 얼굴과 눈 위를 기어다니며 발과 날개로 나를 간질인다. 놈들을 부르는 것은 땀이다. 하지만 수갑이 너무 무거워 놈들을 떨쳐낼 수가 없다. 남자용 수갑이지만, 그들이 내 살갗에 바짝 닿도록 조여놓았다.

그래도 움직인다는 것, 다리에 말의 온기를 느끼는 것, 생명을 느끼는 것, 지독하게 춥지 않다는 것이 위안을 준다. 나는 오랫동안 반쯤 얼어 지냈다. 겨울이 내 골수에 들어와 뿌리를 내린 것 같았다. 끝도 없는 날들을 어두운 실내에 갇혀 증오의 눈길만 받으며 지내다 보면 누구라도 뼈에 얼음이 서린다. 그래서 이렇게 밖에 나온 것이 좋다. 날파리가 가득해도, 관 속의 시체처럼 방 안에서 썩어가는 것보다는 어딘가로 가는 것이 좋다.

붕붕거리는 벌레 소리와 규칙적인 말발굽 소리를 뚫고 먼 데서 철썩이는 소리가 들린다. 아마 바다일 것이다. 싱게이라르의 모래밭을 하염없이 두드리는 파도 소리. 아니, 어쩌면 환청인지도 모른다. 바다가 내 머릿속으로 스며든다. 언젠가 나탄이 말했듯이, 바다를 안에 들여놓으면 그것은 우리를 떠나지 않는다. 꼭 여자 같지, 하고 그는 말했다. 바다는 잔소리쟁이라고.

이들뤼가스타디르에서 맞는 첫 봄이었다. 빛은 사냥당한 짐승처럼 눈을 동그랗게 뜨고 바들바들 떨면서 왔다. 바다는 텅 비어 있었다. 나탄은 바다의 은색 살갗 위로 배를 밀고 나가 노를 물에 담갔다.

"교회 묘지처럼 조용하네." 그가 웃으며 말했다. 나탄의 두 팔이 오르락내리락하며 물을 밀었다. 나무 삐거덕거리는 소리, 노가 바다의 표면을 때리는 소리가 잔잔하게 울렸다. "내가 없어도 잘 지내야 돼."

그 사람은 생각하지 말자.

우리가 얼마나 왔지? 한 시간? 두 시간? 시간이 기름처럼 미끈거린다. 하지만 두 시간이 넘지는 않았을 것이다. 나는 이 지역을 안다. 우리는 지금 남쪽으로 가고 있고, 어쩌면 바튼스달뤼르 쪽인지도 모른다. 묘하게도 심장이 쿵쿵거린다. 내가 이 지역을 마지막으로 본 것이 언제였지? 서너 해 전인가? 그보다 더 전인가? 하지만 아무것도 변하지 않았다.

내게 이곳은 가장 고향에 가까운 곳이다.

계곡 입구의 이상한 언덕들을 지나가는데 까마귀 울음소리가 들린다. 그들의 검은 몸통은 밝고 파란 하늘 아래 어떤 징조 같다. 스토라보르그의 축축한 잠자리에서 많은 밤을 보내는 동안, 나는 밖에 나가서 플라가의 까마귀들에게 먹이를 주는 상상을 했다. 까마귀는 잔인하지만 똑똑한 새다. 다정함으로 사랑받을 수 없는 짐승은 지혜로 사랑받아야 한다. 어린 시절 까마귀들이 윈디르페들 교회 지붕에 모여 누가 죽을지 살피는 모습을 보았다. 나는 까마귀가 언제 깃털을 흔들어 떨굴지, 그런 뒤 어느 방향으로 부리를 돌릴지 보려고 담장에 앉아 기다렸다. 한 번 그런 일이 정말 일어났다. 까마귀가 박공지붕에 앉아서 부리를 바키 농장 쪽으로 돌렸고, 며칠 뒤에 물에 빠져 죽은 사내아이가 하류에서 검게 불은 시체로 발견되었다. 까마귀는 알고 있었다.

시가는 악몽과 유령에 대해 배우지 않았다. 어느 날 밤 우리 둘이 이들뤼가스타디르에서 함께 뜨개질을 하고 있는데, 바다 쪽에서 뼛속까지 얼어붙을 만큼 섬뜩한 까마귀 울음소리가 들렸다. 나는 시가에게 밤에는 까마귀를 부르지도 말고 까마귀에게 먹이를 주지도 말라고 했다. 밤에 우는 새는 유령이라고, 사람을 보면 그 자리에서 죽인다고 했다. 시가는 그때 겁을 먹었던 것 같다. 안 그랬다면 나중에 그런 말을 하지 않았으리라.

시가는 지금 어디 있을까. 왜 사람들은 우리 둘을 스토라보르그에 함께 감금하지 않았을까. 그들은 어느 날 아침 내가 수갑을 차고 있을 때 시가를 데려갔다. 어디로 가는지는 일러주지 않았다. 내가 몇 번이나 물었지만 "너한테서 떼어놓는 거야. 더는 알 필요 없어" 하는 대답뿐이었다.

"아그네스 마그누스도티르!"

내 옆을 달리는 남자의 표정은 굳어 있다.

"아그네스 마그누스도티르는 처형 때까지 코르든사우에 구금되어 지내게 되었음을 알린다." 그가 무언가를 읽는다. 그의 시선은 자기 장갑을 향해 있다. "이 나라 법원에서 유죄판결을 받은 죄수로서 자유를 박탈한다." 그가 종이를 접어 장갑 안에 넣는다. "인상 펴는 게 좋아. 코르든사우 사람들은 점잖은 분들이니까."

아, 그렇다면 미소를 지어보죠. 어떤가요? 내 입술이 벌어지는 게 보이나요? 내 이가 보이나요?

그가 내 옆을 지나가자 땀에 젖은 셔츠 등판이 보인다. 의도된 처분일까? 하고많은 곳 가운데 코르든사우라니.

스토라보르그의 창고에 갇혀 있던 어제라면 코르든사우가 천국처럼 느껴졌을 것이다. 어린 시절의 땅과 강, 새파란 풀, 봄이면 여기저기 물이 흐르는 잔디 언덕. 하지만 이제 그 모든 것이 모욕처럼 느껴진다. 그곳 사람들은 나를 안다. 그들은 예전의 나, 아기였던 나와 어린아이였던 나를, 그리고 이 농장 저 농장을 뛰어다니며 일하던 여자를 기억하겠지만, 살인 사건 앞에서 그 아이와 여자는 잊힐 것이다. 차마 주변을 둘러볼 수가 없다. 말갈기를 보니 이가 기어다니고 있다. 본래 말에 있던 것인지 내게서 옮은 것인지 알 수 없다.

*

토티 목사는 낮은 문간에서 허리를 숙이고 자정의 불그스름한 햇빛을 실눈으로 바라보았다. 농장 북쪽 들판 낮은 쪽에 말을 타고 오는 행렬이 보였다. 그는 기수들 사이에 그 여자가 있는지 살펴보았다. 황금빛 건초의 물결에 싸여서 사람들은 검은 형체로만 보였다.

마르그리에트가 밖으로 나와 그의 등 뒤에 섰다.

"간수 몇 명은 두고 갔으면 좋겠는데요. 여자가 밤에 우리를 죽이지 못하게요."

토티는 고개를 돌려 마르그리에트의 딱딱한 얼굴을 보았다. 역시 실눈을 뜨고 말 탄 행렬을 바라보는 그녀의 이마에 주름이 깊게 패어 있었다. 반백의 머리는 두 갈래로 땋아서 틀어 올렸고, 좋은 모자를 썼다. 그러고 보니 아까 그를 맞을 때 걸치고 있던 더러운 앞치마도 없었다.

"따님들도 함께 나와 있을 건가요?"

"애들은 피곤해서 서 있을 수도 없어요. 제가 잠자리에 들였어요. 도대체 왜 죄수를 한밤중에 보내는 거죠?"

"이웃에 불편을 주지 않으려고 그러는 것 같습니다." 그가 요령 있게 말했다.

마르그리에트는 입술을 깨물었다. 그녀의 두 뺨 위로 홍조가 번졌다.

"저는 악마의 자식과 한집에서 지내고 싶지 않아요." 그녀가 속삭이듯 나직하게 말했다. "목사님, 우리가 그 여자를 원하지 않는다는 것을 사람들이 알아야 해요. 그 여자를 스토라보르그에 둘 수 없다면 섬에 데려다 놓으면 되잖아요."

"우리는 모두 맡은 의무를 수행해야 합니다." 토티가 굽이를 돌아오는 행렬을 바라보며 조용히 말했다. 그런 뒤 가슴 주머니에서 코담배를 꺼내 왼손 엄지 아래 움푹한 곳에 놓고 고개를 숙여 냄새를 맡았다.

마르그리에트는 기침을 하더니 침을 뱉었다. "우리가 밤에 돼지처럼 꼼짝 못 하게 되어도요, 목사님? 목사님도 남자, 젊은 남자긴 하지만 하느님의 남자죠. 그 여자가 목사님을 죽이지는 않을 거예요. 하지만 우리는요? 우리 딸들은요? 우리가 어떻게 편히 자겠어요?"

"관원을 남겨둘 겁니다." 토티가 그들을 향해 천천히 말을 달려오는 한 사람에게 눈길을 돌리며 말했다.

"그래야죠. 안 그러면 제가 직접 그 여자를 스토라보르그로 도로 데려갈 거예요."

마르그리에트는 배에 올린 두 손을 비틀면서, 바트스달스피아들 산맥 위로 조용히 날아가는 작은 갈까마귀떼로 시선을 돌렸다. 하늘을 빙글빙글 도는 까마귀들은 마치 재 같았다.

"목사님은 전통을 중시하시나요?" 마르그리에트가 물었다.

토티는 그 질문의 의미를 생각하며 그녀를 돌아보았다. "전통이 고귀함과 기독교를 의미하는 것이라면요."

"까마귀떼가 의미하는 게 무언지 아시나요?"

토티는 고개를 저었다.

"음모예요, 목사님. 음모요." 마르그리에트는 반항하듯 한쪽 눈썹을 치올렸다.

토티는 까마귀들이 외양간 처마에 내려앉는 모습을 바라보았다. "그런가요, 부인? 저는 냉혹함인 줄 알았습니다."

마르그리에트가 이에 대답할 겨를도 없이, 그들을 향해 말을 몰아 오던 사람이 집 앞의 건초밭에 이르렀다.

"안녕들 하십니까?" 그가 소리쳤다.

"안녕하십니까. 주님의 축복이 있기를." 그들이 한목소리로 대답했다. 마르그리에트와 토티는 말에서 내린 남자에게 다가가 정중하고 전통적인 입맞춤으로 인사했다. 남자는 땀에 젖어 있었고 말 냄새를 강하게 풍겼다.

"죄수를 데리고 왔습니다." 그가 숨을 몰아쉬며 말했다. "먼 길에 지쳤을 거예요." 그는 말을 잠시 멈추고 모자를 벗어 손으로 젖은 머리를 훑었다. "문제를 일으키지는 않을 겁니다."

마르그리에트는 끙 소리를 냈다.

남자가 차가운 미소를 지었다. "저희는 여기서 오늘 밤을 보내며 댁의 안전을 지키라는 명령을 받았습니다. 건초밭에서 야영할 겁니다."

마르그리에트가 무겁게 고개를 끄덕였다. "하지만 풀을 짓밟으시면 안 돼요. 우유를 가져다드릴까요? 유청이나 물은?"

"고맙습니다. 귀댁의 친절에 보상이 있을 것입니다."

"그런 건 필요 없어요." 마르그리에트가 입술을 오므렸다. "그저 저 사악한 여자가 우리 집 부엌칼에 손을 못 대게만 해주세요."

남자는 조용히 웃고 마르그리에트를 따라 뗏장 오두막으로 들어가려 했다. 토티가 그의 팔을 잡았다.

"죄수가 저와 이야기할 것을 청했습니다. 여자는 지금 어디 있나요?"

남자는 가장 뒤쪽에 처져서 오는 말을 가리켰다. "입 냄새가 지독한 사람이 그 여자입니다. 어린 하녀는 미드호프에 남아 있습니다. 청원 결과를 기다린다더군요."

"청원이라고요? 확정판결을 받은 게 아니었습니까?"

"바튼스네스 사람들이 국왕께서 시가를 사면해주기를 바라고 있습니다. 죽기에는 너무 어리고 순진해서요." 남자는 얼굴을 찌푸렸다. "저 여자하고는 다르지요. 시가는 성품이 나쁘지 않습니다."

"그래서 청원 결과를 기다린다고요?"

남자가 웃었다. "저도 마음에 들지는 않습니다. 블뢴달이 뒤를 봐주고 있어요. 자기 아내와 닮은 구석이 있다더군요. 반면 이 여자는……. 블뢴달은 이 여자를 본보기로 삼고 싶어 합니다."

토티는 이제 집 앞 건초밭 가장자리에 모인 말들을 바라보았다. 남자들이 말에서 내려 짐을 부리기 시작했다. 말 위에 남아 있는 건 한 사람뿐이었다. 토티가 남자에게 고개를 기울였다.

"저 여자한테 특별한 명칭이 있나요? 뭐라고 불러야……."

"그냥 아그네스라고 부르십시오. 그러면 대답할 겁니다." 남자가 재빨리 말했다.

✽

그곳에 도착했다. 스토라보르그의 남자들은 코르든사우의 찌그러진 농가에서 약간 떨어진 곳에 멈추어 말에서 내리고 있다. 오두막 앞에 두 사람이 서 있다. 여자 하나와 남자 하나다. 내 자유가 박탈되었음을 알려준 남자가 그들에게 다가간다. 누구도 내 수갑을 풀어주지 않는다. 아마 나를 잊은 모양이다. 여자는 고개를 숙이고 노파처럼 기침하며 안으로 들어가지만 남자는 남아서 스토라보르그의 관원과 이야기를 나눈다.

왼쪽에서 웃음소리가 들린다. 두 관원이 땅에 소변을 보고 있다. 따뜻한 공기 속에 오줌 냄새가 올라온다. 언제나처럼, 내가 하루 종일 아무것도 먹고 마시지 못했다는 사실에는 아무도 신경 쓰지 않는다. 배고프던 어린 시절과 똑같은 느낌이 든다. 몸이 쪼그라들어 뼈가 몸 바깥으로 뚫고 나갈 것 같다. 월경도 그쳤다. 나는 더이상 여자가 아니다.

한 남자가 건초밭 위를 성큼성큼 걸어 내게 다가온다. 그 사람을 보면 안 된다.

"안녕하십니까, 아그네스……. 나는 소르바르드뒤르 욘손이고, 베스튀르호프 교구 브레이다볼스타뒤르 교회의 부목사입니다." 그가 숨을 헐떡이며 말한다.

고개를 들면 안 돼. 그 사람이야. 그 목소리야.

그가 기침을 하고 관습에 따라 내게 입맞추기 위해 허리를 굽히는 듯하더니, 잠시 망설이며 뒤로 물러서다가 덩어리진 풀에 걸려 넘어질 뻔한다. 내 스타킹에서 마른 오줌 냄새를 맡은 모양이다.

"저를 요청했다고 들었습니다만." 불안한 목소리다.

나는 고개를 든다.

그는 나를 알아보지 못한다. 다행인지 실망스러운 일인지 모르겠다. 그의 머리는 전과 똑같은 붉은색이다. 자정의 태양 같은 붉은색. 물들인 털실 같다. 하지만 얼굴은 나이를 먹었다. 그때보다 여위었다.

"저를 요청했다고 들었는데요." 그가 다시 말한다. 내가 눈을 마주 바라보자, 그는 고개를 돌리고 불안스레 윗입술의 땀을 닦아 검은 자국을 남긴다. 코담배인가? 그는 여기 있고 싶어 하지 않는다.

혀가 부어서 말을 만들어낼 수가 없다. 이렇게 된 마당에 그에게 무슨 말을 할까? 나는 수갑에 쓸린 자리에 앉은 딱지를 뜯는다. 피가 솟는다. 그가 그 피를 본다.

"어쨌건…… 만나서 반갑습니다. 하지만…… 시간이 늦었으니…… 음, 곧 다시 보러 오지요." 그는 어색하게 인사하고 돌아섰다가 서두르는 통에 약간 비틀거린다. 내가 알았다고 대답도 하기 전에 떠나버린다. 말을 타러 가는 그의 모습을 보면서, 나는 새로 솟은 피를 팔에 문지른다.

이제 나는 혼자다. 갈까마귀들이 보이고 말들이 풀을 뜯는 소리가 들린다.

✱

스토라보르그의 남자들이 식사를 하고 천막으로 물러가자 마르그리에트는 그릇을 수거해서 집 안으로 가지고 들어갔다. 그런 뒤 딸들이 덮은 모포를 매만져 펴주고, 천천히 방을 돌며 서까래 사이 뗏장에서 떨어진 마른풀 조각들을 주웠다. 방 안의 그 많은 흙에 마르그리에트는 새삼 절망을 느꼈다. 한때 벽에 둘려 있던 노르웨이제 목판은 욘이 계곡 건너편 농부에게 진 빚을 갚는 데 쓰였다. 이제 뗏장이 드러난 맨벽은 여름이면 침대 위로 흙과 풀을 뿌리고 겨울이면 습기를 머금고 곰팡이를 떨구어서 식구들의 폐를 괴롭혔다. 집 전체가 해체되면서 식구들도 같이 쓰러뜨리는 것 같았다. 작년에는 하인 둘이 습기 때문에 병을 얻어 죽었다.

마르그리에트는 자신의 기침병을 떠올리며 본능적으로 손을 입으로 올렸다. 군수가 전한 소식을 들은 뒤로 그녀의 폐는 점점 더 자주 기침을 토했다. 아침에 일어날 때마다 가슴에 돌덩이가 얹힌 듯한 기분이었다. 죄수와 함께 살게 되어서인지 밤 동안 폐에 찌꺼기가 쌓여서인지 알 수 없었지만, 어쨌건 마르그리에트는 자꾸 무덤을 생각하게 되었다. 모든 것이 안으로 무너지는 것 같았다.

관원 한 명이 말들에 묶어둔 아그네스를 데리러 나갔다. 마르그리에트는 남자들에게 식사를 가져다줄 때 멀리서 여자를 언뜻 보았을 뿐이었다. 치마를 입은 푸르딩딩한 얼룩 같은 형체가 말에서 내려지고 있었다. 이제 그녀의 심장이 쿵쿵 뛰었다. 살인자가 곧 눈앞에 나타날 것이다. 그 여자의 얼굴을 볼 것이다. 그리고 좁은 실내에서 여자의 체온을 느낄 것이다. 어떻게 해야 하지? 그런 여자 앞에서는 어떻게 행동해야 하는 걸까?

욘이 집에 있었다면. 그녀는 생각했다. 내가 그 여자에게 뭐라고 해야 할지 그가 일러주었을 텐데. 거친 인생을 산 여자는 남자가, 선량한 남자가 다루어야 한다.

마르그리에트는 자리에 앉아 손에 쥔 풀을 건성으로 뜯었다. 사십 년 가까운 세월 동안 네 개의 농장에서 남편의 하인들을 관리했는데도 불안과 두려움이 무겁게 몸을 내리눌렀다. 이 여자, 아그네스라는 이름의 이 여자는 하인이 아니고, 당연히 손님도 아니고, 교구 빈민도 아니었다. 자선을 베풀 필요도 없고, 어쨌건 곧 죽을 것이다. 마르그리에트는 몸을 떨었다. 램프 불빛에 그녀의 그림자가 바닥에서 이리저리 흔들렸다.

집 문 앞에 둔탁한 발소리가 다가왔다. 마르그리에트가 벌떡 일어나며 주먹을 풀자 쥐고 있던 풀들이 바닥에 떨어졌다.

관원의 목소리가 복도 그림자 속에서 울렸다.

"마르그리에트 부인? 죄수를 데려왔습니다. 안에 들어가도 될까요?"

마르그리에트는 심호흡을 하고 허리를 펴면서 말했다. "이쪽이에요."

관원이 먼저 바스토바에 들어와 두 손으로 앞치마를 잡고 뻣뻣하게 선 마르그리에트에게 밝게 웃어 보였다. 잠든 딸들을 돌아보며, 그녀는 자신의 목에서 맥박이 뛰는 것을 느꼈다.

관원이 눈을 깜박이며 어두운 조명에 눈을 익히는 동안 잠시 침묵이 흐르는가 싶더니, 그가 불쑥 여자를 방으로 들였다.

그토록 불결하고 비참한 몰골의 여자를 보게 될 줄은 미처 몰랐다. 죄수는 성근 모직으로 만든 평범한 하인의 작업복을 입은 듯했는데, 옷이 너무 더러워져 본래의 파란색은 목선과 소매의 검누런 기름때 아래로 간신히 보일 뿐이었다. 두껍게 말라붙은 진흙이 치마를 아래로 끌어당기고 있었다. 색 바랜 파란 스타킹은 완전히 젖어서 발목까지 흘러내렸고, 한쪽은 찢어져서 흰 살을 드러냈다. 물범 가죽으로 만들어진 듯한 구두는 솔기가 터져 있었는데, 진흙 때문에 얼마나 망가졌는지조차 알 수 없었다. 모자를 쓰지 않은 더러운 머리는 두 갈래로 땋아 내렸다. 풀어진 몇 가닥이 목 옆에 힘없이 늘어져 있었다. 여기까지 땅에 질질 끌려온 것 같다고 마르그리에트는 생각했다. 얼굴은 보이지 않았다. 여자는 바닥을 보고 있었다.

"고개 들어봐."

아그네스는 천천히 고개를 들었다. 입가에 피가 말라붙어 있는데다 이마에도 더러움이 가득해서 마르그리에트는 움찔했다. 턱에서 목 옆쪽으로 노란 멍이 퍼져 있었다. 아그네스의 파닥이는 눈빛이 마르그리에트를 올려다보자, 그녀는 그 강렬함에 기가 질리는 느낌이었다. 얼굴의 더러움 때문에 눈이 더욱 밝고 또렷해 보였다.

"사람들에게 맞았군요." 마르그리에트가 관원에게 말했다. 관원은 마르그리에트의 얼굴에서 즐거움의 기색을 찾아보았지만 그런 것이 없자 눈을 내렸다. "짐은 어디 있죠?"

"입고 있는 옷이 전부입니다." 관원이 말했다. "다른 물품은 몰수해서 여자의 식비로 썼습니다."

마르그리에트는 갑자기 분노에 사로잡혀 여자의 손목을 조인 수갑을 가리켰다.

"꼭 이렇게 도살장에 끌고 가는 양처럼 묶어야 하나요?" 그녀가 물었다.

관원은 어깨를 으쓱해 보이더니 옷 속에서 열쇠를 꺼냈다. 그러곤 능숙한 몇 차례의 손놀림으로 아그네스의 수갑을 풀었다. 그녀의 두 팔이 옆으로 떨어졌다.

"이제 가보세요." 마르그리에트가 관원에게 말했다. "이따가 잠을 잘 때 한 분이 들어오시면 돼요. 하지만 지금은 잠시 둘이 있고 싶군요."

관원의 눈이 휘둥그레졌다. "정말입니까? 위험할 텐데요."

"말씀드렸듯이 잠을 잘 때는 부탁드리죠. 문밖에서 기다리세요. 필요하면 부를게요."

관원은 망설였지만 고개를 끄덕인 뒤 경례를 하고 나갔다. 마르그리에트는 아그네스를 돌아보았다. 그녀는 꼼짝 않고 방 가운데 서 있었다.

"자, 나를 따라와." 그녀가 말했다.

마르그리에트는 여자에게 손을 대고 싶지 않았지만, 방 안이 너무 어두워 팔을 잡지 않고는 여자를 제대로 데리고 갈 수가 없었다. 손끝에 여자의 팔목 뼈와 말라붙은 피가 느껴졌다. 여자에게서는 묵은 오줌 냄새가 풍겼다.

"이쪽으로." 마르그리에트는 낮은 문 앞에서 고개를 숙이고 천천히 부엌으로 들어섰다.

부엌은 돌멩이를 쌓아 만든 화덕의 깜부기불이 빛을 뿌리고, 뗏장 지붕에 난 작은 구멍이 굴뚝 역할을 하는 곳이었다. 그 구멍으로 희미한 분홍색 빛이 들어와 단단한 흙바닥과 부억을 떠도는 연기를 비추었다. 마르그리에트는 아그네스를 안으로 들인 뒤 몸을 돌려 그녀를 보았다.

“옷을 벗어. 우리 집에서 자려면 씻어야 돼. 지금보다 이가 더 들끓게 만들고 싶지는 않으니까.”

아그네스는 무표정했다. “물은 어디 있나요?” 여자가 갈라진 목소리로 말했다.

마르그리에트는 망설이다가 불 위에 얹은 큰 주전자로 돌아섰다. 그러곤 그 안에 넣어 불리던 사기그릇들을 꺼낸 뒤 주전자를 들어 바닥에 내려놓았다.

“여기 있어.” 그녀가 말했다. “따뜻해. 꾸물거리지 마. 이미 자정이 지났어.”

아그네스는 주전자를 보더니 바닥에 털썩 주저앉았다. 처음에 마르그리에트는 여자가 기절한 줄 알았지만 아니었다. 아그네스는 주전자로 고개를 숙이더니 기름이 둥둥 뜬 물을 두 손으로 퍼서 짐승처럼 마셨다. 물이 턱과 목을 흘러 뻣뻣한 드레스 주름 속으로 들어갔다. 마르그리에트는 자신도 모르게 아그네스의 머리를 잡고 주전자에서 떼어냈다.

여자는 팔꿈치로 쓰러져서 소리를 질렀다. 입에서 물이 꼴깍거렸다. 그 소리에 마르그리에트는 심장이 움찔했다. 아그네스의 눈은 반쯤 감기고 입은 벌어져 있었다. 술에 취하거나 귀신이 들리거나 식구들이 몰살당해 정신이 나간 사람 같았다.

아그네스는 신음 소리를 내며 손등으로 입을 문지르곤 이어 옷을 문질렀다. 그러더니 몸을 일으켜 일어서려고 했다.

"목이 말라요."

마르그리에트는 고개를 끄덕였다. 심장이 여전히 쿵쾅거렸다. 그녀는 침을 꿀꺽 삼키고 말했다.

"다음부터는 컵을 달라고 해."

*

브레이다볼스타뒤르 교회 인근에 있는 아버지의 오두막에 돌아왔을 때, 토티 목사는 온통 땀으로 젖어 있었다. 코르든사우에서 말 옆구리를 콱콱 찔러가며 달려온 참이었다. 바람을 맞고 오느라 두 뺨이 빨갛게 상기되어 있었다.

그는 입에 거품을 문 말의 걸음을 늦추고 오두막 입구 근처의 울타리 쪽문으로 갔다. 그러곤 다리를 덜덜 떨며 말에서 내렸다. 그사이 강해진 바람이 촘촘한 옷감 사이로 비집고 들어오자 땀에 젖은 피부가 서늘해졌다가 곧 가려워졌다. 토티는 턱을 앙다물었다. 쪽문 안으로 들어가는데 고삐를 감아쥔 두 손이 덜덜 떨렸다.

바다에서 무거운 구름들이 밀려와, 하지가 지난 지 얼마 되지 않았는데도 빛이 빠르게 사라져갔다. 토티는 젖은 옷깃을 목 위로 잡아 올리고 모자를 꾹 눌러썼다. 이어 말의 엉덩이를 두드려준 뒤 교회로 이어지는 완만한 오르막길을 걸어 오르기 시작했다. 몸이 물기를 짜서 땅 위에 던져놓은 뒤틀린 걸레처럼 느껴졌다. 빛이 좀처럼 떠나지 않고 밤새도록 부연 기운을 뿌리는 이 북부의 날들이 그는 편치 않았다. 남부의 학교에 다닐 때처럼 빛을 보고 시간을 짐작할 수도 없었다.

비가 떨어지기 시작했고 바람도 거세졌다. 강풍이 키 큰 풀들을 후려쳐 줄기를 땅에 때려눕혔다가 다시 하늘로 세워 올리기를 반복했다. 풀은 어둑어둑한 빛 속에서 은색으로 빛났다.

토티는 근육을 쭉쭉 펴고 언덕을 성큼성큼 올라가면서 여자와의 만남을 떠올렸다. 그 여자, 죄수. 아그네스.

처음 눈에 들어왔던 것은 미끄러지지 않도록 말 위에 다리를 벌려 앉히고 안장에 묶어놓은 여자의 모습이었다. 그런 뒤 그는 여자의 냄새를 맡았다. 돌보지 않은 몸의 지독한 냄새, 빨지 않은 옷과 그 위로 흘린 땀, 말라 굳은 피, 그리고 벌린 다리 사이의 어떤 냄새. 여자들 고유의 악취. 그 생각에 이르자 그는 얼굴이 붉어졌다.

하지만 그의 속을 뒤집은 것은 그런 냄새가 아니었다. 그녀는 무덤에서 파낸 송장 같았다. 기름때에 찌든 검은 머리와 모공을 덮은 검누런 때. 흡사 나병의 색이었다.

그는 그녀의 모습에서 고개를 돌리고 싶었고, 달아나고 싶었다. 겁쟁이처럼.

가랑비와 바람 속에 몸을 웅크린 채 토티는 자신을 나무랐다. 망가진 육신을 보고 달아나고 싶다면 너는 대체 뭐 하는 사람이지? 고통의 모습을 견디지 못한다면 어떤 사제가 되겠어?

가장 심란했던 것은 여자의 턱에 박힌 선명한 멍 자국이었다. 말린 달걀노른자처럼 무르익은 노란빛이었다. 도대체 얼마나 강한 힘이 그런 멍 자국을 남긴 걸까. 남자의 거친 손이 그녀의 목을 움켜잡았던 걸까. 밧줄에 묶였던 걸까. 넘어지거나 부딪혔던 걸까.

사람이 다치는 방법이 너무나 많다고 토티는 생각했다. 그는 교회 묘지에 이르러 손으로 문을 더듬었다.

사고였을 수도 있어. 자해를 했을 수도 있고.

그는 그림자에 잠긴 무덤들과 나무 십자가들에 눈길을 주지 않고 교회로 이어진 돌길을 서둘러 걸었다. 그러곤 주머니에서 조악한 열쇠를 꺼내 교회 문을 열고 안으로 들어갔다. 나무 문을 닫아 바람의 나직한 울음을 막으니 마음이 놓였다. 교회 안은 아주 고요했다. 들리는 것이라곤 하나뿐인 창문, 그러니까 물고기 껍질로 막은 구멍에 가볍게 떨어지는 빗소리뿐이었다.

토티는 모자를 벗고 손으로 머리를 흩뜨렸다. 그런 뒤 마룻널을 삐걱이며 설교단으로 가 거기 잠시 선 채 눈을 찌푸리고 제단 뒤 벽화를 보았다. 〈최후의 만찬〉이었다.

벽화는 보기 흉했다. 식탁은 크고 예수는 납작 눌려 있었다. 그림자 속에 숨은 유다는 트롤처럼 우스꽝스러웠다. 덴마크 여자와 결혼하고 정부에 연줄을 가진 지역 상인의 아들이 그린 그림이었다. 어느 일요일 예배가 끝난 뒤 토티는 그 상인이 욘 목사에게 벽화에서 물감이 떨어진다고 지적하는 소리를 들었다. 상인은 그러면서 자기 아들 이야기를 했다. 미술에 재능이 있어서 코펜하겐에서 장학금을 받고 공부한다고, 만약 욘 목사가 허락해준다면 교구에 대한 애정으로 필요한 모든 재료를 자비로 구입하고 아들의 노력도 무료로 기증하겠다고 했다. 물론 절약이 몸에 밴 토티의 아버지는 옛 그림 위에 새 벽화를 덮어 그리도록 허락했다.

토티는 이전의 벽화가 그리웠다. 그것은 야곱이 천사와 씨름하는 구약성서의 한 장면이었다. 야곱은 천사의 어깨에 얼굴을 묻은 채 천사의 깃털을 한 움큼 쥐고 있었다.

그는 한숨을 쉬고 무릎을 꿇었다. 그러곤 모자를 바닥에 내려놓은 뒤 두 손을 가슴 앞에 깍지 낀 채 소리 내어 기도하기 시작했다.

"하늘에 계신 아버지, 저의 죄를 용서해주소서. 제 나약함과 두려움을 용서해주소서. 제가 비겁함과 싸우게 해주소서. 고통을 참고 바라볼 능력을 키워주시고, 당신을 도와 고통에 빠진 이들을 구원하게 하소서.

주여, 참혹한 죄악을 저지른 이 여자의 영혼을 위해 기도합니다. 제가 이 사람에게서 참회를 이끌어낼 수 있게 해주소서.

제 마음은 두렵습니다. 무슨 말을 해야 할지 모르겠습니다. 불안합니다. 주님, 부디 이 여자에 대한 두려움을 이길 수 있도록 제 심장을 강하게 해주소서."

토티는 한동안 그렇게 무릎을 꿇고 있었다. 그러다 말이 고삐도 풀지 못한 채 비바람 속에 서 있다는 사실을 떠올리고서야 비로소 일어나 교회 문을 잠그고 나갔다.

✱

다음 날 마르그리에트는 일찍 잠에서 깨었다. 죄수로부터 가족들을 보호하기 위해 맞은편 침대에서 밤을 보낸 관원이 코를 골고 있었다. 그르렁거리는 코골이 소리가 꿈속에 들어와 그녀를 깨운 터였다.

마르그리에트는 벽 쪽으로 돌아누워 모포 귀퉁이를 귀에 쑤셔 박았지만 거친 코골이 소리를 막을 수는 없었다. 어느새 잠이 달아나버렸다. 그녀는 등을 대고 누운 채로 불 꺼진 방에서 관원이 자는 곳을 바라보았다. 기름에 전 금발에, 벌린 입은 베개에 닿아 있었다. 턱에는 여드름이 보였다.

이게 사람들이 살인자에게서 나를 보호하는 방법이구나. 그녀는 생각했다. 잘 자는 어린애를 보내주는 것 말이지.

마르그리에트는 방 끝 하인 구역의 침대에서 잠든 죄수에게로 눈길을 돌렸다. 여자는 조용히 자고 있었다. 딸들도 자고 있었다. 마르그리에트는 좀더 제대로 보려고 팔꿈치를 짚어 몸을 일으켰다.

아그네스.

마르그리에트는 소리 없이 입 모양으로만 말해보았다.

그녀를 세례명으로 부르는 것은 무언가 잘못된 일 같았다. 스토라보르그에서는 뭐라고 불렀을까? 죄수? 피고? 수감자? 어쩌면 이름의 부재, 그러니까 이름을 대신하는 침묵으로 여자를 불렀을 것이다.

마르그리에트는 부르르 몸을 떨고 모포를 둘렀다. 아그네스의 눈과 입은 굳게 닫혀 있었다. 마르그리에트가 준 모자가 밤

사이 느슨해졌는지 검은 머리가 비어져 나와 베개 위에 얼룩처럼 흩어져 있었다.

고뇌의 한 달을 보낸 뒤 마침내 여자를 만나고 보니 아주 이상한 기분이었다. 그 한 달은 두려움의 한 달이기도 했다. 팽팽한 두려움. 저 깊은 곳에서 무언가에 걸린, 그것이 무엇인지는 알 수 없지만 어쩔 수 없이 끌어 올려야 하는 낚싯줄처럼 팽팽한 두려움이었다.

욘이 블뤼달을 만나고 돌아온 뒤로 마르그리에트는 자신이 살인자를 어떻게 대할지, 또 그 여자가 어떻게 생겼을지 밤낮으로 상상해보았다.

어떤 여자가 남자들을 죽인다는 말인가?

마르그리에트가 알고 있는 여자 살인자는 사가의 주인공들뿐이었고, 거기서도 그들은 애인을 죽이라고 또는 일가의 죽음에 복수하라고 하인들에게 명령을 내릴 뿐이다. 그 여자들은 멀리서, 자기 손에 피를 묻히지 않은 채 죽였다.

하지만 지금은 사가의 시대가 아니다. 이 여자는 사가의 여자가 아니다. 이끼죽과 가난 속에 자란 하녀일 뿐이다.

마르그리에트는 다시 침대에 누워 자신이 가장 좋아했던 하인, 이제는 죽어서 윈디르페들 교회 묘지에 묻혀 있는 헤르디스를 떠올렸다. 헤르디스가 살인하는 모습을 상상해보았다.

헤르디스가 잠든 자신을 찌르는 모습을. 나탄 케틸손과 피에튀르 욘손이 그렇게 죽었다고 했지. 칼자루를 움켜쥔 가느다란 손가락, 어둠 속의 조용한 발소리.

불가능해.

언젠가 뢰이가가 살인자의 외형적 특징에 대해 이야기한 일이 있었다. 악마의 표시라 할 만한 언청이 입술이나 덧니, 큰 점, 그 밖의 특이한 외적 징표, 선량한 사람들이 미리 알고 조심할 수 있는 표시가 있지 않겠느냐고 말이다. 마르그리에트가 그런 것은 다 미신이라고 했지만, 뢰이가는 수긍하지 않았다.

마르그리에트는 그보다 그 여자가 미인일지가 궁금했다. 북부 사람들은 그 유명한 나탄 케틸손에게 미인을 잘 찾아내는 재주가 있다는 것을 알고 있었다. 사람들은 그가 주술사라고 생각했다.

마르그리에트의 이웃인 잉기비외르그는 나탄이 아그네스 때문에 시인 로사와 헤어졌다는 소문을 들었다고 했다. 그들은 그렇다면 그 하인이 더 미인일까 얘기했었다. 살인을 저지를 만한 미인은 충분히 상상할 수 있었다. 사가에도 그런 말이 있지 않은가. "마녀는 대개 피부가 곱다Opt er flagð í fögru skinni."

하지만 이 여자는 미녀도 추녀도 아니었다. 강렬한 인상이기는 했지만 젊은 남자들의 굶주린 눈길을 잡아끄는 종류는 아니었다. 몸집은 몹시 가냘팠다. 남부 사람들이라면 엘프 체형이라고 했을 것이다. 키는 보통 키였다. 어젯밤 부엌에서 보니 얼굴이 약간 길고 광대뼈가 높으며 콧대가 반듯한 것 같았다. 멍든 자국을 빼면 피부는 흰 편이었는데, 짙은 머리색 때문에 더 새하얘 보였다. 특이한 머리였다. 이 지역 여자들에게 그런 머리는 드물다. 그토록 길고, 또 거의 검게 보일 만큼 어두운 흑갈색 머리는.

마르그리에트는 모포를 턱까지 끌어당겼다. 관원의 코골이 소리는 그칠 생각을 않았다. 누가 들으면 산사태라도 나는 줄 알겠다고 그녀는 짜증스럽게 생각했다. 피곤한데다 가슴이 가래로 답답했다.

마르그리에트의 감은 눈 앞에 여자의 여러 가지 모습이 떠올랐다. 짐승처럼 주전자에서 물을 퍼먹던 모습. 옷을 벗지 못하던 모습. 신발 끈을 더듬던 손. 퉁퉁 부어 구부러지지 않던 손가락. 마르그리에트는 아그네스가 옷의 끈을 풀 수 있도록 옷 위에 말라붙은 흙을 떨구어주어야 했다. 연기로 가득한 작은 부엌에서 아그네스의 옷과 몸 냄새에 욕지기가 일었다. 마르그리에트는 숨을 참은 채 아그네스에게서 더러운 옷을 벗겨냈고, 옷이 여윈 어깨에서 바닥으로 떨어지며 먼지를 일으킬 땐 고개를 돌렸다.

아그네스의 어깨뼈도 떠올랐다. 아주 앙상한 뼈가 거친 속옷 밖으로 비죽 도드라져 있었다. 속옷은 목선이 누렜고 겨드랑이는 더러운 갈색이었다.

마르그리에트는 아침 식사를 하기 전에 여자의 옷을 다 태워버려야겠다고 생각했다. 어젯밤에는 그것을 바스토바에 들이고 싶지 않아 부엌 구석에 두었다. 올 사이사이마다 벼룩이 버글거렸다.

어찌어찌 그녀는 아그네스의 몸에서 때와 더러움을 대부분 닦아냈다. 아그네스는 혼자서 닦아보려고 팔다리 위로 힘없이 목욕 수건을 움직였지만, 때가 너무도 오래 묵어서 모공에 박혀버린 것 같았다. 결국 마르그리에트가 소매를 걷어붙이고 이를 악문 채 수건을 빼앗아서 수건이 새카매질 때까지 아그네스를 문질렀다. 그러면서 마르그리에트는, 자신도 모르게 뢰이가가 얘기한 살인자의 표식이 될 만한 반점 같은 것을 찾아보았다. 실마리라 할 만한 게 있다면 여자의 눈빛뿐이었다. 평범한 눈과 달랐다. 맑게 빛나는 파란색이지만 너무 연해서 예뻐 보이지는 않았다.

여자의 몸은 학대의 영토였다. 힘겨운 노동과 사고의 상처와 질병에 익숙한 마르그리에트조차 충격을 받았다.

어쩌면 자신이 너무 세게 문질렀는지도 모른다고 생각하면서, 마르그리에트는 관원의 코골이 소리를 막으려고 베개 밑에 머리를 묻었다. 여자의 상처 중에는 갈라져 피고름이 나는 것도 있었다. 피가 나는 모습이 마르그리에트에게 은근한 만족감을 주었다.

그녀는 아그네스의 머리도 적셨다. 주전자의 물이 너무 더러워졌기에 관원에게 계곡에 가서 물을 좀더 길어오게 했다. 물을 기다리는 동안에는 여자의 상처에 유황과 돼지기름 연고를 발라주었다.

"이건 나탄 케틸손이 만든 약이야." 마르그리에트는 이렇게 말하며 여자의 반응을 살폈다. 아그네스는 아무 말도 하지 않았지만 목 근육이 팽팽해지는 것 같았다. "이제 나탄도 편히 쉬기를." 마르그리에트가 중얼거렸다.

차가운 물로 최선을 다해서 아그네스의 머리를 감기고 피고름 상처에 돼지기름 연고를 발라준 뒤, 마르그리에트는 그녀에게 헤르디스의 속옷과 침구를 주었다. 헤르디스가 죽을 때 입고 있던 속옷이었다. 죽음이 묻은 옷이라도 상관없을 것 같았다. 그 옷을 새로 입는 사람도 곧 죽을 테니.

지금 자신에게서 삼 미터도 떨어지지 않은 곳에서 잠을 자는 저 여자가 곧 땅에 묻히리라 생각하니 기분이 이상했다.

마르그리에트는 한숨을 쉬고 다시 일어나 앉았다. 아그네스는 여전히 미동도 없었다. 관원은 계속 코를 골았다. 그가 사타구니를 긁는 모습이 눈에 들어왔다. 그녀는 시선을 돌렸다. 자신을 보호해줄 사람이 이 사람뿐이라는 사실이 우습고도 어이없었다.

이제 일어나서 관원들의 아침 식사를 준비해야 할 것이다. 스키르로 할까. 아니면 말린 생선으로? 버터는 충분할까. 레이캬비크에 간 하인들은 언제 돌아올까.

마르그리에트는 수면 모자를 벗으면서 잠든 여자에게 마지막으로 시선을 던졌다.

심장이 입으로 튀어나오는 기분이었다. 아그네스는 바스토바의 어두운 구석에서 옆으로 누운 채 차분히 마르그리에트를 바라보고 있었다.

3장

그 범죄의 경위는 이러하다. 프리드리크 시귀르드손이 자정 직전에 아그네스 마그누스도티르, 시그리뒤르 그뷔드뮌스도티르의 협조 아래 나탄 케틸손의 집에 들어가 나탄과 그 집에 손님으로 와 있던 피에튀르 욘손을 칼과 망치로 죽였다. 그런 뒤 시신을 훼손하고 범행을 감추기 위해 집에 불을 질렀다. 프리드리크는 나탄에 대한 미움과 그의 재물에 대한 욕심에 이 일을 저질렀다. 하지만 살인은 결국 발각되었다. 군수가 의심을 품었고, 타다 만 시신들이 발견되자 이 세 사람이 범죄를 공모했다고 판단했다.

1829년의 대법원 판결 중

스토라보르그의 창고에서는 꿈을 꿀 수 없었다. 나무판 위에 몸을 웅크리고 추위를 피해 더러운 말가죽을 덮고 있으면 잠은 얕은 조수처럼 찾아왔다. 그것은 내 곁에서 찰싹일 뿐, 나를 망각으로 덮지는 않았다. 그러다 무언가가 나를 깨웠다. 발소리, 하녀가 요강을 끌고 나가는 소리, 오줌의 악취. 때로 눈을 꼭 감고 조용히 누워서 머릿속의 생각을 모두 몰아내면 천천히 잠이 찾아들기도 했다. 그렇게 정신이 들다 말다 하는 가운데 방 안에 희미한 빛이 들어오면 하인들이 내게 말린 생선 토막을 주었다. 가끔은 내가 그날의 화재 이후로 제대로 잔 적이 없고, 이 불면은 하느님이 내게 내리는 벌이라는 생각도 든다. 아니, 블뢴달이 내리는 벌. 구금 비용을 대기 위해 그들이 내 물건들을 몰수할 때, 내 꿈 또한 몰수되었다.

하지만 어젯밤 여기 코르든사우에서 나는 나탄의 꿈을 꾸었다. 그는 약초로 탕약을 달이고, 나는 그를 지켜보며 두 손으로 대장간의 뗏장 벽을 만지작거리고 있었다. 여름이었고, 세상은 불그스름한 빛에 감싸여 있었다. 약초의 강한 향이 거기서 있는 나를 감쌌다. 나는 그 달큰하고도 쌉쌀한 향을 들이마시며 행복의 물결에 스스로를 내맡겼다. 마침내 계곡을 떠나 여기 와 있구나. 나탄이 돌아보고 웃었다. 그는 탕약 찌끼가 든 유리컵을 들고 있었는데, 거기서 김이 솟았다. 검은 모직 양말을 신고 손에서 연기를 피워 올리는 그의 모습은 마치 주술사 같았다. 나탄이 햇빛 웅덩이를 지나 내게 걸어왔고 나는 웃으며 두 팔을 벌렸다. 넘치는 사랑에 질식할 것 같았다. 그 순간 그의 손에서 컵이 미끄러져 바닥에 떨어졌고, 어둠이 기름처럼 방 안으로 밀려들었다.

그 꿈을 꾼 뒤 내가 다시 잠을 잤는지 모르겠다.

나탄은 죽었다.

나는 아침마다 마음 깊이 슬픔의 타격을 느끼며 깨어난다.

그것을 막는 방법은 내 정신을 다시 물속으로, 꿈속으로, 유리컵이 깨지기 직전의 눈부신 순간으로 돌리는 것뿐이다. 아니면 어머니와 함께 있던 브레퀴코트를 상상하는 것. 정신을 집중하면 어머니가 맞은편 침대에서 잠을 자고 어린 요아스가 벼룩에 몸을 긁는 모습이 보인다. 내가 손톱으로 벼룩을 눌러

죽여줄 것이다.

하지만 내가 끌어올린 기억들은 차갑다. 브레퀴코트 다음에 무엇이 오는지 아니까. 어머니가, 그리고 요아스가 어떻게 되는지 아니까.

눈을 뜨니 마르그리에트가 깨어서 침대에 누워 있는 모습이 보인다. 그녀는 몸을 뒤척이며 건성으로 모포를 잡아 뜯는다. 수면 모자가 헐거워져서 잘 때에도 팽팽하게 땋아놓은 희끗희끗한 머리가 보인다. 두개골의 윤곽이 느껴질 정도다.

끌어당긴 모포에 반쯤 가려진 얼룩덜룩한 얼굴은 맞은편 간이침대에서 자는 관원을 향해 있다.

관원의 코골이가 마땅치 않은 듯 안주인은 혀를 찬다. 벌써 짜증 나시나요? 그 사람들을, 그들의 거친 손과 눈길을 일 년쯤 겪어보세요.

마르그리에트가 고개를 돌릴 때 베개 속에서 건해초가 버스럭거린다. 그녀가 나를 보더니 놀란 숨을 삼키며 가슴에 손을 얹는다.

내가 부주의했다. 남을 빤히 보는 모습을 들키면 안 되는데. 내가 무슨 꿍꿍이라도 꾸민다고 생각할 것이다.

"일어났네. 잘됐구나." 안주인은 이마 위로 늘어진 머리를 매만지고 잠시 나를 바라본다. 내가 언제부터 자신을 지켜보고 있던 건지 생각하는 것 같다.

"일어나." 그녀가 말한다.

나는 그 말에 따른다. 나무 바닥이 발밑에 서늘하다.

마르그리에트가 내게 청색 모직 작업복을 주고, 우리는 침묵 속에 옷을 입는다. 그녀는 코 고는 관원을 불안하게 바라본다. 나는 거친 직물에 머리를 넣어 옷을 입고 방을 둘러본다. 다른 사람들도 각자 자기 침대에서 자고 있다. 하인들일까? 누구인지 알아볼 시간은 없다. 마르그리에트는 나를 데리고 오두막의 습기 찬 복도를 걷다가 잠시 멈춰 서서는 벽에서 떨어져 들보에 매달린 뗏장 조각을 떼어낸다.

"다 부서지고 있어." 그녀가 중얼거린다.

마르그리에트가 너무 빨리 움직여서 오두막의 다른 방들은 볼 틈이 없다. 큰 집은 아니지만 내가 여기서 처음 지내던 시절에는 나무통들을 두는 창고가 있었다. 그리고 저기 양동이와 냄비와 착유기가 있는 작은 방은 유가공실일 텐데, 이 집 사람들이 찬광으로 바꾸어 쓰는 모양이다. 부엌을 지나간다. 내가 스토라보르그에서 입고 온 옷이 구석에 던져져 있다.

밖에 나오니 날이 청명하다. 잔디는 간밤의 비로 젖어 있고, 풀잎은 떠오르는 햇빛에 반짝인다. 바람이 불어와 마당의 물웅덩이에 잔물결이 인다. 이제 그런 작은 것들이 보인다.

"보다시피……." 입을 열던 마르그리에트가 오두막 바깥의 장작단에서 떨어져 내린 부유목에 걸려 비틀거린다. "보다시피 이 집에는 할 일이 아주 많아."

이것이 그녀가 내게 옷을 입히고 나서 처음으로 한 말이다. 나는 아무 말 없이 땅바닥만 내려다본다. 여러 해 동안 땅바닥을 쓸어 얼룩진 그녀의 치맛단이 보인다.

마르그리에트는 허리를 곧게 펴더니 몸집을 더 커 보이게 하려는 듯 두 손으로 허리를 짚는다. 손톱이 아주 짧다.

"불쾌한 기분을 굳이 감추고 싶지는 않아. 나는 네가 이 집에 있는 게 싫다. 네가 우리 아이들 가까이 가는 것도 싫고."

자고 있던 사람들은 그녀의 아이들이었다.

"어쩔 수 없이 너를 여기 들이게 됐고, 너는……." 그녀는 잠시 머뭇거린다. "여기서 지내야 해."

아침 바람에 그녀도 나도 어깨가 굳는다. 치마가 다리에 감겨 붙는다. 어린 시절 내 위탁모였던 잉가는 바람이 불 때 치마폭을 펴고 날개가 달린 듯 시늉하는 방법을 일러주었다. 그러면 날아가는 기분이 들었다. 어느 날 내가 바람에 실려 날아가게 될 거라고, 그러면 계곡 사람들이 전부 고개를 들고 나를 볼 거라고 그녀는 말했다. 그 말에 나는 웃었다.

"남편 욘은 지금 크밤뮈르에 있어. 하지만 오전에 돌아올 거야. 하인들도 며칠 안에 돌아와 건초 작업을 시작할 거고. 허튼짓해봐야 소용없어. 네가 스토라보르그에서 어떻게 지냈는지 모르지만, 여기서 우리 식구들을 속일 수 없다는 것만은 알아둬라."

그녀는 아무것도 모른다.

"그리고……." 마르그리에트가 허리를 잡은 손에 힘을 꽉 준다. "내가 알기로 너는 하인이었다던데. 그러니까 전에……." 문득 말이 끊긴다.

그러니까 뭐요? 나탄 케틸손과 피에튀르 욘손의 머리를 망치로 내려치기 전에요?

"네, 부인."

내 목소리에 내가 놀란다. 자유롭게 말을 한 것이 전생의 일이었던 것 같다.

"하인이었지?" 바람 소리에 내 말을 듣지 못한 모양이다.

"네, 하인이었습니다. 열다섯 살 때부터요. 그전에는 품팔이를 했고요."

그녀는 안심하는 눈치다.

"물레질, 뜨개질, 요리를 할 줄 알고, 가축도 보살필 수 있겠지?"

그런 일은 잠을 자면서도 할 수 있다.

"칼은 쓸 줄 알아?"

심장이 덜컹한다. "무슨 말씀이신지?"

"건초 베는 일 말이야. 낫질할 줄 알아? 풀베기를 해본 적 없는 하인이 얼마나 많은지. 요즘 여자들은 풀베기를 배우지 않는 것 같더구나. 하지만 우리 농장은 일손이 부족하고……."

"낫은 쓸 줄 압니다."

"좋아, 내가 아는 한 너는 일을 해서 값을 치러야 돼. 그렇게 해서 내 불편을 보상해줘야지. 우리 집에 범죄자는 필요 없다. 필요한 건 하인뿐이야."

범죄자. 그 말이 공중에 걸려 있다. 사나운 바람 속에서도 움직이지 않고, 무겁게.

나는 고개를 젓고 싶다. 그 말은 나와 상관없다고 말하고 싶다. 그 말은 나에게 어울리지 않는다고, 다른 사람에게 가야 한다고.

하지만 말에 대해 항의하는 게 무슨 소용인가?

마르그리에트는 목을 가다듬는다.

"나는 폭력은 눈감아주지 않아. 게으름 피우는 것도 용납 못하고. 선을 넘거나, 빈둥거리거나, 물건을 훔치거나, 엉뚱한 수작을 부리면 바로 쫓아낼 거야. 머리채를 잡고 끌어낼 수도 있어. 알겠니?"

그녀는 대답을 기다리지 않는다. 어차피 내겐 선택의 여지가 없으니까.

"축사로 따라와." 그녀가 심호흡을 하며 말한다. "내가 양과 소의 젖을 짤 테니……."

그녀의 눈이 나를 떠나 이웃 농장에 가닿는다. 무언가 그녀의 눈길을 끌었다.

✱

길스타디르 농장의 스나이비외르든이 계곡을 올라왔다. 옆에는 일곱 아들 중 하나인 파우들이 있었다. 파우들은 그해 여름 코르든사우의 양을 돌봐주고 있었다. 스나이비외르든의 아내 로슬린이 애써 그들과 보조를 맞추면서 어린 딸 둘을 거느리고 왔다.

"아, 저 사람들이 오는군." 마르그리에트가 놀라 아그네스의 팔을 잡고 나직하게 말했다. "안에 들어가." 그러곤 아그네스를 오두막 옆으로 데리고 가 급히 집 안으로 밀어 넣었다. "들어가라니까! 어서."

아그네스는 문 앞에서 마르그리에트를 보며 망설이다가 집 안 어둠 속으로 사라졌다.

"안녕하세요!" 스나이비외르든이 소리쳤다. 그는 키가 크고 뚱뚱하고 뺨이 붉은 남자로, 지저분한 금발 머리가 눈앞에 늘어져 있었다. "날씨가 참 좋군요!"

"네, 그러게요." 마르그리에트가 짧게 대꾸했다. 그녀는 그가 더 가까이 올 때까지 기다렸다. "손님들을 데리고 오셨군요."

스나이비외르든은 쑥스럽게 웃었다. "로슬린이 하도 오고 싶어 해서요. 이 댁의 불운한 처지에 대해 들었거든요. 그래서 잘 지내고 계신지 궁금하다고요."

"신경 써줘서 고맙네요." 그녀는 이를 다문 채 말했다.

로슬린이 다가왔다. "날씨가 정말 좋아요!" 그녀가 아이처럼 손을 높이 들어 흔들면서 소리쳤다. "건초 작업 내내 날씨가 이래야 될 텐데. 안녕, 마르그리에트!"

스나이비외르든의 아내는 열한 번째 아이를 임신중이었다. 부푼 배가 치맛자락을 들어 올려 이슬에 젖은 부은 발목을 내보였다. 넓적한 얼굴은 걸어오느라 달아올라 있었고, 둥근 배 위로 가슴이 오르락내리락하며 헐떡였다.

"남편이랑 파우들을 데리고 한번 와야지 생각하고 있었어요." 다섯 살 된 그녀의 딸이 작게 덩어리진 풀에 걸려 비틀거리다가 마르그리에트에게 뚜껑을 덮은 접시를 내밀었다. "호밀 빵이에요. 먹고 싶어 할 수도 있을 것 같아서." 로슬린이 말했다.

"고마워."

"아, 숨차. 이제 이런 처지가 되기에는 나이가 너무 많지만 그래도 자꾸자꾸 생기니 원." 로슬린은 둥근 배를 유쾌하게 토닥였다.

"그러게." 마르그리에트가 찌무룩하게 대꾸했다.

스나이비외르든은 기침을 하고 로슬린과 마르그리에트를 번갈아 바라보았다. "남자들은 자리를 피해드리죠. 욘은 집에 있나요, 마르그리에트?"

"크밤뮈르에 갔어요."

"그렇군요. 일단 파우들더러 그 낫을 살펴보게 하지요. 제가 대장간에 좀 있어도 괜찮으시다면요." 그런 뒤 그는 아내와 딸들에게로 돌아섰다. "마르그리에트를 너무 오래 잡아두지 마, 여보." 스나이비외르든은 두 사람에게 짧은 미소로 인사한 뒤 뒤축으로 돌아서서 아들을 앞세우고 성큼성큼 떠나갔다.

그가 말소리를 듣지 못할 만큼 멀어지자 로슬린이 곧장 웃음을 터뜨렸다. "남자들은 도무지 가만히 있지를 못한다니까. 너는 언니랑 놀아라, 시바. 멀리 가지 말고 근처에 있어." 로슬린은 딸들을 옆으로 밀어내고는 누군가를 찾는 듯 주변을 두리번댔다. 마르그리에트는 호밀 빵을 등 뒤로 들었다. 달콤한 빵 냄새와 뜨겁고 축축한 로슬린의 체취에 속이 뒤집혔다. 그러다 기침이 터져 몸을 격렬하게 흔들자 로슬린이 빵 접시가 떨어지지 않도록 잡아주었다.

"아, 마르그리에트, 숨 쉬어봐요. 계속 안 좋아요?"

마침내 발작이 진정되자 마르그리에트는 풀 위에 끈끈한 침을 뱉었다. "괜찮아. 겨울 기침일 뿐이야."

로슬린이 키득거렸다. "하지만 지금은 한여름인데."

"난 괜찮다니까." 마르그리에트가 잘라 말했다.

로슬린은 과장된 연민의 표정을 지어 보였다. "그렇게 생각한다면 그렇겠죠. 하지만 실은 그래서 찾아왔어요. 정말이지 걱정이 돼서."

"뭐가?" 마르그리에트가 물었다.

"당연히 마르그리에트의 폐 건강이죠. 하지만 그것 말고 최근에 들은 소문도 있고. 분명히 다 헛소리겠지만 그래도……." 로슬린은 고개를 옆으로 까딱 기울인 채 펑퍼짐한 얼굴에 보조개를 만들었다. "그나저나 내 정신 좀 봐. 바쁜지 묻지도 않고 혼자 떠들고 있네요." 그녀는 손으로 차양을 만들고는 마르그리에트의 어깨 너머 오두막 쪽을 바라보았다. "내가 혹시 방해했나요? 다른 사람이 있었던 것 같아서. 검은 머리 여자 같았는데, 손님이에요?" 딱히 깊은 관심을 품은 건 아니라는 듯한 표정이었다.

마르그리에트는 한숨을 쉬었다. "눈이 좋네, 로슬린."

"잉기비외르그예요?" 로슬린이 한쪽 눈썹을 치올리고 물었다. "그러면 두 사람 방해 안 되게 바로 갈게요."

마르그리에트는 얼굴을 찌푸리고 싶은 마음을 꾹 눌렀다.

"아니야."

"아닐 거 같긴 했어요. 잉기비외르그가 찾아오기에는 너무 이른 시간이니까." 로슬린이 윙크를 했다. "새 하인이에요? 건초를 만들려면 일손이 많이 필요하니까."

"딱히 그렇다고는……."

"그러면 친척?" 로슬린이 한 걸음 더 다가오면서 물었다.

마르그리에트는 한숨을 쉬었다. 로슬린의 추궁을 피할 방법이 없었기에 그녀는 목을 가다듬고 말했다. "방금 본 여자는 군수 비외르든 외이뒨손 블뢴달이 우리 집에 맡긴 여자야."

"아, 정말? 별일이네요. 무슨 일로?"

"이름은 아그네스 마그누스도티르야. 나탄 케틸손과 피에튀르 욘손을 죽인 일당 중 한 명이지. 처형될 때까지 우리 집에 구금시키게 됐어." 마르그리에트는 팔짱을 끼고 도전적인 표정으로 로슬린을 내려다보았다.

로슬린은 탄성을 지르더니, 자신이 얼마나 놀랐는지 보다

극적으로 드러내려는 듯 빵 접시를 바닥에 떨어뜨렸다.

"아그네스? 프리드리크하고 같이 나탄 케틸손을 죽인 그 여자?" 그녀는 빨개진 뺨에 두 손을 대고 눈을 크게 뜬 채 마르그리에트를 바라보았다. "마르그리에트! 바로 그래서 내가 여기 온 거예요! 오스크 요한스도티르가 소피아 욘스도티르한테 들었다고 했거든요. 소피아의 동생 요한이 크밤뮈르에서 일하잖아요. 블뢴달이 아그네스를 스토라보르그에서 다른 데로 옮기기로 했다는 거예요. 그렇게 지체 높은 집안 사람이 살해되면 안 되니까……."

로슬린은 실수를 깨닫고 입을 다물었다. 마르그리에트는 입술을 오므린 채 그녀를 노려보았다.

"아, 마르그리에트, 내 말은 그게 아니라……." 그녀의 둥근 뺨이 더욱 빨개졌다.

"그래, 로슬린. 블뢴달이 우리 집에 살인자를 맡겼어. 그리고 나도 욘도 그 문제에 대해 발언권이 없었지. 하지만 블뢴달이 왜 그런 결정을 내렸는지는 그 사람만 알아."

로슬린이 공감한다는 듯 고개를 끄덕였다. "그럼요, 오스크는 정말 떠버리라니까요."

"그렇네."

로슬린은 고개를 끄덕이다가 한 걸음 더 다가와 마르그리에트의 어깨에 손을 얹었다. "정말 안됐어요, 마르그리에트."

"뭐가?"

"살인자랑 한집에서 살게 됐잖아요. 날마다 그 흉측한 얼굴을 봐야 하고! 마르그리에트와 욘도 그렇고, 딸들도 얼마나 무서울까!"

마르그리에트는 흥 코웃음을 치고 말했다. "얼굴이 흉측하지는 않아." 하지만 로슬린은 들은 척도 않았다.

"내가 그 사건에 대해 좀 알아요, 마르그리에트. 착한 나탄 케틸손과 피에튀르 욘손의 목숨을 빼앗은 그 사악한 세 사람에 대해서 끔찍한 이야기도 많이 들었고요."

"나탄과 피에튀르가 착했다고 할 사람은 별로 없을 텐데."

"무슨 소리예요, 착했어요! 물론 이런저런 실수를 하긴 했지만……."

"피에튀르는 양 서른 마리의 목을 그었어, 로슬린. 도둑이었다고."

"하지만 고귀한 아이슬란드인인 건 변함없잖아요. 그리고 나탄의 가족을 생각해봐요! 그의 형 그뷔드뮌뒤르와 그 아내와 어린아이들을요. 다들 나탄의 오두막과 작업장을 복구하러 이들뤼가스타디르로 떠났대요."

"로슬린, 내가 들은 얘기가 맞는다면, 나탄은 이들뤼가스타티르의 작업장에서 보낸 시간보다 유부녀들이랑 뒹군 시간이 더 많았어."

로슬린은 깜짝 놀랐다. "마르그리에트?"

"그러니까 내 말은……." 마르그리에트는 망설이다가 돌아서서 오두막 입구를 바라보며 말했다. "일이 그렇게 단순하지 않다는 거야."

"설마, 그래서 죽어 마땅했다는 건 아니죠?"

마르그리에트가 코웃음을 쳤다. "물론 아니지."

로슬린은 마르그리에트를 조심스럽게 바라보았다. "그 여자가 죄인이라는 건 아는 거죠?"

"알아."

"좋아요. 그러면 말하죠. 그 여자 곁에서는 아주 조심하는 게 좋을 거예요……. 이름이 뭐라고요?"

"아그네스야. 이미 알고 있잖아." 마르그리에트가 작은 소리로 대답했다.

"그래, 아그네스 마그누스도티르. 조심해요. 할 수 있는 일이 별로 없겠지만 군수에게 경비병을 보내달라고 해요. 두 손은 묶어놓고요! 사람들이 그러는데, 아그네스가 셋 중에서 제일 악질이래요. 어린 프리드리크는 아그네스 말이라면 꼼짝을 못 했다고요. 그 여자가 더 어린 여자한테 망을 보라고 하고,

아예 달아나지 못하게 문기둥에 묶어놓았다는 말도 있어요!" 로슬린은 한 걸음 더 다가와 마르그리에트에게 얼굴을 들이밀었다. "나탄을 열여덟 번이나 찌른 사람도 그 여자래요!"

"열여덟 번이라고?" 마르그리에트가 말했다. 제발 스나이비외르든이 얼른 와서 아내를 데려가줬으면 싶은 마음이 간절했다.

"배하고 목을요." 로슬린은 흥분해서 얼굴이 빨개졌다. "그리고, 아이고 하느님, 얼굴까지! 눈알도 찔렀다고 들었어요. 달걀 찌르듯이!" 로슬린이 마르그리에트의 어깨를 꽉 잡았다. "나라면 그 여자하고 한방에서는 잠시도 눈을 안 붙일 거예요! 소문이 사실이었다니! 살인자들이 집에 오다니! 이 교구는 망했어. 레이캬비크에서 일어난다는 이야기들보다 더 나빠. 지금 우리 딸들이 놀고 있는 저 자리에 그 여자가 방금 전까지 있었다는 거잖아요. 생각만 해도 떨리네. 내 팔 좀 봐요. 소름이 쫙 끼쳤어! 불쌍한 마르그리에트, 이제 어떻게 해요?"

"어떻게든 되겠지." 마르그리에트는 활기 있게 대꾸하고 허리를 굽혀 호밀 빵 접시를 주워 들었다.

"하지만 어떻게요? 마르그리에트를 보호할 욘은 어디에 있는 거예요?"

"크밤뮈르에 블뢴달하고 같이 있다고 아까 말했잖아."

"마르그리에트!" 로슬린이 두 손으로 허공을 휘저었다. "블뢴달 정말 못됐네요. 마르그리에트하고 딸들만 있는 집에 그 여자를 보내다니! 내가 같이 있어줄게요."

"그럴 필요 없어, 로슬린." 마르그리에트는 강한 어조로 말했다. "하지만 걱정해줘서 고마워. 그냥 돌려보내기 미안하지만, 난 이제 양젖을 짜러 가야 해서."

"내가 도와줄까요?" 로슬린이 물었다. "내가 빵을 안에 들여놓을게요."

"잘 가, 로슬린."

"그 여자를 내 눈으로 보면 얼마나 위험한지 딱 알 수 있을텐데. 사실 우리도 위험하잖아요! 그 여자가 밤에 몰래 나다니는 걸 무슨 수로 막나요?"

마르그리에트는 로슬린의 팔꿈치를 잡고 집 바깥을 향해 그녀를 돌려세웠다. "찾아와줘서 고마워, 로슬린. 호밀 빵도 고맙고. 그럼 조심해서 가."

"하지만……."

"잘 가, 로슬린."

로슬린은 오두막을 돌아보고 희미한 미소를 지어 보인 뒤 길스타디르로 이어지는 비탈길을 무겁게 내려갔다. 어린 두 딸이 그 뒤를 따라갔다. 마르그리에트는 호밀 빵 접시를 들고 선 채 그들의 모습이 아주 작아질 때까지 바라보다가 쪼그려 앉아 기침을 했다. 혀가 미끈거렸다. 그녀는 풀밭에 가래를 뱉고 천천히 일어나 오두막으로 들어갔다.

✱

바스토바에 돌아와보니 잠을 자던 관원은 사라지고 없다. 동료들 있는 곳으로 갔는지, 창밖에서 덴마크어와 아이슬란드어가 뒤섞인 남자들의 대화 소리가 들려온다. 그들은 여주인이 나를 집 안으로 밀어 넣는 모습을 못 본 모양이다. 잠자던 두 딸도 없다. 나는 혼자다.

나는 혼자다.

감시의 눈도 없고, 문 앞의 경비도 없고, 밧줄도 차꼬도 없고, 자물쇠도 없다. 나는 자유롭게 혼자 있다. 그 생각에 몸이 마비된다. 분명 누군가 열쇠 구멍으로 들여다보고 있겠지? 누군가 벽의 틈새로 지켜보며 내가 무슨 짓이라도 할 순간을, 그래서 내 목을 향해 손가락을 칼끝처럼 겨누고 방 안으로 달려 들어올 순간을 기다리고 있겠지?

하지만 아무도 없다. 아무도.

나는 방 안에 서서 눈이 어둠에 익숙해지기를 기다린다. 그렇다. 나는 혼자다. 이제 막 끓어오르는 물처럼 기쁨의 전율에 살갗이 바르르 떨린다. 지금 이 순간 나는 무엇이든 할 수 있다. 이 오두막을 살펴볼 수도 있고, 누울 수도 있고, 소리 내서 떠들 수도 있고, 노래할 수도 있다. 춤을 추고, 욕을 하고, 웃어도 아무도 모를 것이다.

나는 달아날 수도 있다.

두려움의 물결이 등골을 훑고 내려간다. 얼음판 위에 서 있는데 갑자기 발밑이 쩍 갈라지는 느낌이다. 짜릿하면서 오싹한 느낌. 스토라보르그에서 나는 탈출을 꿈꾸었다. 차꼬를 풀고 달아나기를……. 어디로 갈지는 몰랐지만. 물론 기회도 없었다. 하지만 여기서는 마당 밖으로 나가 계곡 끝까지 내달릴 수 있다. 농장들을 벗어나 밤이 되기를 기다렸다가 하늘이 거친 잿빛 손으로 나를 품어줄 고원지대로 갈 수 있다. 히스 황야로 도망칠 수도 있다. 나를 가둘 수 없다는 것을 보여주자. 나는 시간 도둑이고, 빼앗긴 시간을 도로 훔칠 수 있다는 걸 보여주는 거야!

창문의 피막을 뚫고 들어온 먼지들이 햇빛 속에 떠돈다. 그 모습을 바라보고 있자니 탈출의 꿈이 간헐천의 물처럼 꺼져 내려간다. 그것은 그저 죽음의 방식을 바꾸는 일일 뿐이다. 고원에서는 눈보라가 어부 남편을 잃은 아낙처럼 울부짖고, 바람은 얼굴을 떼어낼 듯 사납게 몰아친다. 겨울은 어둠 속의 주먹처럼 무자비하다. 사람이 살지 않는 땅은 사형집행인보다 너그러울 것이 없다.

나는 무릎을 덜덜 떨며 침대로 간다. 눈을 감으니 침묵이 손처럼 나를 찍어 누른다.

가슴이 진정되자, 나는 관원이 자던 곳을 본다. 모포가 헝클어져 낡은 매트리스가 드러나 있다. 침대를 정리하지 않은 채로 나가다니, 운수가 나쁠 것이다. 침대가 아직도 따뜻하다면 그가 근처에 있다는 뜻이다. 사람 없는 매트리스를 만지자니 뭔가 훔쳐보는 듯한 기분이지만, 어쨌든 침대는 차갑다. 나간지 한참 됐다. 내 침대는 정돈되어 있다. 나는 세월에 닳은 얇은 모포를 손으로 훑어본다. 이전까지 얼마나 많은 사람이 여기에 몸을 뉘었을까? 이 모포 밑에서 얼마나 많은 악몽이 태어났을까?

바닥에는 나무 널을 댔지만 벽과 천장은 그렇지 못하고, 뗏장은 손을 봐야 하는 상태다. 뗏장 덩어리들이 안으로 꺼지거나 얇아져서 벽에 구멍을 남기고 외풍을 들인다. 겨울에는 추울 것이다.

하지만 나는 그전에 죽을지도 모른다.

제발! 그런 생각 하지 마!

마른풀들이 지저분한 머리칼처럼 천장에 늘어져 있다. 서까래에는 나무로 깎은 장식물 몇 개가 놓여 있고, 입구 위 상인방에는 십자가가 고정돼 있다.

이 집 사람들은 겨울에 찬송가를 부를까? 어쩌면 사가를 읊을지도 모른다. 나는 기도보다 이야기가 더 좋다. 예전에 바로 이 코르든사우 농장에서 그 이유로 매질을 당한 적도 있다. 내가 어렸을 때, 들일을 하며 자라던 위탁 가정에서. 농장 주인 비외르든은 내가 자기보다 사가를 많이 아는 것을 불쾌하게 생각했다. 아그네스, 너는 나가서 양들을 돌보는 게 좋겠다. 하느님이 아니라 인간이 쓴 책은 믿음이 없어서 너에게 좋지 않아.

그가 잠든 밤에 위탁모 잉가가 속삭여준 가르침이 없었다면 나는 그의 말을 믿었을 것이다.

입구 근처, 주인 부부의 침대 가까이에 회색 모직 커튼이 드리워져 있다. 커튼이 그 안쪽에 있는 방의 문 역할을 하는 것 같다. 커튼이 약간 짧아서 밑으로 테이블의 다리가 보인다. 무언가에 물어뜯긴 것처럼 나뭇결이 갈라져 있다.

그 시절처럼 바스토바에는 거의 장식이 없다. 달라진 점이라면 기울어진 서까래와 벽 사이에 박은 널빤지들이 선반 역할을 하고 있다는 것뿐이다. 거기에는 나무 용기나 양 뿔, 파이프, 생선 뼈, 장갑, 뜨개바늘 따위의 일상적인 물건들이 놓여 있다. 한 침대 밑에는 알록달록한 색깔의 작은 여행 가방이 있다. 뜯어진 슬리퍼 한 짝이 뒹군다. 일상품들의 친숙함이 마음에 위안을 준다. 내게도 한때 이런 물건들이 있었다. 마른 꽃을 담은 하얀 자루. 어머니가 나를 떠나면서 준 돌멩이. 이게 네게 행운을 가져다줄 거야, 아그네스. 마법의 돌이란다. 이걸 혀 밑에 넣고 있으면 새하고 얘기할 수 있어.

그 돌은 내 입속에 여러 날 있었다. 새들이 내 말을 알아들었는지는 몰라도 대답은 해주지 않았다.

후나바튼 군의 코르든사우. 나는 여섯 살 때 키스와 돌멩이를 받고 어머니와 헤어진 뒤 이 집에서 살게 되었고, 이제 서른셋의 나이에 두 남자의 죽음과 농장의 화재로 다시 여기 끌려왔다. 나는 북부를 떠돌며 수많은 농장에서 일했다. 하지만 무자비한 가난의 손길이 모든 집을 똑같이 만들었다. 있어야 할 것들이 없다는 점에서 그 집들은 전부 똑같았다. 나는 평생 한집에서 산 것이나 마찬가지다.

그리고 다시 여기 코르든사우, 내 마지막 어두운 모퉁이에 이르렀다. 마지막 침대, 마지막 지붕, 마지막 마룻바닥. 모든 것의 마지막이라는 사실이 고통스럽다. 희미한 연기 속에 꺼져가는 불길처럼 아무것도 남지 않을 것이다. 그럼에도 나는 하인인 척, 여기 새로 일하러 온 척해야 한다. 내가 해야 할 일들을 생각하고, 일솜씨로 안주인의 칭찬을 받을 방법을 궁리해야 한다. 한때는 나도 열심히 일하면 언젠가 농장의 안주인이 될 수 있으리라 생각했다. 하지만 여기, 코르든사우를 꿈꾸지는 않았다.

코르든사우. 그 이름이 머릿속에 빙글빙글 돈다. 마치 그 말을 입 밖으로 내서 직접 들어봐야 할 것 같다. 나는 이곳 또한 수많은 농장들 중 하나였을 뿐이라고 생각하며, 그동안 지내온 장소들을 조용히 읊조려본다. 마치 주문 같다. 플라가, 베이나켈다, 리틀라길리아우, 브레퀴코트, 코르든사우, 그뷔드루나르스타디르, 길스타디르, 가플, 판뢰이가르스타디르, 부르페들, 게이타스카르드, 이들뤼가스타디르.

이 이름들 가운데 하나는 실수다. 악몽이다. 어둠 속에서 헛디딘 계단이다.

그 하나의 이름이 모든 잘못의 핵심이다. 바닷가 농장 이들뤼가스타디르. 고요한 대기에 대장간의 쇳소리와 갈매기 울음소리가 울리고, 물범들이 몸에 기름을 두른 채 뒹구는 곳. 이들뤼가스타디르. 밤마다 불을 밝히고, 그 연기가 새벽마다 별을 삼키는 곳. 그리고 폐허가 되어 불탄 들보 아래 시신들을 품은 곳도 변함없이 이들뤼가스타디르였다.

밖에서 관원들이 웃음을 터뜨린다. 누군가가 헬가바튼의 돈 많은 친척 이야기를 한다.

"그 집에 브랜디가 넘친다니 우리가 가서 좀 도와주겠다고 해야겠군!" 한 사람이 제안한다.

"좋지! 그리고 아내와 딸들도!" 다른 누군가가 소리치고, 모두 다시 웃는다.

저들 중 하나가 여기 남아 내가 도망치지 못하게 감시하는 걸까? 내가 불붙은 램프를 바닥에 던져 이 집에 불을 지르지 못하도록 막으려는 걸까? 내 두 손이 깨끗하고, 혀는 조용하고, 두 다리는 가지런히 모이고, 시선은 아래로만 향하도록?

나는 지금 국왕의 물건이다.

저들 모두 오늘 떠났으면 좋겠다.

관원들의 대화를 듣느라 신경을 곤두세우고 있는데, 맞은편 침대 밑에서 무언가가 반짝인다. 은 브로치다. 사치품이 전혀 없는 이 방에 어울리지 않는 물건이다. 훔친 것일까? 이 계곡에서 그렇게 이상한 일은 아니다. 이곳 사람들은 지나가는 양 떼를 붙잡아 귀의 소유주 표시를 자르기도 하고, 남자들은 동전을 더 잘 줍기 위해 손톱을 기르니까. 도둑질을 해서 법의 채찍을 맞은 농부와 하인은 이 지역에 차고 넘친다. 나탄도 어린 시절에 자작나무 회초리로 맞은 흉터가 있었다.

나는 브로치를 집어 든다. 의외로 무겁다.

"내려놔요." 가녀린 몸집의 젊은 여자가 두 다리를 벌리고 서 있다. 두 팔은 양옆으로 들어 올린 채다. "내 거예요."

나는 브로치를 떨군다. 그것이 바닥에 떨어지는 순간 여자도 나도 움찔한다. 여자는 골격이 가늘고 체구가 작다. 금빛 속눈썹이 진한 청색 눈동자와 선명한 대조를 이룬다. 머리에는 스카프를 둘렀고 코에는 작은 혹이 있다.

"언니!" 여자는 움직이지 않고 문 앞에서 가만히 나를 바라보며 소리친다. 내가 무서운 모양이다.

또 다른 여자가 안으로 들어온다. 자매 같은데 키가 더 크고, 갈색 눈동자에, 코에는 주근깨가 가득하다. "로슬린하고 애들이……." 그러다가 여자는 나를 보고 말을 멈춘다.

"저 사람이 내 견진성사 선물을 만졌어."

"어머니가 밖으로 데리고 나가지 않았어?"

"나도 그런 줄 알았지."

그들이 나를 바라본다. "어머니! 어머니! 여기 와보세요!"

마르그리에트가 입가를 훔치며 힘겹게 들어온다. 내 발치의 은 브로치를 보자 그녀의 얼굴에서 핏기가 사라진다. 입이 살짝 벌어진다.

"저 여자가 저걸 만지고 있었어요, 어머니. 제가 봤어요."

마르그리에트는 눈을 감고 고통을 다스리듯 입술을 손으로 훑는다. 나는 그녀의 팔을 잡고 해명하고 싶다. 하지만 그녀가 성난 얼굴로 내게 다가오고, 이어 찰싹 소리와 함께 나는 따귀를 맞는다. 얼얼하다.

"내가 뭐라고 그랬어?" 그녀가 소리친다. "이 집 물건에 손대지 말라고 했지!" 그녀는 손가락으로 내 얼굴을 가리키면서 숨을 몰아쉰다. "이 일을 신고하지 않는 걸 다행으로 알아."

"저는 도둑이 아니에요." 내가 말한다.

"맞아, 살인자지." 파란 눈의 여자가 뺨에 보조개를 만든다. 스카프가 미끄러지면서 백금빛 머리칼이 이마 위로 떨어진다. 얼굴은 빨갛게 달아올라 있다.

"뢰이가." 마르그리에트가 말한다. "스테이나랑 부엌으로 가." 그들이 나간다. 마르그리에트는 내 소매를 잡더니 밖으로 끌고 나간다. "이리 와. 참회한다는 걸 증명하고 싶다면 소처럼 일해."

✱

토티 목사는 새벽에 잠에서 깬 뒤 다시 잠들지 못했다. 오늘은 코르든사우에 다시 가는 날이었다. 그는 마지못해 일어나

옷을 입고, 맑은 아침 공기 속으로 나가 농장과 교회의 잡다한 일을 돌보기 시작했다. 그런 다음에는 아버지가 키우는 양 여남은 마리를 모아다가 이름을 하나하나 부르고 귀를 쓰다듬는 등 과도한 정성을 기울여가며 젖을 짰다.

오전이 지나갔고, 태양이 하늘에 붉은 빛을 뿌렸다. 토티는 암소 이사에게 여물과 물을 주고 아버지가 교회의 돌벽에 널어놓은 빨래를 걷었다.

"그 일은 안 해도 돼." 욘 목사가 오두막에서 그를 향해 걸어오며 말했다.

"괜찮아요." 토티가 웃으며 대답하고는 양말 한 짝에서 풀씨를 떼어냈다.

아버지가 어깨를 으쓱였다. "벌써 바튼스달뤼르 계곡으로 떠난 줄 알았는데."

토티는 얼굴을 찌푸렸다.

"해야 할 일을 두고서 왜 빨래 같은 데 신경을 쓰는 거냐?"

토티는 가만히 서서, 바람에 바지를 터는 욘 목사를 바라보았다.

"가서 무슨 말을 해야 할지 모르겠어요. 아버지라면 무슨 말씀을 해주겠어요?"

아버지는 거친 손으로 아들의 어깨를 툭 치고는 엄한 눈길을 던졌다. "그냥 가. 말을 해야 한다고 누가 그러더냐? 어서 가."

✻

마르그리에트는 나를 마당 한쪽으로 데려가 당귀와 멧두릅을 심은 채마밭을 보여주고, 그런 뒤에는 자신을 도와 양젖을 짜게 한다. 아마 나를 믿을 수 없어 두 번 다시 혼자 두지 못하는 것 같다. 아까 왔던 소년이 이미 양들을 몰아두었다. 마르그리에트는 내게 소년을 가리키고 이름이 파우들이라고 알려주지만 우리 둘을 인사시키지는 않는다. 소년도 내게 다가오지 않고 입을 벌린 채 바라보고만 있다.

이제 우리는 내 옷을 태운다.

내가 이 년 전에 만든 옷이다. 나탄이 준 천으로 시가와 내가 각각 한 벌씩 만든 청색 작업복.

내 손으로 만든 이 옷이 시큼한 살냄새 가득하던 스토라보르그의 방에서 내 유일한 온기가 될 것을 알았던가. 내가 밤에 이 옷을 허겁지겁 입고 땀에 젖어 스타파르까지 달려가면서 죽은 자도 깨울 듯 소리 지를 것을 알았던가.

마르그리에트가 들통에서 따뜻한 우유를 떠 내게 건넨다. 그런 뒤 우리는 두 딸이 소똥으로 불을 지피는 부엌으로 간다.

내가 들어가자 그들은 벽으로 물러난다.

"고리에서 주전자를 내려, 스테이나." 마르그리에트가 그중 더 수수해 보이는 딸에게 말한다. 그러곤 구석에 쌓여 있던 내 더러운 옷을 가져다가 불에 던진다.

"됐어." 그녀는 만족스러운 듯 말한다.

모직 작업복이 타는 연기에 모두의 눈에 눈물이 고이고 마르그리에트는 기침을 터뜨린다. 옷이 타는 동안 다른 데 가서 일해야 한다. 딸들은 찬광으로 간다.

그 옷은 내 마지막 소유물이었다. 이제 내게 나의 물건은 하나도 남지 않았다. 내 몸의 온기마저 여름의 미풍이 가져가버린다.

코르든사우의 약초밭엔 잡초가 가득하고, 주변을 두른 거친 돌담은 한쪽이 무너져 있다. 풀포기들은 얼었던 뿌리가 따뜻한 날씨에 썩어 대부분 죽었지만, 쑥국화가 있고 나탄의 이들뤼가스타디르 작업장에서 본 쓴 약초도 있고, 또 멧두릅 냄새가 달콤하다.

우리는 상태가 좋은 풀포기 주변의 잡초를 뽑아 김을 맨다. 뿌리의 탄력과 줄기가 터질 때 손가락에 닿는 점액이 상쾌하지만 폐는 힘겹다. 나는 약해졌다. 하지만 그런 내색은 하지 않는다.

치맛자락을 모으고 쪼그려 앉아 있는 일도, 머리에 소똥 불 연기가 배어드는 일도 즐겁다. 마르그리에트는 열심히 일하면서 격렬한 숨소리를 낸다. 지금 무슨 생각을 하고 있을까? 그녀는 흙 때문에 까매진 손톱으로 맹렬하게 땅을 판다. 두 눈은 부엌에서 나오는 연기에 빨갛게 충혈되어 있다. 그녀가 목을 가다듬을 때마다 가래 끓는 소리가 난다.

"오두막에 돌아가서 딸들을 불러다 줘." 마르그리에트가 불쑥 말한다. "그리고 화덕의 재는 퍼내서 땅에 묻어버리고."

혼자 농가로 돌아가며 보니 관원들이 마당에서 말에 안장을 얹고 있다. 그들은 아무 말이 없다. "괜찮으세요?" 한 명이 마르그리에트에게 소리쳐 묻자, 그녀는 흙 묻은 손을 흔들어 보인다.

연기를 내보내기 위해서인 듯 오두막 문은 열려 있다. 나는 발을 들어 문턱을 넘어간다.

딸들은 찬광에서 어제 짠 우유의 크림을 걷어내고 있다. 작은딸이 먼저 나를 보고 언니를 찌른다. 둘 다 뒤로 약간 물러선다.

"어머니가 부르세요." 나는 고개를 살짝 끄덕이고 그들이 지나가도록 옆으로 비켜선다. 작은딸이 내게서 시선을 떼지 않은 채 재빨리 밖으로 나간다.

큰딸은 얼른 나가지 않는다. 이름이 뭐라더라? 스테이나. 돌이라는 뜻. 그녀는 내게 묘한 표정을 지어 보이더니 주걱을 천천히 내려놓는다.

"내가 그쪽을 아는 것 같아요." 그녀가 말한다.

나는 대답하지 않는다.

"전에 이 계곡에서 하인으로 일했죠?"

나는 고개를 끄덕인다.

"그쪽을 알아요. 그러니까, 우리는 전에 만난 적이 있어요. 그뷔드루나르스타디르로 이사 갈 때 거기서 떠나오는 그쪽을 길에서 만났어요."

그게 언제였지? 1819년 5월. 그때 이 여자는 몇 살이었을까? 열 살이 넘지 않았을 것이다.

"당시에 우리 집에는 개가 있었어요. 갈색 얼룩 개였죠. 그때 개가 마구 짖으면서 달려드는 바람에 아버지가 개를 그쪽한테서 떼어내던 게 기억나요. 그런 다음에 우리는 같이 저녁을 먹었어요."

여자는 내 얼굴을 살핀다.

"그때 그뷔드루나르스타디르로 가던 길에서 만난 사람 맞죠? 나 기억 안 나요? 내 동생 머리를 땋아주고 우리한테 달걀도 하나씩 줬잖아요."

두 소녀는 밑단에 진흙이 묻은 치마를 입고 길에서 달걀을 빨아먹었다. 여윈 개는 물에 비친 자기 그림자를 쫓아 달렸고, 넓은 하늘은 천천히 개었다. 한 줄로 날아가던 까마귀 세 마리. 좋은 징조였다.

"스테이나!"

그뷔드루나르스타디르에서 길스타디르로 가던 그해 봄은 추웠다. 싱게이라라르 근처 해변에 작은 고래 백 마리가 밀려왔다. 나쁜 징조였다.

"스테이나!"

"가요, 어머니!" 스테이나가 나를 돌아본다. "내 말 맞죠? 당신이었죠?"

내가 여자에게 한 걸음 다가간다.

안주인이 불쑥 들어온다. "스테이나!" 그녀가 나를 보고 이어 딸을 본다. "나와." 그녀는 딸의 팔을 잡아 부엌에서 끌어낸다. "재를 묻어라. 당장."

바깥에 나오니 불탄 내 옷의 재가 바람에 실려 들통에서 파란 하늘로 날아간다. 회색 조각들이 오르락내리락하며 공중으로 사라진다. 이것은 행복일까? 내 가슴에 닿는 온기가? 누군가가 손을 대고 있는 것만 같은 이 느낌이?

어쩌면 예전의 나인 척 살 수 있을지도 모르겠다.

✽

"기도로 시작할까요?" 소르바르뒤르 욘손 부목사가 물었다.

목사와 아그네스는 오두막 입구 앞쪽, 벽과 지붕을 수리할 때 쓰려고 준비해둔 작은 뗏장 더미에 앉았다. 목사의 한 손에는 신약성서가, 다른 손에는 마르그리에트에게서 받은, 약간 눅눅해진 버터 바른 호밀 빵이 들려 있었다. 그의 몸에서 떨어진 말 털이 빵에 붙어 있었다.

아그네스는 목사의 질문에 대답하지 않았다. 그녀는 두 손을 무릎에 올리고 어깨를 살짝 웅크린 채 떠나는 관원들을 바라보았다. 머리칼에는 재가 묻어 있었다. 바람이 그쳐서 이따금 남자들이 소리치고 웃는 소리가 들려왔고, 그 사이로 약초밭에서 김을 매는 마르그리에트와 딸들이 내는 소리가 끼어들었다. 큰딸은 자꾸 고개를 들어 목사와 죄수를 바라보았다.

토티는 손에 든 책에 시선을 둔 채 목을 가다듬었다.

"기도로 시작하는 게 어떨까요?" 그는 아그네스가 듣지 못했다고 생각하고 더 큰 소리로 물었다.

"기도로 뭘 시작하나요?" 그녀가 조용히 물었다.

"아, 그러니까……." 토티가 예상치 못한 질문에 말을 더듬었다. "속죄요."

"속죄라고요?" 아그네스가 되물었다. 그러곤 살짝 고개를 저었다.

토티는 얼른 빵을 입에 넣어 씹은 뒤 꿀꺽 삼켰다. 이어 셔츠로 손을 닦고 신약성서를 뒤적이며 뗏장 위에서 자세를 바꾸었다. 지난밤 내린 비로 뗏장이 축축해져서 물기가 바지에 스며들었다. 이런 곳을 고르다니 바보 같다고 그는 생각했다. 안에 있는 편이 더 좋았을 것이다.

"한 달쯤 전에 군수님이 제게 편지를 보냈습니다, 아그네스." 그가 잠시 말을 멈추었다. "아그네스라고 불러도 될까요?"

"그게 제 이름인걸요."

"그분 얘기로는 당신이 스토라보르그의 목사님께 불만이 있고, 그래서 그…… 그러니까…… 그 일을……." 토티가 말끝을 흐렸다.

"죽음을 준비하는 일요?" 아그네스가 물었다.

토티가 가볍게 고개를 끄덕였다. "그 일을 나에게 맡겨달라고 요청했다고요."

아그네스는 심호흡을 했다. "소르바르뒤르 목사님……."

"토티라고 부르십시오. 모두 그렇게 부릅니다." 그가 얼른 말했다가, 너무 친근하게 대한 것 같아 금세 후회하며 얼굴을 붉혔다.

아그네스는 머뭇거렸다. "그러면 토티 목사님이라고 부르겠습니다. 군수님이 왜 저에게 성직자를 붙여주시는 걸까요?"

"그건…… 아마 우리가, 그러니까 군수님과 교회와 제가…… 당신이 하느님께 돌아가기를 바라기 때문일 겁니다."

아그네스의 표정이 굳었다. "저는 곧 그분께 돌아갑니다. 도끼에 맞아서요."

"제 말은…… 그런 뜻이 아닙니다." 토티가 한숨을 쉬었다. 걱정했던 최악의 상황이 펼쳐지고 있었다. "하지만 어쨌건 당신이 저를 요청하셨죠? 그런데 브레이다볼스타뒤르의 교적부를 보니 당신은 없더군요."

"네, 당연히 없을 거예요." 아그네스가 대답했다.

"제 교구나 제 부친의 교구에 속했던 적이 있나요?"

"없어요."

"그러면 일면식도 없는 저를 요청한 이유가 뭔가요?"

아그네스는 그를 바라보았다. "저를 잊으셨군요."

토티는 당황했다. 이 여자의 모습에 어딘지 어쩐지 낯익은 구석이 있기는 했지만, 그가 그때껏 만나본 여자들, 하인들이며 어머니들, 아내들, 아이들까지 모두 떠올려보아도 거기 아그네스의 얼굴은 없었다.

"미안합니다." 그가 말했다.

아그네스는 어깨를 으쓱했다. "전에 저를 도와주신 적이 있어요."

"제가요?"

"강을 건네주셨어요. 말에 태워서."

"어디서요?"

"괴잉귀스쾨르드 근처에서요. 저는 그전까지 판뢰이가르스타디르에서 일하다가 그곳을 떠나 다른 곳으로 가는 길이었죠."

"그러면 스카가피외르뒤르 군 출신입니까?"

"아뇨. 저는 여기 이 바튼스달뤼르 계곡 출신이에요. 후나바튼 군요."

"제가 강을 건네주었다고요?"

"네, 홍수가 졌는데, 제가 물을 그냥 걸어서 건너려고 할 때 목사님이 말을 타고 오셨어요."

토티는 의아했다. 괴잉귀스쾨르드를 여러 번 다니긴 했지만 젊은 여자를 만난 기억은 없었다. "그게 언제입니까?"

"육칠 년 전이에요. 그때 목사님은 어렸어요."

"그랬겠군요." 토티가 말했다. 잠시 침묵이 흘렀다. "그때의 호의 때문에 지금 저를 불렀다고요?" 그는 그녀의 얼굴을 살펴보았다. 범죄자 같아 보이지는 않았다. 어쨌건 씻고 난 뒤로는.

아그네스는 눈을 찌푸리고 계곡을 내다보았다. 수수께끼 같은 표정이었다.

"아그네스……." 토티가 한숨을 쉬었다. "저는 부목사일 뿐입니다. 아직 수련이 다 끝나지 않았어요. 당신에게는 자격이 있는 성직자나 당신을 아는 목사가 더 맞을 것 같습니다. 여기서 지낼 때는 어떤 목사님이 있었나요?"

아그네스는 검은 머리 몇 가닥을 귀 뒤로 넘겼다. "저는 마음에 드는 목사님을 만나지 못했어요. 저를 안다고 할 만한 분은 한 분도 없고요."

까마귀 몇 마리가 계곡을 날아와 돌담에 내려앉았고, 토티와 아그네스는 돌담 뒤쪽에서 마르그리에트의 머리가 오르내리는 것을 보았다. "귀찮게시리!" 그녀가 소리쳤다. 이어 흙 한 덩어리가 돌담 위로 날아들자 새들은 깍깍 소리를 내지르며 떠나갔다. 토티가 아그네스에게 미소 지었지만 아그네스의 얼굴은 굳어 있었다.

"까마귀들이 싫어할 텐데." 그녀가 혼잣말을 했다.

토티는 심호흡을 하고 말했다. "당신이 영적 조언을 원한다면 이곳을 계속 찾아오겠습니다. 블뢴달 군수의 바람대로 당신이 신앙과 위엄 속에 운명을 향해 걸어갈 수 있도록 기도로 인도하겠습니다. 당신에게 영적 위안과 희망을 주는 것을 제 의무로 삼겠습니다."

그런 뒤 토티는 침묵에 빠졌다. 그는 이 말을 농장으로 오는 길에 연습한 터였다. "영적 위안"이라는 표현을 잊지 않아 다행이었다. 마치 스스로 영적 확신이 공고한 상태에 있는 듯 온정적이고 자기만족적인 느낌을 주는 말이었다. 마땅히 그런 상태에 있어야 했지만, 그는 자신이 그렇지 못하다는 막연하고 불편한 느낌이 들었다.

아직 그토록 격식을 차린 대화에 익숙하지 않았기에, 신약성서의 얇은 종이 위에 얹힌 그의 두 손에서 땀이 솟았다. 그는 책장이 구겨지지 않도록 조심스레 책을 덮고 두 손을 허벅지에 닦았다. 이제 아버지가 그러듯 성경 구절을 인용해야 할 텐데, 머릿속에 드는 생각이라곤 코담배를 하고 싶다는 갈망뿐이었다.

"아마 제가 실수한 것 같네요, 목사님." 아그네스의 목소리는 차분하고 절제되어 있었다.

토티는 뭐라고 답해야 할지 알 수 없었다. 그는 그녀 얼굴에 난 멍 자국을 보며 입술을 깨물었다.

"목사님은 그냥 브레이다볼스타뒤르에 계시는 편이 더 좋았던 것 같습니다. 와주신 건 감사하지만……. 그런데 목사님은 정말로…….” 그녀는 두 손으로 입을 막고 고개를 저었다.

“아, 울지 말아요!” 그가 소리치며 뗏장에서 일어섰다.

아그네스는 손을 내리고 차분하게 말했다. “우는 게 아니에요. 제가 실수를 했어요. 목사님은 저를 아이 대하듯 하시지만, 목사님 자신이야말로 어린아이에 지나지 않지요. 목사님이 아직 어리다는 걸 제가 잊고 있었어요.”

토티는 대꾸할 말이 없었다. 그는 그녀를 잠시 바라보다가 우울하게 고개를 끄덕이고 머리에 모자를 쓴 뒤 작별 인사를 건넸다.

아그네스는 그가 돌담 뒤로 가서 마르그리에트와 딸들에게 인사하는 모습을 지켜보았다. 목사와 여자들은 잠시 선 채 자신을 돌아보며 이야기를 나누었다. 아그네스는 그들이 뭐라고 하는지 궁금했지만 그사이 바람이 강해져서 아무 소리도 들리지 않았다. 토티가 마르그리에트에게 모자를 들어 보이고 말을 묶어둔 말뚝으로 걸어갈 때에야 아그네스는 마르그리에트의 목소리를 들었다. “뱀을 길들이는 게 더 쉽지!”

✱

그 뒤로는 노동 속에 하루가 지나간다. 김매기, 상한 약초밭 가꾸기. 멀리서 양떼 울음소리가 들린다. 저 불쌍한 짐승들은 겨울털을 깎아서 누더기 같고 앙상하다. 목사가 떠난 뒤 세 모녀와 함께 말린 생선과 버터로 저녁을 먹었다. 나는 음식을 스무 번씩 씹었다. 그런 다음 다시 모두 마당으로 나왔고, 이제 나는 돌담을 고쳐 쌓는다. 밀려난 돌들을 빼서 바닥에 놓고 분류한 뒤 다시 쌓아 고정시키면서 두 손에 돌들의 무게를 느껴본다.

내가 여기 있다는 것이 좀처럼 실감이 나지 않아 이렇게 무게를 느끼는 일로 나의 존재를 되새겨본다.

마르그리에트와 나는 침묵 속에 일한다. 그녀는 명령할 때만 말을 건다. 우리의 정신은 각자 다른 데 가 있는 것 같다. 운명이 나를 어린 시절의 농장 코르든사우에 다시 데리고 온 것이 신기할 뿐이다. 내가 슬픔이 무엇인지 처음 깨달은 곳. 내 생각은 그 뒤로 내가 걸었던 길들을 훑다가 목사에게로 돌아간다.

한갓 농부처럼 자신을 토티라고 불러달라는 소르바르뒤르 욘손. 그는 그 직무를 맡기에는 너무 풋내기인 것 같다. 목소리도 손도 여리다. 그 손은 길고 얼룩진 나탄의 손과 다르고, 억센 농장 일꾼들의 손과도 다르다. 작고 가늘고 깨끗하다. 그는 나에게 말할 때 그 손을 성경책에 얹었다.

내가 실수했다. 사형을 선고받고서 아직 소년에 불과한 자에게 도움을 요청하다니. 버터 바른 빵을 먹고 바지 엉덩이가 젖은 채 말을 향해 걸어가던 붉은 머리 소년, 이 소년이 내게 신앙심을 불어넣어주기를 사람들은 바란다. 나 또한 이 젊은이가 나를 도와줬으면 싶다. 무얼 어떻게 도와줄지는 모르겠지만.

이런 심정을 이해해줄 사람은 나탄뿐이다. 그는 사람들이 계절을 알고, 조수를 알고, 연기 냄새를 알듯 나를 알았다. 내가 어떤 사람인지, 내가 무엇을 원하는지를 알았다. 하지만 그는 죽고 없다.

어쩌면 나는 그 불쌍한 청년에게 목사관과 그곳의 소중한 책들로 돌아가라고 말해야 했는지도 모른다. 토티 목사, 내 실수였다. 당신이 내게 해줄 수 있는 것은 아무것도 없다. 하느님은 내게 자유를 줄 기회가 있었지만, 오직 그분만이 아는 어떤 이유로 나를 불행으로 몰아갔고, 나는 몸부림을 쳤지만 결국 재난을 맞고 말았다. 운명의 칼을 몸 깊숙이 받았다.

4장

아이슬란드 북동부 주 부지사님께,

부지사님께서 보내신 1월 10일 자 편지와 살인 및 방화죄로 사형 판결을 받은 세 피고 프리드리크, 아그네스, 시그리뒤르와 관련한 부지사님의 고견에 감사드립니다. 그에 대한 답으로, 작년 12월 30일에 대장장이 B. 헨릭손에게 특정 모양과 크기의 도끼 제작을 의뢰했으며 이에 헨릭손은 재료비와 공임으로 은화 5달레르를 요구했음을 말씀드립니다. 하지만 부지사님의 편지를 받고 보니 부지사님의 고견대로 같은 가격에 코펜하겐에서 더 큰 도끼를 구입하는 것이 낫겠다는 생각이 들었고, 그래서 상인 시몬센에게 그 일을 맡기기로 했습니다.

그렇게 올여름에 시몬센이 도끼를 가지고 왔는데, 도끼는 주문한 대로였지만 놀랍게도 시몬센은 그 값이 29달레르나 된다고 했습니다. 청구서를 살펴보니 액수가 맞았고, 어쩔 수 없이 부지사님께서 이 사건에 할당해주신 기금으로 값을 지불해야 했습니다.

이렇게 지출이 초과되어 사건에 배정된 기금을 사용한 것이 잘못이었는지 조심스럽게 여쭙고 싶습니다. 그 기금은 죄수들의 구금 비용으로도 쓰이고 있습니다. 또한 처형에 사용한 뒤에는 도끼를 어떻게 해야 할지도 여쭙고자 합니다.

언제나 존경을 담아.

후나바튼 군 군수

비외르든 블뢴달

코르든사우를 떠날 때 토티는 블뢴달에게 편지를 보내 아그네스를 담당하기로 한 결정을 취소해야겠다는 생각뿐이었다. 죄수 여인과의 두 번째 대화는 실패였다. 짧은 기도조차 이끌어내지 못했다. 하지만 겨우 두 번 만나고서 마음을 바꾼 이유가 무엇인지 설명해야 한다는 생각이 들자 두려움과 부끄러움에 편지 쓰는 일이 쉽지 않았다. 내일 하겠어. 새 하루를 맞을 때마다 그는 그렇게 생각했지만, 두 주가 그냥 지나갔고 농부들이 칠월 수확을 준비할 때까지 깃펜조차 들지 못하고 있었다.

어느 날 밤 토티가 아버지와 함께 조용히 책을 읽고 있는데 아버지가 백발이 성성한 머리를 들고 그에게 물었다. "그 사형수는 기도하고 있니?"

토티는 망설이다가 대답했다. "모르겠어요."

"모른다고." 욘 목사가 말했다. "기도를 하게 해야 해." 침침한 눈을 가늘게 뜨고 자신을 바라보는 아버지의 눈길에 토티는 뺨과 목이 화끈거렸다. "너는 주의 종이야. 스스로에게 부끄러운 일을 만들지 말거라." 그러고서 그는 다시 성경책으로 고개를 돌렸다.

다음 날 토티는 아침 일찍 일어나 소젖을 짜러 나갔다. 그는 암소 이사의 따뜻한 허리에 이마를 대고 젖이 들통을 향해 쭉쭉 뿜어져 나오는 규칙적인 소리를 들었다. 아그네스가 자기 옆에 앉아 있던 모습이 떠올랐다. 아버지는 그가 아그네스에게 가지 않는다는 것을 알고 있었다. 아들이 한 여자를 속죄시키는 일조차 못한다는 사실을 알면 아버지는 부끄러워할 것이다. 하지만 속죄할 생각이 없는 여자를 어떻게 속죄시킬 수 있겠는가? 아그네스가 뭐라고 말했던가? 마음에 드는 성직자를 만나지 못했다고 했다. 그녀는 신앙심이 없어 보였다. 영적 위안이 어쩌고 한 그의 짧고 바보 같은 연설, 그 고상한 말은 전혀 통하지 않았다. 그러면 여자는 그에게 무엇을 원하는 것인가? 신의 이야기, 죽음과 천국과 지옥과 신의 이야기를 하고 싶지 않다면 왜 그를 불러달라고 한 건가? 그가 강을 건네줘서? 당혹스러운 일이다. 생의 마지막을 준비하면서 왜 친구나 친척을 부르지 않는 거지?

어쩌면 이 세상에 친구가 남아 있지 않은지도 모른다. 아니면 그녀는 다른 이야기를 하고 싶은 건지도 모른다. 홍수 진 봄에 괴잉귀스쾨르드 나룻목을 건너던 일에 대한 이야기. 자신이 왜 바튼스달뤼르 계곡을 떠나 동쪽으로 일하러 갔는지, 왜 성직자들을 별로 좋아하지 않는지에 대한 이야기. 토티는 눈을 감은 채 이마 밑에서 불안하게 움직이는 이사의 따뜻한 몸뚱이를 느꼈다. 암소를 달래기 위해 그는 하들그리뮈르 피에튀르손❖의 시를 읊었다. "주의 고난의 길을 나 따르기 원합니다. 내 나약함을 버리시고 불같은 인격을 만들어주소서." 그는 눈을 뜨고 마지막 행을 다시 읊었다.

들통이 가득 찼을 때, 그는 코르든사우에 다시 가기로 마음먹었다.

계곡에는 아직 아침 안개가 남아 풀밭을 달리는 토티의 시야를 가렸다. 그는 두 손을 따뜻한 말갈기에 묻은 채 추위로 떨면서, 오늘은 아그네스와의 일을 제대로 해내리라 다짐했다.

토티가 말의 속도를 평보로 늦추고 계곡 입구의 기묘한 세 언덕 스리스타파르르를 지나 바튼스달뤼르의 푸른 협로로 다가갈 즈음 구름 밖으로 아침 햇살이 쏟아져 내렸다. 오늘도 날이

❖ 17세기 아이슬란드의 시인이자 루터교 목사. 찬송가 작사·작곡으로 유명하다.

좋을 것 같았다. 곧 농부 가족들과 하인들이 저마다 낫을 들고 들판에 흩어져 건초용 풀을 베기 시작하면 온 계곡에 풀 베는 냄새가 가득할 것이다. 하지만 아직은 이른 시각이라 눈에 보이는 것이라곤 천천히 걷히는 안개 뒤편의 갈색 산봉우리들뿐이었다. 꽥 하는 소리에 돌아보니 코르든사우의 양치기 소년 파우들이 안개를 뚫고 양떼를 산기슭으로 몰아가고 있었다. 토티는 계곡을 구불구불 흐르는 강변의 둑길로 방향을 틀어 코르든사우를 저만치서 지나치고 윈디르페들의 납작한 오두막으로 향했다.

덩치가 크고 수염이 텁수룩한 농부가 문 앞에 나타났다.

"안녕하십니까. 저는 회이퀴르 욘손입니다."

"안녕하세요, 회이퀴르. 저는 소르바르뒤르 욘손 부목사입니다. 윈디르페들의 목사님이 여기 계십니까?"

"피에튀르 비아르드나손 목사님요? 아뇨, 그분은 여기 사시지 않아요. 하지만 가까이 사십니다. 들어오세요."

토티는 덩치 큰 농부를 따라 오두막 안으로 들어갔다. 집은 웬만한 다른 집들보다 큰 편이었다. 바스토바에서는 최소 여덟 명이 옷을 입거나 이야기를 하고 있었다. 눈이 큰 소녀 하나가 빨간 얼굴로 꽥꽥 우는 어린아이를 무릎에 앉히고 있었고, 두 여자 하인은 방바닥을 두드리는 데 몰두한 소년에게 옷을 입히느라 씨름을 했다. 토티가 들어가자 사람들은 이야기를 멈추었다.

"앉으시죠." 회이퀴르가 한 노파가 앉은 침대의 옆자리를 가리키며 말했다. 노파는 주름 가득한 얼굴로 멍하니 토티를 바라보았다. "이분은 그뷔드룬이에요. 앞을 못 보십니다. 기다리시면 제가 목사님을 모시고 오죠."

"고맙습니다." 토티가 말했다.

농부가 나간 뒤에 활달한 표정의 젊은 여자가 바스토바로 부산하게 들어왔다. "안녕하세요! 브레이다볼스타뒤르에서 오셨죠? 마실 걸 드릴까요? 제 이름은 다가예요."

토티는 고개를 저었고, 다가는 어린 소녀의 품에서 아기를 받아 어깨에 안았다. "불쌍한 것, 밤새도록 죽은 사람도 깨어날 만큼 울었어요."

"어디 아픈가요?"

"남편은 독감 같다는데 저는 더 큰 병이 아닐까 걱정돼요. 혹시 의학에 대해서 좀 아시나요, 목사님?"

"저요? 아뇨, 보통 사람보다 나을 게 없습니다. 죄송합니다."

"죄송하긴요. 나탄 케틸손이 죽은 게 더 안타까워지네요."

토티는 그녀를 바라보며 눈을 깜박였다. "네?"

구석의 여자아이가 목소리를 높였다. "나탄 아저씨가 제 기침병을 고쳐줬거든요."

"그분이 이 댁과 친하게 지냈나요?" 토티가 물었다.

다가가 코를 찌푸렸다. "친했다고 할 수는 없지만 아이들이 아프거나 피를 빼야 할 때 부를 수 있는 사람이었죠. 저 아이 귀들라가 기침병에 걸렸을 때 나탄은 하룬가 이틀인가 밤을 새우면서 약초를 달이고 외국 말로 된 책을 들여다보았어요. 특이한 사람이었죠."

"그자는 주술사였어." 옆자리의 노파가 말했다. 가족이 노파를 돌아보았다.

"나탄은 주술사였어. 그리고 제명에 갔지." 노파가 다시 말했다.

"할머니……." 다가는 불안한 미소를 지으며 토티를 보았다. "여기 손님이 계세요. 그런 말씀을 하시면 아이들이 놀라요."

"나탄 사탄, 그게 그자의 이름이었어. 그자의 능력 중에 하느님에게서 온 것은 없었어."

"그만하세요, 할머니. 그건 그냥 소문이에요."

"무슨 말씀입니까?" 토티가 물었다.

다가는 우는 아기를 다른 쪽 허리에 얹어 안았다. "그런 이야기 못 들어보셨나요?"

토티는 고개를 저었다. "전혀요. 저는 남부의 베사스타디르에서 학교를 다녀서요."

다가가 눈썹을 치올렸다. "계곡 사람들이 하는 이야기예요. 나탄 케틸손의 어머니가 앞날을 볼 줄 알았대요. 사람들의 앞일을 꿈속에서 봤다나요. 그 어머니가 나탄을 임신했을 때, 꿈에 누가 나타나서 아이가 아들이라고 했대요. 그러면서 아들에게 자기와 같은 이름을 지어주라길래 그러겠다고 했더니, 자기 이름이 사탄이라고 했다는 거예요."

"그 여자는 겁을 먹었지." 그뷔드룬이 얼굴을 찌푸리고 끼어들었다. "목사님이 이름을 나탄으로 바꿔줘서 그 사람들은 괜찮을 거라고 생각했어. 하지만 우리는 그 아이가 잘되지 않을 걸 알았지. 그 아이는 쌍둥이였는데, 다른 아이는 하느님의 빛을 못 봤어. 그렇게 하나한테는 하늘나라가, 하나한테는 지옥이 예정돼 있던 거야." 노파는 천천히 몸을 돌리더니 토티에게 얼굴을 가까이 대고 속삭였다. "그 애는 늘 돈이 많았어. 악마하고 거래를 했으니까."

"아니면 그냥 재주 좋은 약초꾼이고, 그걸로 큰돈을 벌었던 건지도 모르죠." 다가가 명랑하게 말했다. "말씀드렸듯이 그냥 사람들이 떠드는 이야기예요."

토티는 고개를 끄덕였다.

"그런데 바튼스달뤼르에는 어쩐 일이신가요, 목사님?"

"제가 아그네스 마그누스도티르를 맡았습니다."

다가의 얼굴에서 미소가 떨어졌다. "그 여자가 코르든사우에 왔다고 들었어요."

"맞습니다." 두 여자 하인이 눈길을 주고받는 모습이 보였다. 옆에서 그뷔드룬이 밭은기침을 했다. 그의 목에 침이 튀었다.

"크밤뮈르에서 재판이 열렸죠." 다가가 말했다.

"그렇습니다."

"그 여자는 이 계곡 출신이에요."

"그래서 제가 여기, 그러니까 윈디르페들에 온 겁니다. 교적부에 그 여자에 대해 뭐라고 적혀 있는지 알아보려고요."

토티가 말했다.

여자의 얼굴이 일그러졌다. "제가 약간 말씀드릴 수 있어요." 그녀는 잠시 망설이다가 하인들에게 아이들을 데리고 나가라고 하고는 모두 방에서 나갈 때까지 기다렸다. "그 여자는 보통내기가 아니었어요." 다가가 그뷔드룬을 조심스레 바라보며 조그맣게 말했다. 그뷔드룬은 벽에 기댄 채 조는 것 같았다.

"무슨 말씀이신가요?" 토티가 물었다.

여자는 얼굴을 찌푸리고 몸을 가까이 기울였다. "이런 말씀드리기 싫지만, 아그네스 마그누스도티르는 욕심이 많았어요. 자신을 높이고 싶어 했죠. 신분 상승을 꿈꿨어요."

"가난했나요?"

"사생아 출신에 교구 빈민 주제에 성실한 하녀에게서는 볼 수 없는 야심을 가졌죠."

토티는 여자의 표현에 얼굴을 찌푸렸다. "두 분 사이가 별로 좋지 않았던 모양이군요."

다가가 웃었다. "네, 아그네스는 우리와 종류가 달랐어요."

"어떻게 달랐나요?"

다가는 망설였다. "어떤 사람들은 자기 운명과 인연에 만족하고 하느님께 감사하며 살죠. 하지만 아그네스는 그렇지 않았어요."

"어쨌든 서로 아는 사이인 거죠?"

여자는 칭얼대는 아이를 다른 쪽 어깨로 옮겼다. "한 바스토바를 쓴 적은 없지만, 그래요. 이 계곡에서는 모두가 서로를 알죠. 이 지역에는 아그네스의 젊은 시절 이야기를 담은 시도 있었어요. 그때는 사람들이 그 여자를 좋아해서 '부르페들의 아그네스'라고 불렀어요. 하지만 나이가 들면서 변했어요. 어쩐 일인지 남자가 계속 바뀌었고, 한곳에 정착도 못했어요. 이 계곡은 좁은 곳이고 아그네스는 독한 말씨와 헤픈 몸가짐으로 유명했죠."

누가 문 앞에서 목을 가다듬었다. 농부가 누군가를 데리고 돌아왔는데, 함께 온 사람은 하품을 하며 목덜미를 긁고 있었다.

"소르바르뒤르 목사님, 피에튀르 비아르드나손 목사님을 모시고 왔습니다."

윈디르페들 교회는 장의자 여섯 개에 그 뒤는 그냥 입석 공간인 아주 작은 교회였다. 계곡 농부들이 여기 다 들어올 수는 없겠는데. 토티가 생각하는 동안, 피에튀르 목사는 철테 안경을 코 위로 밀어 올렸다.

"여기 열쇠가 있군." 목사가 제단 옆의 궤짝으로 허리를 굽히고 자물쇠와 씨름했다. "코르든사우에서 지낸다고?"

"아뇨, 그냥 이따금씩 방문합니다." 토티가 말했다.

"내가 안 걸린 게 다행이지. 거기 식구들은 어떠신가?"

"저는 그분들을 잘 모릅니다."

"아니, 내 말은, 그분들이 이 일…… 사형수랑 같이 지내게 된 일을 어떻게 받아들이고 있느냐는 기야."

토티는 아그네스가 스토라보르그에서 도착하던 날 마르그리에트에게서 들은 원망의 말을 떠올렸다. "그렇게 기뻐하시지는 않지요."

"그래도 그분들은 의무를 수행할 거야. 좋은 분들이니까. 작은딸은 미인이고. 보조개가 예쁘지. 사리 분별도 할 줄 알고 꽤 똑똑해."

"뢰이가 말씀이시죠?"

"그래, 언니보다 훨씬 낫지." 목사가 가죽으로 장정된 커다란 책을 제단 위에 올려놓았다. "여기 있군. 그 여자 나이가 어떻게 되지, 젊은이?"

토티는 젊은이라는 호칭이 불쾌했다. "잘 모르겠습니다. 서른은 넘었을 것 같아요. 목사님은 그 여자를 모르시나요?"

목사가 킁 하고 코를 훌쩍였다. "나는 여기서 겨울을 한 번밖에 안 지냈어."

"안타깝네요. 목사님께 그 여자의 성품이 어떤지 들을 수 있을 줄 알았는데요."

목사가 코웃음을 쳤다. "나탄 케틸손을 죽였다는 사실이 그 여자의 성품을 잘 말해줄 텐데."

"그렇겠지요. 하지만 그 사건 이전의 인생에 대해서도 알고 싶어서요."

피에튀르 비아르드나손이 토티를 내려다보았다. "그 여자를 맡기에 자네는 너무 어려."

토티는 얼굴을 붉혔다. "그 여자가 저를 요청했습니다."

"그 여자의 성품에 남다른 면이 있었다면 교적부에 적혀 있겠지." 피에튀르 목사는 글씨가 가득 적힌 누런 책장을 조심조심 넘겼다. "여기 있군. 1795년. 어머니 잉그벨뒤르 라픈스도티르, 아버지 마그누스 마그누손, 출생지 플라가. 혼외자. 10월 27일 출생. 다음 날 명명식. 더 알고 싶은 게 뭔가?"

"혼외자였다고요?"

"그렇게 적혀 있군. 또 '아버지는 스토리달뤼르에 거주. 특기 사항 없음'. 이제 더 뭘 알고 싶은가? 견진성사 기록을 찾아볼까? 그것도 여기 있네. 몇 달 전 블뢴달 군수가 나한테 그 내용을 적어 보내달라고 했지." 목사는 킁 코를 훌쩍이고는 안경을 밀어 올렸다. "여기 있군. 직접 읽어보게." 그러곤 토티가 책을 잘 볼 수 있게 옆으로 비켜섰다.

"1809년 5월 22일." 토티가 소리 내서 읽었다. "열네 살에……." 그는 멈춰서 잠시 헤아려보았다. "다섯 명과 함께 견진 받음. 하지만 열세 살이었을 텐데요."

"뭐라고?" 목사는 창밖을 보고 있다가 고개를 돌렸다.

"열네 살이라고 적혀 있어요. 하지만 오월이면 아직 열세 살이죠."

목사는 어깨를 으쓱였다. "열세 살, 열네 살, 그게 뭐 중요한가?"

토티는 고개를 저었다. “별로 중요한 건 아닙니다. 여기, 이건 뭐라고 적힌 겁니까?”

목사가 기록부를 들여다보았다. 토티는 그의 입김에서 술과 생선 냄새를 맡았다.

“어디 보자, 이 아이들 중 셋, 그리뮈르와 스베인비외르든과 아그네스는 교리문답을 끝까지 공부함. 그다음은 그냥 으레 적는 말들이지.”

“잘 마쳤답니까?”

“‘두뇌가 명석하며, 기독교에 대한 지식과 이해가 풍부하고 깊다’라고 적혀 있군. 교회의 가르침을 떠난 게 안타까워.”

토티는 마지막 말을 무시한 채 되뇌었다. “두뇌가 명석하다.”

“그렇게 적혀 있어, 소르바르뒤르 목사. 여기 이렇게 추운 데서 가계도를 더 살피고 싶은가? 아니면 이만 회이퀴르의 집으로 돌아가 그 집의 예쁜 아내가 준비해주는 아침 식사와 커피를 들고 싶은가?”

✱

“토티 목사님!” 마르그리에트는 그가 문을 두드리고 삼 초도 지나지 않아서 문을 열었다. “다시 오시다니 반가워요. 남부로 돌아가신 줄 알았어요. 들어오세요." 그녀는 콜록 기침을 한 뒤 문을 더 열었고, 토티는 그녀의 허리춤에 무거운 자루가 매달려 있는 것을 보았다.

"제가 들어드리죠." 그가 말했다.

"아니에요." 마르그리에트가 갈라진 목소리로 말하고 복도를 앞서갔다. "괜찮아요. 하인들이 레이캬비크에서 막 돌아왔어요." 그녀는 희미한 미소를 지으며 그에게 돌아섰다.

"그렇군요. 시장에 다녀왔겠네요?" 토티가 말했다.

마르그리에트가 고개를 끄덕였다. "괜찮게 사 왔어요. 작년하고 달리 밀가루에 바구미가 없어요. 소금하고 설탕에도요."

"다행이군요."

"커피 드릴까요?"

"커피가 있나요?" 토티가 놀라 물었다.

"뜨개질한 걸 모두 팔고 절인 고기도 좀 팔았거든요. 욘은 밖에서 건초 벨 낫을 갈고 있어요. 커피를 준비해드릴게요." 마르그리에트는 토티를 데리고 바스토바를 지나 커튼 안쪽의 응접실로 들어갔다. "여기서 기다리세요." 그녀는 여전히 자루를 멘 채 뒤뚱거리며 나갔다.

토티는 의자에 앉아 손으로 테이블의 나뭇결을 훑었다. 마르그리에트가 부엌에서 기침을 터뜨리는 소리가 들렸다.

"토티 목사님?" 커튼 너머에서 작은 목소리가 속삭였다. 토티는 일어나 커튼을 살짝 걷었다. 아그네스가 틈새로 그에게 고개를 끄덕였다.

"아그네스. 잘 지냈나요?"

"죄송합니다. 저게 좀 필요해서……." 그녀가 응접실의 다른 의자에 놓인 털실 꾸러미를 가리켰다. 토티는 옆으로 비켜서서 커튼을 들고 그녀를 들였다.

"나가지 말아요. 당신을 만나러 왔습니다." 토티가 말했다.

아그네스는 털실 꾸러미를 집어 들었다. "사모님이 시키신 일이……."

"제발 여기 앉아요, 아그네스."

그녀는 고분고분 의자 끝에 살짝 걸터앉았다.

"여기 있어요!" 마르그리에트가 커피와 버터 바른 호밀 빵을 쟁반에 담아 들고 활기차게 응접실로 들어오다가 문득 아그네스가 그 자리에 있는 것을 보았다.

"아그네스에게 시간을 잠깐만 주셨으면 좋겠습니다." 토티가 일어서면서 말했다. "저는 아그네스와 이야기하려고 왔으니까요." 마르그리에트가 그를 바라보았다. "블뢴달의 명령으로요." 그는 농담조로 말하며 힘없이 웃었다.

마르그리에트는 입술을 꽉 다문 채 고개를 끄덕였다. "원하시는 대로 하세요, 목사님. 아그네스를 내어드리죠." 그녀는 쟁반을 테이블에 탁 내려놓고 돌아서서 커튼 밖으로 나갔다. 복도의 흙바닥에 발소리가 울리더니 곧 문이 쾅 닫혔다.

"그러면……." 토티가 다시 앉아 아그네스를 보며 얼굴을 살짝 찌푸렸다. "커피를 좀 드시겠습니까? 컵이 하나뿐인데……." 아그네스는 고개를 저었다. "그러면 빵을 드세요. 저는 오는 길에 윈디르페들에 들러서 스키르를 마셨습니다."

그는 접시를 아그네스 쪽으로 밀고 자신의 컵에 커피를 따른 뒤 마개를 닫은 병에서 설탕을 흔들어 커피에 넣었다. 곁눈으로 보니 아그네스는 빵을 입에 넣고 있었다. 그는 미소 지었다.

"이 집 하인들이 레이캬비크의 시장에서 장사를 잘하고 온 모양입니다." 토티는 뜨거운 커피를 한 모금 삼키다가 혀를 데었다. 당장 뱉고 싶었지만, 아그네스의 연청색 눈이 자신을 보고 있어서 애써 뜨거운 액체를 목구멍으로 넘겼다. 숨이 살짝 막혔다.

"여기서 지내는 건 어떤가요, 아그네스?"

아그네스는 빵을 삼키고 그를 보았다. 얼굴에 살이 약간 붙었고, 목의 멍 자국은 거의 사라지고 없었다.

"좋아 보이네요."

"스토라보르그에 있을 때보다 잘 먹고 있어요."

"식구들과는 잘 지냅니까?"

그녀는 망설였다. "저를 참아주고 계십니다."

"지방 관원 욘은 어떤가요?"

"저하고 말씀을 안 하세요."

"딸들은요?"

아그네스에게서 대답이 돌아오지 않자 토티가 다시 말했다.

"윈디르페들의 목사님이 뢰이가를 칭찬하시더군요. 똑똑하다고요."

"언니에 대해서는요?"

토티는 커피를 다시 한 모금 마셨다. "착한 아가씨죠."

"네, 착해요." 아그네스가 말했다.

"빵 좀 더 드세요."

아그네스는 빵을 집어 들었다. 그러곤 손을 입 앞에 올린 채 빠른 속도로 삼킨 뒤 손가락의 버터를 빨아먹었다. 토티는 기름이 묻어 번들거리는 그녀의 분홍색 입술을 보았다.

그는 앞에 놓인 컵으로 시선을 돌렸다. "내가 왜 다시 왔는지 궁금하죠?"

아그네스는 엄지손톱으로 이에 낀 빵 조각을 빼낸 뒤 입을 다물었다.

"당신은 나더러 어리다고 했어요." 토티가 말했다.

"저 때문에 기분 나쁘셨죠." 그녀가 무심하게 말했다.

"기분 나빴던 건 아닙니다." 토티는 거짓말을 했다. "하지만 그 말은 틀렸습니다, 아그네스. 나는 아직 젊지만 남부 베사스타디르의 학교에서 삼 년이나 공부를 했어요. 나는 라틴어, 그리스어, 덴마크어를 알고, 또 하느님이 당신의 구원을 위해 나를 선택하셨습니다."

아그네스는 그를 바라보았다. "아뇨, 목사님을 선택한 건 저예요."

"그러면 내가 도움을 주도록 해야죠!"

여자는 잠시 말이 없었다. 이윽고 다시 이에 낀 음식을 빼더니 손을 앞치마에 닦았다. "저하고 이야기하고 싶다면 평범하게 말씀해주세요. 스토라보르그의 목사님은 꼭 주교님처럼 말씀하셨어요. 제가 발밑에 엎드려 울기를 바라셨죠. 제가 하는 말은 듣지 않으셨어요."

"그분께 무슨 말을 하고 싶었나요?"

아그네스는 고개를 저었다. "제가 말을 하면 사람들은 그걸 왜곡해서 욕을 하거나 비난해요."

토티가 고개를 끄덕였다. "그러니까, 내가 평범하게 말을 하고, 또 당신의 이야기를 들어주기를 원하는 건가요?"

아그네스는 가만히 그를 바라보다가 의자에 앉은 채 몸을 앞으로 기울였고, 토티는 문득 그녀의 눈동자에 어린 독특한 색깔을 알아차렸다. 얼음처럼 투명한 파란색 홍채에 잿빛 점이 총총 박혀 있고, 그 가장자리를 얇고 검은 동그라미가 둘러싸고 있었다.

"어떤 말을 듣고 싶으세요?" 그녀가 물었다.

토티는 등받이에 기대앉았다. "오늘 아침 윈디르페들의 교회에 갔습니다. 교적부를 보려고요. 당신이 이 계곡 출신이라고 해서요."

"제가 거기 있던가요?"

"출생 기록과 견진 기록이 있었습니다."

"그러면 제 나이를 아시겠네요." 그녀가 차갑게 웃었다.

"당신에 대해서 내게 더 해줄 이야기가 없나요? 또 가족에 대해서도."

아그네스는 심호흡을 하고 실타래의 털실을 천천히 손가락에 감았다. "저는 가족이 없어요."

"그럴 수는 없어요."

그녀가 손마디에 털실을 빽빽하게 감자 피가 몰려서 손끝이 검게 변했다. "교적부에는 부모님 이름이 적혀 있을지 모르지만, 그냥 고아라고 썼어도 됐을 거예요."

"왜 그렇죠?"

커튼 밖에서 기침 소리가 들리더니, 밑단 아래 물고기 껍질로 만든 신발이 나타났다.

"들어오세요." 토티가 말했다. 아그네스가 재빨리 손에서 털실을 푸는 사이 커튼이 한쪽으로 젖혀지면서 스테이나의 주근깨 가득한 얼굴이 나타났다.

"목사님, 죄송한데요, 어머니가 저쪽을 부르시네요." 그녀가 아그네스를 가리키자 아그네스는 자리에서 몸을 일으켰다.

"지금 이야기중인데요." 토티가 말했다.

"죄송해요, 목사님. 지금은 수확 철이에요. 칠월 중순이잖아요. 오늘부터 건초 작업이 시작돼요. 적어도 해가 떠 있는 동안에는요."

"스테이나, 나는 먼 길을……."

아그네스는 그의 어깨에 손을 가볍게 얹고 제지하는 듯한 눈길을 보냈다. 그는 그녀의 손을, 길고 하얀 손가락을 보았다. 엄지손가락에 물집이 잡혀 있었다. 아그네스는 그의 시선을 알아차리고 얼른 손을 치웠다. "내일 다시 오세요, 목사님. 오시고 싶으시다면요. 건초가 마르는 동안 이야기를 나눌 수 있을 거예요."

*

어쩌면 과거를 내 안에 가둬두기로 맹세한 게 잘못인지도 모른다. 크밤뮈르에서 재판을 할 때 사람들은 새처럼 내게서 말을 뽑아 먹었다. 그 무시무시한 새들은 은색 단추가 달린 붉은 재킷을 입고 고개를 옆으로 기울인 채 사납게 말하며 덤불에서 산딸기를 찾듯 죄를 찾았다. 그들은 내 방식의 설명을 허락하지 않았고, 내게서 이들뤼가스타디르와 나탄의 기억을 빼내 그것을 음험하게 만들었다. 그들은 내 진술을 뒤틀어서 악의를 덧씌웠다. 내가 한 말들은 나와 분리된 채 멋대로 가공되어 결국은 나와 무관한 이야기가 되었다.

나는 사람들이 나를 믿을지도 모른다고 생각했다. 사람들이 그 작은 방에서 난리를 치고 블뢴달이 결국 "유죄"를 선언했을 때 내 머릿속에는 단 하나, 움직이면 부서진다는 생각뿐이었다. 숨을 쉬면 무너진다는, 저 사람들은 나를 없애버리고 싶어 한다는 생각.

재판 이후 티외르든에서 온 목사는 나에게 인생의 죄를 돌아보고 기도로 용서를 빌지 않으면 불지옥에 떨어질 거라고 했다. 마치 기도가 죄를 말끔히 없애줄 수 있다는 것처럼. 하지만 여자라면 안다. 일단 바늘에 엮인 이상, 실의 자리는 움직일 수 없는 법이다. 실수를 고치려면 전체를 다 풀어야 한다.

나탄은 죄악을 믿지 않았다. 사람을 만드는 것은 성격의 결함이라고 했다. 자연조차 아름다움을 위해 규칙을 거부한다고. 창조를 위해서. 그래야 자연도 뜨거운 생명력을 유지할 수 있거든. 너는 알 거야, 아그네스.

그가 이 말을 한 것은 스타파르에서 머리 둘 달린 양이 태어났을 때였다. 하인 한 명이 이들뤼가스타디르로 달려와 그 일을 전했지만, 나탄과 내가 거기 갔을 때 양은 이미 죽어 있었다. 양 주인이 저주받은 짐승이라며 곧바로 죽여버린 것이다. 나탄은 양을 가져가 어떻게 그런 형태가 되었는지 해부해보고 싶다고 했다. 그가 땅에서 양을 파낼 때 한 여자가 다가와 침을 뱉었다. "악마는 악마가 챙겨야지." 그는 여자의 얼굴에 대고 웃었다.

우리는 그 이상한 짐승을 작업장으로 가져왔고, 나는 피와 먼지와 역겨움 속에 나탄이 혼자 짐승을 해체하도록 두고 나왔다. 시가와 나는 그 양의 고기를 먹지 않았다. 나탄은 우리더러 배가 불렀다고, 이 뒤틀린 시체를 가져오느라 얼마나 큰 돈을 썼는지 아느냐고 했지만, 그도 그렇게 식욕을 보이지는 않았다. 우리는 그 고기를 여우 미끼로 썼다. 그는 두 개의 두개골을 자기 작업장에 보관했다. 뼈는 갓 만든 크림 같은 색깔이었다.

목사도 나를 그 새끼 양처럼 볼까? 별종, 저주받은 생명으로? 남자들은 나 같은 여자를 어떻게 볼까?

하지만 목사는 남자라고 하기도 힘들다. 젊음의 허세나 어리석음은 없지만, 그는 아이처럼 허약하다. 나는 그를 실제보다 더 크게 기억하고 있었다. 그를 어떻게 생각해야 할지 잘 모르겠다.

어쩌면 그는 능란한 거짓말쟁이일 뿐인지도 모른다. 나는 남자를 적잖이 만났기에 그들이 엄마 젖을 떼는 순간부터 거짓말로 산다는 걸 안다.

그에게 무슨 말을 할지 생각해봐야겠다.

*

안개가 푸른 하늘로 사라지고 풀밭의 이슬방울도 마르자 코르든사우의 가족은 건초용 풀을 베기 위해 풀밭 가장자리에 모였다. 지방 관원 욘과 최근 레이캬비크에서 돌아온 하인으로 둘 다 긴 금발에 턱수염을 기른 비아르드니와 그뷔드뮌뒤르가 한쪽에 서고, 크리스틴과 마르그리에트, 뢰이가가 그 맞은편에 섰다. 모두 스테이나와 아그네스를 조용히 기다리고 있었다. 스테이나가 마당을 비척비척 걸어왔고, 아그네스가 땋은 머리 위에 스카프를 두르며 그 뒤를 따라왔다.

"우리 왔어요." 스테이나가 기운차게 말했다. 아그네스는 욘과 마르그리에트에게 고개를 끄덕여 보였다. 일꾼들이 그녀를 힐끔대고는 서로를 바라보았다.

욘이 고개를 숙였다. "주님, 수확을 위해 좋은 날씨를 주셔서 감사합니다. 이 시간 우리를 지켜주시고, 위험과 사고를 막아주시고, 우리에게 필요한 건초를 주시기를 기도드립니다. 예수님의 이름으로, 아멘."

농장 일꾼들도 함께 아멘 하고 중얼거린 뒤 자루가 긴 낫을 집어 들었다. 새로 두드리고 갈아서 날이 밝게 번득였다. 작은 키에 근육질인 스물여덟 살의 그뷔드뮌뒤르가 낫으로 손목의 털을 베어보더니 만족스러운 듯 얼른 날을 아래로 돌려 발밑의 풀을 깎았다. 그러고서 고개를 든 그는 아그네스가 자신을 보고 있는 것을 알아차렸다.

"그뷔드뮌뒤르랑 비아르드니, 자네들은 크리스틴하고 한 조로 일하고……." 욘은 망설이다가 아그네스를 힐끔 보았다. 일꾼들도 그를 따라 그녀를 보았다.

"저 여자한테도 낫을 줍니까?" 누르스름한 얼굴의 비아르드니가 물었다. 그는 불안하게 웃고 있었다.

마르그리에트는 헛기침을 했다. "아그네스와 크리스틴이 거기 세 사람하고 같이 풀을 베면, 애들이랑 내가 수합할게."

그런 뒤 그녀가 노려보자, 그뷔드뮌뒤르는 비아르드니에게 씩 웃어 보이고 바닥에 침을 뱉었다.

"두 사람한테 낫을 줘." 욘의 조용한 목소리에 그뷔드뮌뒤르는 자기 낫을 땅에 떨구고 돌아서서 다른 낫 두 개를 가져다가 그중 하나를 크리스틴에게 주었다. 크리스틴이 어설프게 무릎을 굽혀 절을 하며 받았다. 이어 그는 두 번째 낫을 아그네스에게 건넸는데, 그녀가 낫을 잡은 뒤에도 손을 풀지 않아 두 사람은 잠시 낫자루를 함께 잡은 채 서 있었고, 그러다가 문득 그가 손을 놓는 바람에 아그네스는 뒤로 넘어지면서 낫에 발목을 긁혔다. 곁에서 비아르드니가 웃음을 삼켰다.

"갈퀴를 가져와라, 얘들아." 욘이 하인들의 웃음을 못 본 척 말했다. 뢰이가 역시 아그네스가 놀라서 다리를 바라보는 모습에 조용히 웃고 있었다.

"다쳤어요?" 스테이나가 옆을 지나치며 아그네스에게 작은 소리로 물었다. 아그네스는 입을 다물고 고개를 저었다. 마르그리에트가 큰딸을 보고 인상을 썼다.

✻

나는 이제 리듬에 몸을 맡긴다. 앞뒤로 흔들리며, 중력이 풀 사이로 낫을 당기게 한다. 몸이 착실히 움직인다. 내가 아니라 태양이 나를 움직이는 느낌이다. 나는 바람의 꼭두각시, 낫의 꼭두각시, 내 몸을 밀고 나아가는 길고 느린 낫질의 꼭두각시가 된다. 내가 원한다 해도 멈출 수 없다.

내가 나를 다스리지 못하는 이 느낌이 좋다. 가만히 있는 게 어떤 것인지 잊을 때까지 부드럽게 흔들리는 느낌. 나탄과 함께하던 처음 몇 달처럼. 파도치는 심장박동에 죽을 수도 있을 것 같던 그 시절, 나는 그가 나를 욕망한다는 것이 너무도 행복했다. 그의 냄새. 유황과 약초, 말의 땀과 대장간의 증기가 뒤섞인 그 냄새는 나를 어지러운 기쁨과 희망으로 감쌌다.

여름과 햇빛이 날 취하게 한다. 하늘을 한 움큼씩 뜯어서 먹고 싶다. 낫의 예리한 손가락이 줄기를 훑을 때마다 풀들은 낮은 비명을 토하며 쓰러진다.

문득 그뷔드뮌뒤르의 시선이 느껴진다. 그는 고개를 기울이고 내게 더러운 눈길을 보낸다. 내가 모른다고 생각하는 모양이다.

열네 살 때부터 남자들에게서 그런 눈길을 받았다. 그뷔드루나르스타디르에서 일하게 되었을 때, 나는 하얀 자루에 싼 짐을 가지고 삼월에 그곳에 도착했다. 머리를 너무 빽빽하게 땋아서 두피가 아팠다. 그곳은 내가 처음으로 구한 정식 일자리였다. 그때 거기에도 젊은 남자 하인이 있었다. 키가 크고 피부가 거친 남자였는데, 여자 하인들, 잉기비외르그와 헬가와 나를 그런 눈길로 보아서 우리는 모두 그를 피했다. 그가 밤에 자기 몸을 만지는 소리도 들렸다. 모포 아래쪽이 한동안 바쁘게 움직인 뒤 신음 소리가, 가끔은 꽤 크게도 났다.

나는 몸을 돌린다. 두 팔을 떨군다. 명치 끝이 조인다. 낫이 오르락내리락할 때마다 햇빛이 반사되어 내 눈을 찌른다. 하느님의 밝은 윙크. 내가 널 보고 있어. 낫이 말하며 초록 풀의 바다에 물결을 일으키고 햇빛을 반사한다. 남자 하인은 숨을 내쉬고 낫을 휘두르며 소매를 걷은 내 두 팔을 음침하게 바라본다. 나는 풀과 빛을 공중으로 흩뿌린다. 내가 널 보고 있어. 낫이 말한다.

✲

토티 목사는 약속한 대로 다음 날 아침 일찍 코르든사우로 향했다. 해가 잠자리에서 일어나 지평선 위로 올라오기 훨씬

전이었다. 브레이다볼스타뒤르에서도 수확이 시작된 참이라 온몸이 뻐근했지만, 이제 그는 얼굴에 닿는 차가운 공기와 옅은 안개 같은 말의 입김을 느끼며 상쾌하게 바튼스달뤼르 계곡으로 달려가고 있었다. 군내의 모든 마을이 어제 건초 작업을 시작해, 풀을 베다 만 들판이며 이슬을 막기 위해 원뿔 형태로 쌓아둔 풀 더미들이 질서와 풍요의 느낌을 안겨주었다. 푸르른 곳, 사람들은 이곳을 그렇게 불렀다. 사방에서 작은 새들이 풀 그루터기들 사이를 뛰어다니며 엄폐물을 잃은 벌레들을 쪼았고, 계곡 오두막의 경사진 지붕들에서는 연기가 꼬불꼬불 올라갔다.

강 건너 비외르든 블뢴달의 커다란 농장 크밤뮈르—그곳은 코르든사우에서도 보였다—에서도 몇 개의 굴뚝이 연기를 내뿜고 있었다. 농장에 딸린 뗏장 오두막의 나무 벽에는 유리를 끼운 창들이 희미한 아침 빛 속에서도 환하게 반짝였다. 눈目 같다고 토티는 생각했다. 이들뤼가스타디르 사건의 재판 대부분이 그 농장의 응접실에서 열렸다고 했다. 그곳에서는 구불구불 흐르는 강물과 황금빛 습지 풀들이 내다보였다.

그때 아그네스는 무슨 생각을 했을까. 토티는 강 건너편 농장을 바라보며 생각했다. 자리에 앉아서 너는 죽어야 한다는 선고를 받았을 때, 그녀는 창 너머 강물에 뜬 성엣장을 보고 있었을까? 어쩌면 너무 어두워서 아무것도 안 보였을지 모른다. 사람들이 창문에 커튼을 쳐서 빛을 가렸을지도 모르고.

지방 관원 욘은 집 밖에 나와 있었고, 그 옆에서 아마 일꾼으로 보이는 다른 남자가 낫을 갈고 있었다. 욘이 숫돌을 들어 인사하고는 모자를 다시 쓰더니 그에게 다가왔다.

"소르바르르뒤르 목사님, 안녕하십니까."

"네, 안녕하세요." 토티는 다정하게 화답했다.

"그 여자를 보러 오셨군요."

토티가 고개를 끄덕였다. "아그네스는 어떤가요?"

욘은 어깨를 으쓱했다. "그럭저럭 지내죠."

"일은 잘합니까?"

"잘하긴 하는데……." 그가 말을 멈추었다.

토티가 부드럽게 웃었다. "오래 있지 않을 겁니다." 그는 욘의 등을 가볍게 두드리고 문 앞으로 갔다.

"욘 소르다르르손이 그들을 죽이겠다고 나섰습니다." 욘이 불쑥 말했다.

토티가 돌아섰다. "네?"

"욘 소르다르르손요. 몇 주 전에 그 사람이 크밤뮈르에 와서 프리드리크, 시가, 아그네스의 사형을 집행하겠다고 했어요. 담배 한 파운드면 도끼질을 해주겠답니다." 그는 고개를 저었다. "담배 한 파운드라니."

"블뢴달은 뭐라고 하던가요?"

욘이 얼굴을 찌푸렸다. "뭐라고 했을 것 같아요? 소르다르손은 안중에도 없지요. 다른 사람을 염두에 두고 있거든요. 반대하는 사람들도 있지만요."

토티는 대장간 벽에 구부정하게 기댄 채 그들의 대화를 듣고 있는 일꾼을 돌아보며 물었다. "그게 누군데요?"

욘은 마음에 안 든다는 듯 재차 고개를 저었고, 일꾼이 대신 입을 열었다.

"그뷔드뮌뒤르 케틸손, 나탄의 형입니다." 그가 큰 소리로 말했다.

"원하시면 집 안으로 들어가도 괜찮습니다." 토티가 코르든사우 농장 근처의 시냇가 바위들 위를 불안정하게 걸으며 말했다.

"물을 보는 게 좋아요." 아그네스가 대답했다.

"잘됐군요." 토티는 큰 바위의 물기를 닦고 아그네스에게 앉으라고 손짓한 뒤 자신도 그 옆에 앉았다.

냇가에서는 강 건너편이 잘 보였다. 아름다운 정경이었지만 토티의 머릿속은 온통 욘에게서 들은 사형집행인 이야기로 가득했다. 검은 바위와 대조를 이루는 아그네스의 하얀 목을 힐끔 보고, 그것이 잘리는 모습을 상상했다.

"어제 수확 일은 어땠습니까?" 그가 그 생각을 떨치려고 애쓰며 물었다.

"날이 아주 따뜻했어요."

"다행이네요." 토티가 대답했다.

아그네스는 숄 안에서 실 꾸러미와 가는 뜨개바늘 몇 개를 꺼냈다. "제 가족 이야기를 듣고 싶다고 하셨죠?"

토티는 목을 가다듬고, 뜨개질을 시작하는 그녀의 손가락을 바라보았다. "그래요. 당신은 플라가에서 태어났죠."

아그네스는 코르든사우 왼쪽에 자리한 허술한 오두막을 고갯짓으로 가리켰다. 거리가 몹시 가까워 집 앞에서 서로를 부르는 하인들의 목소리가 바람결에 실려 왔다. "저 집이에요."

"어머니는 결혼을 하지 않으셨고요."

"교적부에서 읽으셨군요." 아그네스는 딱딱한 미소를 지었다. "성직자들은 중요한 일은 꼭 적어두니까요."

"아버지 마그누스는요?"

"그분도 결혼하지 않았어요. 그걸 물어보시는 거라면요."

토티는 망설였다. "그러면 어린 시절에 누구와 살았습니까?"

아그네스는 계곡을 훑어보았다. "저는 이 지역에 있는 거의 모든 농가에 한 번씩 살았어요."

"가족이 함께 유랑한 건가요?"

"저는 가족이 없어요. 어머니는 제가 여섯 살 때 떠났죠."

"어떻게 돌아가셨죠?" 토티가 부드럽게 물었다. 그러자 놀랍게도 아그네스는 웃었다.

"제 인생이 그렇게 비극적으로 보이나요? 아뇨, 어머니는 저를 그냥 버리고 떠났어요. 아직 살아 계실걸요. 확실하진 않지만요. 아주 멀리 갔다는 이야기도 들었어요. 그냥 어느 날 집을 나간 거예요. 이미 오래전 일이죠."

"그렇다면……."

"저는 어머니에 대해서 아무것도 몰라요. 지금 만나도 못 알아볼 거예요."

"어머니가 떠났을 때 겨우 여섯 살이었기 때문에요?"

아그네스는 뜨개질을 멈추고 토티를 빤히 바라보았다. "제가 어머니에 대해 아는 건 다른 사람들한테서 들은 이야기들뿐이에요. 그리고 그 내용은 대개 어머니의 바람직하지 못한 행동들이었죠."

"어떤 내용들이었죠?"

아그네스는 고개를 저었다. "사람의 행동이 사람을 말해주지는 않아요."

토티는 물러서지 않았다. "하지만 행동은 말보다 많은 것을 알려줍니다."

"행동은 진실을 알려주지 않아요." 아그네스가 재빨리 응수했다. "어떤 사람들은 애초에 기회가 없어요. 아니면 실수를 하기도 하고요. 그 실수 때문에 어머니가 나쁜 어머니였다고 하는 건……."

토티가 아무런 대꾸도 하지 않자 그녀는 말을 이었다.

"그건 공정하지 못해요. 사람들은 남의 행동을 보고 그 사람을 안다고 판단할 뿐, 정작 당사자의 이야기는 들어주지도 않죠. 우리가 아무리 경건하게 살려고 해도, 이 계곡에서는 실수를 잊지 않아요. 아무리 잘하려고 노력해도요. 내면에서 아무리 '나는 당신들이 말하는 그런 사람이 아니야!' 하고 외쳐도요! 우리는 다른 사람들이 생각하는 모습으로 결정되고 말아요."

아그네스는 말을 멈추고 숨을 쉬었다. 목소리가 높아져 있었고, 토티는 그렇게 말을 쏟아내도록 그녀를 자극한 것이 무엇일까 궁금했다.

"우리 어머니도 그랬을 거예요, 목사님." 아그네스가 다시 입을 열었다. "실제로는 어떤 사람이었을까요? 사람들이 말하는 그런 사람은 아니었겠지만, 어쨌건 어머니는 실수를 했고 사람들은 그걸로 판단을 내렸어요. 이곳 사람들은 실수를 잊지 않아요. 오직 실수만이 기록해둘 가치가 있다고 생각하죠."

토티는 잠깐 생각에 잠겼다. "어머니의 실수는 뭐였죠?"

"많은 실수를 하셨다고 들었어요. 그 가운데 하나는 저였고요. 어머니는 운이 없었어요."

"무슨 말씀인가요?"

"어머니는 많은 여자들이 비밀리에 악의 없이 행하는 일을 했을 뿐이에요." 아그네스가 차가운 목소리로 대답했다. "하지만 불운하게도 그 비밀이 사람들 눈에 띄게 되었죠."

토티의 얼굴이 달아올랐다. 그는 자기 손을 내려다보며 목을 가다듬었다.

아그네스가 그를 바라보았다. "제가 또 목사님을 불쾌하게 했네요."

토티는 고개를 저었다. "당신이 지난날의 이야기를 해주어서 기쁩니다."

"제 지난날은 목사님의 감정을 상하게 할 뿐이에요."

토티는 바위 위에서 자세를 고쳐 앉았다. "아버지는 어떤가요?"

아그네스는 웃었다. "어떤 아버지요?" 그녀가 뜨개질을 멈추고 그를 보았다. "교적부에 제 아버지에 대해 뭐라고 적혔던가요?"

"이름이 마그누스 마그누손이고, 당신이 태어났을 때 스토리달뤼르에 살았다고요."

아그네스는 뜨개질을 계속했지만, 토티는 그녀가 이를 앙다무는 모습을 보았다. "이 지역의 몇몇 사람들은 그렇게 말하지 않을 거예요."

"그러면 어떻게 말합니까?"

아그네스는 조용히 뜨개바늘을 움직이며 강 건너편의 농장들을 바라보았다. "목사님께는 솔직히 얘기해도 상관없을 것 같네요. 무슨 말이라도 할 수 있겠어요." 냉기 어린 목소리였다.

"정말, 그러기를 바랍니다." 토티는 잘못 이해하고 이렇게 말한 뒤 그녀의 이야기를 기대하며 몸을 가까이 기울였다.

"윈디르페들의 교적부에는 욘 비아르드나손의 이름이 적혀야 했어요. 브레퀴코트의 농부요. 제 진짜 아버지는 그분이라고 들었어요. 마그누스 마그누손은 그 사람의 불운한 하인이었고요."

토티는 어리둥절했다. "그렇다면 어머니는 왜 당신 성을 마그누스도티르라고 붙인 거죠?"

아그네스는 희미한 미소를 띠고 그를 돌아보았다. "세상이 어떻게 돌아가는지 모르시나요, 목사님? 브레퀴코트의 욘은 유부남이고 본처 소생의 아이들이 이미 많았어요. 물론 저 같은 아이도 많았겠죠. 하지만 독신 남자의 아이를 낳는 것이 이미 다른 여자에게 몸과 마음이 매인 남자의 아이를 낳는 것보다는 죄가 가볍다고 여겨지니까요. 그래서 어머니는 제 아버지가 되는 영광을 다른 사람에게 준 것 같아요."

토티는 잠깐 생각에 잠겼다가 입을 열었다. "그 이야기도 사람들에게서 들은 건가요?"

"제가 사람들에게서 들은 이야기를 전부 믿었다면 아마 지금보다도 더 비참했을 거예요. 하지만 꼭 코펜하겐이나 남부 지방에 가서 공부를 해야 이 지역 어느 아이가 어느 아비의 자식인지 알 수 있는 건 아니죠. 여긴 비밀을 지킬 수 있는 곳이 아니에요."

"그분에게 물어본 적 있나요?"

"욘 비아르드나손요? 그게 무슨 소용이겠어요?"

"진실을 밝히는 일이잖아요." 토티가 말했다. 그는 이 대화에 실망을 느끼고 있었다.

"진실 같은 건 없어요." 아그네스가 일어서며 말했다.

토티도 일어나 엉덩이를 털었다. "하느님 안에 진실이 있습니다." 그가 영적 의무를 수행할 기회를 포착하고 진지한 목소리로 입을 뗐다. "『요한복음』 8장 32절. 너희는……."

"진리를 알게 될 것이며 진리가 너희를 자유롭게 할 것이다. 네, 알아요, 알아." 아그네스가 말했다. 그녀는 뜨개질감을 싸 들고 농장 쪽으로 걷기 시작했다. "제 경우는 아니에요, 소르바르르뒤르 목사님. 제가 말한 진실이 어떤 대가로 돌아왔는지 보고 계시잖아요."

✲

교적부는 목사에게 아무런 도움이 되지 않을 것이다. 아니, 어떤 기록도 마찬가지다. 그런 것들이 나에 대해 무얼 알려준다는 말인가? 고작해야 나와 관련해서 사람들이 중요하다고 생각하는 것들뿐이겠지.

교적부에 적힌 내 이름과 출생 기록에서 목사는 필체와 날짜만 보았을까? 아니면 그날의 안개를 보고, 피 냄새를 맡은 까마귀 울음도 들었을까? 그도 나와 같은 것을 상상했을까? 내 어머니가 땀에 젖은 몸으로 나를 안고 흐느끼며 플라가 농장 여자들의 눈길을 외면하는 모습을? 이곳을 떠나 다른 농장에서 일자리를 찾아야 하지만 갓난아기가 딸린 여자를 쓸 농장은 없다는 사실을 너무도 잘 아는 어머니의 모습도?

그가 내 가족에 대해서 알기란 어려운 일이다. 두 명의 아버지, 그리고 눈보라 속으로 떠나서 낯선 이처럼 흐릿해진 어머니. 내게 남은 어머니의 기억은 손으로 꼽을 정도다. 그중 하나는 어머니가 떠난 날. 또 하나는 겨울밤 램프 불빛 아래 어머니를 보던 모습인데, 그 기억에는 소리가 없고, 다른 기억들과 마찬가지로 불확실하다. 기억은 흩날리는 눈송이, 아니면 유령들의 합창이다. 내가 기억하는 건 내 현실이 남들의 현실과 다르다는 감각뿐이고, 그렇기에 누군가와 기억을 공유하는 것은 진실에 대한 내 믿음의 훼손을 각오하는 일이다. 목사는 내가 기억하는 그 사람일까? 아니면 그 역시 또 한 명의 목사일 뿐일까? 내가 그 일을 저질렀나? 아니면 다른 사람의 짓이었을까? 내 아버지는 마그누스인가, 욘인가? 모든 경계가 살얼음처럼 약해서 믿을 수 없다.

어머니는 갓난 딸을 내려다보며 '언젠가 널 떠날 거야' 하고 생각했을까? 내 찡그린 얼굴을 보고 내가 죽기를 바랐을까? 아니면 도꼬마리 열매처럼 세상에 악착같이 붙어살라고 말없이 부탁했을까? 아마 어머니는 안개와 고요에 싸인 계곡을 내다보며 내게 무엇을 줄 수 있을지 생각했을 것이다. 아버지에 대한 거짓말. 검은 머리, 몸을 누일 건초 시렁. 입맞춤. 그리고 돌멩이. 새들과 대화하는 법을 익히게 해줄, 외롭지 않게 해줄 돌멩이.

5장

시인 로사가 아그네스 마그누스도티르에게 바치는 시

1828년 6월

내 눈에 든 슬픔에 놀라지 말아요.
내가 느끼는 쓰라린 고통에도.
당신은 내 인생에 의미를 준 사람을
간계로 내게서 빼앗아 갔고,
자기 인생을 악마에게 던졌으니까.

아그네스 마그누스도티르가 로사에게 보낸 답가

1828년 6월

분노와 슬픔에 싸인 내가
당신께 바라는 것은 이것뿐입니다
피 흘리는 내 상처를 긁지 마세요.
나는 불신으로 가득 차 있습니다.

내 영혼은 슬픔으로 가득합니다!
바라는 건 주님의 은총뿐.
기억하세요, 예수님은 우리의 죄를
똑같이 사해주셨어요.

"그 여자랑 한방에서 지내는 건 어때? 잘 때 무섭지 않아?" 잉기비외르그 피에튀르스도티르가 물었다.

마르그리에트는 코르든사우 사람들이 풀을 베고 있는 강가를 건너다보았다. "감히 엉뚱한 짓을 하지는 않을 것 같아."

두 여자는 코르든사우 오두막 앞의 장작더미에 앉아 있었다. 잉기비외르그는 근처 농장에 사는 작고 못생긴 여자로, 마르그리에트가 기침 때문에 건초 작업을 못한다는 소식을 듣고 찾아왔다. 잉기비외르그의 성격은 마르그리에트와 달리 냉소적이지도 직설적이지도 않았지만 둘은 친한 친구가 되었고, 두 집 사이의 강물이 얕아져 걸어서 건널 수 있는 계절이 되면 서로의 집을 자주 드나들곤 했다.

"로슬린은 이 집 식구들 전부 자다가 목 졸려 죽을 거라고 생각하던데."

마르그리에트는 차갑게 웃었다. "로슬린이 그걸 원하는 건 아니고?"

"무슨 소리야?"

"그러면 그 떠버리가 떠들 수 있는 일이 하나 더 생기잖아."

"마르그리에트……." 잉기비외르그가 꾸짖듯이 말했다.

"아, 잉가. 너도 알겠지만 로슬린은 애를 너무 많이 낳아서 머리가 이상해졌어."

"그 집 막내가 크루프❖에 걸렸대."

마르그리에트의 눈썹이 위로 솟았다. "그러면 다른 애들도 다 그 병에 걸리겠군. 애 우는 소리가 밤새 그치지 않을 거야."

"산달도 또 다가오고 있고."

마르그리에트는 잠시 망설이다가 물었다. "아기 낳을 때 가서 도와줄 생각이야? 그렇게 많이 낳았으니 이제 혼자서도 할 수 있지 않을까?"

잉기비외르그는 한숨을 쉬었다. "모르겠어. 뭔가 느낌이 안 좋네."

마르그리에트는 친구의 무거운 얼굴을 살폈다. "무슨 꿈이

❖ 전염성 바이러스로 후두에 염증과 부종이 생겨 쇳소리가 나는 병. 심하면 기도가 좁아져 호흡곤란이 오기도 한다.

라도 꾼 거야?"

잉기비외르그는 뭔가 말을 할 듯이 입을 열었다가 생각을 바꾸었는지 고개를 흔들었다. "아무것도 아닐 거야. 어쨌건 우울한 이야기는 그만두고, 그 여자 죄수 이야기나 해줘!"

마르그리에트는 자기도 모르게 웃어버렸다. "너도 로슬린 만큼 못됐어."

잉기비외르그가 미소를 지었다. "그 여자 정말 어때? 성격 말이야. 무섭지 않아?"

마르그리에트는 잠시 생각한 뒤 입을 열었다. "내가 생각하던 살인범이랑은 달라. 잠자고 일하고 먹고 그래. 물론 말은 없지만. 입술이 딱 달라붙은 것 같아. 그 젊은 목사 소르바르뒤르가 몇 주 전부터 다시 찾아오는데 그분한테는 말을 하는 것 같아. 목사도 무슨 말을 나눴는지 우리한테 알려주지는 않지만. 아마 별거 없겠지." 마르그리에트는 들판을 바라보았다. "가끔은 그 여자가 무슨 생각을 하는지 궁금해."

잉기비외르그는 마르그리에트의 시선을 따라가 건초들 틈에 허리를 굽히고 풀을 베는 아그네스를 보았다. 낫날이 햇빛을 받아 번뜩였다.

"그걸 누가 알겠어?" 잉기비외르그가 말했다. "저 검은 머리 속에 뭐가 있을지 생각하면 몸이 떨리는걸."

"목사님 말로는 저 여자 어머니가 잉그벨뒤르 라픈스도티르라더라."

잉기비외르그는 잠시 멈칫했다. "잉그벨뒤르 라픈스도티르라고? 잉그벨뒤르라는 이름의 여자를 한 명 알았는데. 헤픈 여자였어."

"까마귀 알에서 비둘기 나오는 법 없지." 마르그리에트가 말했다. "아그네스가 누군가의 딸이라는 게 이상해. 내 딸들이 살인 같은 엄청난 범죄를 저지른다는 건 상상조차 안 되니까."

잉기비외르그가 고개를 끄덕였다. "애들은 어때?"

마르그리에트는 일어서서 치마의 흙을 털었다. "그게 말야……." 그러다가 다시 기침을 시작했고, 잉기비외르그가 그녀의 등을 문질러주었다.

"진정해."

"괜찮아." 마르그리에트가 쉰 목소리로 말했다. "있지, 스테이나가 자꾸 전에 아그네스를 만난 적이 있다는 거야."

잉기비외르그가 호기심 어린 눈길을 던졌다.

"그뷔드루나르스타디르로 가는 길에 만난 적이 있대, 예전에."

"스테이나가 또 이야기를 꾸며내는 거 아냐?"

마르그리에트는 잠시 주춤했다. "누가 알겠어? 어쨌건 내

기억에는 없어. 사실 나는 그 애가 좀 걱정이야. 아그네스를 보면서 미소를 짓곤 하거든."

잉기비외르그가 웃음을 터뜨렸다. "마르그리에트! 미소가 문제를 일으키는 경우는 없어."

"아니, 많아!" 마르그리에트가 단호하게 말했다. "로슬린만 해도 그렇잖아. 어쨌건 그것뿐이 아냐. 스테이나가 아그네스에게 질문하는 것도 봤고, 뭘 급하게 가져다주는 것도 봤다고. 저것 봐, 지금도 아그네스를 따라가고 있잖아. 갈퀴질을 하면서도." 그녀는 아그네스 옆에서 건초를 뒤집는 스테이나를 가리켰다. "모르겠어. 그냥, 시가라는 그 불쌍한 아이가 생각나. 저 애한테도 똑같은 일이 일어날까 봐 걱정이야."

"시가? 이들뤼가스타디르의 다른 하녀?"

"스테이나도 시가처럼 아그네스의 영향을 받으면 어떻게 해? 아그네스가 그 아이에게 나쁜 물을 들이고, 머릿속에 해괴한 생각들을 집어넣으면?"

"아그네스는 말을 거의 안 한다며?"

"나한테는 그래. 하지만 아무래도…… 아, 모르겠다."

"그러면 뢰이가는?" 잉기비외르그가 생각에 잠긴 표정으로 물었다.

마르그리에트가 웃었다. "뢰이가는 아그네스를 아주 싫어해. 다들 마찬가지긴 하지만, 뢰이가는 아그네스 옆 침대에서 자는 걸 거부하고 또 매의 눈으로 감시하지. 스테이나더러 자꾸 아그네스를 쳐다보지 말라고 꾸짖고."

잉기비외르그는 열심히 건초를 긁어서 쌓고 있는 키 작은 이 집 큰딸을 바라보았다. 뢰이가의 풀 더미와 비교하면 스테이나의 풀 더미는 어린애 글씨처럼 비뚤배뚤했다.

"욘은 뭐래?"

마르그리에트가 코웃음을 쳤다. "그 양반이 무슨 말을 해? 내가 이야기를 꺼내면 관원의 의무가 어쩌고 그런 말만 하는 걸. 하지만 그이도 신경은 쓰고 있어. 나한테 아이들과 여자를 잘 떼어놓으라고 해."

"농장에서는 그러기가 어렵잖아."

"맞아. 크리스틴이 우유와 크림을 갈라놓는 수준으로는 아이들과 여자를 갈라놓을 수 있지만."

"저런."

"크리스틴은 너무 일을 못해." 마르그리에트가 건조한 목소리로 말했다.

"그러면 여자 일꾼이 하나 더 생긴 건 좋은 일이네." 잉기비외르그가 실용적인 측면을 지적했다. 이윽고 두 여자는 조용히 침묵으로 빠져들었다.

✻

어젯밤 참수단斬首壇 꿈을 꾸었다. 나는 혼자서 눈 속을 기어 컴컴한 나무 그루터기로 다가갔다. 얼음에 손과 무릎에 감각이 없었지만, 달리 방법이 없었다.

참수단에 올라보니 표면이 넓고 매끄러웠다. 나무 냄새가 났다. 부유목의 소금기는 없어도, 수액을 피처럼 흘리는 듯 달콤하고 강렬했다.

꿈속에서 나는 몸을 일으켜 그 위에 머리를 올렸다. 눈송이가 날리기 시작했고 나는 생각했다. '이건 추락 직전의 침묵이야.' 그러다 거기 그루터기가 있다는 것에 놀랐다. 이곳에는 나무가 자라지 않는데, 이것은 한때 나무였겠구나. 침묵이 너무 많다고 나는 꿈속에서 생각했다. 돌멩이가 너무 많다고.

나는 나무에게 말했다. "네가 아직 살아 있는 것처럼 너에게 물을 줄게." 그리고 그 말을 맺으며 잠에서 깼다.

그 꿈이 나를 두렵게 한다. 건초 수확이 시작되면서 나는 이곳의 옛 생활로 돌아간 것 같았고, 분노를 잊었다. 그런데 꿈이 앞으로의 일을, 그날이 얼마나 빨리 다가오는지를 일깨워주었다. 이제 낯선 이들이 가득한 방에 누워 천장에 엇갈린 막대기와 토탄을 바라보고 있자니, 심장이 뒤집히고 뒤집혀 속이 꼬여버리는 것만 같다.

오줌이 마렵다. 덜덜 떨며 침대에서 일어나 바닥의 요강을 찾아본다. 요강은 어느 일꾼의 침대 밑에 있다. 거의 가득 차 있지만 비울 시간이 없다. 스타킹은 헐렁해서 발목까지 쉽게 내려간다. 나는 쪼그리고 앉아 양동이 안에 뜨거운 오줌 줄기를 쏟는다. 허벅지에 오줌 방울이 튀고, 이마에 땀이 솟는다.

누가 깨어나서 볼까 두려운 마음에 얼른 양동이를 치워두고 싶어 일이 제대로 끝나기도 전에 스타킹을 추켜올린다. 그러곤 양동이를 옮기는데, 가늘고 따뜻한 물줄기가 다리 안쪽을 흘러 내려간다.

내가 왜 이렇게 떠는 걸까? 무릎이 얼마나 후들거리는지, 자리에 눕자 안도감이 밀려온다. 심장이 쿵쿵 뛴다. 나탄은 늘 꿈에 의미가 있다고 믿었다. 이상했다. 하느님의 말씀은 그렇게 비웃는 사람이 잠든 머릿속에 들끓는 어두운 형상을 믿다니. 그는 아낙네들의 이야기와 날씨의 조짐을 믿었다. 바다의 버릇, 황조롱이의 움직임, 암양의 울음소리에서 하느님의 눈을 보았다. 내가 현관문 앞에서 뜨개질하는 모습을 보았을 땐 나더러 겨울을 늘린다고 책망했다. "자연이 우리를 보지 않는다고 생각하지 마. 자연은 우리만큼 눈을 크게 뜨고 있어." 그는 내게 웃어 보이고 넓고 매끈한 손바닥으로 내 이마를 훑었다. "그리고 우리만큼 비밀스럽지."

여기서 하인이 될 수 있다고 생각했다니. 코르든사우에서 지낸 지 한 달이 넘었고, 나는 벌써 내 운명을 잊었다. 노동의 나날이 나를 위로하고 내게 휴식할 이유를 주어서, 나는 불길한 징조를 담은 꿈의 표면 아래로 내려가 깊이 잠들 수 있었다. 지금까지는.

내가 그들의 일원이 아닌 것은 사실이다. 목사와 스테이나를 빼면 누구도 내게 몇 마디 이상 말을 건네지 않는다. 하지만 그것이 예전과 다른가? 그때도 나는 요강을 비우는 천한 하녀였고, 이제 몇 시간 후면 다시 그 일을 하게 될 것이다. 스토라보르그와 비교하면 이 가족은 친절하다.

하지만 곧 파도가 해변을 덮치듯 겨울이 들이닥칠 것이다. 갑작스럽고 신속하게, 태양과 온기를 지우고 땅을 꽝꽝 얼리며. 모든 것이 너무도 순식간에 끝날 것이다. 그리고 목사. 아, 그는 얼마나 어린가. 아직도 그에게 뭐라고 말해야 할지 모르겠다. 나는 그가 강을 건네주던 때처럼 나를 도와줄 수 있을 거라 생각했다. 하지만 그와 이야기를 나눌수록, 내 인생의 모든 것이 얼마나 고난이었는지, 내가 얼마나 사랑받지 못했는지만 떠오를 뿐이다.

나는 그가 처음부터 나를 이해할 줄 알았고, 그러길 원했다.

하지만 우리의 언어가 같다고 생각한 내가 어리석었다. 그와 내가 공통의 언어를 찾기 위해서는 입에 돌멩이를 물고 말해야 할지도 모른다.

목사가 브레이다볼스타뒤르를 떠나 여기 도착하려면 몇 시간은 지나야 할 것이다. 아직 일어나기에는 너무 이르다. 나는 모포 위에 두 손을 포갠 채 내 심장을 당기는 끈들을 진정시키며 그에게 무슨 말을 할지 생각해본다.

토티는 내 가족에 대해 알고 싶어 했지만, 내가 해준 이야기는 그가 듣고 싶은 것이 아니었다. 그는 이 계곡에서 싹튼 뒤틀린 가계도에 익숙하지 않을 것이다. 가시투성이 가지가 서로를 휘감고 있는 그런 가계도에는.

나는 목사에게 요아스의 이야기도 헬가의 이야기도 하지 않았다. 내게 동생들이 있다는 걸 알면 그는 흥미를 느낄지 모른다. 그의 질문이 들리는 것 같다. 그들은 지금 어디 있나요? 왜 당신을 찾아오지 않는 거죠?

그러면 나는 말할 것이다. 우리의 피는 그렇게 끈끈하지 않아요. 왜냐하면 아버지가 다 다르거든요. 거기다 헬가는 이미 죽었고, 요아스는 무얼 부탁할 수 있는 사람이 아니랍니다. 죽음을 앞둔 누이를 찾아오는 일이라 해도 말이죠.

아, 요아스. 그 흐린 눈의 사내를 한때 내가 사랑했던 귀여운 동생과 연결할 수가 없다.

우리는 한 어머니의 품에 안긴 채 떠돌아다녔다. 어디로? 다른 남자들과 눈에 불을 켠 그 남자들의 아내가 있는 수많은 바스토바로. 때로는 친절한 마음에서, 때로는 필요에 의해, 그들은 딸린 입이 셋이나 되는 여자를 고용해주었고, 그 입 중 둘은 밤이면 깨어서 배가 고프다고 울었다. 그래봐야 소용없다는 것을 몰랐기 때문이다.

처음은 베이나켈다였다. 나는 세 살 때까지 거기 있었다고 한다. 그때는 어머니와 나뿐이었다. 나한테는 아무 기억이 없다. 그저 그림자뿐이다.

그다음에는 리틀라길리아우. 농장은 기억나지 않지만 남자는 기억한다. 사람들이 검은 이들뤼이이라고 부르던 그 남자가 동생의 아버지다. 바닥에 앉아 내 손을 흙에 문지르던 그가 갑자기 쓰러져 물 밖에 나온 물고기처럼 몸을 비틀며 입으로 거품을 쏟자 여자들이 비명을 질렀다. 그런 뒤 그가 침대에 누워 신음하는 동안, 피부가 칙칙한 그의 아내는 내 얼굴을 자신의 앙상한 목에 품고 말했다. "아저씨를 위해 기도해주렴. 아저씨를 위해 기도해줘." 어머니는 어디 있었지? 아마 요강에 앉아서 나오지 않는 피를 찾고 있었으리라.

그리고 고함 소리가 기억난다. 다시 건강해진 이들뤼이이는 곰 같은 큰 얼굴로 아내에게 소리를 질렀고, 아내는 울었고, 긴 치마를 입은 우리 어머니는 바닥에 토했다.

이들뤼이이는 고기를 잡다가 발작으로 죽었다. 사람들 말로는 배 위에서 술을 마시던 중 발작이 터졌는데 배가 뒤집히는 바람에 그물에 엉킨 채로 죽었다고 했다. 그게 엘프의 저수지에서 고기를 잡은 벌이라는 얘기도 있었지만, 그런 말을 하는 사람들은 그와 술에 취해 싸웠던 자들이었다.

목사는 이 모든 일을 어떻게 생각할까?

요아스 이들뤼가손은 세 번째 농장 브레퀴코트에서 태어났다. 다섯 살이었던 나는 아기의 연분홍 잇몸에 우유에 적신 천을 대주었다. 그 집 부부는 요아스를 그들의 두 아이와 함께 키우고 싶어 했고, 어머니는 나도 그 집의 양녀가 될 거라고 했다. 우리 일곱이 가족으로 살던 일 년 동안, 나는 내 머리색과는 대조적인 금발 머리 동생을 키우는 데 힘을 보탰다. 아이에게서는 눈 녹은 물과 새로 만든 크림 냄새가 났다.

그러다 그 집 사람들이 마음을 바꾸었다. 어느 날 아침 엄마가 퉁퉁 부은 눈으로 나를 깨웠다. 왜 우느냐고 물었지만 엄마는 아무 말 하지 않고 요아스와 내가 있는 침대로 올라왔다. 엄마의 따뜻한 몸에 기대어 잠이 들었다가 집까마귀 소리에 깨어나보니 내 물건이 자루에 든 채 바닥에 놓여 있었다.

그날 아침 우리는 그 집을 떠났다가 눈이 뿌리다 말다 하는 고약한 날씨 속에 다시 계곡으로 돌아왔다. 배가 고파 기절할 것 같았다. 코르든사우의 마당에 들어서서 내가 그 집 여자가 준 유청을 다 마시기도 전에, 엄마는 내 귀에 뭐라 속삭이더니 장갑에 돌멩이를 쥐여준 뒤 요아스를 업고 떠났다.

나는 엄마를 따라가려고 했다. 소리를 지르며 달렸다. 혼자 남고 싶지 않았다. 하지만 달리다가 넘어졌고, 다시 일어섰을 때 엄마와 남동생은 사라지고 없었다. 보이는 것이라곤 눈 위의 검은 얼룩 같은 갈까마귀 두 마리뿐이었다.

나는 오랫동안 그 새들이 엄마와 동생이라고 생각했다. 하지만 그들은 내 질문에 대답해주지 않았다. 혀 밑에 돌을 물어도 마찬가지였다. 오랜 세월 후에 나는 엄마가 크링라의 농부에게서 여동생 헬가를 낳았고, 요아스는 교구 빈민이 되었다는 소식을 들었다. 하지만 그땐 이미 내가 더는 그들을 사랑하지 않는다고 확신한 뒤였다. 나는 더 좋은 가족을 찾았다고 생각했다. 그들은 내 위탁 가족, 코르든사우의 임차인인 잉가와 비외르든이었다.

✻

"잘 잤어요, 아그네스?" 스테이나가 당귀밭 옆에 있는 아그네스를 발견하고 인사를 건넸다. 여자는 재 구덩이에 요강을 비우고 있었다.

"밖에 있으면 젖어요." 아그네스가 고개도 들지 않고 말했다. 돌멩이로 요강 안의 끈끈한 오물을 긁어낸 뒤 이제 풀잎으로 안을 닦기 시작한 참이었다. "비가 올 거예요."

"상관없어요. 그냥 아그네스 옆에 있고 싶어요." 스테이나는 숄을 머리 위에 둘렀다. "이렇게 하면 안 젖어요."

아그네스는 그녀를 올려다보고 옅은 미소를 지었다.

"저기 봐요, 아그네스." 스테이나가 계곡 입구를 가리켰다. 북쪽에서 회색 구름이 밀려들고 있었다.

아그네스는 하늘로 손을 뻗어보았다. "날씨가 나빠지고 있네요. 건초에 안 좋을 텐데."

"맞아요. 아버지도 짜증이 났어요. 뢰이가한테 아침 식사를 태웠다고 화를 냈는데, 전에는 그런 일이 없었거든요."

아그네스는 돌아서서 스테이나를 보았다. "지금 아가씨가 여기 나랑 같이 있는 걸 아버지도 알아요?"

"아마도요."

"들어가는 게 좋을 것 같은데." 아그네스가 말했다.

"가서 뭐 하라고요? 불을 너무 크게 피웠다고 뢰이가한테 한 소리 들으라고요? 싫어요. 그리고 나는 어쨌건 바깥이 좋아요."

"비가 와도?"

"비가 와도요." 스테이나는 하품을 하고 들판을 바라보았다. 건초들은 습기에 젖지 않도록 더미를 이루어 쌓아놓았다. "그렇게 고생한 게 다 헛수고가 됐네요."

"헛수고라뇨? 날이 개면 다시 일을 할 거고, 금방 모두 마칠 거예요." 아그네스는 오두막을 올려다보고 말했다. "아가씨는 어머니에게 돌아가야 할 것 같아요."

"어머니는 신경 안 써요."

"신경 써요. 어머니는 아가씨가 여기 나랑 단둘이 있는 걸 싫어해요." 아그네스가 조심스럽게 말했다.

"아그네스가 온 지도 벌써 여러 주가 지났잖아요."

"그래도." 아그네스가 천천히 강으로 걸어가자 스테이나도 뒤를 따라갔다.

"오늘 목사님이 오실까요?"

아그네스는 대답하지 않았다.

"그분은 무슨 말씀을 하세요?"

"그건 내 일이에요." 그녀가 말했다.

"네?"

"그건 내 일이라고요. 아가씨나 이 집 식구들하고는 아무 상관 없는."

스테이나는 놀라서 멈춰 섰고, 그사이 아그네스는 요강을 꽉 쥔 채 언덕을 내려갔다.

"나 때문에 화났어요?" 스테이나가 물었다.

아그네스는 멈춰서 스테이나에게 돌아섰다. "아가씨처럼 어린 여자가 어떻게 나를 화나게 하겠어요?"

스테이나가 작심한 듯 말했다. "우리 집에 포로로 잡혀 있으니까요. 아버지는 당신한테 말도 못 붙이게 하고요."

"그렇게 말씀하셨어요?" 아그네스가 물었다.

"그냥 아그네스는 일이나 하게 두어야 한다고 생각하시죠."

"그 생각이 맞아요."

스테이나는 아그네스를 따라가 부드럽게 팔을 잡았다. "알겠지만 뢰이가는 당신을 무서워해요. 로슬린 아줌마의 거짓말을 다 믿으니까요. 하지만 나는 그 떠버리 아줌마 말 안 믿어요. 난 예전에 당신을 만났어요. 그때 당신은 우리한테 친절하게 먹을 걸 주었고요." 스테이나가 허리를 굽히고 속삭였다. "나는 당신이 그 사람들을 죽였다고 생각하지 않아요." 아그네스는 그녀에게 팔을 잡힌 채 몸이 굳었다. "내가 당신을 도울 수 있을지도 몰라요." 스테이나가 말했다.

"어떻게요? 나를 탈출이라도 시켜주겠다는 거예요?"

스테이나는 아그네스의 팔을 놓고 중얼거렸다. "탄원을 해볼까 생각했어요."

"탄원이라."

스테이나가 다시 말했다. "내 말은, 그러니까 청원요. 사람들이 시가를 위해 해준 거요."

아그네스의 눈이 번쩍 빛났다. "뭐요?"

"청원요. 블뢴달이 다른 여자한테 그걸 해줬어요." 스테이나가 말을 더듬었다.

"다른 여자라뇨?"

"시가요……. 이들뤼가스타디르의 또 다른 하녀 있잖아요. 프리드리크의 애인요."

아그네스의 얼굴이 창백해졌다. 그녀는 요강을 젖은 풀밭에 천천히 내려놓고 스테이나에게 다가갔다. "블뢴달이 시그리뒤르 그뷔드뮌스도티르를 위해서 청원을 했다고요?" 심각한 목소리였다.

스테이나는 약간 겁을 먹은 채 고개를 끄덕였다. 그러곤 아그네스의 손에 여전히 들려 있는 돌멩이를 내려다보며 말했다. "아버지가 어머니한테 말하는 걸 들었어요. 지방 관원들이 크밤뮈르에서 블뢴달하고 그 일을 의논했대요. 아그네스가 여기 오던 날요."

아그네스는 고개를 저었다.

"알고 있는 줄 알았는데." 스테이나가 속삭였다.

아그네스는 스테이나에게서 눈길을 떼고 몸을 가볍게 떨며 속삭였다. "블뢴달이 그랬단 말이죠?" 스테이나는 돌멩이를 쥔 아그네스의 손마디가 하얘지는 것을 보았다.

"괜히 말했나 봐요."

아그네스는 비틀비틀 뒷걸음질을 치다가 이윽고 다시 강을 향해 불안한 걸음을 옮겼다.

"블뢴달에게 아그네스를 위해서도 청원해달라고 부탁할 수 있을지 몰라요." 스테이나가 소리쳤다. "그러니까 사람들한테 이들뤼가스타디르에서 진짜 무슨 일이 있었던 건지 말해요!"

아그네스는 강가에 주저앉았다. 치마가 둥글게 부풀어 올랐다. 스테이나는 그녀가 기절한 줄 알고 뛰어왔지만, 아그네스는 멍한 눈으로 강물을 바라볼 뿐이었다. 그녀는 떨고 있었다. 그때 검은 구름이 열리더니 두 여자의 머리 위로 차가운 장대비가 쏟아지기 시작했다.

"아그네스!" 스테이나가 숄로 머리를 더 단단히 감싸며 소리쳤다. "일어나요! 비 맞아요." 빗소리가 말소리를 덮었다.

아그네스는 반응하지 않았다. 그녀는 빗방울이 빠르게 흐르는 강물을 때려 물 표면의 산 그림자를 흐트러뜨리는 모습을 지켜보았다. 손에는 계속 돌멩이를 쥐고 있었다.

"아그네스!" 스테이나가 소리쳤다. "미안해요! 당신도 아는 줄 알았어요!" 숄이 완전히 젖었고 드레스도 젖어서 무거워졌다. 스테이나는 강둑에 선 채 잠시 망설이다 곧 돌아서서 오두막을 향해 뛰기 시작했다. 땅이 질척해서 발밑이 미끌거렸다. 중간쯤 가다가 돌아보니 아그네스는 여전히 그 자리에 있었다. 스테이나는 다시 한번 소리친 뒤 진흙길을 비척거리며 농장으로 향했다.

"스테이나! 도대체 어디 갔다 온 거니?" 마르그리에트가 오두막 문을 쾅 닫고 들어오는 큰딸을 꾸짖으며 복도를 급히 걸어왔다. "물에 빠졌다 나온 애 같구나!"

"아그네스 때문에요." 스테이나가 숨을 몰아쉬며 젖은 숄을 바닥에 떨구었다.

"그 여자가 널 해코지했어? 오 하느님, 우리를 지켜주소서! 내가 그럴 줄 알았다니까." 마르그리에트가 덜덜 떠는 딸을 끌어안았다.

"아니에요, 어머니!" 스테이나 어머니를 떼어내며 소리쳤다. "아그네스한테 도움이 필요해요. 지금 강가에 있어요!"

"무슨 일이야?" 뢰이가가 부엌에서 나왔다. "아, 언니, 내 숄을 더럽혔네."

"상관없어!" 스테이나가 소리치고 어머니에게로 돌아섰다. "아그네스한테 시그리뒤르 그뷔드뮌스도티르의 청원 이야기를 했더니 얼굴이 창백해져서 일어나지를 않아요!"

마르그리에트가 뢰이가를 돌아보았다. "도대체 얘가 무슨 말을 하는 거니?"

"아그네스 말이에요!" 스테이나가 고함을 지르곤 소매로 얼굴의 빗물을 훔치며 복도를 달려갔다. "아버지한테 말해야 돼."

욘은 바스토바에서 신발을 수선하고 있었다. "스테이나니?" 그가 고개를 들고 물었다.

"아버지! 아그네스한테 가보세요. 블뢴달이 이들뤼가스타디르의 다른 하녀를 위해 청원을 했다는 소식을 전했더니 정신을 놓았어요."

욘은 무릎의 신발을 옆으로 밀어놓고 일어서서 "어디?" 하고 낮은 목소리로 물었다.

"강가요." 스테이나가 눈물을 참으며 말했다. 욘은 침대 밑에서 부츠를 꺼내 신고 대충 끈을 묶었다.

"죄송해요, 아버지. 저는 아그네스도 아는 줄 알았어요! 그냥 돕고 싶어서 그런 건데."

욘은 일어나 딸의 어깨를 잡았다. 얼굴이 분노로 벌겠다. "그 여자 곁에 가지 말라고 했지." 그는 딸을 노려본 뒤 옆으로 밀치고 침대에 누워 있던 그뷔드륀뒤르에게 나오라고 소리치며 방을 나갔다. 일꾼은 미적미적 일어났다. 스테이나는 자리에 앉아 울음을 터뜨렸다.

잠시 후 뢰이가가 크리스틴과 함께 바스토바로 들어왔다.

"아버지가 뭐래?" 뢰이가가 조용히 물었다가 스테이나가 앉은 자리를 보고 말했다. "일어나! 내 침대 적시지 말고."

"저리 가! 나 건드리지 마!" 스테이나의 고함 소리에 크리스틴이 짧은 비명을 지르고 방을 나갔다.

뢰이가가 피식 웃고는 고개를 저었다. "화가 단단히 났네. 거기서 뭘 하고 있던 거야? 우정이라도 쌓고 있었어?"

"꺼져, 뢰이가!"

뢰이가의 입이 딱 벌어졌다. 그녀는 소리라도 지를 듯 언니를 노려보다가 눈을 찌푸리고 경고하듯 말했다. "언니, 정신 차려! 계속 이런 식으로 행동하다가는 언니도 그 여자처럼 사악한 여자가 될 거야." 그러곤 나가려다가 잠시 멈추었다. "언니를 위해 기도할게." 뢰이가가 코웃음을 치며 나가버리자 스테이나는 두 손에 얼굴을 묻고 울었다.

✻

마르그리에트와 욘과 두 딸이 회색 커튼 너머 응접실에서 대화를 나누는 동안 나는 침대에 앉아서 기다린다. 마르그리에트는 음성을 낮추어 이야기하지만, 소리는 커튼 밑을 미끄러져서 이곳으로도 들어온다. 두 손이 떨리고 심장이 쿵쾅거린다. 죽을힘을 다해 달리기라도 한 것 같다. 법정에서처럼, 내가 모든 것의 바깥에 있는 것 같은 느낌이다.

나는 교구 빈민으로, 이 집의 하인으로 지낼 수도 있었다. 그 말을 듣기 전까지는! 시가! 이들뤼가스타디르! 그 말들이 일으키는 기억에 숨이 막힌다. 그것은 마법의 언어다. 나를 괴물로 만드는 저주다. 지금 나는 이들뤼가스타디르의 아그네스, 불의 아그네스, 내가 만들어 입힌 옷에 피를 쏟고 죽은, 그러나 아직 불타지 않은 시신들의 아그네스다. 사람들이 시가는 풀어주어도 나는 풀어주지 않으리라. 내가 아그네스이기 때문에, 똑똑한 아그네스이기 때문에. 나는 두렵다. 어떻게든 될 줄 알았다. 다른 사람인 척 시늉하며 지낼 수 있을 줄 알았다. 하지만 아니었다, 그럴 수 없다, 여기서 도망칠 수 없다.

나는 도망칠 수 없다.

✻

편지는 짧았고, 작은 종이에 흘림체로 씌어 있었다. 공간을 아낄 의도였는지 글자의 선들이 서로 겹쳐 있었다. 토티는 그것을 읽으려고 점심을 먹던 바스토바로 가지고 갔다.

"또 블뢴달이 보낸 거냐?" 아버지가 음식에서 고개도 들지 않은 채 물었다.

"아뇨." 토티가 재빨리 편지의 내용을 훑으면서 대답했다.

빨리 와주시기 바랍니다. 아그네스 마그누스도티르 일입니다. 블뢴달에게는 알리고 싶지 않습니다. 주님 안의 형제, 욘 욘손.

"코르든사우에서 왔어요."

"그 사람들은 비가 오는 것도 모르는 거냐? 그리고 일요일이라는 것도?" 노목사가 중얼거렸다.

토티는 식탁에 앉아서 아버지를 바라보았다. 아버지의 턱수염에 귀리죽이 말라붙어 있었다. "가야겠어요." 그가 말했다.

욘 목사가 무겁게 한숨을 쉬고 말했다. "오늘은 일요일이야."

"네, 주일이죠. 그러니까 주님의 일을 해야 돼요." 토티가 말했다.

욘 목사는 입에서 연골 조각을 빼내서 살펴보고는 다시 입에 넣어 씹었다.

"아버지?"

"블뢴달이 너를 자기 노예로 만들었다는 걸 알아야 해."

"주님의 노예죠." 토티가 부드럽게 말했다. "고맙습니다, 아버지. 저녁에 돌아올게요. 날씨가 안 좋으면 내일 올 수도 있고요."

바튼스달뤼르 계곡으로 이어지는 고개에 이를 무렵 토티는 온몸이 흠뻑 젖어 있었다. 그는 편지를 가져온 이가 앞에서 달리는 것을 보고 박차를 가해 그를 따라잡았다.

"이봐요!" 토티가 두꺼운 비의 장막을 뚫고 소리쳤다.

남자가 안장에 앉은 채 뒤를 돌아보았다. 그는 코르든사우의 하인으로, 비를 막기 위해 고기잡이용 가죽옷을 두르고 있었다. "오셨군요! 이 험한 날씨에 우리 둘이서 같이 말을 달리고 있네요!" 그가 소리쳐 대답했다.

"건초에 안 좋겠어요." 토티가 대화를 이으려고 말했다.

"말해 뭐합니까?" 남자가 킁 콧김을 뿜었다. "저는 그뷔드뮌뒤르라고 합니다." 그러곤 손을 들어 토티를 가리켰다. "목사님은 우리 집 죄수를 구원하시는 분이고요."

"아, 나는……."

"끔찍한 일이죠." 남자가 토티의 말을 잘랐다. "그 여자, 정말 섬뜩해요."

"무슨 말씀인가요?"

일꾼이 웃었다. "어찌나 사나운지."

토티는 그와 보조를 맞추려고 말을 재촉했다. "무슨 일이 있었습니까? 그 편지는……."

"여자가 발작을 했어요. 욘과 나를 할퀴고, 꽥꽥 소리를 지르고, 미친 여자처럼 흙 속을 뒹굴었다니까요. 이거 보이세요?" 그가 관자놀이의 멍 자국을 가리켰다. "그 여자가 한 짓이에요. 자길 떼어내려고 하니까 내 머리통을 부수려고 하지 뭡니까. 블뢴달이 어쩌고 악을 쓰면서요. 스토라보르그에서도 똑같이 굴었다더군요. 그래서 여기로 옮겼다고."

"그게 정말인가요?" 토티가 본 아그네스는 그럴 사람 같지 않았다.

"나를 그 자리에서 죽이려는 것 같았어요."

"왜 그렇게 화가 난 겁니까?"

남자는 코를 훌쩍이더니 장갑 낀 손으로 코를 문질렀다.

"몰라요. 딸 하나가 무슨 말을 했대요. 함께 잡힌 다른 하녀 시가에 대해서 뭐라고 했다나."

토티는 고개를 돌려 앞의 물웅덩이들을 보았다. 속이 뒤틀렸다.

"인물은 나쁘지 않은데." 그뷔드뮌뒤르가 말하며 반짝이는 눈으로 토티를 보았다.

"네?"

"아그네스요. 머릿결도 좋고. 하지만 나한테는 키가 너무 커요. 머리 하나는 더 작아야지." 그는 토티에게 윙크를 하고 웃었다.

토티는 승마용 모자를 더 깊숙히 잡아 내렸다. 비는 잠시 가늘어졌다가 계곡 안쪽으로 들어설 무렵 다시 거세져서 그들이 가는 울퉁불퉁한 길을 회색 장막처럼 가로막았다. 산의 바위 절벽면으로 물이 폭포처럼 흘렀다.

토티가 바스토바에 들어섰을 때 아그네스는 침대에 있었다. 하녀 크리스틴이 의자를 가져다주었고, 작은딸은 그의 옷이 젖었다며 호들갑을 떨었다. 뢰이가가 쪼그려 앉아 그의 부츠를 벗기는 동안 토티는 아그네스가 앉아 있는 어두운 모퉁이를 바라보았다. 그녀는 무섭도록 조용했다.

뢰이가가 두 번째 부츠를 갑자기 당기는 바람에 토티는 의자에서 떨어질 뻔했다. "전 나가 있을게요." 그녀가 부츠를 멀찌감치 들고 방을 나갔다.

토티는 젖은 양말 바람으로 아그네스에게 다가갔다. 그녀는 침대 옆 나무 기둥에 힘없이 기대 있었고, 그는 그녀의 손에 수갑이 채워진 것을 보았다.

"아그네스?"

아그네스가 눈을 뜨고 멍하니 그를 바라보았다.

토티는 침대에 걸터앉았다. 어두운 불빛 속에 그녀의 피부는 칙칙했고, 갈라진 입술에서는 피가 났다.

"무슨 일이죠?" 그가 부드럽게 물었다. "왜 다시 수갑을 차고 있나요?"

아그네스는 그 사실이 놀라운 듯 자기 손목을 내려다보고 침을 꿀꺽 삼켰다. "시가가 재심을 받게 된대요. 블뢴달이 국왕에게 시가의 형을 감해달라고 청원했어요." 그녀의 목소리가 갈라졌다. "다들 시가를 불쌍히 여기는 거예요."

토티는 등을 펴고 고개를 끄덕였다. "알고 있습니다."

아그네스가 놀랐다. "알고 계셨다고요?"

"사람들은 당신도 불쌍히 여겼어요." 그가 그녀를 달래려고 덧붙였다.

"아뇨." 그녀가 거칠게 말했다. "아무도 나를 불쌍히 여기지 않아요. 그냥 미워할 뿐이지. 모두가요. 블뢴달이 특히 그렇고요. 프리드리크는 어떤가요? 프리드리크에 대해서도 청원을 했나요?"

"아닌 걸로 압니다."

아그네스의 눈이 그늘 속에서 반짝였다. 토티는 그녀가 우는 것이라 생각했지만, 몸을 기울일 때 보니 눈에 물기는 없었다.

"한 가지 말씀드릴게요, 토티 목사님. 제가 살아온 내내 사람들은 저더러 너무 똑똑하다고 했어요. 정 떨어지게 똑똑하다고요. 그거 아세요, 목사님? 바로 그래서 사람들은 저를 불쌍하게 여기지 않아요. 똑똑한 내가 이런 일에 걸려든 건 우연이 아니라고 생각해요. 하지만 시가는 어리숙하고 예쁘고 어리죠. 사람들은 그 아이가 죽는 걸 원치 않아요." 그녀는 다시 기둥에 기댔다. 두 눈이 가늘어졌다.

"그렇지 않습니다." 토티가 그녀를 달래려고 말했다.

"제가 젊고 단순하다면 이렇게 손가락질을 받을까요? 아뇨. 모든 비난은 프리드리크에게 돌아갔을 거예요. 그 애가 우리를 휘둘렀다고요. 그 아이가 돈이 탐나서 우리에게 나탄을 죽이게 했다고요. 프리드리크가 나탄의 재산을 탐낸 건 비밀도 아니었어요. 하지만 사람들은 제게 머리가 있다는 걸 알고, 또 생각하는 여자는 믿을 수 없다고 여기죠. 절대 결백할 수 없다고 생각해요. 목사님이 어떻게 생각하건 그게 진실이에요."

"당신은 진실을 믿지 않는 줄 알았는데요." 토티가 말했다.

아그네스는 기둥에서 머리를 떼고 그를 노려보았다. 눈빛이 어느 때보다도 창백했다. 그녀는 인상을 썼다. "그러고 보니 목사님께 질문이 있어요. 목사님은 하느님이 진실을 말한다고 하시잖아요."

"언제나 그렇죠."

"그리고 하느님은 '살인하지 말라'라고 하셨고요."

"그렇습니다." 토티가 조심스럽게 말했다.

"그러면 블뢴달과 그 무리는 하느님께 반하는 거예요. 위선자들이라고요. 말로는 하느님의 법을 수행한다면서 인간의 의지를 실행하는 것뿐이잖아요!"

"아그네스……."

"저도 하느님을 사랑하고 싶어요, 목사님. 정말이에요. 하지만 그 사람들은 사랑하고 싶지 않아요. 그 사람들…… 내가 그들에게 느끼는 건 증오뿐이에요." 그녀는 이를 악문 채 마지막 문장을 내뱉고는 두 손으로 손목을 묶은 사슬을 움켜잡았다.

바스토바 입구에서 노크 소리가 나더니 마르그리에트가 두 딸과 크리스틴을 데리고 들어왔다.

"죄송합니다, 목사님. 저희는 신경 쓰지 마세요. 저희끼리 알아서 일하고 이야기할 테니까요."

토티는 무겁게 고개를 끄덕였다. "수확은 어떻습니까?"

마르그리에트가 한숨을 푹 쉬었다. "팔월에 이렇게 비가 많아서……." 그러고서 그녀는 뜨개질로 돌아갔다.

토티는 자신에게 씁쓸한 미소를 보내고 있는 아그네스에게로 고개를 돌렸다.

"이제 사람들은 저를 더 두려워해요." 그녀가 속삭였다.

토티는 잠시 생각하다가 여자들을 돌아보았다. "마르그리에트? 이 사슬을 풀어주실 수 없나요?"

마르그리에트는 아그네스의 손목을 보더니 뜨개바늘을 내려놓았다. 그러곤 방을 나갔다가 열쇠를 가지고 돌아와서 수갑을 풀었다.

"이건 여기다 놓을게요, 목사님." 그녀가 수갑을 침대 위쪽 선반에 올려놓고 뻣뻣하게 말했다. "혹시 필요하실지도 모르니까요."

토티는 마르그리에트가 원래 자리로 돌아갈 때까지 기다렸다가 아그네스를 보고 나직하게 말했다. "다시는 그렇게 행동하면 안 돼요."

"제정신이 아니었어요." 그녀가 말했다.

"사람들이 당신을 미워한다고 했죠? 더 미워할 이유를 주지 말아요."

그녀는 고개를 끄덕였다. "목사님이 오셔서 기뻐요." 그러더니 잠시 후 이렇게 덧붙였다. "어젯밤에 꿈을 꿨어요."

"좋은 꿈이었기를 바랍니다."

그녀는 고개를 저었다.

"무슨 꿈이었나요?"

"죽는 꿈요."

토티는 침을 꿀꺽 삼켰다. "두려운가요? 기도해줄까요?"

"원하는 대로 하세요, 목사님."

"그럼 기도합시다." 그는 여자들을 슬쩍 돌아본 뒤 아그네스의 차갑고 끈끈한 손을 잡았다.

"주님, 오늘 저녁 슬픈 가슴을 안고 당신께 기도드립니다. 우리가 짊어진 이 짐을 이겨낼 힘을 주시고, 우리 운명을 마주할 용기를 주소서." 토티는 거기서 멈추고 아그네스를 보았다. 다른 여자들도 듣고 있었다.

"주님." 그가 기도를 이어갔다. "코르든사우의 가족이 집을 열고 마음을 열어 아그네스와 저를 받아주게 해주신 것을 감사드립니다." 마르그리에트가 목을 가다듬는 소리가 들렸다. "그분들을 위해 기도드립니다. 그분들에게 연민과 용서를 허락해주소서. 주님, 성부와 성자와 성령의 이름으로 언제나 저희 곁을 지켜주소서."

토티는 아그네스의 손을 꽉 쥐었다. 그녀가 그를 보았다. 헤아릴 수 없는 표정이었다.

"여기 있는 게 제 운명이라고 생각하세요?"

토티는 잠깐 생각했다. "우리 운명은 우리가 만듭니다."

"그러면 하느님하고는 아무 상관 없네요?"

"그건 우리가 알 수 있는 게 아니에요." 그는 그녀의 손을 다시 부드럽게 모포에 내려놓았다. 손이 너무 차가워 불안했다.

"저한테는 아무도 없어요." 아그네스가 무심한 태도로 말했다.

"하느님이 당신과 함께 계십니다. 나도 여기 있고요. 아그네스의 부모님도 살아 계시죠."

아그네스는 고개를 저었다. "돌아가신 거나 마찬가지예요."

토티는 뜨개질하는 여자들을 건너다보았다. 뢰이가는 스테이나가 뜨다 만 양말을 가져다가 잘못 뜬 부분을 고치느라 실을 풀고 있었다.

"내가 불러다 줄 만한 사람이 있나요? 가족이나 친구 중에." 토티가 아그네스에게 속삭여 물었다.

"아버지가 다른 동생이 한 명 있어요. 남동생인데, 지금 그 애가 어느 바스토바에서 뒹굴고 있을지는 아무도 몰라요. 역시 아버지가 다르지만 여동생인 헬가는 죽었고요. 조카도 있었는데 죽었어요. 모두가 죽었어요."

"친구들은요? 스토라보르그에 있을 때 찾아왔던 사람은 없나요?"

아그네스는 쓴웃음을 지었다. "스토라보르그에 왔던 사람은 바튼센디의 로사 그뷔드뮌스도티르뿐이에요. 그 사람이 저를 친구로 생각할 것 같지는 않네요."

"시인 로사 말씀이군요."

"그 사람뿐이었어요."

"그분은 시로 말한다고 하던데."

아그네스는 심호흡을 했다. "로사는 스토라보르그에 시를 가지고 왔었어요."

"선물로요?"

아그네스는 허리를 펴 앉더니 몸을 가까이 기울이고 말했다. "아뇨. 꾸짖음으로요."

"무얼 꾸짖었는데요?"

"내가 자기 인생에서 의미를 빼앗아 갔대요." 아그네스가 비웃듯 말했다. "다른 내용도 있었지만요. 그렇게 잘 쓴 시는 아니었어요."

"그분이 화가 많이 났던 모양이네요."

"나탄이 죽었을 때 로사는 나를 욕했어요."

"그분은 나탄을 사랑했으니까요."

아그네스는 문득 토티를 바라보았다. "로사는 유부녀예요." 그녀의 목소리가 분노로 떨렸다. "그건 잘못된 사랑이었어요!"

토티는 다른 여자들이 어느새 뜨개질을 멈추었다는 것을 알아챘다. 그들은 아그네스를 보고 있었다. 그녀의 마지막 문장이 큰 소리로 방을 울렸다. 토티는 자리에서 일어나 크리스틴 옆에 놓인 빈 의자를 가지러 갔다.

"일하시는 데 저희가 방해가 되는 것 같네요."

"정말로 수갑을 안 채워도 되겠어요?" 뢰이가가 걱정스레 물었다.

"수갑은 없는 게 좋을 것 같습니다." 그는 아그네스에게 돌아가 물었다. "다른 이야기를 하는 게 어떨까요?" 아그네스가 코르든사우 가족 앞에서 흥분하는 모습을 보이지 않았으면 싶었다.

"사람들이 들은 건가요?" 그녀가 속삭였다.

"지난날 이야기를 합시다." 토티가 말했다. "동생들 이야기를 해줘요."

"우리는 서로 잘 몰라요. 남동생은 제가 다섯 살 때 태어났고, 헬가 소식은 아홉 살 때 들었어요. 제가 스물한 살 때 헬가가 죽었는데, 그때까지 몇 번밖에 못 봤어요."

"남동생하고는 가깝지 않았나요?"

"우리는 그 애가 한 살 때 헤어졌어요."

"어머니가 당신을 떠났을 때요?"

"네."

"그전의 어머니를 기억하나요?"

"저한테 돌멩이를 줬어요."

토티는 그녀에게 질문을 담은 눈길을 던졌다.

"혀 밑에 넣으라고요. 미신이에요." 그녀가 설명하고 얼굴을 찌푸렸다. "블뢴달의 서기들이 가져갔어요."

크리스틴이 일어나서 초에 불을 붙였다. 날이 궂어 방은 어두웠고, 하루가 빠르게 저물어가고 있었다. 그에게는 모포 위로 드러난 아그네스의 흰 팔밖에 보이지 않았다. 그녀의 얼굴은 그늘에 잠겨 있었다.

"저도 뜨개질을 좀 할 수 있을까요?" 아그네스가 여자들 쪽으로 고갯짓을 하며 속삭였다. "목사님이랑 이야기하면서 무슨 일이라도 하고 싶어요. 가만히 있는 게 힘들어요."

"마르그리에트?" 토티가 불렀다. "아그네스가 할 만한 일이 없을까요?"

마르그리에트는 잠시 가만히 있다가 스테이나의 손에서 뜨개질감을 빼내고 말했다. "여기요. 구멍투성이예요. 풀어서 다시 떠야 해요." 스테이나가 부끄러운 표정을 지었지만 마르그리에트는 못 본 척했다.

"저 아이가 안됐어요." 아그네스는 주름이 진 털실을 천천히 풀면서 말했다.

"스테이나요?"

"저를 위해 탄원해주고 싶대요."

토티는 뭐라고 해야 할지 몰라 아무 말도 없이 아그네스가 털실을 풀어 능숙하게 감는 모습만 바라보았다.

"그게 가능한가요, 목사님? 국왕께 청원하는 일 말이에요."

"나는 모릅니다, 아그네스."

"블뢴달에게 물어봐주시면 안 될까요? 목사님 말씀은 들을 테니까요. 스테이나는 지방 관원인 욘에게 얘기하고요."

토티는 블뢴달의 오만한 목소리를 떠올리며 목을 가다듬었다. "내가 할 수 있는 일은 다 하겠습니다. 그럼, 이제 이야기를 해주지 않겠어요?"

"제 어린 시절 말씀인가요?"

"말하자면."

"그게……." 아그네스가 뜨개질을 좀더 편하게 하기 위해 침대 위로 좀더 높이 자리를 잡으며 말했다. “무얼 말씀드려야 하나요?”

“기억나는 대로 말씀해주세요.”

“별로 재미가 없을 텐데요.”

“왜 그렇게 생각하나요?”

“목사님은 성직자니까요.” 아그네스가 흔들림 없이 말했다.

“아그네스의 인생 이야기를 듣고 싶어요.” 토티가 부드럽게 말했다.

아그네스는 고개를 돌려 여자들이 듣고 있는지 살폈다. “제가 이 계곡의 거의 모든 농장에 한 번씩 살아봤다고 말씀드렸죠.”

“그렇습니다.” 토티가 고개를 끄덕였다.

“처음에는 위탁아로, 그다음에는 교구 빈민으로.”

“안타까운 일이네요.”

아그네스의 입이 단단한 선을 그렸다. “흔한 일이죠.”

“어느 집에 위탁되었나요?”

“지금 우리가 앉아 있는 이 집요. 위탁 부모는 잉가와 비외르든이었어요. 그 시절 코르든사우를 빌려 살던 가족이죠. 잉가가 죽을 때까지.”

“그런 뒤 당신은 이곳을 떠났고요?”

“네.” 아그네스가 고개를 끄덕였다. “세상 일이 그래요. 좋은 사람들은 일찍 죽죠."

"유감입니다."

"유감스러워하실 필요 없어요. 목사님이 죽인 것도 아니잖아요." 그를 힐끔 바라보는 아그네스의 얼굴에 짧은 미소가 지나갔다. "잉가가 죽었을 때 저는 여덟 살이었어요. 잉가는 출산에 적합한 몸이 아니었어요. 막내가 태어나기 전까지 다섯 아기가 숨 한 번 못 쉬고 죽었고, 일곱 번째 아이는 잉가를 하늘로 데려갔죠."

아그네스는 숨을 들이마시고 헐거운 코 사이로 조심스럽게 실을 꿰었다. 토티는 뼈바늘이 가볍게 부딪히는 소리에 귀를 기울이다가 재빨리 움직이는 아그네스의 손을 슬쩍 살폈다. 그녀의 손가락은 길고 가늘었고, 손놀림은 놀라울 만큼 빨랐다. 그는 그 손을 만지고 싶다는 어처구니없는 욕망을 물리쳤다.

"여덟 살 때라고 했는데, 그분의 죽음을 기억하고 있나요?"

아그네스는 뜨개질을 멈추고 다시 여자들 쪽을 살폈다. 그들은 말을 멈춘 채 그녀의 이야기를 듣고 있었다. "기억하냐고요?" 그녀가 약간 목소리를 높였다. "잊을 수 있으면 좋겠어요." 그러곤 검지손가락에서 털실을 풀더니 손가락을 이마에 대고 말했다. "이 안에서요. 그날은 책에 찍힌 글자처럼 남아 있어요. 너무 선명해서 잉크 냄새까지 나는 것 같아요."

아그네스는 검지를 계속 이마에 댄 채 토티를 바라보았다. 그는 그녀의 눈빛과 핏빛 입술에 당혹감을 느끼며, 혹시 시가의 청원 소식에 그녀의 정신이 약간 이상해진 건 아닐까 생각했다.

"무슨 일이 있었나요?" 그가 물었다.

6장

금년 1828년 3월 29일, 바튼스네스 스타파르의 본 서기들은 블뢴달 군수의 구두 지시에 따라 이들뤼가스타디르의 하녀였던 두 죄수 아그네스 마그누스도티르와 시그리뒤르 그뷔드뮌스도티르의 소지품의 값어치를 산정, 공지합니다. 상기한 2인의 것으로 확인된 재산의 값어치는 아래와 같습니다.

아그네스 마그누스도티르	달레르	스키들링
1. 낡은 청색 평직 모직 내리닫이(적색 깃, 은 단추 여덟 개 부착)	1	64
2. 청색 평직 모직 저고리(녹색 깃, 가장자리에 주석 장식 여섯 개 부착)	—	20
3. 낡은 청색 모자와 반소된 검은 모자	—	10
4. 검은색 긴 치마 두 벌	—	20

5. 연청색 짧은 내리닫이	—	80
6. 아이슬란드식으로 짠 줄무늬 앞치마	—	10
7. 흰색 평직 모직 천 한 단위	—	16
8. 종교 서적 한 권: 33-38번	—	16
9. 가장자리에 사르트 장식이 달린 녹색 천 네 단위(손상)	—	10
10. 작은 유리컵 하나와 찻잔 하나	—	16
11. 남색 물감 일 로드와 종이 두 장	—	20
12. 뜨개바늘 두 개와 낡은 가위 하나	—	6
13. 구리 단추 일곱 개, 은 단추 두 개, 기타 단추 약 스무 개, 구리 호크와 고리	—	24
14. 잡동사니가 든 흰색 자루	—	20
15. 양말 두 켤레(청색과 흰색), 황변한 깔창	—	12
16. 바늘집, 골무, 흰 장갑 한 켤레	—	8
17. 작은 상자 하나, 작은 나무 그릇 하나, 작은 상자 몇 개	—	20

시그리뒤르 그뷔드뮌스도티르	**달레르**	**스키들링**
1. 청색 평직 모직 치마(품질 하급)	—	40
2. 청색 내리닫이(상판 손상)	—	24

3.	운두가 녹색 견직으로 된 청색 모자(손상)	—	8
4.	장식이 달린 녹색 견직 잠옷	—	10
5.	현재 이들뤼가스타디르에 있는 양 한 마리와 건초	2	—

위의 자산이 상기한 죄수들의 총재산임을 확인하고 인장을 찍어 보증합니다.

증인

J. 시귀르드손, G. 그뷔드뮌손

나는 목사에게 다음의 내용을 말해주었다.

죽음이 있었고, 그 방식은 흔하디흔하면서도 전혀 새로운 것이었다.

그 일은 극광極光과 함께 시작되었다. 그해 겨울은 너무 추워서 아침에 깨어나면 자는 동안 내쉰 숨이 모포에 얼음 가루로 맺혀 있을 지경이었다. 내가 코르든사우에 산 지 이 년인가 삼 년째 되던 해였다. 위탁 가정의 동생 캬르탄은 세 살이었고, 나는 그 애보다 겨우 다섯 살 많았다.

어느 날 밤 우리 둘은 잉가와 함께 바스토바에서 일하고 있었다. 그 시절 나는 잉가를 엄마라고 불렀다. 그녀가 내게 너무도 소중했기 때문이다. 그녀는 내가 배움에 재능이 있는 걸 알고 최선을 다해 날 가르쳤다. 그녀의 남편 비외르든도 아빠라고 부르려 해봤지만, 그는 그 호칭을 좋아하지 않았다. 그는 내가 글을 읽는 것도 좋아하지 않아서 그런 모습을 보면 채찍질도 마다하지 않았다. 계집애가 글을 배우는 건 잘못된 일이라고 했다. 잉가는 영리했다. 그가 잠이 든 뒤에 나를 깨워서 함께 찬송시를 읽었다. 그녀는 내게 사가도 가르쳐주었다. 크뵐드바카❖ 때 사가를 암송해줬고, 비외르든이 잠들면 나에게 그 이야기들을 다시 암송시켰다. 비외르든은 아내가 명령을 거스르고 날 가르친다는 사실을 전혀 몰랐고, 아마 아내가 사가를 왜 그렇게 좋아하는지도 이해하지 못했을 것이다. 그는 어린아이의 변덕을 봐주듯 사가를 참아주었다. 그들이 어쩌다 내 위탁 부모가 되었는지는 모른다. 어쩌면 엄마의 친척일 수도 있지만, 그냥 그 집에 일손이 필요해서였을 가능성이 더 높다.

그날 밤 비외르든은 소들을 먹이러 나갔다가 유쾌한 기분으로 돌아왔다.

"바깥에 하늘이 불타고 있는데 안에서 램프 빛에 눈을 찌푸리고 있다니. 나가서 오로라를 봐." 그가 웃으며 말했다.

나는 물레를 치운 뒤 캬르탄의 손을 잡고 밖으로 나갔다. 잉가 엄마는 임신중이라 따라 나오는 대신 우리에게 손을 흔들

❖ 아이슬란드에서 식구들이 저녁 나절 화덕가에서 사가 등을 읽으며 여흥을 즐기는 일.

어 보이고 계속 수를 놓았다. 그것은 내게 줄 모포였지만 결국 완성되지 못했고, 지금까지도 나는 그것의 운명을 모른다. 아마도 비외르든이 태워버렸을 것이다. 그는 나중에 그녀의 물건을 많이 태웠다.

어쨌든 그날 밤, 뽀드득뽀드득 눈을 밟으며 싸늘한 공기 속으로 나간 캬르탄과 나는 곧 비외르든이 왜 우리더러 밖에 나가보라고 했는지 깨달았다. 하늘이 온통 생전 처음 보는 빛깔로 덮여 있었다. 거대한 빛의 커튼이 바람에 흩날리듯 하늘에서 출렁였다. 비외르든이 옳았다. 밤하늘이 불타는 것 같았다. 어두운 밤하늘 위로 보라색이 퍼졌고, 그 위에 별들이 흩뿌려져 있었다. 그 빛이 물결처럼 물러가는가 싶더니 이어 선명한 녹색 빛줄기들이 더 높은 하늘에서 떨어져 내렸다.

"봐라, 아그네스." 위탁부가 내 어깨를 돌려서 밝은 극광과 산 능선이 이룬 선명한 대조를 보여주었다. 늦은 시간이었음에도 익숙한 능선이 확연하게 눈에 들어왔다.

"손을 뻗어보렴, 만질 수 있는지." 비외르든의 말에 나는 두 팔을 하늘로 뻗다가 숄을 눈 위에 떨구었다.

"이게 무슨 뜻인지 너도 알 거야." 비외르든이 말했다. "곧 눈보라가 온다는 얘기지. 극광이 일면 항상 궂은 날씨가 닥치니까."

다음 날 정오부터 바람이 오두막을 두드리기 시작했다. 바람은 간밤에 쌓인 눈을 집어다가, 추위를 막기 위해 창문에 쳐둔 가죽 위에 뿌렸다. 바람이 집에 얼음을 던지는 소리는 섬뜩했다.

잉가는 아침부터 몸이 안 좋아서 일어나지 못했기에 내가 식사를 준비했다. 부엌 화덕에 주전자를 얹는데, 창고에 갔던 비외르든이 들어왔다.

"잉가는?" 그가 내게 물었다.

"바스토바에 있어요." 내가 말했다. 비외르든은 모자를 벗고 화덕 위에 얼음을 떨구었다. 물이 뜨거운 돌 위에서 지글거렸다.

"불에서 연기가 너무 많이 나는구나." 그가 찡그리며 말하고 나갔다.

이끼죽이 끓자 나는 바스토바로 그것을 가지고 갔다. 방은 어두웠고, 나는 비외르든에게 식사를 준 뒤 곧바로 램프에 넣을 기름을 가지러 창고로 향했다. 창고는 오두막 문 옆에 있었다. 문으로 다가가는데 바람 소리가 점점 더 커졌다. 폭풍이 빠른 속도로 다가오고 있었다.

왜 밖을 보겠다고 문을 열었는지 모르겠다. 아마 호기심 때문이었을 것이다. 어쨌건 나는 어떤 이상한 충동으로 빗장을 풀고 바깥을 내다보았다.

바깥은 험악하기 짝이 없었다. 검은 구름이 산등성이를 내리눌렀고, 그 컴컴한 그림자 아래 잿빛 눈송이들이 사방에서 휘몰아쳤다. 맹렬한 바람 속에서 차가운 질풍 한 자락이 문을 확 밀치는 바람에 나는 넘어졌다. 복도의 촛불이 꺼졌고, 오두막 안쪽에서는 비외르든이 왜 집 안에 폭풍을 들이느냐고 소리를 쳤다.

나는 온몸으로 밀어 문을 닫으려 했지만 바람이 너무 강했다. 차가운 바람에 두 손이 얼었다. 바람은 마치 집 안으로 들어오려는 유령 같았다. 그러더니 어느 순간 바람이 뚝 그치면서 문이 닫혔다. 마침내 유령이 집에 들어와서 문을 닫아버린 것처럼.

나는 기름을 가지고 바스토바로 돌아가 램프들을 채웠다. 비외르든은 잉가가 몸이 이렇게 안 좋은데 집 안에 찬 공기를 들였다고 나에게 화를 냈다.

그날 오후 닥친 눈보라는 그 뒤로 사흘을 날뛰었다. 그리고 둘째 날, 잉가가 산기를 느끼기 시작했다.

예정보다 너무 일렀다.

그날 밤늦게, 바람과 눈과 얼음이 일으키는 소리 속에서 잉가의 진통이 시작되었다. 잉가는 아마 이 아이마저 때 이르게 나올까 두려웠을 것이다.

출산이 임박했음을 깨닫자 비외르든은 일꾼 욘에게 동생의 농장에 가서 제수와 하녀를 데려오라고 했다. 그 집 여자들에게 사정을 설명하고, 여자들이 함께 올 수 없다면 어떻게 해야 하는지라도 전해 듣고 오라고.

욘이 이런 눈보라 속에서는 갈 수 없다고 했지만, 비외르든은 쉽게 물러서는 사람이 아니었다. 결국 욘은 몸을 꽁꽁 싸매고 밖으로 나갔다가 곧 눈과 얼음에 덮인 채 돌아와서는 두 걸음 앞도 보이지 않는다고, 이런 날씨에 죽을 각오 없이는 헛간 너머까지 갈 수 없다고 했다. 그래도 비외르든은 그를 다시 보냈고, 욘은 다시 얼음이 된 채 돌아와 바람 속에 서 있을 수도 없다고, 이 미터도 못 갔다고 말했다. 비외르든은 그의 멱살을 잡고 그를 또 다시 내보냈는데, 아마 문을 열었을 때 날씨가 얼마나 험한지 실감한 모양이었다. 몇 분 후 다시 추위와 분노에 덜덜 떨며 돌아온 욘에게 아무 말도 하지 않았기 때문이다. 옷을 벗고 몸을 녹이러 침대에 들어가는 욘을 그는 그냥 내버려두었다.

비외르든도 두려웠을 것이다.

잉가는 계속 침대에 있었고, 이제 고통의 신음을 내뱉기 시작했다. 얼굴이 우유처럼 하얘져서는 땀에 젖은 몸을 쉴 새 없이 떨었다. 비외르든은 잉가가 아늑하게 있을 수 있도록 다락으로 그녀를 옮겼다. 그때만 해도 이 오두막에는 다락이 있었다. 그가 잉가를 들었을 때 잠옷과 침대가 흠뻑 젖어 있어서 나는 깜짝 놀라 소리를 질렀다. 나는 그녀가 오줌을 싼 줄 알았다.

"엄마를 움직이지 말아요, 아저씨!" 내가 소리쳤지만, 그는 들은 척도 않고 잉가를 데리고 올라가며 내게 물을 끓이고 깨끗한 천을 가져오라고 했다. 나는 시키는 대로 물을 끓인 뒤 내가 직접 짠 천을 가지고 갔다. 엄마를 볼 수 있느냐고 물었지만 그가 내려가서 캬르탄을 돌보라고 했기에 바스토바로 돌아갈 수밖에 없었다.

안 좋은 일이 벌어지고 있다는 것을 느꼈는지 캬르탄은 나를 보자 칭얼거렸다. 내가 침대에 기대앉자 아이가 다가왔고, 나는 두렵고 불안해서 아이를 무릎에 앉힌 채 폭풍 소리 속에 비외르든의 명령이 들리기를 기다렸다.

우리는 아주 오래 기다렸다. 캬르탄이 내게 안긴 채 잠이 들어, 나는 아이를 침대에 내려놓고 엉킨 털실을 풀어 정리하려고 했다. 하지만 손이 덜덜 떨렸다. 다락에서는 계속 잉가의 비명이 울렸다. 소리 지르는 것은 자연스러운 일이라고, 조금 있으면 사랑스러운 동생이 태어날 거라고 나는 스스로를 달랬다.

몇 시간 뒤 비외르든이 다락에서 내려왔다. 바스토바에 들어오는 그의 품에는 작은 꾸러미가 안겨 있었다. 아기였다. 비외르든은 창백한 얼굴로 내게 꾸러미를 건넨 뒤 다시 아내가 있는 다락으로 올라갔다.

아기를 안은 나는 흥분에 휩싸였다. 아기는 아주 작고 가벼웠고, 동작이 크지는 않았지만 조그맣게 칭얼거리며 눈과 입을 찌푸렸다. 빨갛고 못생긴 얼굴이었다. 꾸러미를 풀어보니 여자아이였다.

캬르탄이 깨어났다. 어느새 방 안이 싸늘해져 있었다. 바람이 벽의 틈새로 들어와 테이블 위의 촛불을 거의 다 꺼뜨린 터였다. 남은 촛불은 하나뿐이었고, 그 흔들리는 불빛 속에 우리 그림자가 벽에서 춤을 추었다. 캬르탄은 울음을 터뜨리더니 곧 눈을 감고 내 어깨에 얼굴을 묻었다.

방이 너무 추워서 나는 아기의 모포를 내 숄로 감싼 다음 베개까지 덧대어서 아기를 꼭 안았다. 하지만 집에는 오리털 베개 대신 해초 베개밖에 없었고, 그건 별로 따뜻하지 않았다. 그래도 아기가 울음을 멈추었기에 나는 그렇게 춥지는 않은 모양이라고, 이제 괜찮을 거라고 생각했다. 그래서 손으로 아기 머리의 끈끈한 액체를 닦아주고 캬르탄과 번갈아 아기에게 입을 맞추었다.

우리는 오랫동안 침대에 앉아 있었다. 여러 시간이 지났다. 나에게는 꼭 며칠이 지난 듯 긴 시간이었다. 어둠과 추위는 그대로였고, 눈보라도 끝없이 날뛰었다. 나는 캬르탄에게 부모님 침대에서 모포를 더 가져오게 한 뒤 함께 그것을 두르고 서로를 부둥켜 온기를 지켰다. 다락에서는 잉가의 신음이 계속해서 들려왔다. 끔찍한 악몽에 시달리는 사람의 소리, 말이 되지 못하는 낮은 소리였다. 바람의 기세는 한순간도 꺾이지 않았고, 때때로 촛불이 펄럭이는 게 잉가의 비명 때문인지 바람 때문인지 알 수 없었다.

나는 캬르탄에게 한 팔을 두르고 다른 한 팔로 아기를 끌어안은 채 아이들에게 내 심장 소리를 들으며 눈보라를 잊으라고 했다.

그러다가 아마 우리가 잠들었던 것 같다. 그런 것 같다는 건 깨어난 기억도 없기 때문이다. 갑자기 바스토바에 비외르든이 나타났다는 것만 기억난다. 마지막 촛불이 꺼진 터라 보이는 것이라곤 그가 어두운 방 안에 고개를 떨구고 조용히 서 있는 모습뿐이었다.

"잉가가 죽었어. 내 아내가 죽었어." 그 말이 무겁게 떨어졌다.

"아저씨, 아기가 여기 있어요. 아기를 받으세요." 나는 모포를 벗기고 아기를 꺼내 그에게 건넸다.

그는 받지 않고 말했다. "아기도 죽었어."

나는 내 손을 내려다보았다. 아기는 움직이지 않았고, 따뜻하지도 않았다. 모포가 따뜻했던 건 그것을 내 몸에 대고 있었기 때문이었다. 울음이 터져 나왔다. 캬르탄은 아직도 뺨에 마른 피가 묻어 있는 아기의 파란 얼굴을 바라보다가 아기가 움직이지 않는 것을 알고는 훌쩍이기 시작했다. 비외르든은 우리를 지켜보고 있었다. 나는 견딜 수 없는 슬픔에 아기를 침대에 내려놓고 방바닥에 몸을 던졌다. 그러곤 두 손에 얼굴을 묻은 채 울부짖었다. "나도 죽고 싶어요!"

"너도 죽을 거야." 비외르든이 대답했다. 그가 내게 건넨 위로의 말은 그게 전부였다. "너도 죽을 거야."

나는 오랫동안 바닥에서 울부짖었다. 나무 바닥, 지금 우리 발밑에 있는 이 바닥이 내 눈물 콧물에 젖었던 것이 기억난다. 나는 비외르든에게 화가 났다. 그는 어두운 침대에 앉아 두 손에 얼굴을 묻고 있을 뿐, 울지도 소리를 지르지도 않았고, 내게 그만하고 일어나라는 말도 하지 않았다. 그는 바깥의 땅만큼이나 얼어 있었다. 나는 두 눈이 퉁퉁 붓고 두 손이 아파질 때까지 소리를 지르고 바닥을 두드리며 굴렀다. 그렇게 바깥의 눈보라처럼 울부짖다가 다락의 잉가가 생각나 달려갔다.

발이 치마에 걸려 넘어졌지만 곧 다시 일어나 다락으로 기어 올라갔다.

다락의 들보 위 지붕에는 작은 창구멍이 있었다. 대개는 비와 눈이 들이치지 못하도록 막아두었지만, 어느샌가 그 천이 떨어져나가 눈보라 속에도 그리로 작고 파란 빛이 들이치고 있었다. 다락은 엄청나게 추웠다. 숨을 쉴 때마다 입 앞에 작은 구름이 생겨났다. 창구멍으로 들어온 눈이 녹아 바닥이 흥건했다. 내 눈에 가장 먼저 보인 것이 그 물이었다. 그것이 창구멍으로 들어온 빛을 반사하며 거울처럼 반짝거렸다. 이윽고 나는 잉가를 보았다.

방 안의 푸르스름한 빛 속에서 잉가의 피는 보라색으로 보였다. 그녀는 작은 건초 매트리스 위에, 내가 비외르든에게 준 천을 깔고 누워 있었다. 천은 이제 흰색이 아니라 피로 물들어 있었다. 눈꺼풀이 열려 있었는데, 눈에 빛이 반사되어 한순간 나는 그녀가 살아 있나 싶었다. 몸을 바짝 기울여 "엄마!" 하고 소리치며 잉가의 어깨에 손을 댔지만, 그 순간 그녀가 죽었다는 것을 알았다. 몸이 뻣뻣하고 또 차가웠다.

사방이 피범벅이었다. 잠옷과 다리와 매트리스가 피로 시커멨고, 드러난 어깨도, 손바닥을 위로 향한 채 옆에 놓인 손에도 피가 묻어 있었다. 짐승의 피와 기름으로 소시지라도 만드는 사람 같았다. 얼굴은 새하얬다. 어두운 방에서 지나칠 정도로. 모자 밖으로 비어져 나온 머리카락이 이마 위에 뻣뻣하게 얼어 있었다.

그 냄새, 그것을 나는 평생 잊지 못할 것이다. 다락은 피 냄새와 눈 녹은 물의 차갑고 깨끗한 냄새로 가득했다. 그 냄새에 속이 뒤틀렸다.

잉가의 잠옷은 허리께로 말려 올라가 있었다. 나는 피가 말라붙어 뻣뻣한 옷을 다리까지 내려서 그녀의 몸을 가려주었다. 그러곤 생기 잃은 입에 내 입술을 댔다. 마지막으로, 모자를 벗기고 잉가의 머리카락에 내 얼굴을 묻었다. 잉가의 몸에서 그녀의 냄새가 남아 있는 유일한 부분이었다. 나는 그 옆에 누워서 잉가의 긴 머리로 내 얼굴을 덮고 그녀를 들이마셨다. 그러고 얼마나 있었을까? 마침내 욘이 커튼을 젖히고 다락에 들어오더니 나를 데리고 내려가서 침대에 들였다.

눈을 떴을 때 눈보라는 그쳐 있었다.

나는 목사에게 이 이야기를 한다. 나로서는 최선의 방식으로 이야기하려고 노력한다. 말이 흘러나오는 동안 나는 뜨개질을 하고, 이따금씩 그의 얼굴을 보며 반응을 살핀다.

다른 사람들도 이야기를 듣고 있다. 스테이나와 마르그리에트와 크리스틴과 뢰이가가 어두운 구석의 우리를 향해 귀를 쫑긋 세운 채, 이 이야기를 갓 구운 빵인 양 받아먹는 게 느껴진다. 마르그리에트와 뢰이가는 안타깝지만 내게 합당한 운명이라고 생각할지도 모른다. 하지만 스테이나는 내가 자기와 같다고, 자기처럼 불쌍하고 천대받고 고통을 받는다고 느낄 것이다.

어쨌든 다른 사람들이 듣고 있기 때문에 나는 목사에게 궁금한 것을 물어볼 수 없다. 목사님, 제가 여기 있는 건 어렸을 때 죽고 싶다고 말했기 때문일까요? 그 말을 했을 때 나는 진심이었기 때문이다. 나는 기도하듯 그 말을 했다. 나도 죽고 싶어요. 그렇게 나는 내 운명을 스스로 만든 셈일까?

나는 목사에게 내가 아기를 죽인 거냐고 묻고 싶다. 내가 아기를 너무 꽉 안았던 걸까? 하지만 그 질문을 제대로 하기란 불가능하고, 나는 이 집 여자들의 머리에 더 많은 생각을 집어넣고 싶지 않다. 그들이 들어서는 안 될 것들이 있다.

내가 사랑하는 사람은 모두 죽어 땅에 묻히고, 늘 나만 뒤에 남는 것 같다.

그러니 사랑하는 사람이 한 명도 남지 않은 건 좋은 일이다. 묻을 사람이 한 명도 없는 건.

✱

"그러고선 어떻게 됐습니까?" 토티가 물었다. 그는 아그네스가 이야기하는 동안 자신이 숨을 거의 쉬지 못하고 있었다는 걸 깨달았다.

"이상해요." 아그네스가 새끼손가락으로 실을 바늘 끝에 감으며 말했다. "그 이전의 일들은 모든 게 흐릿해요. 반투명 유리 너머를 보는 것처럼요. 하지만 잉가의 죽음과 그 뒤의 일들은…… 꼭 어제 일 같아요."

방 저편에서 누가 의자를 끌었다. 마르그리에트가 조용히 기침을 했다.

"잉가가 죽은 뒤 욘이 비외르든의 친척들을 부르러 갔어요." 아그네스가 말을 이었다. "침대에 누워서, 비외르든이 잉가의 물레 의자에 앉아 있는 모습을 보았던 게 기억나요. 아저씨한테는 너무 작은 의자였죠. 캬르탄은 저와 한 침대에서 제 어깨에 뜨거운 입김을 뿜으며 잠을 잤고요. 바람이 그쳐서 세상이 갑자기 너무 조용했어요.

마침내 바깥에서 쩔그렁거리는 소리가 났어요. 비외르든이 천천히 일어나 제 침대로 왔죠. 그러더니 한 팔로 캬르탄을 안아 올리고 저에게 죽은 아기를 모포로 감싸서 창고에 데려다

놓으라고 했어요.

죽은 아기는 살았을 때보다 더 가벼워진 것 같았어요. 저는 가슴 앞에 아기를 멀찌감치 든 채 스타킹 바람으로 복도로 나갔어요.

창고는 아주 추웠어요. 입김이 하얗게 나왔고, 추워서 이마가 아팠죠. 저는 모포 귀퉁이로 아기의 얼굴을 덮고 아기를 말린 대구 대가리 자루 위에 놓았어요. 복도로 다시 나왔을 때 차가운 바람이 옆얼굴을 때려서 돌아보니 열린 문으로 비외르든의 동생 부부와 그 집 하인이 바깥의 진창에서 들어오고 있었어요. 다들 빰이 진눈깨비에 젖어 반짝였죠.

비외르든의 동생 라그나르와 욘이 잉가를 다락에서 내리는 동안 비외르든은 밖에서 양들을 살폈어요. 저는 두 사람이 사다리 가로대에 머리를 부딪히지 않게 막아주었고요. 두 사람은 잉가를 바스토바의 빈 침대에 내려놓았어요. 로사는 부엌에서 물을 데웠고, 제가 왜 그러느냐고 묻자 잉가의 몸을 닦아줄 거라고 했어요. 로사는 제게 그 모습을 보여주지 않았어요. 캬르탄은 옆에서 놀게 했지만, 저더러는 다락에 올라가서 하인 그뷔드비외르그와 함께 청소를 하라고 했죠.

다락에 올라가니 그뷔드비외르그가 바닥의 피를 닦고 있었어요. 제가 냄새에 속이 뒤집혀서 울자, 그뷔드비외르그가 절

안아주었어요. '잉가 아줌마는 하느님께 가셨어, 아그네스. 이제 아무 고통도 없을 거야.'

저는 그뷔드비외르그의 숄을 두르고 바닥에 앉아 아줌마가 팔뚝 살을 출렁이며 바닥을 문지르는 모습을 지켜봤어요. 그뷔드비외르그는 걸레에서 붉은 물을 짜내고 또 짜냈어요. 그러면서 계속 고개를 저었고, 가끔은 일을 멈추고 눈물을 훔쳤어요.

저는 그뷔드비외르그에게 내가 죽고 싶다고 했을 때 비외르든이 한 말을 들려줬어요. 다음에 죽을 사람이 나일 수도 있다고요. 그뷔드비외르그는 제게 그런 말 말라고, 아저씨는 지금 제정신이 아니고 그 말은 진심이 아니라고 했어요.

저는 비외르든이 내게 아기를 돌보라고 해서 아기를 꼭 안고 있었다고, 그러다 아기가 내 품에서 죽었는데 나는 그걸 알아차리지도 못했다는 이야기를 했어요.

그뷔드비외르그는 절 아기처럼 안고 흔들더니 그 아이는 이 세상에 올 운명이 아니었고, 아이가 죽은 건 내 잘못이 아니라고 말했어요. 나더러 용감하게 행동했다고, 하느님이 나를 살펴주실 거라고 했어요."

"그뷔드비외르그는 지금 어디 있나요?" 토티가 물었다.

아그네스는 뜨개질감에서 고개를 들었다. "죽었어요." 그녀는 차분하게 말한 뒤 실뭉치에서 실을 더 풀었다.

"라그나르와 캬르탄과 비외르든이 헛간에 갔다가 돌아오자 로사가 그뷔드비외르그와 저를 불렀고, 우리는 잉가가 누운 침대 주변에 앉았어요. 잉가는 깨끗하고 조용했어요. 바람이 그치고 풀들이 움직임을 멈출 때, 자신이 홀로 남았다고 느껴질 때 같은 섬뜩한 고요였죠.

라그나르가 술을 가져와서 조용히 돌렸어요. 그때 저는 처음으로 술을 마셨는데 맛이 별로였어요. 하지만 욘이 비외르든의 말을 타고 목사님을 부르러 간 동안 우리는 술 마시는 것밖에 할 일이 없었어요. 몇 시간이 지나자 저는 술에 속이 뒤집혔고, 너무 오래 앉아 있어서 다리가 뻣뻣했어요.

욘은 밤늦게야 목사님을 모시고 왔어요. 제가 문을 열어주었어요. 목사님은 신발의 눈을 털지 않고 들어왔어요.

그뷔드비외르그와 로사와 제가 남자들에게 음식을 내자 그분들은 잉가의 침대 옆에서 무릎에 음식을 놓고 먹었어요. 로사가 잉가의 머리맡에 촛불을 놓았는데 저는 그것이 혹시 떨어져 잉가의 머리에 불이 붙지 않을까 싶어 계속 지켜봤던 게 기억나요.

남자들이 식사를 마치자 여자 어른들이 캬르탄과 저를 부엌으로 데리고 갔고, 목사님과 남자들은 이야기를 나눴어요. 무슨 얘길 하는지 듣고 싶었지만 로사가 우리의 관심을 돌리려고 제 팔을 잡고 캬르탄을 무릎에 앉힌 채 이런저런 이야기를 했어요. 라그나르와 욘이 잉가의 시신을 들고 나갈 때에야 이야기를 멈추었죠. 저는 사람들이 어디로 가는지 궁금해서 따라가려고 했는데 로사가 제 팔을 꽉 잡았어요. 그뷔드비외르그가 전해준 말로는, 목사님이 봄이 오기 전에는 잉가를 묻을 수 없다고 했대요. 지금은 교회 묘지가 꽝꽝 얼어 있어서 땅이 녹아 무덤을 팔 수 있을 때까지는 잉가를 창고에 보관할 거라고요. 우리는 문간에 서서 사람들이 잉가를 데리고 나가는 걸 지켜봤어요.

목사님이 비외르든을 따라 복도를 걸어가며 하시는 말씀이 들렸어요. '어쨌건 관을 짤 시간은 충분하네요.' 그러더니 잉가를 헛간에 두는 편이 나을 거라고 했어요.

'거긴 너무 따뜻해요.' 비외르든이 대답했어요.

라그나르와 욘은 잉가를 창고의 죽은 아기 옆에 놓았어요. 처음에는 소금 자루 위에 놓았지만, 라그나르가 잉가를 묻기 전에 소금을 쓸 일이 있을지도 모른다고 말해서 말린 생선 위로 다시 옮겼죠. 자루에 든 말린 대구 뼈가 아줌마의 무게에 버스럭거렸어요."

"매장은 언제 했습니까?" 토티가 물었다. 바스토바에서 뜨개바늘 소리와 털실 당기는 소리에 둘러싸여 있는 것이 그는 문득 답답하게 느껴졌다.

"아, 오랫동안 못했어요." 아그네스가 말했다. "잉가와 아기는 겨울이 끝날 때까지 창고에 있었죠. 저는 램프 기름을 가지러 가거나 욘을 도와 저장 식품을 찬광으로 옮길 때마다 구석의 말린 생선 자루 위에 놓인 두 사람의 시신을 보았어요.

캬르탄은 엄마한테 일어난 일을 이해하지 못했어요. 아기 일은 잊은 것 같았지만 계속 엄마를 찾아 울었죠. 바스토바 바닥에 주저앉아 강아지처럼 울었어요. 비외르든은 모른 척 넘어갔는데 라그나르가 아이의 따귀를 한 번 때렸고, 그런 뒤에야 캬르탄은 울음을 멈추었어요.

라그나르는 날마다 코르든사우에 있는 것 같았어요. 비외르든과 이야기하거나 함께 술을 마셨죠. 비외르든은 눈보라 이후로 전보다 더 말수가 줄었어요. 제가 식사를 차려주어도 고맙다는 말도 없이 그냥 숟가락을 들었죠.

그러던 어느 날 비외르든이 이제 그 집에 제가 필요없다고 했어요. 초봄이었죠. 저는 속상해서 음식에 손을 안 댔어요. 아저씨는 아무 말도 하지 않았고, 음식을 낭비한다고 꾸짖지도 않았어요. 아저씨는 늘 가축들을 돌보고 있었어요. 가축들도 추위로 하나둘 죽어가던 참이었거든요. 저는 아저씨가 저보다 가축과 캬르탄을 더 사랑하는 게 속상했어요.

겨울도 물러간 참이었고 그날은 빛이 좀 들어서, 저는 식탁에서 일어나며 밖에 나가보기로 마음먹었어요. 아무도 저를 만류하지 않았죠. 저는 문간에 세워둔 삽을 들고 오두막 문 앞에 길을 내기 시작했어요. 뜨거운 뺨에 눈이 튀는 느낌이 좋았어요. 길을 낸 다음에는 삽을 떨구고 손으로 눈을 한 아름씩 퍼내기 시작했어요. 구멍이 꽤 커졌을 때 멈춰서 숨을 고르며 고개를 들어보니 멀리서 검은 형체가 다가오고 있었어요. 라그나르가 또 온 거였죠. 그는 제게 눈을 뒤집어쓰고 뭐 하느냐고 물었어요. 제가 엄마의 무덤을 파고 있다고 말하자, 라그나르는 얼굴을 찌푸리며 잉가를 엄마라고 부르면 안 된다고 했어요. 그러곤 잉가를 신성한 교회 묘지에 묻지 않고 사람들이 드나드는 문 앞에 묻어 발길에 밟히게 하려고 하다니 부끄럽지 않느냐고도 했죠.

'아줌마가 신성한 땅에서 편히 주무시기 전까지는 창고에서 따뜻하게 지내시는 게 낫잖아.' 라그나르가 말했어요.

저는 고개를 젓고 대꾸했어요. '창고는 마녀의 소굴처럼 추워요.'

라그나르가 말했어요. '그런 말 함부로 하지 마라, 아그네스. 더러운 말이야.'

그날 밤 라그나르는 내게 비외르든이 코르든사우를 떠나 레이캬비크의 어업 조합으로 갈 거라고 말했어요. 그 겨울 비외르든은 잉가와 아기는 물론 가축도 절반 이상 잃었다고, 아내도 없고 일꾼을 쓸 돈도 없어서 나를 계속 데리고 있을 수 없다고 했어요. 캬르탄은 라그나르의 집에서 살게 됐고, 날이 풀렸을 때 저는 교구의 자비에 떠맡겨졌죠."

"그렇게 당신이 떠돌이가 되었군요." 토티가 말했다.

아그네스는 고개를 끄덕이고는 뜨개질을 멈추고 손가락을 폈다. 이어 무릎에 양말 한 짝을 내려놓더니 어둠 속에서 그를 바라보았다. "그렇게 저는 교구 빈민이 되었어요. 세상의 자비에 떠맡겨진 거죠. 거기 자비가 있건 없건."

✻

일찍 잠에서 깨어보니 바스토바에는 아직 무거운 그림자가 내려앉아 있다. 누가 내 귀에 대고 아그네스, 아그네스 하고 속삭여 부른 것 같았다. 그 소리에 꿈에서 깨었지만 아무도 없고, 문득 심장으로 차가운 공포가 스며든다.

분명히 누가 내 이름을 불렀는데.

나는 가만히 누워서 다른 사람들의 숨소리에 귀를 기울이며 나 말고 또 누가 깨어 있는지 살핀다. 토티 목사는 바로 옆 침대에 있다. 밤이 늦어서 코르든사우에서 자기로 했다. 하지만 그가 나를 깨우지는 않았을 것이다. 성직자가 죄수의 귀에 애인처럼 속삭이는 일은 있을 수 없다.

몇 분이 지나간다. 이 방은 왜 이렇게 어두운가? 눈앞으로 들어 올린 내 손조차 보이지 않는다. 어둠이 마음속까지 파고들어 심장이 손에 잡힌 새처럼 파닥인다. 억지로 눈을 감아도 어둠은 여전한데, 이제 거기서 섬뜩한 불빛이 어른거린다. 내가 눈을 뜬 것인가, 감은 것인가? 유령이 나를 깨웠는지도 모른다. 암흑 속에 떠오른 이 빛을 어떻게 설명할 수 있지? 벽에서 떨어지는 불꽃 같은 빛이다. 그리고 나탄의 얼굴이 내 앞에 있다. 그가 입을 벌려 소리를 지르자 피에 젖은 치아가 번득이고 불붙은 몸통은 조각난 숯이 되어 내 모포 위로 떨어진다. 고래기름 냄새, 나탄의 배에 꽂힌 프리드리크의 칼, 그리고 밧줄에 끌려 나오듯 내 가슴속에서 터져 나오는 비명.

빛이 사라진다. 꿈이었나? 시간이 전혀 흐른 것 같지 않다.

"토티 목사님?" 내가 속삭인다.

그가 잠결에 몸을 뒤척인다.

"목사님, 램프를 켜도 될까요?"

목사는 좀처럼 깨지 않는다. 술 취한 듯 늘어져 있다. 나는 의도한 것보다 강하게 그를 흔든다. 잠에서 깬 그는 속옷 차림의 나를 보고 민망해진 것 같다.

"무슨 일이죠?"

"또 꿈을 꾸었어요."

"네?"

"램프를 켜도 될까요?"

"기독교인에게는 예수님의 빛이면 충분합니다." 그의 목소리에는 잠이 가득 묻어 있다.

"제발요, 목사님."

그는 내 말을 듣지 못했다. 다시 코를 곤다.

나는 위로받지 못하고 침대로 돌아간다. 연기 냄새가 난다.

엄마가 죽었다. 잉가가 죽었다.

엄마는 낡은 천에 싸여 창고에 누워 있다. 눈과 얼음이 땅을 꽉 움켜잡고 무덤을 파지 못하게 하기 때문이다.

너무 추워서 엄마는 바로 묻히지 못한다.

나는 너무 외로워 양을 잡아먹는 까마귀들과 친구가 된다.

나는 눈을 감고 흔들리는 램프 불빛 속에 복도를 기어간다. 두려움에 몸이 덜덜 떨린다. 바깥 어둠 속에서 바람이 울부짖고, 봄이 오면 관에 들어가 땅에 묻힐 나의 위탁모가 창고 문을 긁는 소리가 들리는 것 같다. 나는 걸음을 멈추고 귀를 기울인다. 문 긁는 소리가, 아그네스, 아그네스 하고 내 이름을 부르는 소리가 바람 소리를 뚫고 들려오는 듯하다. 잉가가 자신을 꺼내달라며 나를 부른다. 나 안 죽었어. 돌아왔어. 살아서 돌아왔어. 창고를 나가야 해. 도축된 고기처럼 여기 이 퀴퀴한 공기 속에서 말라갈 수는 없어. 소금과 유청, 바구미 끓는 밀가루 틈에 있을 수는 없어.

나는 겁에 질린 채 가만히 서서 고개를 흔든다. 그런 뒤 엄마, 엄마! 하며 창고로 가서 문을 연다. 자물쇠는 없다. 문을 열고 꺼져가는 램프를 앞으로 내밀자, 잉가가 말린 생선 대가리 자루에 머리를 얹은 채 바닥에 놓여 있는 모습이 보인다. 나는 운다. 잉가가 정말로 죽었음을 확인하는 것이 훨씬 괴롭다. 나의 위탁모는 죽었고, 친모는 나를 두고 떠났다. 나는 바닥에 주저앉는다. 부모 잃은 아이의 슬픔에 다리가 힘을 잃는다. 바람이 나를 대신해서 울어준다. 바람은 소리치고 또 소리치고, 나는 차갑고 딱딱한 흙바닥에 앉아 생선 대가리 냄새를 맡는다. 밋밋한 겨울 냄새에 소금 냄새와 마른 뼈 냄새가 뒤섞인다.

7장

살인범 프리드리크 시귀르드손은 1810년 5월 6일 이곳 티외르든 교구의 카타달뤼르에서 태어났고, 1823년 이 교구에서 전임 목사 사이뮌뒤르 오드손에게 견진을 받았습니다. 당시 그는 "머리가 좋으며, 교리문답을 잘 알고 이해한다"고 기록되었습니다. 하지만 그의 행동은 이런 지식과 교육에 어울리지 않았습니다. 그가 말을 몹시 듣지 않아서 그의 부모는 1825년에 내게 그 일을 하소연했습니다. 그들과의 대화를 통해 나는 그의 반항기를 알게 되었습니다.

그가 어떻게 양육되었는지는 확실히 말씀드릴 수 없습니다. 내가 이 교구에 온 지 사 년밖에 되지 않기 때문입니다. 하지만 지나친 방임 속에 자랐다는 것이 내 의견입니다.

요한 토마손 목사의 증언

1829년 9월 5일

베스튀르호프 교구 브레이다볼스타뒤르

T. 욘손 목사 앞

소르바르뒤르 욘손 (부)목사님께

사형수 아그네스 마그누스도티르의 일의 진척 사항이 궁금하여 편지드립니다. 최근 티외르든 교구의 요한 토마손 목사를 뵙고 그분이 돌보는 프리드리크 시귀르드손의 영혼과 품행이 크게 발전했다는 보고를 받으니 욘손 목사님도 만나 뵈어야겠다는 생각이 들었습니다. 목사님의 이야기를 들으면 종교적 가르침이 이 죄수들을 얼마나 교화시키고 있는지 전체적으로 파악할 수 있을 것 같습니다.

다음 주에 크밤뮈르에 와서 그동안 무슨 일을 하셨는지, 지금까지 어떤 가르침을 주셨는지 보고해주시기 바랍니다.

군수

비외르든 블뢴달

"와주셔서 고맙습니다. 소르바르뒤르 부목사님."

비외르든 블뢴달이 크밤뮈르 농장 문을 열고 나오며 말했다. 그는 정복 차림으로, 붉은색 재킷 안쪽에 깨끗한 크림색 셔츠를 받쳐 입고 있었다. 어린 시절 아버지와 함께 본 뒤로 그를 거의 만나지 못했던 토티는 정복의 위엄과 다소 위압적인 그 풍채에 걸음을 멈췄다.

"안녕하십니까, 군수님."

토티는 말에서 내려 남자 하인에게 고삐를 주었다. 크밤뮈르에는 사람이 많았는데, 모두 넓은 마당에서 이런저런 일을 하느라 바빴다. 한 남자는 그의 왼쪽에 있는 바위 위에 앉아 그날 아침 강에서 잡은 송어의 내장을 빼고 있었고, 두 여자는 시원찮은 볕 아래 빨래를 널고 있었다. 술 달린 아이슬란드 전통 모자를 쓴 젊은 여자 하인이 어린아이 너덧 명을 밖으로 데리고 나가는 참이었다.

"안녕하세요." 아이들이 토티에게 밝게 소리치며 목례를 했다.

"좋은 집이네요." 토티가 블뢴달에게 다가가면서 말했다.

"그렇죠. 어서 오십시오, 목사님. 오시는 길이 힘들지 않았기를 바랍니다. 들어오시죠. 발밑을 조심하시고요."

나이 든 여자 하인이 앞장서서 복도들의 미로를 지나 작은 응접실로 토티를 안내했다. 블뢴달은 바로 뒤따라와서는 문 앞에서 여자가 토티를 천 의자에 앉히고 승마 모자와 코트를 벗겨주는 모습을 지켜보았다.

"전에 여기 오셨던 적이 있나요?" 블뢴달이 물었다. 토티는 자신이 입을 벌린 채 방 안을 둘러보고 있었다는 것을 깨달았다.

"어렸을 때요." 토티가 얼굴을 붉혔다. "아주 좋은 집이네요. 동판화들도 있고요."

블뢴달은 킁 콧소리를 내고 깃털 장식 모자를 벗더니 깃털을 건성으로 쓰다듬으며 말했다. "그렇습니다. 기쁘게도 본토 사람들에게만 허락된 몇 가지 호사를 누리고 있죠. 금세기 안에 아이슬란드인들도 유리창, 나무 벽, 쇠화덕 같은 문물의 이점을 깨달았으면 합니다. 집에 습기가 없을수록 공기가 잘 순환되고 건강에 좋거든요."

"그렇죠." 그러고서 토티는 자신의 구두끈을 푸는 하인을 바라보았다. 그녀는 웃음기 없는 얼굴로 흘깃 그를 살폈다.

"카리타스, 이제 됐어." 블뢴달이 말했다. "소르바르드뒤르 목사님, 제 집무실로 가시죠."

"고마워요, 카리타스."

하인은 그의 구두를 들고 일어서서 무슨 말인가 하고 싶은 얼굴로 그를 보았다.

"카리타스, 그만 나가."

블뢴달은 여자가 나간 뒤에야 토티에게 따라오라고 손짓했다. "이쪽입니다. 목사님. 내 공간은 안쪽 깊숙이 있습니다. 그래야 하인들의 법석에 방해받지 않을 수 있거든요."

토티는 블뢴달을 따라 긴 복도를 걸었다. 계속해서 많은 하인과 아이들이 각기 다른 방들로 들어갔다. 토티는 집의 크기에 놀랐다. 이렇게 큰 집은 여태껏 본 적이 없었다.

"여깁니다, 목사님."

블뢴달이 빛이 환한 서재의 문을 열었다. 하늘색 벽 앞에 튼튼한 책장 두 개가 서 있고, 거기 가죽으로 장정한 책들이 가득 꽂혀 있었다. 방 가운데에는 커다란 책상이 있었는데, 천장의 박공 창문 커튼을 뚫고 들어온 햇빛이 그 표면에 닿아 반짝였다.

"아름답네요." 토티가 감탄했다.

"앉으십시오, 목사님." 블뢴달이 쿠션 의자를 빼면서 말했다.

토티는 앉았다.

"그럼 시작할까요?" 블뢴달이 커다란 두 손으로 매끈한 책상 표면을 훑으면서 말했다.

"네, 군수님." 토티는 초조하게 대답했다. 집무실의 웅장함에 주눅이 들었다. 북부에도 이렇게 사는 사람이 있으리라고는 생각도 못한 터였다.

"관원들 말로는 사형수가 무사히 코르든사우로 인도되었다더군요."

"네, 그렇습니다. 그리고 다행히 아그네스는 새 구금 장소인 코르든사우에 잘 적응해서 지내고 있습니다."

"그렇군요. 그런데 그 여자를 세례명으로 부르시는군요."

"아그네스가 그러길 원합니다, 군수님."

블뢴달은 의자에 등을 기댔다. "계속 말씀해주세요."

"죄수는 지금까지 그 집의 건초 작업에 빠짐없이 참여했습니다." 토티가 말을 이었다. "그리고 지방 관원 욘 욘손에게 들으니, 자신의 처지에 걸맞은 겸손한 태도로 일한다고 하더군요."

"수갑이나 족쇄는 채우지 않고요?"

"보통은 채우지 않습니다."

"알겠습니다. 집안일은 어떤가요?"

"성실하게 하고 있습니다. 날씨가 궂을 때는 뜨개질을 하고요."

"그 여자에게 함부로 연장을 주지 않도록 조심시켜주십시오."

"그분들은 조심하고 있습니다, 군수님."

"좋습니다." 블뢴달은 의자를 뒤로 밀고 책상 서랍을 열어 연두색 종이와 펜나이프를 꺼냈다. 그러더니 몸을 돌려 책장 구석에서 하얀 백조 깃털이 가득 든 유리병을 집어 들었다. "나는 여자들을 시켜서 늘 백조 깃털을 모아 오게 하지요." 블뢴달이 잠시 말을 돌렸다. "새들이 털갈이를 하는 늦여름이 가장 좋아요. 굳이 뽑지 않아도 되니까." 그러곤 토티에게 깃털이 담긴 병을 내밀었다.

"아, 아닙니다. 이러실 것 없습니다." 토티가 고개를 저었다.

"사양하지 마십시오." 블뢴달이 강하게 말했다. "진정한 남자는 필기도구부터 다른 법이죠."

"감사합니다." 토티가 조심스레 깃털 하나를 받아 들었다.

"백조는 아주 유용한 새예요." 블뢴달이 말했다. "발 가죽은 지갑을 만드는 데 좋지요."

토티는 자기도 모르게 깃털의 가벼운 쪽으로 손등을 훑었다.

"알도 삶으면 그런대로 먹을 만하고." 그러더니 블뢴달은 깃털 부스러기를 말끔하게 치우고 잉크병을 열었다. "이제 목사님이 죄수에게 행한 종교 활동을 간략히 말씀해주시죠."

"네." 토티의 손에 땀이 찼다. "수확 시기에 저는 간헐적으로 죄수를 찾아갔습니다. 아시겠지만 브레이다볼스타뒤르도 수확에 바빠서요."

"죄수와 소통하기 위해 어떤 식으로 준비하셨나요?"

"처음에…… 죄수의 영혼에 대한 책임에 가슴이 무겁지 않았다고 말한다면 거짓말일 것입니다."

"저도 그것을 걱정했습니다." 블뢴달이 딱딱하게 말하며 종이에 메모를 했다.

"저는 죄수가 속죄를 받을 수 있도록 하는 길은 기도와 권면뿐이라고 생각했습니다." 토티가 말했다. "그래서 며칠 동안 죄수를 하느님께 이끌어주리라 여겨지는 시와 찬송과 그 밖의 문헌을 뒤졌습니다."

"그래서 무엇을 골랐습니까?"

"신약성서의 구절들입니다."

"어떤 구절들입니까?"

"그게……." 토티가 블뢴달의 빠른 질문에 당황해서 말을 더듬었다. "『요한복음』과 『고린도서』입니다."

블뢴달은 토티를 삐딱하게 바라보며 메모를 계속했다.

"저는 죄수에게 기도의 중요성을 일러주려고 했습니다. 그러자 아그네스는 저에게 떠나달라고 했습니다."

블뢴달이 씩 웃었다. "놀라울 것도 없습니다. 재판 때 보니 불경하기 짝이 없더군요."

"그런 건 아닙니다. 기독교 문헌에는 밝은 것 같던데요."

"악마가 그렇지요." 블뢴달이 대답했다. "요한 목사님은 프리드리크 시귀르드손에게 수난 찬송❖과 『계시록』을 읽혔습니다. 그 편이 더 큰 자극이 될 겁니다."

"그럴지도 모르지만……." 토티는 의자에 앉은 채 허리를 세웠다. "제가 보기에 죄수가 죽음을 마주하고 주님과 만날 준비를 하는 데는 종교적 견책이 아닌 다른 수단이 필요한 것 같습니다."

블뢴달이 인상을 찌푸렸다. "그렇다면 목사님은 어떤 방법으로 죄수를 하느님께 이끌고 계시는 겁니까?"

토티는 목을 가다듬고 깃털을 책상에 내려놓았다.

"정도가 아니라고 생각하실까 두렵습니다."

"말씀해주십시오. 그래야 그 두려움이 합당한지 어떤지 알

❖ 17세기 아이슬란드의 시인 피에튀르손이 쓴 오십 편의 시.

수 있을 테니까요."

토티는 망설였다. "저는 아그네스의 영혼에 드리운 장막을 걷어내는 데는 지옥 불에 대한 협박보다 우정 어린 질문이 더 효과적이라는 결론을 내렸습니다, 군수님."

블뢴달이 그를 빤히 바라보았다. "우정 어린 질문이라. 그 말씀이 진심이라는 제 느낌이 착각이기를 바랍니다만."

토티는 얼굴이 붉어졌다. "착각이 아닙니다. 죄인을 압박하는 설교는 모두 역효과만 낳았습니다. 그래서 저는 대신 아그네스에게…… 지난날의 이야기를 시켰습니다. 제가 말하지 않고 아그네스가 말하게 했습니다. 저는 죄인의 외로운 인생 이야기를 듣는 마지막 경청자 역할을 하고 있습니다."

"죄인과 함께 기도합니까?"

"죄인을 위해 기도합니다."

"죄인도 스스로 기도합니까?"

"분명히 그럴 거라 생각합니다. 이제 곧 죽을 테니까요."

"그렇습니다, 이제 곧 죽지요." 블뢴달은 깃털을 내려놓고 입술을 오므렸다. "죽을 겁니다. 마땅한 이유로."

그때 누가 문을 두드리자 블뢴달이 고개를 들고 말했다.

"아, 사이윈, 들어와."

불안한 표정의 젊은 하인이 쟁반을 들고 들어왔다.

"책상에 내려놔." 블뢴달은 여자가 책상에 커피와 치즈, 버터, 훈제 고기와 납작 빵을 내려놓는 모습을 지켜보았다. "시장하시면 드십시오." 블뢴달이 자신의 접시에 양고기를 올리며 말했다.

"고맙습니다만 배고프지 않습니다." 토티가 말했다. 그는 블뢴달이 빵과 치즈를 입안 가득 넣는 것을 보았다. 블뢴달은 음식을 천천히 씹고 삼키더니 손수건을 꺼내서 손가락을 닦았다.

"소르바르드뒤르 부목사님. 우정이 그 여자를 진실과 참회로 이끌 거라고 생각하신 점에 대해서는 크게 나무라지 않겠습니다. 목사님은 아직 젊고 경험이 부족하니까요. 나는 그게 문제라고 생각합니다." 블뢴달은 몸을 천천히 숙여 책상에 팔꿈치를 얹었다.

"솔직히 말씀드리죠. 작년 삼월, 아그네스 마그누스도티르는 프리드리크 시귀르드손을 이들뤼가스타디르의 우사에 숨겨주었습니다. 나탄 케틸손은 게이타스카르드 농장에 갔다가 그곳의 일꾼 피에튀르 욘손과 함께 돌아와 있었죠……."

"말씀중에 죄송합니다, 군수님, 하지만 저도 사건에 대해서는 어느 정도……."

"충분히 아시지 못하는 것 같습니다." 블뢴달이 말을 잘랐다. "나탄은 게이타스카르드에 가서 그곳의 지방 관원 보름

베크를 치료하던 중 집에 돌아왔습니다. 나탄이 이들뤼가스타디르로 돌아간 건 책을 찾아보고, 또 내가 알기로는 약도 좀 가져오기 위해서였습니다. 피에튀르가 그와 동행했죠. 하지만 시간이 늦어서 두 사람은 거기서 자고 아침에 돌아가기로 했습니다.

그날 저녁 카타달뤼르의 프리드리크가 몰래 그곳을 찾아왔고, 아그네스가 그를 우사에 숨겼습니다. 겨우내 나탄을 죽이고 돈을 훔칠 일을 계획하던 그들은 바로 그날 그 일을 실행에 옮겼습니다. 아그네스는 두 남자가 잠들기를 기다린 뒤 프리드리크를 불렀죠. 무방비 상태의 남자들에 대한 잔혹한 공격이었습니다."

블뢴달은 말을 멈추고 자기 얘기를 듣는 토티의 반응을 살폈다.

"프리드리크는 살인을 자백했습니다, 목사님. 망치와 날을 세운 칼을 들고 바스토바에 들어가서 먼저 피에튀르의 머리를 망치로 내리쳤다고 했습니다. 그 사람이 나탄인 줄 알았던 건지 아니면 증인을 없애려고 한 건지는 모르겠습니다. 하지만 어쨌거나 나탄을 죽이려고 했던 건 확실합니다. 프리드리크는 이어 나탄의 머리를 망치로 내리쳤지만 빗나갔다고 말했습니다. 하지만 뼈가 부러지는 소리는 들었다고 했고, 조사 결과 나탄의 팔은 정말로 부러져 있었습니다.

프리드리크에 따르면 그러자 나탄이 깨었는데, 고통에 정신이 혼미해서 거기가 게이타스카르드이고, 그가 보름인 줄 알았다더군요.

프리드리크는 이렇게 말했습니다. '나탄이 아그네스와 나를 보며 그만하라고 했지만, 우리는 결국 그를 죽였습니다.' 목사님, 프리드리크는 '아그네스와 나를'이라고 했습니다. 그리고 나탄은 칼에 찔려 죽었다고 털어놓았죠."

"그러면 아그네스가 죽인 게 아니네요."

"그 여자가 그 자리에 같이 있었다는 건 의심할 여지가 없습니다."

"하지만 무기를 휘두르지는 않았어요."

블뢴달은 의자에 등을 기대고 손끝을 한데 모았다. 그러곤 빙긋 웃었다. "범행을 자백했을 당시 프리드리크에게서 참회의 기색은 찾을 수 없었습니다. 그는 자신이 신의 뜻을 행했다고 여겼어요. 그게 나탄이 과거에 저지른 잘못을 바로잡는 정의라고 생각한다고, 두 사람 다 자기가 죽였다고 했습니다. 하지만 내가 보기에 진실은 다릅니다."

"아그네스가 나탄을 죽였다고요."

"동기가 충분해요. 동기로만 보면 프리드리크보다 더 많습니다." 블뢴달은 접시에 남은 빵 부스러기를 손가락으로 문질렀다. "피에튀르를 죽인 건 프리드리크가 맞는다고 봅니다. 그는 한 방에 죽었고, 망치는 무거운 연장이니까요.

프리드리크는 나탄이 깨어나 자신들을 보았다고 했습니다. 그 친구는 용기를 잃었을 겁니다. 그날 밤 프리드리크가 겨우 열일곱 살 소년이었다는 걸 간과하면 안 됩니다. 어린애였죠. 물론 악당입니다만. 프리드리크가 나탄과 적대적인 관계였다는 건 많은 사람들이 알고 있었죠. 하지만 상상해보십시오, 목사님……." 블뢴달이 몸을 기울였다. "돈 때문에 사람을 죽이려고 했는데, 그 사람이 목숨만은 살려달라고 애걸합니다. 살려만 준다면 아무에게도 알리지 않고 돈도 원하는 대로 다 주겠다고요."

토티는 목이 탔다. "그런 일은 상상이 잘 안 되는군요."

"나는 그런 일을 상상해야 했고, 그래서 해보았습니다." 블뢴달이 말했다. "나탄이 깨어나 목숨을 애걸할 때 프리드리크는 용기를 잃었을 겁니다. 그는 돈을 원했고, 나탄은 틀림없이 그걸 주겠다고 했을 테니까요." 그의 목소리가 낮아졌다. "하지만 그때 아그네스가 칼로 나탄을 죽인 거죠."

"프리드리크는 그렇게 말하지 않았잖습니까."

"나탄은 칼에 찔려 죽었습니다. 프리드리크는 농부의 아들이에요. 동물을 도축할 줄 압니다. 목 따는 법을 알죠." 블뢴달은 손을 뻗어 토티의 목을 쿡 찌르더니 손톱으로 금을 그었다. "여기에서…… 여기까지. 하지만 나탄은 목이 베이지 않았어요. 배를 찔렸습니다. 이걸 보면 단순히 도둑질이 아니라 더 지독한 동기가 있다는 걸 알 수 있습니다."

"왜 시가는 아닙니까?" 토티가 작은 목소리로 물었다.

블뢴달은 고개를 저었다. "그 열여섯 살짜리 하녀는 내 앞에 오자마자 눈물을 쏟았습니다. 시가는 거짓말을 할 엄두도 내지 못했어요. 그런 일을 하기에는 너무 순진하고 어린 친굽니다. 시가는 모든 걸 털어놓았습니다. 아그네스가 나탄을 얼마나 미워했고 또 시가에 대한 그의 관심을 얼마나 질투했는지. 시가가 똑똑한 친구는 아니지만, 그 정도는 알았죠."

"하지만 질투에 사로잡힌 여자가 모두 살인을 하지는 않습니다, 군수님."

"물론 살인하는 경우는 드물지요. 그 점은 인정합니다, 목사님. 하지만 아그네스는 나이가 시가의 두 배예요. 평생을 살아온 이 계곡을 떠나 이들뤼가스타디르로 갔습니다. 그렇게 만만한 거리는 아니지요. 그런데 왜? 일자리 때문만은 아닙니다. 일자리는 여기에도 많았으니까요. 아그네스가 나탄 케틸손의 집에 일하러 간 데는 분명히 다른 이유가 있었습니다."

"무슨 말씀인지 잘 모르겠습니다, 군수님." 토티가 말했다.

블륀달은 코를 킁 들이마셨다. "실례지만 투박한 표현을 좀 쓰겠습니다, 목사님. 아그네스는 더 많은 것을 기대했습니다. 아마 결혼이었을 겁니다. 하지만 나탄은 조신한 사내가 아니었고, 이 계곡에도 그의 사생아가 우글거립니다."

"그럼 그 사람이 약속을 깬 건가요?"

블륀달은 어깨를 으쓱했다. "그가 아그네스에게 약속을 했는지 안 했는지는 아무도 모르죠. 어쨌건 아그네스는 자신이 그를 유혹해냈다고 생각했던 것 같습니다. 하지만 시가는 나탄이 자신에게 더…… 마음이 있었다고 증언했습니다."

"재판에서 이런 이야기가 오갔습니까?"

"속악한 일들이지요. 하지만 살인 재판은 속악한 일들로 이루어지는 법이니까요."

"그러니까 아그네스가 나탄에게 퇴짜를 맞아서 그를 죽이기로 했다는 거군요."

"목사님. 한 사람은 망치를 든 열일곱 살짜리 좀도둑, 또 한 사람은 자기 목숨이 날아갈까 무서워 벌벌 떠는 열여섯 살짜리 하녀, 마지막 한 사람은 실연으로 인해 증오밖에 남지 않은 노처녀입니다. 그중 한 사람이 나탄 케틸손에게 칼을 꽂았습니다."

토티는 머리가 어지러웠다. 그는 책상 가장자리에 놓인 흰 깃털에 집중했다.

"그 말씀은 받아들이기 어렵네요." 그가 마침내 말했다.

블뤤달은 한숨을 쉬었다. "아그네스의 인생 이야기를 듣는다 해도 거기서 무죄의 증거를 찾을 수는 없을 겁니다, 목사님. 아그네스는 감정도 도덕성도 단정치 못한 여자입니다. 나이 든 여자 하인들이 대개 그렇듯이 아그네스도 술수에 능하죠. 나는 그 여자가 목사님의 동정심을 자극할 요량으로 인생 이야기를 지어내고 있다고 확신합니다. 나라면 그 말을 한마디도 믿지 않을 겁니다. 바로 이 방에서 나를 빤히 보면서 거짓말을 했던 여자예요."

"제게 거짓말을 하는 것 같지는 않습니다." 토티가 말했다.

"착각이라고 말씀드릴 수 있습니다. 그 여자에게는 고집 센 말에게 채찍을 휘두르듯 주님의 말씀을 휘둘러야 합니다. 다른 방법으로는 아무 소득도 없을 겁니다."

토티는 침을 삼켰다. 아그네스가 떠올랐다. 코르든사우의 어두운 구석에서 위탁모의 죽음을 이야기하던 그녀의 가녀린 몸.

"모든 힘을 바쳐서 아그네스를 속죄시키겠습니다, 군수님."

"제가 방법을 알려드리지요. 요한 토마손 목사가 프리드리크에게 한 일을 들어보십시오."

"그분은 티외르든의 목사님인가요?"

"그렇습니다. 나는 프리드리크 시귀르드손을 체포 현장에서 처음 만났습니다. 작년 삼월, 이들뤼가스타디르 화재 소식을 듣고, 또 나탄과 피에튀르의 시신을 직접 본 직후였죠.

나는 관원 몇 명과 함께 그의 집인 카타달뤼르 농장에 도착해, 급습을 위해 오두막 뒤쪽으로 갔습니다. 오두막 문을 두드리자 프리드리크가 직접 빗장을 풀기에 즉시 그 친구를 잡았죠. 족쇄를 채우자 그는 길길이 날뛰면서 아주 더럽고 타락한 언행을 보였습니다. 관원들과 싸움을 벌였고, 내가 달아날 생각은 하지도 말라고 경고하자 총을 가지고 나왔어야 했다고, 내 이마에 구멍을 내야 한다고 소리치더군요.

관원들을 시켜 프리드리크를 여기 크밤뮈르에 데리고 온 뒤에, 나는 앞서 아그네스와 시그리뒤르를 신문한 것처럼 그를 신문했습니다. 그 두 여자에게서 프리드리크가 사건에 관여되었음을 알아낸 터였죠. 그 친구는 고집스럽게 침묵을 지켰습니다. 그러다가 내가 요한 토마손 목사를 붙여주자 그제야 자신이 두 여자의 도움을 받아 살인을 저질렀다고 털어놓더군요. 살인범에게 어울리는 참회와 후회는 보이지 않았습니다. 자신이 나탄에게 한 짓은 불가피하고 정당한 일이었다고 했어요. 요한 목사님은 프리드리크의 범죄적 행동이 성장 환경 때문인 것 같다고 말씀하셨는데, 실제로 나도 프리드리크를 체포할 때 그 어머니의 히스테리를 보았기 때문에 그분과 같은 의견입니다. 다른 어떤 요소가 겨우 열일곱 살짜리 소년을 망치 살인범으로 만들겠습니까?

프리드리크 시귀르드손은 도덕도 신앙심도 없는 가정에서 자랐습니다, 목사님. 게으름과 탐욕, 무례하고 냉혹한 성향이 그의 영혼을 허약하게 만들고, 세속적 이익을 탐하게 했지요. 프리드리크의 자백을 기록하고 보니 그의 반항적인 성격을 확신하게 되더군요. 그의 외모도 내겐 강한 혐의점이 되었고요. 그는 주근깨가 많고, 이런 말씀은 좀 그렇지만 머리색이 붉습니다. 그건 교활한 성격의 표징이죠. 그 친구를 싱게이라르에 있는 비르드니 올센의 집에 구금시켰을 때 솔직히 나는 그가 개전될 거라는 희망을 갖지 않았습니다. 하지만 다행히 요한 목사님과 올센은 저보다 큰 희망을 품었고, 이 공동체에 몹시도 소중한 종교적 열정으로 그의 영혼을 개선하는 작업에 착수했습니다. 요한 목사님 말씀으로는 프리드리크가 기도와 종교적 견책, 그리고 올슨 가족의 종교적 모범을 통해서 죄를 참회하고 자신의 과오를 인정하게 되었다더군요. 자신의 잘못을 공개적으로 인정하고, 또 자신이 흉악한 범죄의 대가로 처형당하는 것이 옳다는 것도 인정한다고요. 그것을 '하느님의 정의'라고 인정한답니다. 이 일에 대해 어떻게 생각하십니까?"

토티는 침을 꿀꺽 삼켰다. "요한 목사님과 비르드니 올센 씨가 훌륭한 일을 하셨네요."

"그렇죠." 블뢴달이 말했다. "아그네스 마그누스도티르도 자신이 저지른 일을 비슷한 방식으로 참회합니까?"

토티는 망설였다. "그와 관련해서는 아무 말도 하지 않았습니다."

"바로 그 여자가 의뭉스럽고 죄가 있기 때문입니다."

토티는 잠시 침묵을 지켰다. 그가 지금 바라는 것은 이 방을 나가 크밤뮈르의 다른 사람들 속에 섞이는 것뿐이었다. 그들의 잡담 소리가 집무실 문틈으로 미끄러져 들어왔다.

"나는 잔인한 사람이 아닙니다, 소르바르뒤르 부목사님. 하지만 나는 하느님을 두려워하고, 후나바튼 군에는 최악의 범죄가 들끓고 있습니다. 도둑, 강도, 그리고 이제 살인까지. 군수로 일하는 동안 사람들의 악행을 막는 도덕적 경계선이 허물어지는 것을 보아왔습니다. 이렇게 정치적, 영적 곤경에서 그동안 처벌을 피해오던 범죄자들을 동료 주민들의 눈앞에서 정당하게 처벌하는 것이 내 의무입니다."

토티는 고개를 끄덕이고 천천히 백조 깃털을 집어 들었다. 아래쪽의 솜털이 젖은 손가락에 달라붙었다. "아그네스를 본

보기로 삼겠다는 말씀이신가요?" 그가 조용히 물었다.

"나는 하느님의 정의를 땅 위에 전달하고자 합니다." 블뢴달이 인상을 쓰고 말을 이었다. "법률 수호의 임무를 충실히 수행함으로써 나를 이 자리에 임명하신 분들의 뜻에 따르고자 합니다."

토티는 망설이다가 말했다. "그뷔드뮌뒤르 케틸손을 처형자로 지명하셨다고 들었습니다."

블뢴달은 한숨을 쉬고 등받이에 등을 기댔다. "이 계곡보다 사람들 혀가 더 빨리 돌아가는 곳을 본 적이 없습니다."

"피살자의 형에게 그 일을 부탁을 하셨다는 게 사실입니까?"

"내 결정을 목사님께 설명할 필요는 없겠죠. 나는 교구 목사들에게 해명을 하는 사람이 아닙니다. 덴마크의 국왕에게 해명할 뿐이죠."

"반대한다는 말씀은 드리지 않았습니다."

"목사님 얼굴에 큼직하게 적혀 있습니다." 블뢴달이 다시 펜을 들었다. "하지만 우리는 내 의무를 논하러 만난 게 아니라, 목사님의 일을 논하러 만났습니다. 그리고 안타깝지만 지금까지는 그 일이 실망스러웠다고 말씀드려야겠군요."

"그러면 제가 어떻게 해야 할까요?"

"아그네스의 말을 듣지 말고 하느님 말씀으로 돌아가세요.

그 여자에게는 목사님이 들어야 할 만한 이야기가 없습니다. 죄의 고백이 아니라면."

비외르든 블뢴달의 집무실을 나설 때 토티 목사는 머리가 깨질 듯이 아팠다. 아그네스의 창백한 얼굴, 어둠 속에서 이어지던 낮은 목소리, 그리고 붉은 머리의 프리드리크가 잠자는 남자 위로 망치를 들어 올리는 모습이 머리를 떠나지 않았다. 그녀가 한 말이 모두 거짓일까? 그는 우유 통과 오물통을 들고 복도를 바삐 오가는 하녀들 앞에서 성호를 긋고 싶은 마음을 억누르며 벽에 기대어 구두를 신었다.

밖으로 나오니 한숨을 돌릴 수 있었다. 흐려진 날씨에 공기는 차가웠고, 우사 근처 생선 건조대의 강한 비린내는 그의 혼란스러운 정신과 함께 울리는 것 같았다. 그는 자신의 목에 닿았던 블뢴달의 기름 묻은 손가락을 떠올렸다. 그리고 부서지는 뼈. 목숨을 구걸하는 나탄 케틸손. 속이 울렁거렸다.

"목사님!" 누군가가 그를 불렀다. 돌아보니 블뢴달의 하인 카리타스가 그에게 달려오고 있었다. "코트를 두고 나가셨어요."

토티가 미소를 짓고 옷을 받았지만, 여자는 옷을 놓아주지 않았다. 그녀는 토티를 가까이 당기더니 땅을 보고 속삭였다.

"목사님께 드릴 말씀이 있어요."

토티는 놀랐다. "네?"

"조용히요." 여자가 말했다. 그녀는 돌 위에서 생선 내장을 빼내는 남자 하인들을 건너다보았다. "저를 따라오세요. 마구간으로요."

토티는 고개를 끄덕이고 옷을 받은 뒤 대형 우사를 향해 걸어갔다. 우사 안은 어두웠고, 청소를 했는데도 진한 거름 냄새가 진동했다. 짐승들은 없었다. 모두 목초지로 나가 있었다.

돌아보니 열린 문 앞에 선 카리타스의 윤곽이 보였다.

"비밀스럽게 하고 싶었던 건 아닌데……." 그녀는 괴로워 보이는 표정으로 그에게 바짝 다가왔다. "이런 식으로 목사님을 잡고 싶지는 않았어요. 하지만 달리 기회가 없을 것 같아서요." 카리타스가 젖 짜는 의자를 가리켜서 토티는 거기 앉았다. "아그네스 마그누스도티르를 맡으신 목사님이시죠?"

"그렇습니다." 토티가 호기심을 느끼며 대답했다.

"저는 전에 이들뤼가스타디르에서 일했어요. 나탄 케틸손 밑에서요. 그러다 1827년, 아그네스가 오기 직전에 그곳을 떠났죠. 아그네스는 제 후임 가정부로 거기 왔어요. 어쨌건 나탄은 그렇게 말했어요."

"알겠습니다. 무슨 말씀을 해주시려는 건가요?"

카리타스는 적당한 표현을 찾는 듯 머뭇거리다가 마침내 말했다. "친구의 배신이 적의 배신보다 나쁘죠."

"무슨 말씀이신지."

"기슬리 수르손의 사가에 나오는 말이에요." 카리타스는 누가 오는지 열린 문을 돌아보고서 말을 이었다. "나탄은 아그네스와의 약속을 깼어요."

"약속이라고요?"

"나탄은 아그네스에게 제 후임 자리를 약속했어요. 하지만 아그네스가 도착하기 전에 그 자리를 시가에게 주었어요."

토티는 어리둥절해져서 멍하니 블뢴달이 준 깃털을 쓰다듬었다. 그게 아직도 손에 들려 있었다.

"시가는 어렸어요. 열다섯 살인가 열여섯 살이었어요, 목사님. 시가 밑에서 일하는 게 아그네스에게 얼마나 곤란한 상황이 될지 나탄은 알고 있었어요."

"잘 이해가 안 되네요, 카리타스. 나탄은 왜 아그네스에게 일자리를 약속했다가 그걸 경험도 없고 나이도 절반밖에 안 되는 여자에게 준 거죠?"

카리타스는 어깨를 으쓱했다. "나탄을 만나신 적이 있나요, 목사님?"

"아뇨. 하지만 이 계곡에서는 많은 사람들이 그를 알고 있는 것 같더군요." 토티가 빙긋 웃었다. "이야기들이 제겐 좀 혼란스러워요. 그가 사악한 주술사였다는 사람도 있고, 또 훌륭한 의사였다는 사람도 있으니까요."

카리타스는 그의 웃음에 답하지 않았다.

"어쨌든 지금 말씀은 나탄이 아그네스를 속였다는 거죠?"

카리타스는 슬리퍼 신은 발을 바닥의 밀짚에 문질렀다. "그러니까…… 여기 사람들은 아그네스만 나쁜 사람으로 몰아가는데, 저는 그게 안타까워요."

토티는 망설였다. "저한테 왜 이런 말씀을 하시나요, 카리타스?"

여자가 몸을 가까이 기울였다. "제가 이들뤼가스타디르를 떠난 건 나탄을 더이상 견딜 수 없어서였어요. 그는…… 사람들을 노리개로 여겨요." 그녀의 몸이 더 가까워졌다. 입술이 떨렸다. "그런 걸 재미있어했어요. 도무지 종잡을 수가 없었죠. 말과 행동이 전혀 달랐거든요. 제가 교회에 갈 시간을 내어달라고 하면, 그는……." 여자는 곁눈으로 토티를 살폈다. "저는 선량한 기독교인이에요, 목사님. 그렇게 불경한 말은 들어본 적도 없었어요." 카리타스는 얼굴을 찌푸리고 다시 문을 돌아보았다. "블뢴달에게는 제가 이런 이야기를 하더라는 말씀을 하지 말아주세요."

"당연히 안 합니다. 하지만 저에게 나탄에 대한 이런 이야기를 해주시는 게 무슨 도움이 될지는 모르겠네요. 그 사람의 평판이 양편으로 갈려 있다는 건 이미 알고 있습니다. 하지만 말썽꾼에 불신앙자라고 한밤중에 칼에 찔려 죽어도 좋은 건 아니지요."

카리타스는 깜짝 놀라 목사를 바라보았다. "말썽꾼요? 아그네스가 나탄에 대해서 무슨 말을 했나요?"

"아뇨, 아무 말도 하지 않았습니다."

"블뢴달은 뭐라고 하던가요?" 그녀가 다시 집 쪽을 돌아보았다.

"전 그 사람의 이름이 악마의 이름을 딴 거라는 미신적인 이야기 말고는 누구에게서도 믿을 만한 이야기를 듣지 못했습니다."

카리타스는 힘없이 웃었다. "네, 그렇게들 말하죠. 하지만 블뢴달은 나탄을 나쁘게 말하지 않을 거예요. 자기 아내의 병을 고쳐주었으니까요."

"그런 일은 몰랐네요."

"죽을병이었어요. 물론 돈을 많이 줬지만, 어쨌건 병을 고쳤죠. 나탄 케틸손은 블뢴달의 아내를 천국 문 앞에서 데리고 왔어요."

토티는 갑자기 화가 났다. 그는 자리에서 일어나 바지에 묻은 밀짚과 먼지를 털었다. "가야겠습니다."

"블뢴달한테 제가 이런 얘기를 하더라는 말씀은 안 하실 거죠?"

"안 합니다." 토티는 미소를 지어보려 했다. "안녕히 계세요, 카리타스. 하느님의 가호가 있기를."

"목사님, 아그네스에게 나탄에 대해 물어보세요. 두 사람은 생각보다 서로를 더 잘 알았어요."

토티는 의아함을 느끼고 문 앞에서 그녀를 돌아보았다.

"아그네스를 만나러 오실 생각은 없나요?"

카리타스가 갈라진 목소리로 웃었다. "블뢴달이 알면 가만두지 않을걸요. 게다가 아그네스가 이들뤼가스타디르에 있을 때 저는 이미 거길 떠난 상태였어요. 그곳을 더이상 견딜 수 없었거든요."

"그렇군요." 토티는 그녀를 잠시 바라보다가 모자에 손을 올렸다. "하느님의 축복이 있기를." 그러고서 그는 마당에 묶어둔 말을 향해 걸어갔다. 말에 올라탄 뒤 우사 입구에 서 있는 카리타스에게 손을 흔들었지만, 그녀는 응답하지 않았다.

✻

수확이 끝났고, 사람들은 이제 몇 주일의 힘들었던 노동 끝에 누릴 음식과 이야기와 술을 기대하고 있다. 나는 부엌에서 마르그리에트와 함께 수확 잔치에 낼 양고기를 요리한다. 생각할 시간이 별로 없다. 딸들은 밖에 나갔다. 크리스틴과 함께 열매와 이끼를 따러 산으로 갔다. 그래서 나와 마르그리에트 둘이서 유청을 희석하고, 버터를 만들고, 음식을 내고, 손님들이 오기 전에 마당에 널어둔 속옷을 걷어야 한다. 딸들이 없다는 사실이 문득 놀라웠다. 성난 송아지처럼 내게 눈을 굴리는 뢰이가와 늘 나를 졸졸 따라다니는 스테이나에게 어느새 익숙해진 것이다. 나가기 전에 스테이나는 말했다. "나는 당신을 알아요. 우리는 같아요."

하지만 스테이나와 나는 전혀 다르다. 그 아이도 행복하지 않은 것은 맞지만, 나와 같지는 않다. 그 나이에 나는 그뷔드루나르스타디르에서 쓰러지기 직전까지 일했다. 하나같이 꼬챙이처럼 마른 그 집의 다섯 아이를 돌보고, 청소하고, 요리하고, 음식을 차렸다. 몸의 절반은 늘 소금물이나 우유, 연기, 아니면 똥이나 피에 잠겨 있었다. 그뷔드루나르스타디르 가족의 막내 인드리디가 태어났을 때 나는 아이 엄마 곁에서 그녀의 손을 잡고 탯줄을 끊어주었다. 스테이나가 세상을 얼마나 보았는가? 그 나이였을 때 나는 혼자였다. 입 냄새가 지독한 남자 하인이 와서 속옷을 들출까 봐 잠도 푹 잘 수 없었다. 그 남자가 그렇게 은밀하게만 시도한 것도 아니다. 어느 날은 시냇가에서 두 팔을 등 뒤로 잡고 나를 찍어 눌러 얼굴이 냇물에 박히기도 했다. 그가 바지를 내리는 동안 나는 숨이 막혀 죽을까 겁이 났다. 스테이나가 그렇게 남자의 몸에 깔려 몸부림친 적이 있는가? 농부가 치마 속을 더듬는 걸 묵인해주고 그의 아내에게 고초를 당하는 일과 그를 거절하고 쫓겨나서 눈과 안개 속을 헤매는 일 사이에서 선택해본 적이 있는가?

그 아이, 내가 탄생을 도와준 엉겅퀴 머리의 아이 인드리디는 몇 년 후에 죽었다. 아이는 말을 할 수 있는 나이였다. 자신이 배고프다는 것을 알았다. 스테이나가 죽은 아이들에 대해 무엇을 아는가? 그녀와 나는 다르다. 스테이나가 아는 것은 싱싱하게 자라는 나무줄기뿐이다. 돌멩이와 관짝들 틈으로 뻗은 뒤틀린 뿌리는 알지 못한다.

인드리디가 죽은 뒤 나는 그뷔드루나르스타디르를, 거기 사는 굶주린 농부 부부와 아이들을 떠났다. 그들은 내게 입을 맞추고 추천서와 함께 길스타디르로 가는 길에 먹으라고 달걀 두 개를 주었다. 나는 그 달걀을 길에서 만난 금발 소녀 두 명에게 주었다.

웃음이 나올 지경이다. 개에게 흙을 던지며 놀던 젖살 통통한 여자애들이 지금 코르든사우에서 나의 보호자라는 사실을 생각하면.

욘이 수확 잔치에 끼지 말고 산딸기를 따러 가라고 하자 뢰이가는 난리를 피웠다. 그렇게 잘 토라지는 뢰이가의 모습은 시가와 비슷하다. 물론 뢰이가는 똑똑하지만. 욘은 어젯밤에 내가 잠든 줄 알고 두 딸에게 말했다. "저 여자는 하느님을 만날 거야, 아름답지 않은 방식으로. 그리고 우리 가족의 생활도 계속될 거야. 우리는 너희를 저 여자에게서 보호해야 해." 그는 딸들이 내게 연민을 느끼지 않기를 바란다. 그들이 내 근처에 오는 것도 싫어서 날씨만 허락하면 밖에 내보낸다. 내 존재의 해악을 막기 위해서.

마르그리에트는 잔치 식탁을 밖에 차릴 거라고 한다. 맑은 구월 아침이니 되도록 햇볕을 쬐는 게 좋을 거라고. 이제 곧 겨울이 닥칠 테니까. 산의 풀들은 이미 적갈색으로 시들어가고, 저녁이면 램프들이 생선 기름 냄새를 풍기며 타오른다. 얼마 지나지 않아 이들뤼가스타디르에는 해변의 해초들 위로 바늘 같은 서리가 내릴 것이다. 물범들이 바위의 돌출된 자리에 떼 지어 앉아 겨울이 산에서 내려오는 것을 지켜볼 것이다. 남자들은 말을 타고 소리를 지르며 양떼를 모아 하산시킬 테고, 도축이 시작될 것이다.

"코르든사우 가족들 안녕하세요!" 농장 입구에서 누가 소리치자 마르그리에트가 놀라서 고개를 든다. 그러고는 "넌 여기 있어" 하고 서둘러 나간다. 여자 목소리가 들리더니 임신한 뚱뚱한 여자가 백금발 머리의 코흘리개 아이들에게 둘러싸여서 안으로 들어온다. 그 뒤로 여윈 몸집에 머리가 희끗희끗한 여자도 들어온다. 화덕에 걸어놓은 수프를 젓다가 고개를 들어보니 뚱뚱한 여자가 입에 손을 올린 채 나를 보고 있다. 아이들도 입을 벌리고 나를 본다.

"로슬린, 잉기비외르그, 이쪽이 아그네스 마그누스도티르야." 마르그리에트가 한숨을 쉰다.

나는 무릎을 살짝 굽혀 절을 한다. 내 꼴이 말이 아닐 게 분명하다. 머리는 수증기에 젖어 이마에 달라붙어 있고, 앞치마에는 고기의 피가 묻어 있다.

"너희는 모두 나가! 어서!" 아이들이 나가고, 한 명이 격렬하게 재채기를 한다. 아이들은 실망한 것 같다.

하지만 아이들 엄마는 아니다. 로슬린이라는 여자가 마르그리에트의 어깨를 잡는다.

"저 여자를 집에 두고 우리를 부른 거예요?"

"그러면 어디로 보내?" 마르그리에트는 다른 여자 잉기비외르그를 건너다보고, 두 여자의 눈에서 공감의 빛이 인다.

"낮 동안엔 크밤뮈르에 보내야죠! 창고에 가두든지!" 로슬린이 소리친다. 얼굴이 빨갛다. 신이 나서 억지를 부리고 있다.

"로슬린, 흥분하다가 갑자기 애라도 나오면 어쩌려고 그래?"

나는 여자의 부푼 배를 내려다본다. 출산이 임박한 모양이다.

"딸이네요." 내가 무심코 말한다.

세 여자가 나를 바라본다.

"저 여자가 뭐라는 거예요?" 로슬린이 겁먹은 얼굴로 속삭인다.

마르그리에트는 가볍게 기침한다. "뭐라고 했지, 아그네스?"

나는 갑자기 불안함을 느낀다. "아기가 딸이라고요. 배의 모양이 그래요."

잉기비외르그가 재미있다는 표정으로 나를 본다.

"마녀야!" 로슬린이 소리친다. "저 여자한테 나 쳐다보지 말라고 해요." 그러곤 쿵쾅거리며 나가버린다.

"그걸 어떻게 알지?" 잉기비외르그가 묻는다. 부드러운 목소리다.

"로사 그뷔드뮌스도티르한테 들었어요. 서부 쪽에서 일하는 산파예요."

마르그리에트가 천천히 고개를 끄덕인다. "시인 로사 말이군. 두 사람이 친구인 줄 몰랐는걸."

고기가 익었다. 나는 숟가락을 통 위에 내려놓고 고리에 걸린 냄비를 두 손으로 내리며 말한다. "친구 아니에요."

잉기비외르그는 내 옆에서 버터 접시를 집어 들고 마르그리에트에게 고개를 끄덕인다.

"이 집 안주인이 가끔씩 자네를 밖에 내보내주면 좋겠군. 얼굴에 볕을 쬐야지." 그녀가 미소를 지으며 말한다.

그녀가 마르그리에트와 함께 나간 뒤에도 그 말은 공중에 남아 있다. 얼굴에 볕을 쬐야지. "죽기 전에." 나는 깜부기불을 들여다보며 나도 모르게 소리 내서 말한다.

손님들은 걸어서 혹은 말을 타고 온다. 여자들은 먹을 것을 가져오고 남자들은 부끄러운 듯 조끼와 코트에서 술병을 꺼낸다. 나는 식탁에 음식을 내가며 그들을 보지만, 마르그리에트는 대체로 이웃들의 시선이 닿지 않는 부엌에서 일을 시킨다. 그들은 나를 힐끔거리고, 내가 우유나 버터를 내려놓을 때면 입을 다문다.

밖에 나가고 싶지 않다. 분명 내가 아는 사람도 있을 것이다. 내가 일한 농장의 농장주도 있고, 나와 숙소를 함께 쓰던 하인도 있을 것이다. 빡빡하게 땋은 머리 때문에 이마가 아프다. 문득 머리를 풀어 헤치고 나가서 햇빛 아래 눕고 싶다.

*

토티가 도착했을 때 아그네스는 유가공실에서 버터를 만들고 있었다.

"함께 식사 안 해요, 아그네스?" 그가 조용히 물었다.

그녀는 돌아보지도 않고 대답했다. "저는 여기서 더 쓸모가 있어요." 그러곤 끝이 넓적한 공이로 크림 통을 절구질했다. 토티는 크림이 공이에 철벅대며 부딪히는 소리가 듣기 좋았다.

"제가 조금 방해해도 될까요?"

"네, 하지만 버터가 다 될 때까지 기다려주셔야 돼요."

토티가 문틀에 기대 있는 동안 아그네스는 계속 공이를 들었다 내렸다 반복했다. 잠시 후 그는 작은 방에 울리는 아그네스의 빠르고 거친 숨소리를 의식하기 시작했다. 공이의 리듬과 가쁜 숨소리가 몹시 은밀한 느낌을 안겨주었다. 토티의 얼굴이 붉어졌다. 마침내 작은 통 안에서 둔탁한 소리가 울리자, 아그네스는 공이를 멈추고 능숙한 동작으로 우유와 버터를 분리해냈다. 버터를 씻고 주걱으로 두드려 모양을 만들면서 남은 물기를 빼내는 아그네스의 솜씨를 지켜보다가, 토티는 문득 블뢴달이 했던 말을 떠올렸다. 누군가가 나탄 케틸손의 배를 칼로 찔렀습니다.

버터가 완성돼서 천까지 씌우자, 토티는 밖에 나가서 바람을 쐬자고 했다. 아그네스는 불안한 기색이었지만 바스토바에서 뜨개질감을 가지고 와 토티를 따라갔다. 그들은 오두막 옆의 뗏장 더미에 앉아 어른들과 아이들 무리를 바라보았다. 농부들은 한창 술이 오르는 중이었고, 검은 옷의 아낙들은 서로 바짝 붙어 앉아 수다를 떨고 있었다. 몇몇은 돌아가면서 아기를 안고 쯧쯧쯧 소리를 냈다. 아기가 울음을 터뜨렸다.

"블뢴달에게 다녀왔습니다." 토티가 마침내 말했다.

아그네스의 얼굴이 창백해졌다. "그분이 뭘 원하던가요?"

"나더러 아그네스의 이야기를 듣지 말고 대신 아그네스에게 설교를 하고 기도를 시키라더군요."

"블뢴달이 종교적 견책보다 더 좋아하는 게 있다면 그건 자기 목소리예요." 아그네스의 목소리에 날이 서 있었다.

"나탄이 블뢴달의 아내를 고쳐주었다는 게 사실입니까?"

아그네스는 그를 조심스레 바라보고 천천히 대답했다.

"네, 맞아요. 나탄이 몇 년 전에 크밤뮈르에 가서 그 집 안주인에게 찜질과 방혈을 해주었어요."

토티는 고개를 끄덕였다. "블뢴달이 프리드리크 이야기도 했습니다. 지금 비르드니 올센과 요한 목사님의 가르침 속에 좋아지고 있다고요." 그러고서 그는 아그네스의 반응을 살폈다. 그녀는 눈을 찌푸렸다.

"그러면 프리드리크도 청원을 받을까요?" 그녀가 물었다.

"그런 말은 없었습니다." 토티는 목을 가다듬었다. "아그네스, 카리타스라는 하인이 안부를 전했습니다. 그리고 당신이 나한테 나탄 이야기를 한 적이 있는지 묻더군요."

아그네스가 뜨개질을 멈추고 이를 꽉 다물었다.

"카리타스요?" 그녀의 목소리가 갈라져 나왔다.

"블뢴달의 방에서 나오자 나를 부르더군요. 내게 나탄의 이야기를 들려주고 싶어 했어요."

"뭐라고 하던가요?"

토티는 코담배를 꺼내서 손에 들고 그 냄새를 맡았다.

"그 사람 밑에서 일하는 게 몹시 힘들었다고 했습니다. 나탄이 사람들을 노리개로 여겼다고요."

아그네스는 아무 말도 하지 않았다.

"이 계곡에도 그가 사악한 주술사라고 말하는 이들이 있더군요. 그 이름도 사탄의 이름을 딴 거라던데요." 토티가 말했다.

"그건 아주 유명한 이야기죠. 많은 사람들이 믿고요."

"당신도 그걸 믿습니까?"

아그네스는 뜨고 있던 긴 양말을 무릎 위에 가로놓고 문지르다가 말했다. "모르겠어요. 나탄은 꿈을 믿었어요. 그 사람의 어머니는 예지력이 있었고, 그분의 꿈은 자주 맞았죠. 그 집 사람들이 모두 그걸로 유명했어요. 나탄은 내게 꿈 이야기를 하게 했고, 그걸 중요하게 여겼어요."

아그네스는 손을 멈추고 고개를 들더니 조용히 말했다. "목사님, 제가 한 가지 말씀을 드리면 그걸 믿어주실 수 있나요?"

토티는 심장이 내려앉는 기분이었다. "무슨 이야기를 하고 싶은가요, 아그네스?"

"목사님이 여기 처음 와서 저한테 왜 목사님을 선택했냐고 물었을 때 제가 목사님이 강을 건네주셨기 때문이라고 했잖아요." 아그네스는 들판 가장자리의 사람들을 조심스레 바라보며 말을 이었다. "그건 거짓말이 아니에요. 우리는 그때 만났었어요. 하지만 그전에도 만난 적이 있다는 건 말씀드리지 않았죠."

토티는 눈썹을 치켜올렸다. "죄송합니다만 나는 전혀 기억에 없네요."

"그럴 거예요. 꿈속에서 만났으니까요." 그녀는 토티가 웃음을 터뜨릴까 염려스럽다는 듯한 눈길로 그를 보았다.

"꿈속요?" 목사는 다시 한번 그녀의 검은 속눈썹과 연청색 눈동자의 강렬한 대조를 보았다. 이 여자는 누구하고도 다르다는 생각이 들었다.

그가 웃지 않자 그녀는 다시 뜨개질을 이어가며 입을 열었다. "열여섯 살 때 저는 맨발로 화산암 대지를 걷는 꿈을 꾸었어요. 사방이 눈이었는데, 거기서 길을 잃고 겁에 질려 있었죠. 어딘지도 알 수 없었고, 사람도 전혀 없었어요. 온통 바위와 눈뿐이고, 땅은 여기저기 구멍이 뚫려 있었어요. 발에서 피가 났지만 저는 최대한 빨리 걸었어요. 제가 공포에 짓눌려 죽을 것 같다고 생각한 순간, 젊은 남자가 나타났어요. 모자는 안 썼지만 사제복을 입고 있었죠. 그 사람이 저에게 손을 내밀었어요. 그러고서 우리는 계속 같은 방향으로 갔어요. 어디로 가야 할지 몰랐으니까요. 저는 여전히 두려웠지만 그 사람의 손을 잡고 있다는 것이 위안이 되었어요.

그때 발밑이 꺼지면서 저는 남자의 손을 놓치고 구멍으로 떨어졌어요. 어둠 속으로 떨어지면서 위를 보니 구멍이 닫히고 있었어요. 그러면서 빛도 사라지고 남자의 얼굴도 사라졌죠. 저는 정적 속에 갇혀서 괴로워하다가 잠에서 깨었어요."

토티는 입이 말랐다. "내가 그 남자였다고요?" 그가 물었다.

아그네스는 고개를 끄덕였다. 눈에 눈물이 차 있었다. "그래서 괴잉귀스쿼르드에서 목사님을 만났을 때 겁이 났어요. 목사님이 꿈속의 그 남자고, 어떤 식으로든 제 인생과 묶여 있다는 걸 깨달았죠." 아그네스가 소매로 코를 닦았다. "거기서 헤어진 뒤 저는 목사님 이름을 알아냈어요. 아버지의 뒤를 이어 목사가 되려고 남부로 공부하러 간다는 말을 듣고, 내 꿈이 진짜라는 것을, 우리가 세 번째로 또 만나게 될 것을 알았어요. 나탄도 모든 일이 세 번 반복된다고 믿었죠."

"하지만 여기는 땅속이 아니고, 어둡지도 않습니다." 토티가 말했다.

"아직은 아니죠." 아그네스가 침을 꿀꺽 삼키고 조용히 말했다. "어쨌건 구멍 속에서 정말로 무서운 건 어둠이 아니라 정적이었어요."

토티는 생각에 잠겼다. "이 세상에 대해서도, 다음 세상에 대해서도 우리는 모르는 게 많습니다. 하지만 모른다는 것만으로 겁을 낼 필요는 없습니다. 인생에 대해 믿음을 갖지 못한다는 것, 그거야말로 정말 두려운 일이죠. 나 역시 모르는 것에 겁을 먹은 적이 많아요. 하지만 우리에게는 하느님이 있고, 그분의 사랑이 있습니다. 그분이 우리의 두려움을 거두어주십니다."

"저는 아무것도 그렇게 믿을 수가 없어요."

토티는 조심스럽게 그녀의 손을 잡고 말했다. "나를 믿어요, 아그네스, 나는 그때 그 꿈속에서처럼 여기 당신과 함께 있어요. 이렇게 아그네스의 손을 잡고 있어요."

아그네스의 가느다란 손가락과 손마디를 꽉 잡자 그녀의 냄새가 났다. 신선한 버터밀크 냄새에 시큼한 냄새가 섞여 있었다. 피부 냄새일까? 아니면 유가공실 냄새? 그는 그녀의 손에 입을 맞추고 싶은 충동을 애써 억눌렀다.

아그네스는 그런 생각을 전혀 모른 채 미소를 짓더니 다른 손으로 그의 무릎을 토닥였다. "목사님은 좋은 사제가 되실 거예요."

토티는 그녀의 손등을 쓰다듬으며 말했다. "블뢴달은 내가 아그네스에게 오는 걸 막고 싶은 기색이었습니다." 그녀와 무언가 공모하는 듯한 기분이 들었다.

"그랬겠죠."

"블뢴달에게 갈 때 이제 여기 그만 다니라고 할까 봐 걱정했습니다."

"그래서, 그분이 그렇게 말했나요?"

토티는 고개를 저었다. "나더러 당신에게 설교를 하라고 했어요."

아그네스는 그에게서 손을 뺐고, 그는 가만히 놓아주었다.

그녀는 다시 뜨개질을 시작했다.

"왜 나탄의 이야기를 해주지 않죠?" 그가 약간 토라진 듯한 목소리로 물었다.

아그네스는 손님들이 있는 쪽을 건너다보았다. "식탁에 음식을 더 내가야 하지 않을까요?"

"필요하면 마르그리에트가 불렀을 겁니다." 토티는 바지에 손의 땀을 닦았다. "이야기해봐요, 아그네스. 블뢴달은 여기 없어요."

"아, 그건 정말 다행이지요." 아그네스는 심호흡을 했다. "나탄에 대해 무슨 말을 듣고 싶으신가요? 그 사람이 제 고용주였다는 건 알고 계시죠. 그 사람의 성격에 대해서는 이곳 사람들을 통해서 많이 들으셨을 거고요. 더 뭘 알고 싶으신 거죠?"

"언제 그 사람과 만났습니까?"

"게이타스카르드에서 일할 때요."

"거기가 어디죠?"

"라웅기달뤼르에 있어요. 제가 하녀로 일한 여섯 번째 농장이죠. 농장주는 보름 베크였고요. 그분은 저한테 잘해주셨어요. 그전에는 동쪽에 있는 판뢰이가르스타디르와 부르페들에서 일했죠. 우리가 만났을 무렵 말예요, 목사님. 부르페들로 가는 길에 목사님이 저를 도와 강을 건네주셨어요. 거기 간

건, 제게 마그누스도티르라는 성을 준 마그누스 마그누손이 거기서 일한다고 들어서 혹시 그분과 함께 살 수 있을까 생각해서였어요.

거기 오래 있지는 않았어요. 마그누스는 좋은 분이었지만 제 성 마그누스도티르가 자기 이름에서 왔다고 말하자 역정을 내면서 우리 어머니가 자기 이름을 더럽혔다고, 여자들은 늘 자기 인생을 궁지로 몰아넣는다고 했어요. 그 뒤로 저는 그와 함께 살고 싶지 않았어요. 마그누스는 제게 잠자리도 주고 거기서 함께 지내게 해주었지만 이따금씩 저를 보며 이상한 표정을 지었고, 그건 제게서 어머니의 모습을 봤기 때문이라는 걸 알 수 있었죠. 제가 떠날 때는 돈도 조금 주었어요. 제 평생 돈을 가져본 건 그때가 처음이었어요.

저는 게이타스카르드로 가기로 했어요. 아침 일찍 출발해 하얀 블란다 강을 따라 하류로 가던 중에 동쪽의 고개를 넘어오는 남자들을 만났어요. 그 사람들과 대부분 하인이었던 우리 무리가 서로 소개를 했는데, 놀랍게도 그중에 이제 어른이 된 제 동생도 있었어요! 우리는 서로를 알아보지도 못했죠. 요아스가 감격해서 제 손을 꼭 잡고 저를 누나라고 부르자 다른 사람들은 요아스가 눈물을 글썽인다고 놀렸어요. 저도 요아스를 만난 것이 기뻤지만, 그 아이에게서는 술 냄새가 났고 옷차

림도 단정치 못했어요. 하인으로 일하지만 추천서가 없다고 하더군요. 또 이 지역 부랑자들이 보이는 불안한 표정이 어려 있었죠. 그 아이가 제대로 살지 못하고 있는 것이 뻔히 보였기에 저는 가슴이 아팠어요. 그날 게이타스카르드까지 가면서 내내 이야기를 나누었는데, 요아스의 어린 시절은 제 어린 시절보다 나을 게 없었어요. 어머니는 나를 코르든사우에 맡겨두고 떠난 뒤 곧 요아스의 곁도 떠났고, 요아스는 뜨거운 석탄 덩어리처럼 이리저리 발길에 차이며 계곡을 떠돌았어요. 어머니는 어디 갔는지도 모르고, 지옥에 있어도 상관없다고 하더라고요. 우리 둘 다 빈민이었지만, 상태는 동생이 더 안 좋았어요. 요아스는 글도 몰랐는데, 제가 가르쳐주겠다고 하자 잘난 척하지 말라며 화를 냈어요.

너나없이 온통 지저분하던 요아스 무리는 게이타스카르드로 간다고 했어요. 그곳은 큰 농장이니까 일자리가 있지 않을까 하고서요. 요아스는 저처럼 미리 자리를 구해놓은 게 아니었지만 제가 보름 앞에서 보증을 한 덕에 그 아이도 일자리를 얻었어요. 좋은 시절이었어요. 서로에 대해 아는 게 거의 없었지만 그래도 가족이 곁에 있었고, 좋은 농장에서 일했으니까요. 게이타스카르드에는 먹을 게 풍족했어요. 그뷔드루나르스타디르나 가플하고는 달랐고, 심지어 길스타디르하고도 달랐어요. 그 농장들에서는 아기들한테 수지 양초를 먹이고, 저는 가죽을 끓여 먹은 적도 있거든요. 게이타스카르드는 하인들도 행실이 점잖았죠. 그렇게 많은 소와 말, 버터와 건초, 고기 속에 살다 보니 너그러워지는 것도 어렵지 않았어요. 저는 마리아 욘스도티르라는 다른 하인과 친해졌어요. 저는 평생토록 친구가 별로 없었지만, 마리아 역시 빈민 생활을 한 적이 있어서 우리는 서로를 잘 이해했던 것 같아요.

다행히 요아스도 게이타스카르드를 좋아하는 것 같았어요. 하지만 그의 친구들은 마음에 들지 않았어요. 게으르고 거친 데다 옷은 더럽고 머리에는 서캐가 가득했거든요. 요아스도 살이 까지도록 머리를 긁어댔죠. 그중 몇 명은 우사 뒤에서 자다가 발각되는 바람에 일주일도 지나지 않아 쫓겨났어요. 나머지도 오래 못 갔고요. 요아스가 친구들보다 나은 데가 있었던 건지 아니면 제가 곁에 있어서 그랬던 건지는 모르지만, 어쨌건 요아스는 열심히 일했고, 제가 자기를 씻기고 머리에서 서캐를 잡도록 내버려두었어요. 밤에 시간이 나면 우리는 이야기를 했죠. 그 아이는 제 이야기를 들었다고, 사람들에게 물어서 내가 그뷔드루나르스타디르로 일하러 갔다는 말을 들었다고 했어요. 하지만 거기 갔더니 저는 이미 그곳을 떠났고, 사람들은 제가 어디로 갔는지 기억을 못 하더라고요. 요아스

앞에서는 참았지만, 동생이 저를 찾아다녔다는 이야기에 울었어요. 요아스는 아이도 있었대요. 딸이고, 아이 엄마는 하녀였죠. 하지만 아기는 사산되었고, 여자는 동생을 별로 좋아하지 않았대요. 제가 죽은 여동생 헬가 이야기를 꺼내자, 그는 헬가의 장례식에 갔었다고 했어요. 헬가의 아버지인 농부 요나스는 요아스가 매춘부 같은 엄마에게 버림받은 게 불쌍하다며 돈을 좀 주었대요. 요아스는 어머니를 욕했어요. 두 아이를 교구 빈민으로 남기고 떠나버렸으니 지옥에 가야 한다고. 그 밖에도 여러 가지로 욕을 했어요. 마그누스가 어머니에 대해 하는 얘기랑 똑같았죠. 어느 날 밤 우리는 그 일로 싸웠어요. 그러고서 다음 날 아침에 일어나보니 요아스는 떠나고 없었어요. 마그누스가 제게 준 돈도 가지고 가버렸죠. 그 뒤로는 그 아이를 만난 적이 없어요."

아래쪽 들판에서 요란한 웃음소리가 들렸다. 농부 두 명이 암소를 내보내서, 다른 사람들이 녀석을 들판으로 도로 들이느라 쩔쩔매고 있었다.

"저는 그 돈을 안 쓰고 있었거든요." 아그네스가 말을 이었다. "결혼할 때를 대비해서요. 결혼 비용을 대고 남편과 함께 작은 땅을 사서 자영농으로 살 생각이었어요."

"결혼할 사람이 있었습니까?" 토티가 물었다.

아그네스가 미소 지었다. "게이타스카르드에 다니엘 그뷔드뮌손이라는 하인이 한 명 있었어요. 그 사람이 저를 좋아해서, 사람들에게 우리가 결혼할 사이라고 말하고 다녔어요. 재판에서도 그렇게 말했지만, 사실 저는 다니엘이 그렇게 믿은 이유를 잘 모르겠어요. 그 사람이나 저나 무일푼이었거든요. 하지만 저도 굳이 아니라고 하지는 않았어요. 그것 때문에 그 사람이 저에게 잘해준다면 나쁠 게 없었으니까요.

제가 이들뤼가스타디르로 가자 다니엘도 거기 와서 일했어요. 재판이 열리자 처음에는 증인으로 출석했는데, 블뢴달이 그가 사태를 예견하고도 막지 않았다며 징역을 선고해서 코펜하겐의 라스푸스 감옥으로 보내버렸어요."

"그 사람이 정말로 사태를 예견했나요?" 토티가 물었다.

아그네스는 뜨개바늘에서 고개를 들고 그를 차분하게 바라보았다.

"누가 그런 일을 예견했다면 제가 여기 앉아서 목사님과 이런 대화를 하고 있을까요? 다니엘과 프리드리크의 가족처럼 상관없는 사람들이 통에 묶여서 곤죽이 되도록 치도곤을 당했을까요?"

잠시 침묵이 흘렀다.

아그네스는 심호흡을 했다. "요아스가 떠나자 이제 마리아가 제 게이타스카르드 생활의 가장 큰 낙이 되었어요. 저는 자라는 동안 친구가 별로 없었어요. 늘 이 농장 저 농장을 떠돌았으니까요. 교구 의무를 수행해야 하는 집, 풀밭과 양떼와 부엌일을 돌볼 하녀가 필요한 집이라면 어디라도 갔죠. 제가 사람들과 어울리는 것보다는 책 읽는 걸 더 좋아하기도 했고요." 그러더니 아그네스가 고개를 들고 물었다. "목사님은 책을 좋아하시나요?"

"아주 좋아합니다."

아그네스는 밝게 미소를 지었고, 그러자 토티는 처음으로 자신이 강물을 건네준 하인이 떠올랐다. 눈빛이 밝게 빛나고 입술이 벌어져 고른 이가 드러나자 아그네스는 갑자기 더 젊어 보이고 다른 사람이 된 것 같았다. 토티의 가슴이 크게 오르내렸다. 아그네스가 아름답다는 생각이 들었다.

"저도 그래요." 그녀가 속삭이듯 나직하게 말했다. "저는 사가가 가장 좋아요. 책이 없는 사람은 눈먼 자blíndur er bóklaus maður라고 하잖아요."

토티의 가슴 속에 무언가 치밀었다. 울음 아니면 웃음이었다. 그는 아그네스를 보았다. 그리고 오후 햇빛이 그녀의 속눈썹에 닿은 모습을 보며 블뢴달의 말을 떠올렸다. "아그네스는 나탄에게 버림받아서 그를 죽였습니다." 그 문장이 그의 머리에 깊게 새겨져 있었다.

"어렸을 때는 저는 주로 들판 감시하는 일을 했어요. 농장 집 중에 책이 있는 집들이 있었죠." 그녀는 뒤쪽의 바위 언덕들을 가리켰다. "저는 책을 가지고 코르든사우 언덕에 가서 읽었어요. 가끔은 잠도 자면서 농장과 일에서 벗어나 평화를 누렸죠. 그러다 들켜서 벌도 받았고요."

"견진 기록에는 아그네스에 대해 두뇌가 명석하다고 적혀 있더군요."

아그네스는 등을 폈다. "저는 견진성사가 좋았어요. 성찬도 좋고, 모두의 눈앞에서 복도를 걸어가 사제 앞에 무릎을 꿇는 것도 좋았어요. 농장주들은 제가 견진성사를 준비한다는 걸 알았기 때문에 책 읽는 걸 막지 못했죠. 저는 교회에 가서 목사님과 공부했어요. 그때 하얀 드레스를 받았고, 성사 후에는 팬케이크를 먹었어요."

"시는 어떻습니까?"

아그네스는 묻는 듯한 표정을 지었다. "시가 뭐요?"

"시를 좋아합니까? 시를 쓰기도 합니까?"

"떠벌리지는 않아요. 로사와는 다르죠. 로사의 시는 모두가 알고 있으니까요." 그녀가 어깨를 으쓱였다.

"그건 그분의 시가 아름답기 때문이죠."

아그네스는 조용해졌다. "나탄은 로사의 그 점을 좋아했어요. 로사가 말로 무언가를 만들어내는 걸 좋아했죠. 남들이 느낄 줄밖에 모르는 걸 로사는 말로 표현한다고요."

"나탄도 시를 썼다고 들었습니다." 토티가 짐짓 무심하게 말했다. "나탄이 로사하고 그랬던 것처럼 아그네스하고도 시를 주고받았나요?"

"로사하고는 달랐어요. 하지만 우리도 일종의 시로 대화했죠." 그녀는 들판을 내다보았다. "나탄을 만난 것도 꼭 이런 날이었어요."

"수확 잔칫날요?"

아그네스는 고개를 끄덕였다. "게이타스카르드에서였어요. 저는 마리아와 함께 식탁 수발을 들었어요. 음식과 술을 냈지만 아주 바쁘지는 않았어요. 마리아는 사람들에 대해서 모르는 게 없었어요. 어느 집 하인의 부푼 배를 보고 좀 잔인한 농담을 했는데, 그 말이 너무 웃겨서 제가 정신없이 웃었던 게 기억나요. 그러다가 마리아가 제 팔꿈치를 잡고 우사로 데리고 가더니 방금 나탄 케틸손이 말을 타고 오는 걸 봤다고 했어요.

물론 저는 이미 나탄을 알고 있었어요. 여러 가지로 유명한 사람이었으니까요. 특히 로사와의 불륜은 모르는 사람이 없었죠. 로사의 아이들 아버지가 남편 올라브가 아닌 나탄이라는 사실도 다 알았고요. 나탄은 북부를 누볐어요. 젊은 시절에는 여기저기 방혈 치료를 다녔고, 그러다 코펜하겐에 다녀온 뒤로는 주술사가 되었다고들 했어요. 또 그때 거기서 공부하던 블뢴달이랑 친해진 덕에 무슨 일을 해도 잡히지 않는다고 했어요. 다들 나탄이 도둑이라고 했는데, 실제로 그가 젊은 시절에 절도로 태형을 받은 적이 있기는 해요. 사람들은 자기들이 돈을 안 주는데도 나탄에게 돈이 그렇게 많은 걸 이해하지 못했죠. 어떤 이들은 그가 사람을 사서 가축을 훔친다고도 했어요. 그는 적이 많았지만, 사람들이 정말로 그에게 피해를 입은 건지 아니면 그저 질투에서 나온 말인지는 확실하지 않아요. 소문은 부풀기 마련이고, 나탄은 진실을 밝히는 데 관심이 없었어요."

"그러면 아그네스의 생각은 어땠나요?"

"아, 그때는 이렇다 할 생각이 없었어요. 그 사람의 형제인 케틸이 한때 저에게 구애한 적은 있지만, 나탄을 직접 만난 적은 없었으니까요. 우사에서 마리아는 나탄이 마침내 로사를 떠나 자기 농장을 마련했다고 말했어요. 그 이야기는 일대의 화제였어요. 사람들은 로사를 좋아해서 로사가 결혼한 여자였는데도 일이 그렇게 된 것을 안타까워했죠. 마리아는 보름이 나탄과 친해서 그가 이들뤼가스타디르를 사는 데 도움을 주었다고 했어요. 이들뤼가스타디르는 바닷가의 농장이라 물범도 많고 솜털오리도 많고 부유목도 많다면서요. 나탄은 언젠가부터 갑자기 거드름을 피우면서 성을 케틸손에서 링달로 바꾸었는데, 마리아도 저도 이상하다고 했죠. 전혀 아이슬란드 사람 같지 않은 이상한 성이었으니까요. 마리아는 아마 덴마크 사람처럼 보이고 싶은 모양이라고 했어요. 제가 그 사람이 정말로 개명 허락을 받았을까 물었더니, 마리아는 남자들은 세상 모든 것의 이름을 지은 아담의 후예라서 원하는 대로 할 수 있다고 했어요.

우리는 매무새를 가다듬었고, 마리아는 입술을 깨물어서 더 붉게 만들었어요. 그런 뒤 같이 우사를 나와서 접시들이 비었는지 살펴보는 척했죠.

그때 처음으로 나탄을 보았어요. 저는 그가 키가 크고 꼿꼿하고 잘생기고 머리도 길 거라고 생각했어요. 여자 하인들은 대개 그런 남자를 좋아하거든요. 하지만 나탄은 미남이 아니었어요. 보름과 이야기를 하고 있었는데, 키도 별로 크지 않고 얼굴이 앙상했죠. 전혀 강한 인상이 아니었어요. 머리는 적갈색에 코가 너무 컸고요. 머리의 붉은색과 작고 예리한 눈 때문에 여우 같아 보인다고 제가 마리아에게 말했어요. 그러자 마리아는 웃음을 터뜨리면서 그가 변신술을 쓴다고 생각하는 사람들도 있다고 했죠.

그때 나탄이 우리를 봤어요. 우리가 자기를 두고 농담하는 게 분명한데도 신경 쓰지 않는 것 같았어요. 그러더니 보름에게 뭐라고 말을 하고 우리에게 다가왔어요.

그 사람이 마치 아는 사이처럼 미소를 지었던 게 기억나네요. 그는 다른 사람의 관심을 즐겼던 것 같아요. '안녕하세요.' 그가 말했죠. 키가 저보다 그리 크지 않았는데 목소리는 아주 굵었죠. '두 분의 이름을 알 수 있을까요?' 그래서 제가 우리 둘의 이름을 알려주었어요.

나탄은 웃으며 목례를 했고, 그때 저는 그 사람 손을 보았어요. 손이 아주 하얬어요. 여자 손 같았죠. 손가락은 싸리처럼 길고 가늘었고요. '긴 손가락'이라는 별명하고 아주 잘 어울렸어요. 그가 만나서 반갑다고, 날이 참 좋다고 하더니, 잔치가 재미있느냐고 물었어요. 하지만 저는 대답하지 않고 아직 그쪽의 이름을 알려주지 않았다고 했죠. 마리아가 조롱하듯 웃었는데, 나탄은 나중에 말했듯이 언제나 무례한 사람을 싫어했어요. 그는 나탄 링달이라고 자신을 소개했어요. 반짝이는 눈빛으로요.

마리아가 원래 나탄 케틸손 아니냐고 묻자 나탄은 그렇다고, 자기는 케틸손이기도 하고 그것 말고도 이름이 많은데, 그중에는 섬세한 여자에게 알려주기에는 적절치 않은 거친 이름들도 있다고 했어요. 그는 여유로웠어요. 나탄은 언제나 사람들과 이야기하는 법을 알았죠. 거기다 사람을 기분 좋게 하는 법도, 깊은 상처를 주는 법도 알았어요.

그때는 별 이야기를 나누지 않았어요. 보름이 부르자 우리에게 작별 인사를 했지만, 나중에 시간이 되면 다시 만나고 싶다고 그러더라고요."

토티 목사는 손가락으로 잇몸을 훑어 담배 찌꺼기를 떼어냈다. 바지에 손가락을 닦을 때 눈에 들어온 자신의 손은 분홍색에 크기도 작고 이렇다 할 특징이 없었다. 가슴속에 질투가 일었다.

"그 뒤로 언제 다시 나탄을 만났나요?"

아그네스는 먼저 뜨개질 코를 센 뒤 말을 이었다. "아, 바로 그날이었어요. 마리아와 저는 오후 내내 보름의 아내가 내리는 지시 아래 이리저리 뛰어다니고 아이들을 돌보고 했지만, 저녁이 됐을 땐 우리만의 수확 잔치를 할 수 있었죠. 땅거미가 질 무렵 하인들이 전부 밖에 나와서 어둠이 내리는 것을 보았어요. 하인 한 명이 엘프 이야기를 할 때 기침 소리가 나길래 돌아보니 나탄이 뒤쪽 그늘에 서 있었어요. 그는 엿들어서 미안하지만 자기도 이야기를 좋아한다면서, 낯선 이가 잔치에 참여해도 괜찮겠냐고 물었어요. 그러자 어떤 사람이 나탄 케틸손은 낯선 이가 아니라 친숙한 이라고, 특히 여자들에게는 더욱 그렇다고 말해서 사람들을 웃겼죠. 하지만 몇몇 남자는 고개를 돌렸고 여자들도 여럿 고개를 돌렸어요.

마리아가 나탄에게 옆자리를 내주었어요. 저는 가장자리에 있었어요. 말투 때문에 사람들에게 별로 인기가 없었거든요. 하지만 나탄은 마리아를 지나쳐서 내 옆에 와 앉았어요. '이제 됐습니다.' 그러곤 이야기하던 남자에게 계속하라고 했죠. 우리는 모두 잘 시간이 될 때까지 이야기를 하며 하늘의 별을 보았고, 그게 전부였어요."

"나탄이 왜 아그네스의 옆에 앉았을까요?"

아그네스는 어깨를 으쓱했다. "나중에 그는 그날 하루 종일 저를 봤는데 읽히지 않더라고 말했어요. 처음에 전 그 말을 이해하지 못하고, 당연하죠, 나는 책이 아니라 여자니까요, 하고 대답했죠. 그러자 그가 웃음을 터뜨리더니, 자기는 사람도 책처럼 읽는데 가끔 모르는 언어로 적힌 것 같은 사람들이 있다고 했어요." 아그네스는 희미하게 웃었다. "목사님이 어떻게 생각하실지는 모르지만, 어쨌건 그 사람은 그렇게 말했어요."

*

목사는 우리가 어떤 관계였는지 궁금해한다. 그가 머릿속으로 나탄과 나에 대해 이렇게 저렇게 생각하며 맛을 보는 것이 보인다. 맛있는 뼈다귀를 빨아 먹는 어린아이처럼. 하지만 그것은 뼈다귀가 아니라 돌멩이일지도 모른다.

나탄.

그를 처음 만난 순간을 어떻게 제대로 떠올릴 수 있을까? 내 손을 잡은 손이 그냥 손이었던 때를? 나는 내게 낯선 이였던 나탄을 떠올릴 수가 없다. 그때 어떤 모습이었는지, 수염 자국이 가득한 얼굴에 빛이 어떻게 비쳤는지 기억하지만, 최초의 순간은 떠올릴 수가 없다. 나탄을 모르던 일을 기억할 수가 없다. 그를 사랑하지 않는 것이 어땠는지 알지 못한다. 그를 보고 나는 그동안 마음속 깊이 갈망하던 것을 찾았음을 깨달았다. 그 갈망이 나를 그날 밤으로 몰아갔고, 그래서 두려웠다.

목사에게 거짓말을 하지는 않았다. 별빛 아래 이야기를 나눈 밤, 그가 내 손을 따뜻하게 잡은 일은 말한 대로였다. 하지만 하인들이 모두 잠자리에 돌아간 뒤에 일어난 일은 이야기하지 않았다. 마리아가 내게 질책의 눈길을 던지고 물러갔다는 말은 하지 않았다. 우리 둘만 남았다는 것, 흐린 불빛 속에서 나탄이 나에게 같이 있어달라고 했다는 말은 하지 않았다. 그는 그냥 이야기를 하고 싶다고 했다.

"당신 이야기를 듣고 싶어요, 아그네스. 그리고 내가 당신에 대해 조금 알아볼 수 있게 손을 이리 줘봐요."

그의 따뜻한 손가락이 내 손바닥을 훑었다.

"굳은살을 보니 성실한 일꾼이군요. 손가락 힘이 세니 유능하기도 하고요. 보름이 왜 당신을 고용했는지 알겠습니다. 여기 보여요? 손바닥이 우묵하죠. 내 손처럼. 내 손바닥의 빈 공간이 느껴지나요?"

부드럽게 팬 손바닥, 희미한 손금, 그 안에 자리 잡은 뼈.

"손바닥이 움푹한 게 무슨 의미인지 알아요? 아그네스도 나도 비밀스러운 사람이라는 뜻이에요. 조심하지 않으면 이 공간은 불운으로 가득 차고 맙니다. 움푹한 손바닥을 세상과 그 어둠 앞에, 불행 앞에 내보이면 안 돼요."

"하지만 손을 어떻게 가려요?" 내가 웃었다.

"다른 사람 손으로 덮는 거죠, 아그네스."

그는 새가 나뭇가지에 내려앉듯 내 손 위에 자신의 손가락을 내려놓았다. 불쏘시개가 있는 걸 보지도 못했는데, 갑자기 사방에서 불꽃이 터져 오르는 것 같았다.

8장

시인 로사가 나탄 케틸손에게 쓴 시

1827년 무렵

아, 나는 진정 내가 행복하다 믿었네.
아무도 몰랐으리, 내 자유를.
그대로 인해 나 고통받을 때에도
모두가 나를 조롱할 때에도.

배신자여, 그대의 불운을 보라.
나의 이런 생각은 진실이도다.
아, 이 키디아스카르드의 장미가
어떻게 그대에게 독이 되었는지!

가을이 계곡에 한숨처럼 내렸다. 마르그리에트는 가래로 가득한 폐를 안고 시월의 어둑어둑한 빛 속에 누운 채 아침 빛이 어쩌면 이렇게 천천히 다가올까 생각했다. 빛은 먼 길을 오느라 피곤한 듯 힘없이 창문 안으로 들어왔다. 벌써부터 일어나는 일이 힘들어졌다. 추운 밤 다리에 닿는 욘의 시린 발가락에 잠에서 깨면 마소에게 먹이를 준 일꾼들이 코와 뺨이 빨개진 채 냉기에 싸여 들어오곤 했다. 딸들이 매일 아침 산딸기를 따러 다녀오며 서리가 내렸다는 얘기를 하는가 싶더니, 가축을 하산시킬 무렵엔 마침내 눈이 내렸다. 마르그리에트는 나가지 않았다. 산 위의 여름 초지를 다니며 양떼를 모아 내려오는 긴 노역을 폐가 버텨주지 못할 것 같았다. 하지만 대신 다른 사람을 전부 보냈다. 아그네스만 빼고. 그녀를 산 위로 보낼 수는 없었다. 달아날까 봐서는 아니었다. 아그네스는 바보가 아니다. 그녀는 이 계곡을 알고, 탈출이 거의 불가능하다는 것도 알았다. 게다가 금방 들킬 것이다. 모두가 그녀를 아니까.

가축을 하산시키는 날은 아주 소란스러웠다. 일꾼들이 가장 먼저, 해도 뜨기 전에 계곡의 다른 남자들과 함께 말을 타고 비디달스 산 너머로 떠났고, 몇몇 여자도 곧 뒤를 따라 걸어서 출발했다. 마르그리에트는 아그네스와 함께 남아 사람들이 돌아와 먹을 식사를 준비했다. 날이 드는 첫 순간부터 마르그리에트는 불안을 느꼈다. 잿빛으로 동이 튼 하늘이 불길해 보이는 게, 분명 무슨 일이 일어날 것만 같았다. 구름도 땅에 바짝 내려와 웅크리고 있었다. 공중에는 쇳내가 떠돌았다. 그녀는 오전 내내 산에서 실종된 사람들을 생각했다. 바로 지난해에도 여자 하인 한 명이 가축 하산 작업중 갑작스러운 눈보라에 휘말려 실종되었고, 그 시신은 이듬해 봄 마지막 목격 장소에서 수 킬로미터나 떨어진 곳에서 발견되었다. 걱정이 너무도 무거워서 마르그리에트는 그걸 어떻게든 표현해야 할 것 같았고, 그래서 자기도 모르게 아그네스에게 말을 걸었다. 둘은 함께 산에서 목숨을 잃은 각자의 지인들에 대해 이야기했다. 섬뜩한 대화였지만, 죽음을 소리 내서 말하면 죽음을 막을 수 있기라도 한 듯 마음이 약간 가벼워지는 기분이었다. 그래서 아그네스가 목사하고 만나면 목사보다 더 말을 많이 하는 모양이라고 그녀는 생각했다.

마르그리에트의 생각이 옳았다. 무슨 일이 일어났다. 아직 아무도 산에서 돌아오지 않은 정오 직후에 농장 문을 급하게 두드리는 소리가 나더니 잉기비외르그가 들어와 말했다. "로슬린한테 가봐야 돼."

길스타디르 농장에는 아이가 너무 많았다. 마르그리에트가 가보니 부엌에서 솥과 주전자가 끓어넘쳐서 연기와 수증기가 가득한 혼란 상태인데도, 로슬린의 아이들은 그저 어머니가 또 아이를 낳는다는 사실이 지겨운 것 같았다. 로슬린은 세 여자를 맞이하고는 창백한 얼굴에 땀을 흘리며 비틀비틀 바스토바로 돌아갔다. 그리고 뭔가 잘못됐다는 말만 되풀이했다. 물론 그녀는 문 앞에 아그네스가 서 있는 걸 보고 기겁했지만, 잉기비외르그가 지적했듯이 그녀를 달리 어디 둔다는 말인가?

아기가 정상이 아니에요. 아그네스가 문득 앞으로 나서서 로슬린의 배에 두 손을 대더니 말했다. 로슬린은 소리를 지르며 아그네스가 자기 몸에 손대지 못하게 하라고 했지만, 마르그리에트도 잉기비외르그도 가만히 있었다. 로슬린이 손을 때리고 팔을 할퀴어도 아그네스는 여윈 손으로 계속 그녀의 부푼 배를 부드럽게 눌렀다.

아기가 거꾸로 있다고 아그네스가 말했다. 그러자 로슬린은 신음하더니 문득 저항을 멈추었다. 아그네스도 아무 움직임 없이 로슬린에게 바닥에 누우라고 하더니 진통이 끝날 때까지 그 옆을 지켰다. 그녀가 로슬린에게서 한순간도 손을 떼지 않는 것을 마르그리에트는 똑똑히 보았다. 진통이 이어지는 동안 아그네스는 손바닥으로 계속 로슬린을 쓰다듬으며 아이들에게 천을 가져오고 물을 끓이라고 시켰다. 그리고 아이 한 명에게는 코르든사우로 가서 그 집 딸들이 산딸기와 함께 캐 온 신선초를 가져오라고 했다. "찬광 모래 쟁반에 있어." 그 말에 마르그리에트는 아그네스가 자기 집을 어떻게 저렇게 잘 알까 하는 생각이 들었다. "뿌리를 다치게 하지 말고 한 줌만 집어서 가져와." 그녀는 잉기비외르그에게 그 뿌리로 차를 끓이라고, 그래야 아기가 좀더 쉽게 나올 거라고 했다. 하지만 뜨거운 차를 입술에 대주자 로슬린은 입을 꽉 다물고 마시기를 거부했다.

"독이 아니야, 로슬린." 마르그리에트가 말했다. "우리를 힘들게 하지 마." 잠시 침묵이 흘렀다. 로슬린과 아그네스의 시선. 그리고 짧고 팽팽한 미소.

아그네스의 말대로 아기는 거꾸로 나왔다. 피 묻은 발가락이 먼저 보이더니 이어 몸통이 나오고, 마지막으로 머리가 나왔다. 탯줄이 팔과 목에 휘감겨 있었지만 아기는 살아 있었고,

로슬린에게 중요한 것은 그것이었다.

아그네스는 아기를 받지 않았다. 잉기비외르그에게 아기를 받아달라고 하고, 자신은 아기의 몸에 손을 대지 않았다. 나중에 로슬린이 잠들고 하산하는 양떼들 울음소리가 계곡에 퍼질 때도 마찬가지였다. 마르그리에트는 아그네스가 아기를 안지 않으려고 하는 게 이상했다. 아그네스가 뭐라고 말했더라? "아기는 살아야 해요." 자신이 안으면 아기가 죽기라도 하는 것처럼.

그날 저녁의 잔치는 기쁨이 두 배가 되었다. 스나이비외르든은 우쭐해져서 다른 농부들이 주는 술을 자꾸 받아 마시더니, 자기 양들을 고르려고 분류 우리에 들어갔을 땐 걸음을 못 가누고 비틀거리다가 진흙 위에 미끄러져 숫양에게 박치기를 당했다. 마르그리에트는 파우들이 이제 정신이 든 어머니에게 그 이야기를 전하는 소리를 들었다. 이제 스나이비외르든은 다른 농부들이 자기 집 가축을 분류하는 동안 밖에 나와 풀밭에 누워 있다고 했다.

그들은 늦게야 식사를 했다. 그날 밤 마르그리에트의 딸들은 남은 음식을 챙겨다가 배고픈 일꾼들에게 주었다. "눈이 약간 왔어요." 로슬린의 출산 소식을 듣자 스테이나가 말하고는 아그네스를 건너다보았다. "서설瑞雪이었던가 봐요."

"난 아무것도 안 했어요. 아기는 잉기비외르그가 받았죠."

아그네스가 말했다.

"무슨 소리야." 마르그리에트가 말했다. "신선초 뿌리로 차 끓이는 거 말이야. 어디서 그런 걸 배웠지?"

"그냥 널리 알려진 거예요." 아그네스가 나직하게 말했다.

"나탄에게서 배웠겠죠." 뢰이가가 불쾌한 목소리로 말했다.

마르그리에트는 겨우 한 시간이었지만 어쨌건 아그네스가 가족의 일부처럼 여겨졌던 일을 떠올렸다. 그다음 날도 마르그리에트는 자기도 모르게 아그네스에게 전에 어떤 염료들을 만들어봤는지 물었고, 그들이 그렇게 안주인과 하인처럼 대화를 나눌 때 뢰이가가 들어와서 저 여자가 자기 옷과 물건을 훔쳐보는 게 짜증 난다고 말했다. 만약 아그네스가 도둑이라면 벌써 없어진 물건이 나왔으리라는 건 뢰이가도 마르그리에트만큼이나 잘 아는 사실이었다. 하지만 은 브로치조차 침대 밑 먼지 속에 그대로 있었다. 마르그리에트는 한순간 혹시 뢰이가가 아그네스를 질투하는 걸까 싶었지만 이내 그 생각을 떨쳐버렸다. 계절이 바뀌기도 전에 죽을 여자를 뢰이가가 왜 질투한다는 말인가? 하지만 뢰이가의 강렬한 반감은 분명 일반적인 거부감 이상이었다.

마르그리에트는 남편의 체중에 깔린 다리를 빼낸 뒤 조용히 창가로 가서 마른 피막 바깥을 내다보았다. 진눈깨비가 내리고 있었다. 귀찮게 됐네. 그녀는 생각했다. 숫양과 젖양 들은 수확이 끝난 인근 들판에 내보내 풀을 뜯게 했지만, 새끼 양들은 아직 우리에 있었다. 오늘 저녁에 도축을 시작할 것이다.

마르그리에트는 아그네스가 처음 코르든사우에 왔을 때를 생각해보았다. 그녀는 마음 한구석에서 가족과 죄수 사이의 긴장을 즐겼고, 얼마간은 그것을 탐하기도 했다. 그 일이 그들을 한데 뭉치게 하고 딸들과 남편에 대한 그녀의 애착을 더욱 키워주었기 때문이다. 하지만 이제 그들 가족의 침묵은 보다 자연스럽고 편안한 것으로 변해 있었다. 마르그리에트는 그것이 걱정되었다. 그녀도 아그네스가 있는 것에 익숙해졌다. 농장에 일손이 하나라도 더 있는 게 유용해서일까. 여자 일꾼이 한 명 더 생기면서 그녀는 이미 요통이 줄었고, 기침 발작도 전처럼 자주 하지 않았다. 처형 날짜가 정해지면 어떻게 될지, 그녀는 생각하지 않으려 했다. 그래, 이것저것 모두 생각하지 않는 편이 좋았다. 아그네스 앞에서 마음이 편안해지는 건 아마도 할 일이 많기 때문일 것이다. 할 일이 산더미 같을 때 자꾸 뒤를 돌아볼 필요는 없다.

*

도축에는 긴박함이 따른다. 날씨가 나쁘고, 비에 얼음이 섞여 있다. 바람은 늑대처럼 등 뒤에 따라붙어 겨울이 오고 있음을 알린다. 나는 빽빽하게 모여드는 눈구름처럼 기분이 무겁다.

밤늦게까지 일하고 싶은 사람은 없기 때문에 모두 시월의 박명 속에 옷을 겹겹이 두르고 나가서 하인들과 욘이 첫 양을 잡기를 기다린다. 그들은 겨울 동안 먹을 분량의 가축을 따로 챙겨두었다. 먹일 입에 나도 포함돼 있을까? 욘과 그의 칼 앞에 나를 바치고 싶은 마음을 억누른다. 왜 이런 평범한 날, 지금 여기서 나를 죽이지 않는 걸까? 나를 힘들게 하는 것은 기다림이다. 양들은 찬바람에 시들지 않은 약간의 풀을 찾아 먹는다. 말 못하는 짐승들도 자신의 운명을 알까? 산에서 내려와 따로 분리된 그들은 두려움과 추위 속에 하룻밤만 기다리면 된다. 나는 몇 달 동안 도축 우리에서 지냈다.

그뷔드뮌뒤르가 첫 양을 잡고 무릎으로 눌러 머리를 고정한다. 나는 그를 좋아하지 않지만, 그의 솜씨가 좋은 건 사실이다. 척수까지 목을 탁 긋고, 양동이도 어찌나 잘 다루는지 피를 한 방울도 흘리지 않는 것 같다. 겨우 몇 분 만에 피를 전부 뺀다. 내가 양동이를 받으러 갔지만 그는 나를 무시하고 뢰이가에게 양동이를 건넨다. 신경 쓸 것 없다. 나도 그를 무시한다. 나는 욘이 피를 받는 양동이를 기다린다. 그는 피를 더 잘 받으려고 도축한 양을 우리 위쪽으로 들어 올린다. 피는 언제나 예상보다 많이 나오고, 언제나 예상치 못한 방향으로 튄다. 진흙땅에도 쏟아지고 짐승의 더러운 털에도 묻지만, 곧 양동이는 가득 찬다.

나는 마르그리에트가 소똥과 토탄으로 불을 지피는 집 안으로 돌아간다. 연기에 눈물이 나고 마르그리에트는 기침을 하지만, 그녀 말마따나 건조대에 말린 훈제 고기를 먹을 때면 어떤 불평도 없을 것이다. 나는 피 양동이를 내려놓고 다시 밖으로 나간다.

우리는 양의 가죽을 벗길 때까지 기다린다. 비아르드니의 양은 아직도 피를 흘리고 있다. 그는 도축 기술이 부족하다. 반면 그뷔드뮌뒤르는 칼 솜씨도 훌륭하다. 그를 보니 프리드리크가 이들뤼가스타디르에 와서 도축을 돕던 일이 떠오른다. 그때만 해도 그와 나탄 사이에는 허울뿐인 우정이나마 남아 있었다. 프리드리크는 언제나 도축을 다소 지나치게 즐기는 것 같았고, 칼도 다소 지나치게 빨리 휘둘렀다. 욘은 그보다 느리고 신중하다. 뒷다리 발목부터 가죽을 벗긴 뒤 다리 관절을 부러뜨려 힘줄 하나 남기지 않는다. 그뷔드뮌뒤르는 가

죽을 어깨 아래로 최대한 벗겨내지만 가슴 부분에서 걸리고, 그러자 욘이 비아르드니에게 그를 도와주라고 한다. 둘이 함께 양을 담장에 올려서 가죽을 몸체에서 완전히 벗겨낸다. 비아르드니는 가죽을 엉망으로 만들어버렸다. 제대로 하는 방법을 가르쳐주고 싶을 지경이다. 내가 나서서 칼을 달라고 하면 그들은 어떤 표정을 지을까.

우리는 심장, 허파, 식도, 그리고 창자와 위장을 빼낸다.

이들뤼가스타디르의 그 가을에 나탄은 양의 쓸개를 터뜨렸다. 쓴 담즙이 고기에 쏟아지자 프리드리크는 미친 듯이 웃으며 말했다. "이러면서 의사 행세를 해요?" 지금 그런 순간이 떠오르다니 이상한 일이다.

남자들이 살코기를 잘라 너는 동안 우리는 양동이에 내장을 담아 부엌으로 돌아간다. 이제 연기가 조금 가셨고, 불은 활활 타오른다. 마르그리에트가 화덕에 물 솥을 걸자 모두 함께 소시지 작업을 시작한다. 뢰이가마저 천으로 피를 거르며 얼굴에 핏방울이 튈 때마다 몸을 움찔거린다. 내가 소시지를 만들 위장을 가지러 나갔다 돌아오니 오두막 안은 남자들에게 새참으로 내어줄 기름과 콩팥 끓이는 냄새로 가득하다. 마르그리에트가 다른 솥에 양 기름과 물을 넣어두었다. 크리스틴, 마르그리에트, 스테이나 그리고 나는 속을 넣을 작은 구멍만 남기고 위장을 주머니 모양으로 꿰맨다. 뢰이가가 피를 다 걸러내자 내가 남은 양 기름과 호밀 가루를 섞고, 게이타스카르드에서처럼 이끼도 함께 넣자고 제안한다. 마르그리에트가 그러자며 뢰이가에게 창고에 가서 이끼를 가져오라고 하자 내 가슴속에 행복이 부풀어 오른다. 예전과 같은 인생이다. 동물 내장에 두 팔을 깊이 담그고 살아남기 위해 일하는 삶. 딸들은 위주머니를 붉은 소시지로 채우면서 웃고 수다를 떤다. 나는 내 처지를 잊을 수 있다.

양 기름이 금세 정제되자, 우리 셋은 솥을 불에서 내려 표면이 굳을 때까지 식힌다.

남자들이 똥 냄새와 젖은 양털 냄새를 풍기며 콩팥을 먹으러 온다. 하인들은 여자들이 연기와 온기 가득한 부엌에서 피 묻은 소시지를 끓는 물에 넣는 모습을 부러운 듯 바라본다. 욘에게 음식을 낼 때 그가 처음으로 내 눈을 보고 조용히 말한다. "고마우이." 로슬린의 아기 일을 말하는 게 분명하다. 그는 이제 나를 전과 다르게 본다.

남자들은 식사를 마치고 나가서, 잘라낸 일차분의 고기를 가지고 온다. 나는 초석硝石의 분량을 재서 소금과 섞는다. 그러고 있자니 나탄과 함께 그의 작업장에서 일하던 때가 떠오른다. 유황과 말린 풀, 씨앗 가루의 분량을 재던 일. 오늘은 이들뤼가스타디르 생각이 많이 난다. 내가 거기서 보낸 단 한 번의 가을에 있었던 도축. 나는 겨울 식량 챙겨두는 일이 즐거웠다. 우리가 나중에 먹을 음식, 그리고 먼 길을 떠나는 나탄의 원기가 되어줄 것들. 그날 내가 오트밀에 피를 섞는 동안, 그는 부엌 문틀에 기댄 채 사가를 읽어주고 코펜하겐 시절의 이야기도 들려주었다. 거기서는 블로드푈세❖에 양념을 하고 건과일 같은 것도 넣는다고 했다. 이윽고 프리드리크와 시가가 머리에 눈을 얹은 채 함께 키득거리며 도축 마당에서 내장 양동이들을 들고 들어오자 나탄은 작업장으로 돌아갔다.

소금 친 고기를 나무통 속에 켜켜이 쌓고 있자니 손가락이 아프다. 손가락 사이에서 분홍색 소금이 바스락거리고, 통 속으로 몸을 굽히고 있던 터라 허리에도 통증이 느껴진다. 스테이나가 내게 고기 사이에 물을 얼마나 뿌려야 하는지 묻고는 소금 때문에 손가락이 쪼글쪼글해졌다고 말한다. 그녀는 손가락을 빨다가 그 맛에 코를 찌푸린다. "유청에 넣어서 보관하면 안 돼요? 소금은 비싸잖아요."

"외국 사람 입맛에는 이렇게 하는 게 맞거든요." 내가 대답한다. 이 통의 고기는 상품으로 쓰일 것이다. 지방이 많은 고

❖ 덴마크에서 순대를 이르는 말.

기는 유청에 넣어 보관할 테고, 그것은 식구들이 먹을 용도다.

"소금은 바다에서 나나요?"

"왜 나한테 그렇게 질문을 많이 해요, 스테이나?"

스테이나는 멈칫하더니 빨개진 얼굴로 나직이 말한다. "아그네스는 대답을 해주니까요."

뒤이어 뼈와 머리가 온다. 나는 뢰이가에게 연골 끓이는 솥을 비워달라고 하지만 그녀는 못 들은 척 앞만 바라본다. 크리스틴이 대신 간다. 스테이나가 머뭇머뭇 미소를 띤 채 내 옆에 와서 도와줄 일이 없느냐고 묻자, 나는 다른 데 쓸 수 없는 뼈들을 빈 솥에 넣으라고 말한다. 거기다 소금과 보리와 물을 넣은 뒤 스테이나와 함께 그 솥을 끓는 소시지 옆에 건다. 골수를 우려내기 위해서다. 소금과 열이 짐승 사체에서 부드러움을 모두 끌어내줄 것이다. 출렁거리는 솥을 고리에 걸자 스테이나는 손뼉을 치고 얼른 불에 연료를 더 얹는다.

"너무 많이 얹지 말아요. 석탄이 덮이면 안 돼요, 스테이나." 내가 말한다.

이어 나는 화덕 앞에서 양 대가리의 남은 털을 모두 그슬린다. 양털은 불이 붙으면 화르르 타오르는 대신 쪼그라든다. 그 냄새에 콧구멍이 벌름거리는 것 같다.

오, 하느님, 이 냄새.

이들뤼가스타디르의 바스토바. 나무와 침대에 문지른 고래 기름, 더러운 모포 위에서 연기를 뿜는 램프의 불길. 타는 머리카락.

더이상 견딜 수가 없다. 맑은 공기가 필요하다. 오 하느님!

사람들에게 평정이 흐트러진 모습을 보이면 안 돼. 나는 양대가리를 스테이나에게 넘겨준다. 맑은 공기가 필요하다. 스테이나에게는 연기 때문이라고 말한다.

밖에 나오니 얼굴에 떨어지는 가랑비가 축복 같다. 하지만 양털 타는 고약한 냄새는 코에 남아 내 배 속까지 뒤집는다.

어둠 속에 머리를 무릎에 대고 쪼그리고 앉아 있는 나를 마르그리에트가 발견한다. 나는 그녀의 꾸중을 기다린다. 아그네스, 뭐 하는 거야? 들어가서 일해야지. 어떻게 스테이나에게 떠맡기고 나올 수가 있어? 그 애는 전에도 고기를 다 태웠다고.

하지만 마르그리에트는 아무 말 없이 내 옆에 앉는다. 그녀의 무릎 관절에서 우드득 소리가 난다.

"해가 참 짧아졌어." 하고 싶은 말이 이게 다인가?

맞는 말이긴 하다. 푸른 땅거미가 벌써 앞쪽 강물의 검은 창자에서 기어 올라와 있다.

밤에는 냄새가 더 강렬해지는 법이라, 여기 앉아 있자니 마르그리에트의 몸에 밴 부엌 냄새가 선명하게 느껴진다. 소시지, 연기, 소금물 냄새. 그녀는 호흡이 거칠다. 고요한 저녁 공기 속에 자꾸 끊기는 그녀의 숨소리가 들린다.

"답답해서 맑은 공기를 좀 쐬러 나왔어요." 내가 말한다.

마르그리에트는 한숨을 쉬고 목을 가다듬는다. "맑은 공기 때문에 죽은 사람은 없지."

우리는 앉아서 희미한 강물 소리를 듣는다. 가랑비가 그치고 눈이 내리기 시작한다.

"딸들이 뭘 하는지 가서 봐야겠군." 마침내 그녀가 말한다. "스테이나는 어쩌면 고기 대신 제 몸을 건조대에 널고 있을지도 몰라. 훈제된 모습을 볼 수 있겠군."

대장간에서 부드럽게 쿵 소리가 난다. 남자들이 양가죽을 너는 소리일 것이다.

"들어가, 아그네스. 감기 걸리지 않으려면."

내려다보니 마르그리에트가 손을 내밀고 있다. 나는 그 손을 잡는다. 피부의 감촉이 종이 같다. 우리는 함께 안으로 들어간다.

✻

부엌의 불은 거의 다 꺼져 깜부기불만 남아 있었다. 바깥의 피투성이 짐승들 위로 밤이 무겁게 내려앉을 무렵, 뢰이가가 퉁퉁 부은 손으로 마지막 소시지를 끈에 묶어 널었다. 스테이나는 내장의 오물과 피로 범벅이 된 앞치마를 두른 채 문틀에 기대어 동생을 지켜보았다.

"밖에 눈이 와." 스테이나가 말했다.

뢰이가는 어깨를 으쓱였다.

"모두 잠자리에 들었어." 스테이나는 코를 훌쩍였다. "여기 냄새 좋지 않아?"

"죽은 짐승 냄새가 좋았던 적은 없는 것 같은데." 뢰이가는 허리를 숙여 양의 내장이 들었던 양동이들을 집어 들었다.

"그냥 마르게 둬. 내일 아침에 닦으면 돼." 스테이나가 뢰이가에게 다가가 간이 의자를 불 앞에 놓았다. "아그네스가 고기 절이는 거 봤어? 그렇게 손이 빠른 사람은 처음 봐."

뢰이가는 양동이들을 벽에 기대놓고 스테이나 옆에 앉아서 뜨거운 재를 향해 손을 뻗었다. "독을 넣었을 거야."

스테이나는 얼굴을 찌푸렸다. "설마 우리한테는 안 그럴 거야." 그녀는 앞치마에 침을 묻혀 손의 얼룩을 닦았다. "그런데 갑자기 왜 질겁했는지 모르겠어."

"질겁이라니?"

"아그네스하고 내가 지금 너하고 나처럼 이렇게 나란히 앉아서 양 대가리를 그슬리고 있었거든. 그런데 갑자기 아그네스가 내 무릎에 양 대가리를 던지더니 혼자 중얼거리면서 나갔어. 어머니가 따라 나가시길래 내다보니까 둘이 나란히 앉아서 대화를 하더라고. 그러고 나서 다시 안에 들어왔어."

뢰이가는 얼굴을 찌푸리고 일어섰다.

"재미있어." 스테이나가 말을 이었다. "어머니도 말은 그렇게 안 하지만 이제 아그네스를 좋아해."

"언니." 뢰이가가 경고를 담아 말했다.

"인정은 안 할 거야. 하지만……."

"언니! 언니는 늘 아그네스 이야기밖에 할 게 없어?"

스테이나는 놀라서 동생을 올려다보았다. "아그네스 이야기가 뭐 어때서?"

뢰이가는 콧방귀를 뀌었다. "뭐가 어떠냐고? 그 여자의 본모습을 보는 사람이 나밖에 없는 거야?" 그녀의 목소리가 차가워졌다. "가만 들어보면 언니는 그 여자가 무슨 평범한 사람인 것처럼 말하더라. 그냥 하인이라도 되는 양 말이야."

"뢰이가, 제발 너도……."

"제발 나도 뭐? 뭘 어떻게 하라고? 다른 식구들처럼 그 여자랑 친해지라고?"

스테이나는 입을 딱 벌리고 동생을 바라보았다. 뢰이가는 부엌 뒤편으로 걸어가서 이마에 두 주먹을 댔다.

"뢰이가?"

뢰이가는 돌아보지 않고 더러운 양동이를 집어 들었다. "이거 닦으러 갈래." 그녀의 목소리가 흔들렸다. "언니는 들어가서 자."

"뢰이가? 왜 그래?" 스테이나는 일어나 동생에게 다가갔다.

"아무것도 아냐. 그냥 가서 자라니까. 나 신경 쓰지 말고."

"왜 화가 났는지 말해줘."

뢰이가는 일그러진 얼굴로 고개를 저었다. "이럴 줄은 몰랐어. 블뢴달이 왔을 때 나는 관원들도 계속 우리 집에 남아서 그 여자를 감시해줄 줄 알았어. 아니면 가두어둘 줄 알았지! 그 여자가 이렇게 늘 우리 곁에 있을 줄은 몰랐다고. 우리 바스토바에서 목사님과 이야기하고. 이젠 어머니마저 그 여자하고 사이좋게 말을 하잖아! 이 계곡 사람들이 우리 식구를 이상하게 보는 걸 모르나 봐."

"누가 우리를 이상하게 봐? 그런 일은 없어."

뢰이가는 눈매를 좁히며 양동이를 내려놓았다. "이상하게 봐. 언니는 모르지만 우리 식구는 낙인이 찍혔다고. 우리가 그 여자랑 이야기하고, 그 여자에게 식사도 대접해주는 모습을 이웃들이 다 보고 있어. 우리는 아마 평생 결혼 못 할 거야."

"너 그거 몰라?" 스테이나가 화덕 옆의 의자에 앉아서 말했다. "이것도 금방 끝나."

"그 여자가 얼른 죽어버렸으면 좋겠어."

"어떻게 그런 말을 할 수 있니?"

뢰이가의 숨이 부들거렸다. "목사님이 얼빠진 사내애처럼 그 여자 주변을 어슬렁거리는 걸 모두가 보고 있잖아. 그 여자가 로슬린의 아기에게 마법을 건 뒤로는 아버지조차 그 여자에게 인사를 하고. 그리고 언니도 그래!" 뢰이가는 도저히 믿을 수 없다는 표정으로 언니를 돌아보았다. "언니는 나보다 그 여자를 더 친하게 생각하는 것 같아!"

"안 그래."

"뭐가 안 그래? 늘 졸졸 따라다니면서 이것저것 도와주고. 그 여자의 환심을 사고 싶어 하잖아."

스테이나는 심호흡을 했다. "나는 그저…… 오래전의 아그네스가 기억나서 그래. 아그네스가 처음부터 이렇지는 않았다는 생각 때문에. 아그네스도 우리 또래였을 때가 있었잖아. 우리처럼 어머니와 아버지가 있었고."

"아니." 뢰이가가 차갑게 말했다. "우리하고는 달라. 전혀 다르다고. 그 여자가 여기 오고 나서 모든 게 변했어. 물론 나쁜 쪽으로 말이지." 그녀는 피 묻은 양동이들을 들고 밖으로 나갔다.

✻

북부에는 이제 거의 날마다 눈이 오기 시작했다. 시월의 태양이 작은 햇빛을 가져와도 브레이다볼스타뒤르는 걷히지 않는 두꺼운 안개와 추위에 감싸여 있었다. 하지만 그런 날씨에도 불구하고, 토티는 아버지와 함께 집에 있으려 하지 않았다. 그는 아그네스와 자기 사이에 있던 보이지 않는 막이 걷혔다고 느꼈다. 그녀가 드디어 나탄의 이야기를 시작했으니, 이제 자신을 더 가깝게 대할지도 모른다는 생각, 그녀가 자신을 믿고 이들뤼가스타디르에서 벌어진 일을 이야기할지 모른다는 생각에 마음이 들떴다.

트렁크 속의 모직 옷을 있는 대로 꺼내 떨리는 몸 위에 겹쳐 입다 보니, 그들의 첫 만남이 다시 떠올랐다. 괴잉귀스쾨르드의 급류, 얼음 녹은 물이 나룻목을 콸콸 흘러가던 소리가 희미하게 들리는 듯했다. 젖은 자갈이 햇빛에 빛나는 것도 보이는 것 같았다. 앞쪽에 검은 머리 여자가 급류를 건너려고 허리를 굽힌 채 양말을 벗고 있었다.

토티는 브레이다볼스타뒤르의 바스토바에서 장갑을 끼면

서 처음 만난 그날의 그녀를 떠올려보았다. 그녀는 햇빛에 눈을 찌푸리고 웃음기 없는 얼굴로 그를 올려다보았다. 오랜 걸음에 젖은 머리가 이마와 목에 달라붙은 모습이었다. 강가의 돌 위에는 하얀 자루가 놓여 있었다.

그런 다음, 함께 말을 타고 거품 이는 물을 건널 때 그의 가슴에 닿았던 그녀의 체온. 그녀의 목덜미에서는 땀 냄새와 들풀 냄새가 났다. 그 생각이 열기처럼 그의 몸을 훑고 지나갔다.

"왜 그렇게 서두르는 거냐?"

토티가 고개를 들어보니 아버지가 방 저편에서 그를 바라보고 있었다.

"코르든사우에서 절 기다리고 있어요."

욘 목사는 골똘한 표정이 되었다. "거기서 아주 많은 시간을 보내는 것 같구나."

"할 일이 많아서요."

"그 집에 두 딸이 있다고 들었다."

"네, 시귀르들뢰이흐와 스테인뵈르예요."

아버지는 눈이 가늘어졌다. "그 딸들은 미인이냐?"

토티는 어리둥절한 표정이 되었다. "그렇게 보는 사람들도 있을 것 같네요." 그런 뒤 그는 나가려고 돌아섰다. "기다리지 말고 주무세요."

"얘야!" 욘 목사가 문을 향해 몇 걸음 걸어와서 토티에게 신약성서를 건네주었다. "이걸 잊었구나."

토티는 얼굴을 붉히고 신약성서를 받아 든 뒤 코트 안쪽에 넣었다.

브레이다볼스타뒤르 오두막 밖으로 나오자 추위가 토티의 뺨을 때리고 귀를 찔렀다. 그는 힘겹게 숨을 쉬며 졸음에 겨운 말에 올라 코르든사우로 출발했다. 안개가 물러가고 눈이 내리면서 말갈기에 눈송이가 엉키고 추위 속에 오래 있다 보니 팔다리가 시렸지만, 그의 생각은 계속해서 괴잉귀스쾨르드 나룻목에서 만난 여자에게 돌아갔고, 그 기억이 몸에 온기를 불어넣었다.

"수확 잔치 이후, 저는 한동안 나탄을 못 봤어요. 그러던 어느 날 건조대에 널어둔 고기를 가지러 딴채에 갔어요. 칼을 들고 사다리에 올라갔다가 잠시 손을 멈추고 십일월의 푸른빛을 보려고 고개를 돌렸는데, 거기 나탄이 있었어요. 문간에 기대서요."

아그네스는 침대 위에서 램프 불빛이 가장 강한 곳으로 자리를 바꾸었다. 토티는 바스토바 한쪽에 있는 코르든사우의 가족들을 건너다보았다. 그들이 이야기를 듣고 있는 것 같았지만, 아그네스는 의식하지 못하는 기색이었다. 이야기를 멈추고 싶어도 멈출 수 없는 것 같았다.

"저는 나탄을 보고 너무 놀라서 사다리에서 떨어질 뻔했어요. 나탄이 안 잡았으면 고기가 바닥에 떨어졌을 거예요. 보름을 만나러 왔다더라고요. 그동안 크밤뮈르에서 블뢴달의 아내를 치료했다고, 집에 가봐야 일거리하고 물범밖에 없기 때문에 굳이 돌아갈 필요를 못 느꼈다고요. 어쨌건 나탄의 말은 그랬어요.

제가 이들뤼가스타디르는 어떠냐고 묻자, 그는 일을 도와줄 하인이 부족했다고 했어요. 하녀가 한 명 있는데 별로 똑똑하지도 않고, 너무 어리다고요. 가정부인 카리타스는 다음 이주절❖에 바튼스달뤼르 계곡으로 떠난다고 했어요.

우리는 한동안 이야기를 나눴어요. 제가 그의 움푹한 손바닥에 대해 물었죠. 그와 처음 만났을 때 그 얘기를 했으니까요. 그러자 그는 웃더니, 블뢴달이 자기 아내가 겨울을 넘기기를 바란다면 곧 거기에 돈이 가득 찰 거라고 했어요.

그런 뒤 우리는 본채까지 걸어갔고, 마당에서 일하던 몇몇

❖ 오월 말에서 유월 초에 걸친 목요일에서 일요일까지의 나흘. 과거 아이슬란드의 소작농들은 이 시기에 농장을 옮길 수 있었다.

하인이 우리를 보았어요. 마리아가 재를 내오다가 나탄을 보고 걸음을 멈추었죠. 제가 저기 친구가 있다고 말했지만 나탄은 못 들은 척했어요. 그러면서 이제 눈이 올 거라고, 뼛속에 느낌이 온다고 하더니 양 백정 피에튀르를 가리키면서 저 사람이 누구냐고 물었어요."

"같이 죽은 사람 말입니까?" 토티가 물었다.

아그네스는 고개를 기울였다. "네, 그 사람 이름은 피에튀르 욘손이에요. 몇 년 앞서 동물들을 죽인 일로 고발되어 게이타스카르드에서 겨울을 보내고 있었죠. 좀 이상한 사람이었어요. 저는 피에튀르를 별로 안 좋아했어요. 그 사람은 전혀 웃기지 않는 일에 웃는 버릇이 있었고, 자기 악몽 이야기를 늘어놓아서 하인들을 불안하게 만들었어요."

"그 사람도 예지력이 있었나요?"

아그네스는 망설이더니 바스토바의 사람들을 둘러보고는 나직한 소리로 입을 열었다. "피에튀르는 게이타스카르드 사람들에게 어떤 꿈 이야기를 자주 했어요. 그가 여러 번 꾼 꿈인데, 저는 그 이야기를 들을 때마다 소름이 끼쳤어요. 꿈에서 피에튀르가 계곡을 걷는데, 그 사람이 욘 아르드나르손하고 같이 죽인 양 세 마리가 달려왔대요. 그가 죽인 암양이 선두에 있다가 그에게 가까워지자 피를 토했고, 피가 그에게 튀었다고요. 그는 이 꿈 이야기를 하면서 웃었지만 나중에 사람들은 그 꿈이 범상치 않다고들 했어요."

"예지몽 같은 건가요? 나탄에게 피에튀르의 꿈 이야기를 해주었나요?"

"네. 그러자 나탄은 자신이 평생 꾸었던 꿈 중에 특히 이상했던 꿈 몇 가지를 들려주었죠. 그건 이제 중요하지 않지만요."

"나탄이 꾸었다는 꿈이 뭔지 난 알아요." 방 저편에서 누가 거칠게 숨을 쉬며 말했다. 아그네스와 토티가 고개를 돌려보니 뢰이가가 기묘한 표정으로 그들을 바라보고 있었다.

"뢰이가." 마르그리에트가 경고를 담아 말했다.

"로슬린에게 들었어요. 어머니도 들으면 재미있을 거예요."

"그런 이야기는 듣고 싶지 않다." 욘이 천천히 일어서면서 말했다.

"그러지 말고 뢰이가의 이야기를 들어봐요." 스테이나가 말했다. "뢰이가가 하고 싶은 이야기라면 우리 모두 듣고 싶을 이야기일 거예요. 아그네스도요."

욘은 생각에 잠겼다가 입을 뗐다. "소르바르뒤르 목사님을 방해하지 마라."

"방해라고요!" 뢰이가가 웃고 뜨개질감을 침대에 던졌다. "저 여자의 방해는 어떻고요! 저 여자가 우리 집에 얹혀 지내는 거잖아요! 부엌에 가면 제 등 뒤에서 숨을 쉬고! 우리 바스토바에서 거짓말을 하고 말이죠!" 뢰이가가 부모를 돌아보았다. "어머니, 아버지, 두 분은 언니하고 저한테 저 여자 말을 듣지 말라고 하셨죠. 그런데 지금 저 여자는 우리하고 이 미터도 떨어지지 않은 곳에서 하염없이 떠들고 있어요. '아, 저는 정말 불쌍해요, 빈민 출신이에요!' 하면서!"

"아그네스하고 토티 목사님을 눈 속으로 내보낼 수는 없잖아." 스테이나가 말했다.

"옛날이야기로 밤을 보낼 거라면 모두 돌아가면서 하는 건 어때요?"

마르그리에트의 얼굴이 굳었다. "뜨개질이나 해, 뢰이가."

"그래, 뜨개질이나 해, 뢰이가." 스테이나도 똑같이 말하고 콧방귀를 뀌었다.

"너도 그만하고." 마르그리에트가 소리쳤다. "목사님, 안타깝게도 저희가 이야기를 다 들을 수밖에 없……."

"로슬린이 무슨 이야기를 했죠, 뢰이가?" 아그네스가 끼어들었다. 그녀는 뜨개질을 멈춘 채 두 자매를 보고 있었다.

모두가 조용해졌다.

"그러니까……." 뢰이가가 목을 가다듬었다. 그녀는 미심쩍은 눈길로 아그네스를 보고 이어 아버지를 보았는데, 그는 시선을 내리깔고 있었다. "로슬린이 그러는데, 나탄이 사악한 영혼에게 자기 배를 찔리는 꿈을 꾸었다고 사람들한테 말했대요. 또 다른 꿈에서는 그 사람이 묘지에 있었는데, 로슬린 말로는 열린 무덤 속에 시신인지 뭔지가 있고, 도마뱀 세 마리가 그걸 먹고 있었대요. 어떤 남자가 보이길래 나탄이 그 사람한테 저게 누구냐고 물었더니 그 남자가 '자기 시신도 모른단 말이오?' 했다고요."

"세상에나." 크리스틴이 중얼거렸다.

"그다음엔 어떻게 됐는데요?" 비아르드니가 자기 침대에서 물었다.

뢰이가는 어깨를 으쓱했다. "그러다가 깼다나 봐요. 어쨌든 로슬린 말로는 나탄이 그 이야기를 많은 사람에게 했고, 사람들은 이제 모두 그 일이 실제로 일어난 거라고 생각한대요. 로슬린은 그 꿈 이야기를 오스크에게 들었고, 오스크는 자기 오빠한테 들었고, 오스크의 오빠는 나탄에게 들었대요."

사람들 눈길이 아그네스에게 옮겨 갔다. 아그네스는 생각에 잠겨 있다가 그들에게 더 잘 보이게끔 두 다리를 침대 옆으로 내렸다.

"나탄은 열린 무덤 안에 자기 시신이 들어 있는 꿈을 꾼 적이 있다고 했어요. 그리고 자기 영혼이 무덤 맞은편에 서 있는

데, 시신이 영혼을 부르더니 스타인 주교의 찬송을 노래했다고요." 그녀의 목소리가 침묵 속에 갈라졌다.

아무도 대꾸하지 않았다. 토티가 마침내 목을 가다듬었다.

"아그네스, 이야기를 마저 하는 게 어떨까요? 피에튀르 이야기 말입니다."

"램프 쪽으로 더 가까이 가도 될까요?"

욘은 마르그리에트를 보고, 이어 식구들을 바라보더니 고개를 저었다.

마르그리에트가 얼굴을 찌푸리며 낮은 목소리로 속삭였다.

"지금 그게 무슨 문제가 되겠어요?"

토티는 욘이 딸들 쪽으로 눈짓을 하는 것을 보았다.

마르그리에트가 한숨을 쉬고 아그네스에게 말했다. "우리 모두 자기 자리를 지키는 게 좋아. 그 정도 빛이면 이야기하는데 부족하지 않은 것 같구나."

아그네스의 얼굴에 가벼운 분노가 지나갔지만, 다시 이야기를 시작할 때 목소리는 차분했다.

"아시겠지만 피에튀르는 라웅기달뤼르에서 악명이 높았고, 바튼스달뤼르에서도 마찬가지였어요. 그렇게 많은 짐승을 죽인 사람은 누구에게서도 신뢰받을 수 없죠. 나탄이 게이타스카르드에서 피에튀르를 몰라본 것이 저에겐 놀라웠어요. 나탄은 모든 사람을 알 것 같았거든요. 어쨌건 저는 피에튀르가 거기 구금된 죄수고, 서른 마리도 넘는 양의 목을 재미 삼아 그었다고, 그래서 코펜하겐으로 보내질지도 모른다고 했어요. 나탄은 피에튀르를 한참 바라보았지만 아무 말도 하지 않았어요."

"아마 피에튀르를 데려다가 양을 훔칠 생각이었는지도 모르지." 뢰이가가 싸늘하게 말했다.

"그랬을지도 몰라요." 아그네스가 어두운 구석에서 대답하고 다시 토티에게 말했다. "그날 저는 나탄을 보름에게 데려다준 뒤 마리아가 있는 들판으로 나갔어요. 나탄이 창고에 불쑥 들어와서 놀랐다고 하니까 마리아는 그가 뭘 원하더냐고 묻더라고요. 제가 그 사람은 보름을 만나러 왔다고 하자 마리아는 제 손을 잡고 조심하라고 했어요."

"왜?" 크리스틴이 물었고, 그뷔드뮌뒤르는 어둠 속에서 웃었다.

아그네스는 못 들은 척했다. "제가 마리아에게 나도 성인이고 머리가 있는 사람이라고 했더니 마리아는 바로 그게 걱정이라고 했어요."

"목사님." 욘이 불쑥 말했다. "아무래도 밖에 따로 나가서 이야기를 나누시는 게 좋을 것 같습니다."

"왜요, 아버지? 저는 듣고 싶은데요." 스테이나가 말했다.

"잠이나 자, 스테이나."

"죄송합니다." 토티가 말했다. "저는 아그네스의 이야기를 들으러 여기까지 왔습니다. 그런데 아시다시피 거리가 너무 가까워 저희 논의가 이 댁 식구분들의 귀에 들어가는 상황을 피할 수가 없군요."

"논의라고요?" 그뷔드뮌뒤르가 얼굴을 찌푸렸다. "지금 그냥 옛날이야기나 듣고 계시는 거 아닌가요?"

토티가 뭐라고 대답할 겨를도 없이 마르그리에트가 끼어들었다.

"입 다물어, 그뷔드뮌뒤르. 아그네스와 목사님 대화에 간섭하지 마. 그리고 여보, 그게 무슨 상관이야? 두 아이 모두 그 사건을 잘 알고 있고, 또 모르는 게 있었어도 로슬린이 이미 다 알려준 것 같은데."

"걱정하실 일은 없을 겁니다." 토티가 말했다.

"그러기를 바랍니다." 욘이 대답하고는 입술을 오므리고 다시 양말 속을 채우는 일로 돌아갔다.

토티는 아그네스를 돌아보았다. "친구분은 아그네스에게 왜 그런 말을 했을까요?"

"저는 마리아가 질투를 한다고 생각했어요. 마리아는 나탄을 만나고 싶어 했거든요. 문제는, 우리 둘 다 그 사람이 가정부를 구한다는 걸 알고 있었다는 거예요."

"그게 왜요?" 토티가 물었다.

"나탄은 돈이 많았고, 또 가정부라면 단순한 하인 이상이니까요. 거기다 잔소리할 안주인이 없으니 집과 농장을 뜻대로 관리할 수 있죠." 아그네스는 마르그리에트를 바라보았다.

"계속해, 아그네스." 마르그리에트가 말했다.

"그런 이야기는 금세 퍼지기 마련이에요, 목사님. 게이타스카르드의 여자들은 나탄 케틸손이 독신이고, 가정부가 필요하고, 그 밖에 다른 무언가가 있을 수도 있다는 걸 알았어요. 그리고 저도 마리아도 더 좋은 일자리를 원하고 있었죠." 그녀는 다른 사람들을 건너다보았다. "예, 저도 카리타스의 자리를 원했어요. 그건 부끄러운 일이 아니었고요."

그뷔드뮌뒤르가 콧방귀를 뀌었고, 그러자 아그네스의 눈에서 빛이 번득였다.

"나탄과 저는 이야기가 잘 통해서 금세 친해졌어요. 그는 몇 주에 한 번씩 게이타스카르드에 와서 저와 이야기를 나눴죠." 그녀는 뢰이가를 노려보았다. "그가 저더러 친구가 되어달라고 했을 때, 저는 기뻤어요. 제겐 친한 친구가 거의 없었으니까요. 마리아는 곧 제게서 멀어졌고, 제가 나탄과 친해

질수록 다른 사람들도 저에게 냉랭해졌어요. 하지만 다들 그저 하인일 뿐이었죠." 그녀는 이 말을 바스토바 구석에 웅크린 일꾼들을 향해 내뱉었다. "나탄은 똑똑한 사람이었어요. 병을 고치고, 수학도 알고, 돈도 잘 썼어요. 그해 가을에는 게이타스카르드의 일꾼 여러 명의 기침병을 고쳐주었죠. 그렇다고 사람들이 그에게 고마워했을까요? 전혀요. 사람들은 나탄이 저 때문에 온다는 걸 알았고, 그 일로 절 박대했어요. 제가 무슨 잘못을 했나요? 나탄이 마침내 저에게 이들뤼가스타디르에 와서 일해달라고 했을 때, 저는 사람들이 반가워할 줄 알았어요. 하지만 다들 저더러 자랑한다고, 빈민 출신 주제에 잘난 척한다고 욕했어요. 그 겨울에 저는 새로운 종류의 외로움을 느꼈고, 그래서 나탄이 때때로 찾아와주는 게 고마웠죠. 그리고 마침내 게이타스카르드를 떠나게 돼서 기뻤고요. 동생도 떠나고 마리아도 절 외면하는 마당에 거기 있을 하등의 이유가 없었어요."

그런 뒤 아그네스는 입을 다물고 맹렬하게 뜨개질을 했다. 토티는 뢰이가와 그뷔드뮌뒤르가 비밀스러운 눈길을 주고받는 것을 보았다. 불편한 침묵 속에 간간히 뜨개바늘 소리와 크리스틴이 숨죽여 웃는 소리만이 울렸다. 마침내 바깥바람이 거세지자, 욘이 일어나서 이제 잘 시간이라고 말했다. 토티는 갑자기 피곤해져서 빈 침대에서 자고 가라는 제안을 받아들였다. 아그네스에게 나탄의 이야기를 듣는 동안 막연한 불안이 일었고, 목이 졸리는 듯 아팠다. 램프가 꺼지자, 문득 이렇게 아그네스에게 이야기를 듣는 것이 옳은가 하는 의심이 들었다.

✲

목사에게 이야기를 하고 나면 때로 입이 아프다. 혀가 피로하다. 혀는 죽은 새처럼 젖어 내 입속에, 자갈 같은 이 사이에 누워 있다.

내가 무슨 말을 했지? 다른 사람들은 내 이야기를 어떻게 생각했을까? 그런 것은 중요하지 않다. 어차피 나탄과의 만남이 어땠는지 누구도 이해할 수 없다. 그 시절 우리는 신성한 무언가를 쌓아 올리는 것 같았다. 우리는 말 한 마디 한 마디를 빈틈없이 신중하게 쌓았다. 우리는 각자의 탑을 쌓아 두 개의 등대로 만들었다. 험한 날씨에 길을 안내하는 노변의 등대처럼. 그렇게 우리는 지루하고 반복적인 일상의 안개를 뚫고 서로를 보았다.

저녁나절이면 우리는 밖에 나가 눈 위를 걸었다. 눈이 우리 발밑에서 뽀득거렸다. 한번은 내가 미끄러지면서 그의 팔을 잡았는데 그도 그만 중심을 잃었다. 우리는 함께 넘어지면서 웃었고, 그가 나를 땅바닥에 도로 주저앉혀 함께 하늘의 별을 바라보았다. 그는 내게 별자리들을 일러주었다.

"우리도 죽으면 저기로 갈까?" 내가 물었다.

"나는 천국을 믿지 않아." 나탄이 말했다.

나는 충격을 받았다. "어떻게 천국을 믿지 않을 수 있어?"

"천국은 거짓말이야. 사람들이 죽는 게 두려워서 신을 만든 거야."

"어떻게 그런 말을?"

그는 고개를 돌렸다. 머리카락에 얼음 알갱이들이 박혀 있었다. "아그네스, 나하고 생각이 다른 척하지 마. 지금 여기 있는 게 세상의 전부고, 너도 그걸 알잖아. 여기 우리 핏줄 속에 생명이 있어. 눈이 있고, 하늘이 있고, 별이 있고, 그것들이 전하는 이야기가 있고, 그게 전부야. 다른 사람들은 다 바보야. 자기들이 살아 있는지 죽었는지도 몰라."

"사람들이 그렇게 나쁘지는 않아."

"아그네스, 모르는 척하지만 너도 다 알아. 우리는 같은 종류에 속하니까." 나탄이 팔꿈치를 대고 몸을 일으키자 그의 얼굴에 달빛이 쏟아졌다. "우리는 저것보다 우월해." 그는 고갯짓으로 게이타스카르드의 집을 가리켰다. "진흙과 몸부림의 삶보다. 왜냐하면 우리는 모든 걸 있는 그대로 받아들이니까." 그러고서 그는 내게 몸을 기울여 부드럽게 키스했다. "아그네스, 너는 이 계곡과 맞지 않아. 너는 달라. 너는 세상 모든 걸 겁내지 않지."

나는 웃었다. "당신을 겁내지 않는 건 맞아."

나탄이 미소를 지었다. "너한테 물어볼 게 있어."

내 심장이 쿵쾅거렸다. "뭔데?"

그는 눈 속에 누웠다. "별들 사이의 공간을 뭐라고 하지?"

"그런 걸 가리키는 말은 없어."

"지어내봐."

나는 생각해보았다. "영혼 피난처."

"그건 천국의 다른 말이잖아, 아그네스."

"아니야, 나탄. 그렇지 않아."

내가 그의 주장과 어두운 생각들에 짓눌리게 된 건 모두 나중의 일이었다. 우리의 혀가 산사태를 일으킨 것, 우리가 말한 것과 뜻한 것 사이의 틈에 갇혀 결국 서로를 잃어버리고 우리 입안의 말들도 믿지 못하게 된 것은 모두 나중의 일이었다.

그날 밤 우리는 우사로 갔다. 나는 그의 움푹한 손바닥을 내 입으로, 가슴으로 채웠다. 그리고 내 몸으로 그의 몸을 맞았다. 그의 손이 내 치맛자락을 들어 올리자 차가운 공기가 피부에 닿았다. 나는 이러다 들켜서 사람들에게 화냥년 소리를 들을까 걱정이 되었다. 하지만 서로의 피부가 닿는 순간, 그 자리에서 곧바로 자유낙하가 시작되었다. 스타킹이 무릎까지 흘러내렸고, 그의 부드러운 머리카락이 내 목을 쓸었다.

나는 그의 무게를 열망했다. 그의 숨결을 열망했다. 그 입의 빠른 들숨과 따뜻한 밀착을. 그의 냄새를, 미끈하고도 힘찬 움직임을. 그는 다른 사람들과 전혀 달랐다. 나는 목을 뒤로 젖혔다. 얼굴이 온통 공중의 습기에 젖었다. 그가, 그의 열기가, 그의 생명력이 느껴졌다. 그는 신음했고, 그 소리는 화산 위의 먼지구름처럼 공중에 떠돌았다.

그것이 지나간 뒤, 나는 울고 싶었다. 너무도 생생했다. 그 강렬한 느낌을 뭐라고 말해야 할지 나는 알 수 없었다.

나탄은 셔츠를 도로 여미면서 미소를 지었다. 헝클어진 머리카락 끝에 작은 물방울이 매달려 반짝였다. 그는 내 뺨을 어루만지고 아팠냐고, 피가 났냐고 물었다. 나는 웃으면서 아니라고 말했다. 그가 그때 안심했던가? 아니면 실망했던가?

"일찍 안 가도 돼."

"아냐, 일어나, 아그네스. 잠자리로 돌아가."

"돌아올 거지?"

그는 돌아왔다. 그는 긴 겨울 내내 계속 돌아왔다. 사람들이 잠든 밤과 저녁에 우리는 눈가루 속에서 그리고 우사에서 만났다. 계곡이 눈에 덮이고 유가공실에서 우유가 얼어도 내 영혼은 따뜻했다. 바깥에 바람이 날뛰어도 그의 입술 자국마다 불길이 일었다. 온 세상이 얼어붙은 날 우리는 말린 고기들이 머리 위에 별자리를 이루는 창고에서 만났다. 밀짚 냄새가 우리를 여름 향기로 감쌌다. 온몸에 피가 넘칠 듯 출렁이는 느낌이었다. 그 유명한 나탄 케틸손, 아픈 사람의 팔다리에서 피를 빼내 병을 치료하는 사람, 유명한 시인 로사의 애인이었던 사람, 코펜하겐의 종소리를 들었던 사람, 라틴어를 독학한 사람, 사가의 인물처럼 특출한 사람. 그가 나를 선택한 것이다. 내 인생에서 처음으로 바라본 누군가, 내가 부족함 없는 사람인 듯 느끼게 해주는 그를 나는 사랑했다.

나는 치마 속으로 손을 넣어 그가 남긴 멍 자국을 누르면서 피부 위로 번지는 통증을 느끼곤 했다. 멍 자국은 그의 손길이 닿고, 그의 골반이 부딪치고, 어둠 속에서 우리의 팔다리가 얽혔다는 증거였다. 혼자 잠드는 밤과 일어나면 허드렛일뿐인 지루한 일상 속에서 비밀스러운 상처들은 그게 다가 아니라는 희망을 주었다. 숨이 막히도록 평범한 인생은 이제 곧 끝날 거라고.

나는 멍 자국이 흐려지는 게 싫었다. 그것은 그가 돌아올 때까지 내게 간직된 그의 유일한 흔적이었다. 겨울 내내, 그 많은 밤들 동안 나는 허기에 잡아먹혔다. 우사에서 내 머리를 딱딱한 바닥에 눕히고 나탄은 내 영혼을 휘저었다. 나는 하인들에게 내 감정을 감추었다. 바람에 대고 소리치고 싶고, 흙 위에 쓰고 싶고, 풀 위에 지져 새기고 싶은 것을 감추느라 얼마나 안간힘을 썼는지.

나는 그의 거처로 가기로 했다. 그가 나를 이 계곡에서, 이 비참하고 사랑 없는 생의 껍데기에서 끌어내주기로 했고, 나는 모든 것이 새로워지리라 기대했다. 그가 나에게 봄을 줄 거라고.

하지만 그러는 동안에도 내내, 시가가 있었다.

9장

마그누스의 이름을 딴 시인이
여자들의 길을 이끈다.
그의 복된 피가 핏줄 속에 흐르는,
착한 부르페들의 아그네스.

작자 미상, 1825년경

"이들뤼가스타디르에 가보신 적이 있나요, 목사님?"

토티는 고개를 저었다. "저는 브레이다볼스타뒤르 북쪽으로는 별로 다닐 일이 없습니다."

다음 날은 구름도 눈도 더 많아서, 마르그리에트는 토티에게 날이 갤 때까지 머물다 가라고 했다. 그는 다행이라고 생각했다. 밤새 꿈이 어지러웠던데다 두통 속에 잠을 깬 터였다.

양떼 하산과 도축이 끝나고 건초도 들여왔기에, 코르든사우 가족들은 실내에서 물레질과 뜨개질을 하거나 밧줄을 꼬며 시간을 보냈다.

아그네스는 침대에 앉아서 스테이나가 뜬 장갑의 빠진 코를 찾았다. "이들뤼가스타디르는 거의 세상의 끝에 있어요." 그 농장의 위치를 일러주려는 듯 그녀가 고개를 옆으로 기울이고 말했다. "저는 몰랐는데 다들 그곳이 정말 외롭다고, 어디나 사람이 있는 이 계곡과는 전혀 다르다고 했어요. 그래도 저는 나탄의 집에서 일하고 싶었어요."

"언제 그곳에 갔습니까?"

"최대한 서둘러 갔어요. 오월 말의 이주절에요."

"어느 해였죠?" 토티가 물었다.

"1827년요. 게이타스카르드에서 크리스마스와 새해 첫날을 보낸 뒤, 저는 검은가슴물떼새가 와서 봄 노래를 하기만을 기다렸어요. 그러곤 짐을 싸서 도보로 떠났죠. 계곡에는 하인들이 많이 오갔지만, 바튼스네스 지역의 이들뤼가스타디르를 행선지로 삼은 사람은 없었어요. 출발할 때 안개가 내려와서 길을 잃을까 걱정했는데 멀리서 바다 소리가 들려 제대로 가고 있다는 걸 알았죠. 안개가 걷혔을 때 보니 티외르든 교회에서 멀지 않은 곳이더라고요. 거기서 저는 하룻밤 묵기를 청했고, 다음 날 그곳 목사님이 이들뤼가스타디르로 가는 길을 일러주었어요.

티외르든에서 이들뤼가스타디르까지는 금방이었어요. 그렇게 넓고 먼 바다를 본 건 그날 아침이 처음이었죠. 북풍이 불어서 해변으로 밀려드는 파도에 물보라가 일었고, 수백 마리 바닷새가 깍깍거리며 하늘을 빙글빙글 돌았어요. 검은 물결 너머로 서쪽 피오르까지 보였는데, 마치 파도의 그림자 같왔죠.

아주 강렬했어요. 티외르든의 목사님이 바위 만 옆의 오두막을 찾으라고 했는데, 금세 찾을 수 있었어요. 해변에 작은 배가 있고, 생선 건조대에 묶어둔 침구가 바람에 사납게 휘날렸어요. 그때는 그걸 좋은 징조로 여겼어요. 저를 환영하는 손짓 같다고 생각했죠.

제가 비탈을 내려가는데 누가 오두막에서 나와서 언덕을 올라왔어요. 가까워졌을 때 보니 어린 소녀였죠. 열다섯 살 정도밖에 안 돼 보였어요. 소녀는 기쁜 얼굴로 저에게 손을 흔들더니, 소리가 들릴 만한 거리가 되자 반갑다고 소리치며 달려왔어요. 가까이서 보니 훨씬 더 어려 보였어요. 코가 짧고 입술은 빨갛고, 금발 머리가 바람에 휘날렸죠. 시골 소녀치고는 너무 예뻐서, 저는 혹시 나탄의 딸인가 생각했어요. 아이의 옷도 하인의 것치고는 고급스러웠거든요.

아이는 제가 메고 온 자루를 받아 들고는 제게 입을 맞추었어요. 이어 저더러 아그네스 마그누스도티르냐고 묻고, 자기 이름은 시그리뒤르지만 그냥 시가라고 부르면 된다고 했어요."

"나탄이 게이타스카르드에서 얘기했던 어린 하녀가 그 사람이었겠군요?"

아그네스는 고개를 끄덕였다. "시가는 일주일 내내 저를 기다렸다면서 배가 고프냐고, 얼마나 멀리서 왔냐고, 혼자서 산길을 걸어오며 노상강도나 무법자가 겁나지 않았냐고 물었어요. 어찌나 말이 빠른지 대답할 겨를도 없더라고요. 시가는 저를 안으로 데리고 가서 제 침대를 보여주었어요. 바로 그날 정돈해놓았다면서요. 그 집의 바스토바는 아주 작아서 침대만 네 개뿐, 다른 공간은 거의 없었어요. 한 침대 위에 작은 창문이 있었는데, 그게 시가의 침대 같았어요. 이들뤼가스타디르는 제가 생각했던 것보다 훨씬 옹색하고 지저분했어요. 하지만 저는 주지사 댁의 하인보다는 오두막의 안주인이 되는 게 낫다며 마음을 달랬죠. 시가는 짐을 풀라고 하고 커피를 끓이러 갔어요. 제가 수고할 것 없다고, 유청과 물이면 된다고 했더니, 시가는 웃으며 나탄이 커피를 좋아해서 자기들은 늘 커피를 마신다고 했어요. 저에게는 큰 사치로 여겨졌죠.

시가가 나가자 저는 방을 둘러보았어요. 정돈된 침대가 두 개, 그러니까 시가의 침대와 제 침대뿐이라 나탄은 어디서 자는 걸까, 내가 못 본 곳에 다락이 있나 싶었죠.

시가가 돌아왔을 때 나탄은 어디 있냐고 물었어요. 저는 나탄이 마중 나올 줄 알았거든요. 시가는 당황한 듯 얼굴을 붉히더니 나탄은 외출중이라고 했어요.

그날이 일요일이라 저는 나탄이 교회에 갔느냐고 물었지

만 시가는 고개를 젓고, 나탄은 교회에 다니는 사람이 아니라고 했어요. 그러더니 자기가 아는 사람 중에 저녁 기도를 하지 않는 사람은 나탄뿐이라고, 만약 찬송 책 같은 게 있으면 베개 밑에 감추라고, 안 그러면 나탄이 불쏘시개로 쓸 거라고 말했어요. 나탄은 산으로 여우 사냥을 갔으니 자신이 대신 농장을 구경시켜주겠다고 했죠.

농장의 첫인상은 기억나지 않아요. 먼 길을 오느라 지쳤고, 드넓은 바다의 풍광에 압도되기도 했으니까요. 하지만 그 모퉁이에서 일 년을 틀어박혀 지내본 지금은 그곳이 어떤지 확실히 말씀드릴 수 있어요."

"설명을 듣고 싶습니다." 토티가 말했다.

"그냥 산기슭과 해변이에요. 길게 펼쳐진 바위투성이 땅 사이사이에 건초를 키울 평탄한 밭 두어 뙈기가 있을 뿐이죠. 나머지는 돌 틈에서 자라는 들풀뿐이고요. 해변에는 조약돌이 있고, 만에는 거대하게 뒤엉킨 해초들이 떠 있어요. 꼭 죽은 사람 머리카락 같아요. 자고 나면 마법처럼 부유목이 밀려와 있고, 솜털오리가 물범떼 근처 바위 둑에 둥지를 틀어요. 맑은 날은 아름답지만 어쩔 때는 빗속의 묘지처럼 우중충하죠. 바다 안개가 하루가 멀다 하고 찾아오고요. 가장 가까운 농장인 스타파르까지도 꽤 가야 하는 곳이에요.

피오르를 향해 이어진 길쭉한 돌섬이 몇 개 있는데, 그중 한 곳에 나탄의 작업장이 있었어요. 거기 가려면 좁은 바윗길을 지나가야 했죠. 왜 그런 곳에 작업장을 만들었는지 이상했어요. 오두막에서도 떨어져 있고 사방이 물이었으니까요. 하지만 그게 나탄의 의도였어요. 오두막 창문도 바다가 아니라 내륙을 향해 나 있었죠. 나탄은 누가 산을 넘어오는지 알고 싶어 했거든요. 적이 좀 있었으니까요.

시가는 작업장 열쇠가 어디 있는지 모르지만 나탄은 거기서 철공도 하고 약도 짓는다고, 아마 거기에 돈도 많이 보관하고 있을 거라고 했어요. 시가가 말하면서 정신없이 키득거리는 걸 보고 나탄 말대로 좀 멍청한 아이 같다고 생각했던 게 기억나네요.

시가는 나탄이 물범 사냥을 한다고 했어요. 내가 원한다면 물범 가죽으로 신발을 만들 수 있다고요. 군수 나리들 집처럼 자기들 집에는 오리털 매트리스가 있는데, 그게 어찌나 폭신한지 죽은 듯이 잘 수 있을 거라고도 했고요. 또 자신은 스토라보르그에서 컸지만 어머니는 돌아가셨다면서, 가정부 일이 처음이긴 해도 나한테서 많은 걸 배우고 싶다고 했어요. 나탄이 나에 대해 워낙 좋은 말을 많이 해줬다고요.

시가가 자신을 가정부로 소개하는 걸 듣고 저는 놀라서 물었어요. '그러면 네가 이 집의 안살림을 맡은 거야? 네가 카리타스의 후임인 거야?' 그러자 시가는 고개를 끄덕이고 전에는 그냥 하녀였지만, 카리타스가 떠나기로 하자 나탄이 자신에게 가정부 자리를 부탁했다고 했어요. 그리고 내가 자기 밑으로 와줘서 고맙다며 제 팔을 잡고는 잘 지내자고, 나탄은 집을 자주 비워서 외로울 때가 많다고 했어요.

저는 뭔가 착오가 있겠거니 생각했어요. 아마 나탄이 시가에게 내가 오기 전까지만 가정부 일을 맡겼거나, 시가가 거짓말을 하는 거라고요. 나탄이 제게 거짓말을 했으리라고는 생각하지 못했죠.

그런 뒤 우리는 커피를 마셨고, 저는 시가에게 전에 일하던 곳들 이야기를 했어요. 그동안 일해온 농장들의 수를 말하는 게 조심스러웠죠. 어쨌거나 시가는 놀라워하면서 계속 제가 자신을 도와주려고 이들뤼가스타디르에 온 게 정말 기쁘다고 했어요. 그러곤 제가 두르고 있던 숄을 어떻게 뜨는지 가르쳐 달라고 했는데, 그 얘기에 저는 조금 편해졌어요.

곧 다시 나탄 얘기가 나오자 시가는 그가 저녁 식사 시간이 지나면 올 거라고 했어요. 하지만 그는 밤늦게야 돌아왔죠."

"그때 당신의 역할에 대해서 물어봤나요?" 토티가 물었다.

아그네스는 고개를 저었다. "그가 왔을 때 저는 자고 있었어요."

✱

어쩌면 나는 그다음 날 아침 사태를 이해했을지도 모른다. 아닐지도 모르지만.

갈매기의 서글픈 울음에 느지막이 깨어나 밖에 나가보니 나탄이 시냇가로 내려가고 있었다. 해변에서는 여전히 그의 침구가 바람에 펄럭였다. 그때 나는 그가 새벽에야 돌아왔다는 것을 알았다.

나중에 시가가 그가 자정쯤 여우 가죽 두 장을 어깨에 걸치고 돌아왔다고 얘기했을 때도, 나는 그가 어느 침대에서 잤는지 물을 생각을 하지 않았다.

✱

"처음엔 나탄을 본 것이 기쁜 나머지 왜 시가가 자신을 이들뤼가스타디르의 안주인이라고 생각하는지 물어볼 생각도 못했어요. 그러다가 나탄을 따라 작업장으로 가는 바윗길에서 그 일에 대해 물었죠.

무례하게 굴고 싶지는 않았어요. 그래서 가벼운 말투로 시가가 가정부로 어떤지 떠봤죠. 하지만 나탄은 언제나처럼 제 질문을 꿰뚫어 보았어요. 그는 멈춰 서서 눈썹을 치켜올렸어요.

'시가는 가정부가 아냐.' 그가 말했어요.

그 말에 저는 안심하면서도, 제가 이곳에 왔을 때 시가가 자신이 카리타스의 후임이라고 말했다고 했죠.

나탄은 웃으면서 고개를 젓더니 그 애가 어리고 멍청하다고 말한 거 잊었느냐고 했어요. 그런 뒤 작업장 문을 열었고, 우리는 안으로 들어갔죠. 그런 방은 생전 처음이었어요. 평범한 모루와 풀무 같은 것도 있었지만, 말린 꽃이며 약초 들이 벽에 주렁주렁 걸리고, 여러 종류의 병에 탁하거나 맑은 액체가 담겨 있었어요. 기름덩이 같은 게 담긴 커다란 양동이도 있었고, 바늘과 작은 칼도 보였어요. 어떤 유리병에는 삶은 위장처럼 희멀겋고 쪼글쪼글한 작은 동물도 들어 있었죠."

"세상에." 스테이나가 바스토바 저편에서 중얼거렸다. 아그네스는 가족들이 거기 있는 걸 잠깐 잊었던 듯 장갑에서 고개를 들었다.

그때 누가 오두막 문을 두드렸다.

"뢰이가, 가서 열어주렴." 마르그리에트가 말하자 뢰이가가 나갔다가 곧 돌아왔다. 한 노인이 어깨에서 눈을 떨어내며 따라왔다. 윈디르페들의 피에튀르 비아르드나손 목사였다.

“주님의 이름으로 인사드립니다.” 목사가 나직하게 말하며 속셔츠로 안경을 닦았다. 눈과 바람을 뚫고 걸어온 탓에 숨이 아주 가빴다. “윈디르페들 교구의 생명책에 이 댁 식구들을 적어두려고 왔습니다.” 목사가 말했다. “아, 소르바르뒤르 부목사, 안녕하신가. 아직도 이 계곡에 있군. 아, 그렇지. 블뢴달이 자네를…….”

“이쪽은 아그네스입니다.” 토티가 그의 말을 자르고 말했다. 아그네스가 한 걸음 앞으로 나아왔다.

“아그네스 욘스도티르입니다. 이 집에 죄수로 있습니다.”

마르그리에트가 놀라서 벌떡 일어나 욘을 바라보았고, 침대에 앉은 욘은 경악으로 입이 벌어져 있었다.

“뭐? 저 여자는 우리 가족이 아니…….” 뢰이가가 말하는데 토티가 끼어들었다.

“아그네스 욘스도티르는 제가 맡은 신도입니다. 일전에 말씀드렸지요.” 그는 놀라서 입을 벌린 채 자신을 바라보는 가족들의 시선을 의식하며 말했다. 길고 어색한 침묵이 흘렀다.

“그렇군.” 피에튀르 목사는 램프 밑 간이 의자에 앉더니 코트 안쪽에서 무거운 책을 꺼냈다. “코르든사우 식구들은 어떻게 지내시나요? 도축은 끝났습니까?”

마르그리에트는 토티를 이상하게 바라보다가 천천히 자리에 앉았다. "아, 네. 건초밭에 거름을 다 뿌리면, 그다음에는 시장에 내다 팔 옷가지들을 뜰 일만 남았어요."

노목사가 고개를 끄덕였다. "부지런한 가족이군요. 지방 관원 욘, 저와 먼저 이야기를 좀 하실까요?"

목사는 가족들 한 사람 한 사람과 차례로 대화를 나누며 그들의 읽기 능력과 교리문답 지식을 점검했다. 또 함께 사는 사람들의 지위를 확인하는 질문도 했다. 하인들까지 모두 목사와 시간을 보낸 뒤 아그네스의 차례가 되었다. 토티는 두 사람이 무슨 말을 나누는지 듣고 싶었지만, 읽기 시험을 마치고 안도한 크리스틴이 비아르드니와 함께 키득거리는 통에 아무 소리도 들리지 않았다. 목사는 아그네스와 그리 오래 이야기하지 않았고, 곧 그녀에게 고개를 끄덕였다.

"시간 내주셔서 감사합니다. 곧 교회에서 봅시다." 피에튀르 목사가 말했다.

"커피 드시고 가세요." 뢰이가가 예쁘게 무릎을 굽혀 절하며 말했다.

"고맙지만 다른 집에도 가봐야 하고, 날씨가 점점 나빠지고 있으니 사양해야겠군." 그는 머리에 모자를 얹고 책을 다시 두꺼운 코트 안에 넣었다.

"제가 배웅해드리죠." 토티가 뢰이가보다 먼저 말했다.

복도에서 토티는 목사에게 아그네스에 대해 뭐라고 적었느냐고 물었다.

"그걸 왜 묻지?" 목사가 의아한 듯 물었다.

"아그네스는 제가 맡은 신도예요." 토티가 말했다. "저는 신도의 태도와 읽기 능력을 알아야 할 의무가 있습니다. 아그네스의 안녕에 관여하고 있으니까요."

"좋네, 직접 보게." 목사가 교적부를 꺼내 새로 적은 페이지를 펼쳤다.

토티는 교적부를 들고 복도 벽의 촛불 아래로 가지고 가서 흐린 불빛 속에 눈을 찌푸린 채 글자를 읽었다. 아그네스 욘스도티르. 죄수. 34세.

"읽기 능력이 뛰어나." 토티가 읽는 동안 목사가 말했다.

"아그네스의 성격에 대해 쓴 이 내용은 뭡니까?" 어두워서 글자들을 알아보기가 쉽지 않았다.

"복잡하다고 쓴 걸세."

"어떻게 그런 결론을 내리시게 됐습니까?"

"지방 관원과 그 아내의 견해일세."

"목사님께서는 아그네스를 어떻게 생각하십니까?"

노목사는 교적부를 다시 품에 넣더니 어깨를 으쓱했다.

"말솜씨가 좋고 배운 게 많은 것 같네. 출신을 생각하면 놀랍지. 잘 컸어. 하지만 지방 관원 말이 행동을…… 예측할 수 없다더군. 히스테리가 있다고."

"아그네스는 사형을 앞두고 있습니다." 토티가 말했다.

"알고 있네." 목사가 문을 열면서 말했다. "잘 있게, 소르바르뒤르 목사. 강녕하시게."

"목사님도 강녕하십시오." 토티의 인사와 함께 문이 쾅 닫혔다.

✲

아그네스 욘스도티르. 자기 이름을 스스로 짓는 일이 그렇게 쉬울 줄이야. 하인 마그누스 마그누손의 딸이 아닌 브레퀴코트의 욘 비아르드나손의 딸. 내가 누구의 사생아인지 모두에게 알리는 이름.

아그네스 욘스도티르. 그 이름은 내가 원했던 나에게 어울려 보인다. 계곡을 굽어보는 오두막의 안주인. 옆에 남편이 있고, 해 질 녘이면 함께 노래하며 양떼를 집으로 몰고 오는 아이들이 있는 여자. 귀신 이야기로 겁을 주며 가르칠 아이들, 사랑할 아이들. 그 여자는 어쩌면 시귀르들뢰이흐와 스테인뵈르 욘스도티르의 언니가 될 수도 있었을 것이다. 마르그리에트의 딸로 결혼의 축복 아래 태어날 수도 있었을 것이다. 가난으로 찢어지지 않을 가정에.

아그네스 욘스도티르는 평생 사람들의 혈관과 입과 다리를 벌리며 살아온 남자를, 피를 뽑아 돈을 버는 남자를 사랑할 만큼 어리석지 않았을 것이다. 그 여자는 할머니가 되었을 것이다. 자손들에 둘러싸여 죽었을 테고, 천국에 한 자리를 마련했을 것이다. 그 여자는 천국을 믿었을 것이다.

이제는 믿기지 않지만, 한때 나는 분명 이들뤼가스타디르에서 행복했다. 나탄과 오후 내내 작업장에서 함께 지낸 첫날 나는 행복했다. 그는 내게 여우 두 마리의 털가죽을 보여주었다. 그것은 작업장 안에 널려 있었다. 그날 아침 바다 공기가 너무 축축해서 생선 건조대에 널 수가 없었기 때문이다.

그는 내 손을 잡고 흰 여우 털을 훑었다.

"느껴져? 여름에 이걸 레이캬비크에 가져가면 큰돈이 될 거야."

그는 산에서 어떻게 여우를 잡는지 설명했다. "방법은 여우 새끼를 찾아서 잡는 거야. 그런 다음 새끼가 부모를 찾아 울게 만들지. 안 그러면 놈들을 굴 밖으로 꾀어낼 수가 없거든. 꾀가 많은 놈들이니까. 교활하고. 사람이 오는 냄새도 맡아."

"어떻게 여우 새끼를 울게 만들어?"

"앞다리를 부러뜨리지. 그러면 달아나지 못해. 부모들이 새끼 울음소리를 듣고 굴 밖으로 뛰어나오는데, 그때 잡으면 돼. 자기 새끼를 두고 떠나지는 않으니까."

"부모를 죽이면 새끼는 어떻게 하고?"

"어떤 사냥꾼은 그냥 죽게 둬. 새끼 여우는 너무 작아서 가죽을 팔 수 없거든."

"그러면 당신은?"

"돌멩이로 대가리를 깼어."

"그게 그나마 옳은 일이네."

"그래, 그냥 두고 가는 건 잔인하지."

그는 나에게 책들을 보여주었다. 내가 재미있어할 것 같다고 했다. "시가는 책을 안 좋아해." 그가 말했다. "글을 잘 몰라. 가르쳐도 잘 안 돼."

나는 손가락으로 종이를 훑으며 거기 적힌 낯선 언어를 읽어보려 했다.

"쿠타네오우스 디세아세스." 그가 내 어색한 발음을 고쳐주었다. "코클레아리아 오피키날리스."

"다시 말해봐."

"케트라리아 이슬란디카. 앙겔리카 아르캉겔리카. 아킬레아 밀레폴리움. 루멕스 디기누스."

그것은 내가 모르는 언어였기에 나는 그의 웃음을 키스로 막고 내 혀 위에 그의 혀를 느꼈다. 그 말들의 의미가 무엇일까? 작업장의 유리병과 토기에 든 물건들의 이름일까? 나탄이 목에 키스하자 내 생각들은 욕망의 물결에 실려 사라졌다. 그가 나를 테이블 위에 올린 뒤 우리는 바삐 옷을 더듬었고, 그는 내가 준비도 되기 전에 내 안으로 들어왔다. 나는 한숨을 쉬었다. 등 밑에 종잇장들이 느껴졌다. 글자들이 종이에서 올라와 피부에 박히는 것 같았다. 나는 두 다리로 그를 조이고, 차가운 바다 공기가 내 목을 움켜잡는 것을 느꼈다.

얼마 후, 나는 골반을 테이블 가장자리에 기댄 채 알몸으로 서 있었다. 앞에 떨어진 나탄의 책들이며 구겨진 종이들이 우리 사랑의 소용돌이를 보여주었다.

"세상에 병이 이렇게 많다니, 나탄. 이게 다 질병과 공포의 책들이야?"

"아그네스."

그가 조용히 내 이름을 불렀다. 맛이라도 보듯 "스" 발음을 혀 위로 굴리면서.

"나탄, 세상에 이렇게 병이 많으면…… 사람이 잘못될 수 있는 일이 이렇게 많으면, 어떻게 우리가 살아 있을 수 있는 거지?"

시가는 우리 일을 알았을 것이다. 이들뤼가스타디르에 가고 처음 며칠 동안 우리는 밤에 시가가 잠들 때까지 기다렸다. 그런 뒤 나탄이 바스토바의 바닥을 조심조심 밟고 와서 내 모포를 가볍게 당겼다. 나는 소리를 내지 않으려고 애썼다. 우리 몸은 풀 수 없을 것처럼 뒤엉켰지만, 아침의 첫 햇살은 칼처럼 우리의 밀회를 잘라버렸다.

그는 언제나 시가가 깨기 전에 자신의 침대로 돌아갔다.

✱

아그네스는 생각에 잠긴 것 같았다. 토티가 어깨에 손을 얹자 그제야 깜짝 놀라며 그가 방에 돌아온 것을 알아차렸다.

"놀라게 해서 미안합니다." 그가 말했다.

"아녜요." 아그네스가 다소 숨 가쁜 소리로 말했다. "코를 세고 있었어요."

"계속할까요?" 그가 물었다.

"어디까지 이야기했었죠?"

"이들뤼가스타디르에 간 첫날에 대해서 이야기했습니다."

"아, 그랬죠. 나탄은 저를 보고 반가워했고, 제가 편히 지낼 수 있도록 이것저것 봐준 뒤 주변 사람들과 농장들에 대해 들려주었어요. 몇 주 동안은 특별한 일이 없었어요. 저는 시가와 함께 새벽부터 해 질 녘까지 일했어요. 밤이면 함께 이야기도 나누고 웃고 하며 지냈죠. 처음 몇 달은 대체로 행복한 시절이었어요. 시가는 나탄이 집에서 이렇게 많은 시간을 보낸 적이 없다고 했는데 저는 그게 저 때문이라고 생각했죠. 그는 낮에도 농장을 돌보기보다는 주로 작업장에 나가 연장을 만지고 수리하곤 했어요. 풀이나 말을 돌보는 일은 사람을 사서 했죠. 게을러서 그런 건 아니었어요. 그는 저에게 피 뽑는 법을 일러주고, 사람이 걸리는 온갖 질병에 대해 알려주었어요. 아마 나탄은 자기 일에 흥미를 보이는 사람이 곁에 있는 게 좋았던 것 같아요. 시가는 예쁘고, 빨래도 물고기 손질도 잘했지만, 나탄이 말하는 지적인 작업은 좋아하지 않았거든요. 저는 책을 원하는 만큼 읽으면서 과학에 대해서도 조금 알게 되었죠. 목사님, 다리에 반점이 생기고 잇몸에서 피가 나면 양배추를 먹어야 한다는 걸 아시나요?"

토티는 웃었다. "아뇨, 몰랐습니다."

"처음에는 농담인 줄 알았는데, 풀잎 차라든가 돼지기름과 유황을 섞은 습포라든가, 나무뿌리 수액, 양배추같이 간단한 것들이 사람을 치료하는 걸 제 눈으로 직접 보게 되었어요.

저는 이들뤼가스타디르로 온 게 정말로 행운이라고 생각했어요. 나탄은 저에게 물범 가죽 신발을 만들어주고, 숄도 주었어요. 오리 알도 원하는 만큼 먹을 수 있었고요. 출타했다 돌아오면 그는 항상 시가와 저에게 줄 선물을 사 가지고 왔어요. 제가 처음에 시가를 보고 나탄의 딸이라고 생각한 것도 그래서였죠. 나탄은 시가에게 좋은 옷을 입혔고, 제가 오자 저에게도 선물을 사주었어요. 레이스, 실크, 그리고 멀리 프랑스에서 수입했다는 손수건 같은 것들을요. 그렇게 외떨어진 곳에서 비좁게 살았지만, 호사를 누리는 기분이었어요. 손님이 오는 경우는 별로 없었어요. 하지만 저에게는 나탄이 있었고, 시가도 함께하기 힘든 친구는 아니었죠." 아그네스는 목소리를 낮추었다. "목사님, 시가를 보신 적 있나요? 청원이 받아들여졌나요?"

토티는 천천히 고개를 저었다. "아직 모릅니다."

아그네스는 생각에 잠겼다. "시가는 아마 변했을 거예요. 아주 경건해졌겠죠. 하지만 이들뤼가스타디르에서는 버릇없이 굴 때가 많았어요. 사람들에 대해 추측하는 걸 좋아해서 나탄은 시가에게 누가 누구랑 결혼할 것 같냐, 그 아이들은 어떻게 생겼을 것 같냐 하는 식의 질문을 자주 했어요. 일종의 놀이였죠. 그는 시가의 단순함을 재미있어했어요. 시가가 자신을 가정부라고 하는 것도, 또 요강을 비우거나 우사를 치우거나 나탄이 잡아 온 물고기를 말리는 일 같은 잡일을 나한테 시키는 것도 전 상관없었어요. 나탄이 말한 대로 시가는 어린애였고, 생각도 어렸으니까요.

제가 오고 얼마 지나지 않아서 프리드리크 시귀르드손이 이들뤼가스타디르에 왔어요. 만난 건 그때가 처음이었지만 시가에게 이야기를 들어서 알고 있었죠. 프리드리크는 나탄하고 알고 지내는 사이라고 했어요. 프리드리크 이야기를 할 때면 시가는 언제나 얼굴이 껍질 벗긴 양처럼 붉어졌죠. 하지만 프리드리크를 봤을 때 저는 안 좋은 느낌을 받았어요. 프리드리크는 좀 불안한 데가 있었어요. 그건 나탄도 마찬가지였지만요. 두 사람 다 감정 기복이 심해서, 방 안은 유쾌한 분위기였다가도 순식간에 서로 으르렁거리는 대치 상태로 바뀌곤 했어요. 그런 일에는 전염성이 있었어요. 두 사람 곁에 있다 보면 작은 불만도 참기 싫어졌죠. 프리드리크는 자신이 남자라는 걸 증명하고 싶어 안달 난 무모한 청년 같았어요. 화도 너무 잘 냈고요. 온 세상이 자신에게 적대적이라는 생각에 분노하는 것 같았어요. 저는 그 아이의 그런 점, 화낼 구실을 찾는 점이 싫었어요. 그 아이는 늘 싸우고 싶어 했어요. 손에 멍 자국을 달고 다녔죠.

나탄은 달랐어요. 그는 누구에게도 자신을 증명할 필요가 없었으니까요. 하지만 그 사람은 미신에 휘둘렸죠. 게다가 제가 좋아한 그의 특징, 세상을 보는 눈, 지식에 대한 열망, 친한 사람들과 편하게 어울리는 태도에는 어두운 면이 깃들어 있었어요. 전부 절망이 찾아왔을 때 그걸 이기기 위해 밝은 하늘을 더 열심히 보는 것과 같았죠."

토티가 얼굴을 찌푸리고 목을 문지르자 아그네스가 말을 멈추었다.

"불편하신 대목이 있었나요?" 그녀가 물었다.

토티는 목을 가다듬고 말했다. "공기가 좀 답답해서요. 계속하세요. 조금 있다 물을 가져다 먹겠습니다."

"얼굴이 창백해 보여요."

"이런 날씨에 밖을 돌아다녀서 가벼운 감기에 걸렸을 뿐이에요."

"오늘 밤 브레이다볼스타뒤르에 돌아가시지 않는 게 좋을 것 같네요."

토티는 미소를 짓고 고개를 저었다. "이보다 더 나쁠 때도 있었습니다. 방해할 생각은 없었는데요. 계속하세요."

아그네스는 그에게 신중한 눈길을 던지고 고개를 끄덕였다. "그러면 계속할게요. 프리드리크 시귀르드손이 처음 왔을 때 저는 시내에서 물을 긷고 있었어요. 누가 소리를 쳐서 고개를 들어보니 붉은 머리 청년이 말을 타고 산길을 내려오고 있었어요. 여자도 있었고요. 나탄이 작업장 창문으로 내다보더니 곧바로 문을 잠그고 나왔어요. 이들뤼가스타디르에는 손님이 별로 없었는데, 나탄은 그런 생활 방식을 좋아하는 것 같았어요.

나탄이 그 청년을 프리드리크라고 소개하자, 프리드리크는 저에게 카타달뤼르의 농부 시귀르뒤르의 아들이라고 인사했어요. 카타달뤼르는 산 바로 너머에 있었죠. 그는 겨울 동안 집을 떠나 있었다면서 같이 온 여자를 소개했어요. 치아 상태가 엉망인 여자 하인 소륀이 웃으며 인사를 했어요. 그런데 소륀을 보자 시가가 불안해했어요. 사실을 말하면 목사님, 프리드리크도 소륀도 제게는 첫인상이 별로 좋지 않았어요. 프리드리크는 허풍꾼 같았어요. 자기가 아버지를 부자로 만들어줄 거라는 둥, 베스튀르호프에서 세 사람하고 붙어서 다 박살을 냈다는 둥, 통 종잡을 수 없는 이야기를 늘어놓았죠. 그 나이의 어린 청년이 흔히 떠드는 한심한 거짓말들이었어요. 나탄이 왜 그런 말을 가만히 듣고 있었는지 모르겠어요. 그 사람은 자기 행운을 과시하기를 즐기면서도, 남에게서 그런 이야기를 듣는 건 안 좋아했거든요. 하지만 그가 시가에게 인생의 스승이 되고 싶다고 한 적이 있었기에, 전 아마 프리드리크에게도 그런가 보다 생각했어요.

그날 나탄은 프리드리크와 소륀을 집 안에 들였어요. 저는 손님들에게 큰 관심이 없었지만, 프리드리크의 집안이 꽤 가난하다는 건 알 수 있었어요. 생선을 먹는 모습이 굶주린 사람 같았어요. 나탄의 친구로는 참 특이하다고 생각했죠.

프리드리크가 소륀과 함께 떠나자 나탄이 사라졌어요. 그가 다시 나타났을 때 어디 갔었냐고 물었더니, 그는 웃으면서 자기 물건을 확인하고 왔다고 했어요. 이유를 묻자 프리드리크는 손버릇이 안 좋다고, 그가 여기 오는 건 오직 자기 돈을 훔칠 생각 때문이라고 하더라고요.

그게 사실이라면 왜 프리드리크를 집에 들이느냐고 묻자, 나탄은 껄껄 웃더니 어쨌건 오두막에는 돈이 없고 또 자신은 그런 놀이가 재미있다고 했어요. 두 사람 사이에는 우정이 아니라 지루함에서 비롯한 이상한 경쟁 관계가 있었어요. 프리드리크는 나탄이 부자라고 생각하고 그의 돈을 훔치려 했고, 나탄은 프리드리크가 돈을 못 찾을 걸 알면서도 재미로 그를 부추겼죠. 제가 그런 남자를 자극하는 건 위험하다고 말하자 나탄은 다시 웃으며 프리드리크는 아직 남자라고 할 수 없다고, 무모한 소년일 뿐이라고 했어요. 하지만 저는 불안했죠.

프리드리크는 덩치가 그의 두 배쯤 되니 마음만 먹으면 그를 쉽게 제압할 수 있다고 말했어요. 그 얘기에 나탄은 기분이 상했어요. 그때 우리는 처음으로 싸웠죠."

"나탄은 뭐라고 했나요?"

"제 팔을 잡고 밖으로 데리고 나가더니 시가 앞에서 자신에 대해 그렇게 말하지 말라고 했어요. 저는 그저 사실을 말했을 뿐이지 망신 줄 생각은 아니었다고, 시가도 나처럼 나탄을 좋게만 본다고 했죠. 그 말에 그는 기분이 좋아졌는데, 저는 그 사람의 기분이 그렇게 빨리 변하는 것에 놀랐어요. 나중에 그의 변덕이 엄청나다는 걸 알게 되었죠. 그의 표정이 어두워지면 얼마나 아찔했는지. 전날까지 사이좋게 지내다가도, 그다음 날이면 바닥에 물만 쏟아도 당장 나가라고 소리치는 일이 다반사였어요. 산이 높으면 골이 깊듯이요."

"그걸 알았다면 그 집에 하인으로 안 갔을까요?" 토티가 물었다.

아그네스는 잠시 멈칫했다가 고개를 젓고 조용히 말했다.

"저는 바튼스달뤼르를 떠나고 싶었어요."

"시가 이야기를 좀 해주세요." 토티가 부드럽게 말했다.

"그날 밤, 그러니까 프리드리크가 다녀간 날 밤 시가는 결혼 이야기를 했어요. 제가 시가에게 프리드리크 시귀르드손이 매력도 넘치고 앞날도 촉망되는 것 같지 않냐고 물었죠. 물론 농담이었어요. 프리드리크는 주근깨투성이 얼굴에 머리는 붉고 피부는 소시지처럼 얼룩덜룩한데다 집안은 찢어지게 가난했으니까요. 하지만 제 질문에 시가는 얼굴이 새빨개져서는 프리드리크가 소륀과 약혼한 것 같냐고 물었어요. 그때 저는 시가가 프리드리크를 마음에 두고 있다는 걸 알았죠.

저는 시가를 놀렸어요. '결혼하는 게 얼마나 힘든 일인지 알아?' 시가는 '지금보다 힘들지는 않겠죠' 하고 대꾸했어요. 저는 웃으며, 농장 일 때문이 아니라 너 같은 하녀가 결혼 허가를 받으려면 넘어야 할 산이 많다는 뜻이라고 했죠. 먼저 목사에게 허락을 받아야 하고, 지방 관원의 허락도 받아야 하고, 군수도 반대하지 않아야 하고, 마지막으로 나탄도 허락해야 한다고요. 최종 결정권은 주인에게 있으니까요.

'남편감 말고도 여러 남자의 허락이 필요해.' 시가는 표정이 좋지 않았죠. 나탄의 허락이 필요하다는 말에 얼굴이 창백해지더니 거기서 이야기를 멈추었어요. 제가 나탄에게 들은 말, 그러니까 그가 프리드리크와 일종의 놀이를 한다는 말로 기분을 풀어주려고 해도 소용없었어요.

'프리드리크가 정말 도둑일까요?' 시가가 묻길래 저는 아니라고, 정직한 친구일 거라고 했어요.

그 이야기, 그러니까 결혼하려면 나탄의 허락이 필요할 거라는 말에 시가가 낙담하더라는 얘기를 전하자 나탄은 껄껄 웃었어요. 어차피 알아야 할 일이라면서요. 전 시가가 프리드리크를 좋아하는데 당신이 그를 도둑으로 생각하는 게 마음에 걸리는 모양이라고 덧붙였어요. 나탄은 짐승 두 마리를 한 우리에 가둬놓으면 그렇게 되는 법이라고 말했고, 그때는 거기서 얘기가 끝났어요.

그 무렵은 양 번식기였어요. 날씨가 좋았기 때문에 나탄은 돈을 벌기 위해 북부 곳곳을 돌아다니며 치료를 하고 약을 팔고 있었죠. 그런데 나탄이 집에 없을 때 양들이 출산을 시작했어요. 시가와 제가 암소를 먹이고 있는데 암양 한 마리가 새끼를 낳기 시작한 거예요. 시가도 저도 갓난 새끼 양을 흔들어 숨을 틔워줄 힘이 없는데, 나탄이 몇 주 후에 돌아왔다가 새끼 양의 숫자가 적어서 실망하면 어쩌나 걱정이 들었죠. 나탄은 농장에 다른 사람을 절대 들이지 말라고 했지만, 저는 어쩔 수 없이 시가에게 이웃 농장에 가서 남자 일꾼을 한 명 불러오라고 했어요. 시가는 프리드리크를 데리고 왔어요.

처음에는 나탄이 한 말 때문에 프리드리크를 들여도 되는 걸까 걱정이 들었지만, 어쨌건 우리에겐 도움이 필요했고 프리드리크가 왔을 때는 다른 양들도 출산에 들어간 터였어요.

프리드리크는 농부의 아들이라 새끼를 어미에게서 잡아 뺀 뒤 휙휙 휘둘러 숨을 틔워주는 일을 잘했어요. 어미 양 한 마리가 젖꼭지가 너무 커 새끼 입에 물리지 못하자, 잡동사니로 가짜 젖꼭지를 만들어서 우리 손으로 젖을 먹이게도 해주었죠. 저는 프리드리크에게 약간 호감을 갖게 됐지만, 그래도 그 애를 집에서 재울 생각은 없었어요. 그래서 우사에 잠자리를 만들어주었죠.

프리드리크는 번식기 중 일주일 동안 우리와 함께 지냈고, 그동안 저는 그 아이가 집 안 물건에는 절대 손을 못 대게 했어요. 프리드리크는 모든 물건에 값을 매기는 것 같았거든요. 갓난 새끼 양들과 어미 양들, 암소, 땅, 심지어 시가의 머리에 달린 실크 리본까지도 값을 계산했어요. 저는 그냥 가난하게 자라서 그러나 보다 생각하면서도 그 아이를 유심히 살폈어요. 특히 프리드리크가 오두막 현관 앞의 땅을 파는 걸 보았을 때는요. 제가 뭐 하는 거냐고 물었더니, 웃으면서 아무것도 아니라고, 전에 나탄에게 돈을 좀 맡겼는데 나탄이 돈을 어디 묻었는지 잊어서 못 돌려받았다고 했어요. 하지만 저는 그게 거짓말이라는 걸 알았어요. 프리드리크 시귀르드손은 돈이라면 땡전 한 푼 없었으니까요. 그 아이는 나탄의 돈을 찾는 거였어요.

하지만 시가는 프리드리크의 음흉함을 모르는 것 같았어요. 그 봄에 저는 시가가 프리드리크를 좋아한다는 걸 확실히 알게 됐죠. 시가는 프리드리크가 바깥에서 일할 때 이것저것 가져다주고, 또 그 아이가 떠벌리는 싸움질 이야기나 무모한 영웅담을 들으며 키득거렸어요. 저녁이면 우유를 가져다주고 저녁 인사를 하겠다며 우사에 자주 갔는데, 한번 나가면 한참이 지나서야 돌아왔죠. 말씀드렸듯이 시가는 어리고 예뻤고, 프리드리크는 이가 누런 소린을 금세 잊은 것 같았어요. 프리드리크는 말을 잘 탔어요. 시가에게 잘 보이려고 말을 달리며 죽도록 채찍질을 하곤 했죠. 그 착한 말이 피투성이가 되어 프리드리크를 떨구었을 때도, 시가는 그에게 식사를 가져다주고 그가 게걸스레 식사하는 동안 옆에 앉아 부어오른 관자놀이를 문지르는가 하면 제 눈을 피해서 거기 키스도 해주고 그랬어요.

돌아온 나탄은 어미 양들 대부분이 새끼를 낳은 것을 보고 우리더러 잘했다고 했어요. 시가가 프리드리크 아니었으면 그렇게 못했을 거라고 하자, 나탄은 자기가 집에 없을 때 왜 그 도둑놈을 집에 들였느냐고 했어요. 시가는 울었죠. 그 애는 나탄에게 맞설 만한 배짱이 없었거든요. 나탄이 계속 시가를 꾸짖자 제가 나서서 그 아이를 불러오자고 한 건 나였다고 말했어요.

저는 나탄에게 당신이 이들뤼가스타디르에만 묶여 지낼 수 없다는 건 알지만, 남자의 도움 없이 시가와 내 힘만으로는 할 수 없는 일들이 있다고 했어요. 우리는 새끼 양을 휘두를 힘이 없고, 또 그것 말고도 다른 할 일이 많았다고 했죠. 당신이 프리드리크를 얼마나 싫어하건 간에 그 아이 덕분에 가축들이 살았다고, 또 그 아이를 집 안에 재우지도 않았다고 했어요. 프리드리크가 돈을 찾아 마당을 판 이야기는 하지 않았죠.

나탄은 결국 마음을 다스렸고, 이들뤼가스타디르는 여느 때의 상태로 돌아왔어요. 그는 수확 일을 위해 게이타스카르드에서 다니엘 그뷔드뮌손을 데리고 오겠다고 했어요. 자신이 없을 때 우리를 도와줄 남자가 필요한 건 맞지만, 그게 프리드리크는 아니라고 했죠."

10장

1828년 4월 13일

바튼센디의 로사 그뷔드뮌스도티르는 법원 출두를 요청받았다. 그녀는 사건에 대해 어떤 정보도 제공할 수 없다고 하면서도, 아그네스가 그 겨울의 어느 날 자신을 찾아와 주인 나탄을 칭찬했다는 이야기를 했다. 이들뤼가스타디르에 맡겨 키우던 딸은 이제 엄마인 로사에게 돌아와 있다. 아기는 세 살로, 살인 사건 당시 아무런 피해도 입지 않은 듯하나 항상 나탄이 "언덕에 있다"는 말을 하는데, 이는 살인이 일어난 뒤 아기가 들은 말이라고 한다. 로사는 아그네스나 시그리뒤르를 잘 모르며 그들에 대해 특별히 할 말이 없다고 했다. 그녀에 따르면, 나탄은 바튼센디에서 로사 부부와 함께 두 해를 지내고 1825년 여름에 그곳을 떠났다. 당시 나탄은 돈이 많았다고 한다. 그녀는 그 보관 비용으로 은화 쉰 개를 받았다.

나탄이 떠난 이듬해 봄에 카타달뤼르의 프리드리크가 바튼센디에 찾아와 그녀에게 우사에서 조용히 이야기를 하자고 청했다. 그때 그는 그녀에 대한 욕망을 표현하고, 그날 밤을 그 집에서 보내며 그녀와 잠자리를 하고 싶다고 했다고 한다. 그녀는 거절한 뒤 집으로 들어와, 남편에게 나중에 프리드리크가 또다시 부탁해도 절대 그를 집에 들이지 말라고 말했다. 이후 남편 올라브가 그녀에게 말하기를, 프리드리크가 와서 나탄의 돈이 보관된 창고를 보고 싶다고, 나탄이 자신에게 만약 로사의 집에서 자게 되면 그 돈을 가져도 된다고 했다는 얘기를 전했다고 했다. 그리고 프리드리크는 올라브에게 은화 몇 개를 주면서, 자기 어머니가 창고의 어떤 나무통 아래 돈이 숨겨져 있는 꿈을 꾸었다고 했다는 것이었다. 로사는 남편에게 창고에는 나탄의 돈이 전혀 없으니 프리드리크가 얼마든지 찾아봐도 좋다고 했다. 나중에 올라브가 외출한 사이, 프리드리크는 로사와 하녀가 자고 있는데도 창고에 들어가서 나무통을 샅샅이 뒤졌다. 하지만 결국 아무것도 찾지 못하자 "어머니가 꿈을 더 자세히 꾸어야 한다"고 말했다. 창고에 움직일 수 없는 어떤 무거운 물건이 있었다고, 어디를 찾아봐야 할지 어머니에게서 더 자세한 이야기를 듣고 오겠다고도 덧붙였다. 하지만 그는 돌아오지 않았다.

이 사건 이후로 사람들은 프리드리크가 돈을 못 찾아서 나탄을 미워한다고 생각했다. 로사는 이듬해 봄 나탄에게 자신이 맡아두었던 돈을 주었지만, 그전까지는 오랫동안 그에게서 소식을 듣지 못했다고 했다. 그녀와 함께 살 때 나탄은 농장 안팎의 땅에 돈을 묻어두었다고 한다. 로사에게서 얻어낼 수 있는 증언은 이상이 전부이며, 로사는 여기 적은 내용이 다 사실이라는 확증은 줄 수 없다고 했다.

성명 미상의 서기, 1828년

토티는 브레이다볼스타뒤르의 어두운 바스토바에서 숨을 몰아쉬며 깨어났다. 침대에 몸을 일으켜 앉을 때 머리에 피가 뜨겁게 몰렸고, 두 팔은 떨리면서 무너졌다. 그는 기침을 해보려고 했다. 혀가 입천장에 달라붙어 있었다.

방 한쪽에서 아버지가 자고 있었다. 이따금씩 코 고는 소리가 끊겼고, 숨소리는 몇 초 동안 힘겹게 멈추었다가 우르릉하고 다시 뿜어져 나왔다. 왜 아직도 주무시는 걸까. 토티는 생각했다. 아침이 된 것 같은데. 목을 좀 축여야겠어.

토티는 어지럼증과 싸우면서 애써 다리를 바닥으로 옮겨 맨발을 마룻바닥에 부드럽게 놓았다. 악몽을 꾼 모양이야. 그는 가슴이 벌렁거리는 것을 느끼며 생각했다. 물을 가져와야지.

찬광의 찬 공기가 끈끈한 피부에 상쾌하게 닿았다. 여기서 자야 할 것 같아. 토티는 바닥에 앉으며 생각했다. 바스토바는 너무 더워, 누가 밑에서 불을 때고 있어.

아버지의 거친 손이 겨드랑이를 잡아 일으켰을 때 그는 다시 잠에서 깼다.

"감기 걸리려고 작정한 거냐? 미친 사람처럼 자다가 일어나서 돌아다니다니."

"어머니?"

잠시 침묵이 흘렀다. "아니, 아비다."

욘 목사는 뒤로 비틀거리며 아들을 일으켜 옆에 세웠다. "이제 걸어봐라." 그가 바닥에 내려놓은 촛불을 집어 들면서 말했다. "아직도 잠이 안 깬 거냐?"

토티는 고개를 저었다. "아뇨, 잠은 다 깼어요. 몸이 이상해서 물을 마시고 싶었어요. 저기서 잠들었나 봐요."

그는 아버지가 내민 팔을 잡았고, 두 사람은 함께 바스토바로 휘청휘청 돌아왔다. "이제 침대로 가라." 그러고서 아버지는 몇 걸음 뒤로 물러나 토티가 선 채 흔들거리는 모습을 보았다. 그의 눈은 유난히 밝았고, 머리는 촛불 빛 속에 땀으로 젖어 있었다.

"지쳤구나, 얘야. 이렇게 일기가 안 좋을 때 자꾸 코르든사우에 가는 게 문제 같다. 그 일이 네 정신을 혼란스럽게 하는 게야."

토티가 고개를 들었다. "아버지?"

욘 목사는 쓰러지는 토티를 잡았다.

*

이제 낮이 점점 짧아지고 있다. 어떤 일이든 할 시간은 충분하다. 사실 시간이 너무 많다. 그래서 코르든사우의 가족은 일요일 오전의 고통스러운 몇 시간을 때우기 위해 교회에 갔다. 산봉우리들은 눈에 덮이고, 우사의 물은 간밤에 얼었다. 욘이 비아르드니를 보내서 망치로 얼음을 깨게 했다. 지금은 비아르드니와 욘과 나, 이렇게 셋이 남아서 식구들이 돌아오기를 기다리고 있다.

목사는 어디 있는 걸까? 그를 못 본 지 여러 날이 지났다. 내 생일에는 그가 올 줄 알았다. 교적부에서 생일을 봤을 테니까. 하지만 그날은 아무 일 없이 지나갔고, 나는 식구들에게 아무 말도 하지 못했다. 십일월의 날들이 천천히 흘러가는데, 그는 계속 오지 않고 나를 달래줄 편지도 전갈도 없다. 스테이나는 그가 날씨 때문에 오지 않는 것 같다고 했다. 일주일 전에는 눈보라에 집이 거의 파묻힐 뻔했다. 아마도 그는 다른 일로 바쁜지도 모른다. 생명책을 들고 교구를 다니며 수많은 사람의 이름을 기록하고 있을 것이다. 아니면 이제 내 이야기는 들을 만큼 들었다고 생각할지도 모른다. 어쩌면 내가 한 어떤 말에서 나의 유죄를 확신하고, 내가 버림받고 처벌받아 마땅하다고 생각하는지도 모른다. 나는 너무도 불경하다. 기독교 신앙에 헌신하는 그의 발걸음을 비틀거리게 만든다. 사랑 가득한 하느님에 대한 그의 믿음을 흔든다. 어쩌면 블뢴달이 그를 다시 불러서 내 이야기를 그만 들으라고 말했는지도 모른다. 어쨌건 그가 아무 말도 없이, 다시 온다는 약속도 없이 나를 버려두는 것은 잔인하게 느껴진다. 그가 오지 않으니 빛이 매 맞은 개처럼 서둘러 달아나는데도 하루하루가 더디게 흘러가는 것 같다. 할 일은 점점 줄어들고, 그를 기다리는 일은 칼날 위에 선 양 나를 불안하게 한다. 눈 위의 발소리, 복도의 기침 소리만 들려도 그가 왔나 생각한다. 하지만 그는 오지 않는다. 하인들이 짐승에게 저녁 꼴을 주고 돌아오는 소리이거나 마르그리에트가 손수건에 대고 기침하는 소리일 뿐이다.

기다림이 계속되니 병들고 싶어진다. 왜 지금이 아닌가? 왜 지금 여기 이 농장에서 바로 도끼를 들어 처단하지 않는가. 비아르드니는 그 일을 할 수 있다. 그뷔드뮌뒤르도. 남자들 누구라도 할 수 있다. 그들은 즐거이 내 얼굴을 눈 속에 박고, 사제도 판사도 격식 따위도 없이 내 머리를 잘라낼 수 있다. 나를 죽일 생각이라면 왜 지금 바로 죽여서 끝내버리지 않는가?

블뢴달 때문일 것이다. 그는 나를 무기력하게 만든 뒤에 죽이고 싶어 한다. 내가 무너지는 모습을 보고 싶어 한다. 세상에서 내게 남은 유일한 위안을 빼앗는 그는 야만인이다. 그는 토티를 빼앗아 가서 내 시간을 힘겹게 만든다. 작별할 시간을 이렇게 많이 주다니, 잔인한 선물이다. 내가 언제 죽을지 왜 말해주지 않는가? 어쩌면 내일일 수도 있다. 그리고 도와줄 목사는 여기 없다. 그는 왜 오지 않는가?

이런 최후에 넌더리가 난다. 사형수가 되어 농장의 일상 속에서 지내는 것은 심장을 얻어맞으며 사는 일 같다. 스토라보르그에 그냥 있는 편이 나았을 텐데. 거기서라면 굶어 죽었을 수도 있을 테니까. 진흙투성이가 된 채 추위와 절망에 시달리면서 내 몸은 죽을 운명을 깨닫고 모든 것을 포기했을 것이다. 그러는 편이 눈 오는 날 한갓지게 털실을 감으며 죽임당할 날만을 기다리는 것보다는 나을 것이다.

어쩌면 다음 주 일요일엔 마르그리에트에게 나도 교회에 데리고 가달라고 부탁할 수 있을지 모른다. 우리가 빠진 생의 진창에서 눈을 돌리게 해주는 것이 신의 역할 아닌가. 우리는 모두 난파자다. 모두 가난의 습지에 난파했다. 마지막으로 교회에 간 것이 언제던가? 이들뤼가스타디르에서는 아니었다. 게이타스카르드에서 다른 하인들과 간 게 마지막일 것이다. 우리는 말을 타고 가 교회 뒤에서 말털이 붙지 않은 깨끗한 옷으로 갈아입으며 맨다리에 차가운 아침 바람을 느꼈다. 사람들이 복닥복닥 모인 공간의 답답한 열기, 코 훌쩍이는 소리, 기침하는 소리, 아기 칭얼대는 소리가 그립다. 목사의 목소리에 귀를 열고 그 음률만이라도 듣고 싶다. 가난한 농장들에서 일하며 아기 엉덩이를 닦고 재와 기름으로 똥 기저귀를 빨던 어린 시절에 그랬던 것처럼, 교회로 달아나 내가 무언가 순수한 것의 일부라고 느끼고 싶다.

나탄이 나를 티외르든의 교회에 보냈다면 이렇게 되지 않았을 것이다. 그랬다면 나는 거기서 친구들을 사귀었을 테니까. 모든 일이 꼬였을 때 기댈 수 있는 사람들을 만났을 테니까. 어쩌면 나를 고용해줄 다른 농부도 만났을지 모른다. 하지만 그는 교회에 가는 걸 허락하지 않았고, 나는 친구도 의지할 곳도 없이 그 추운 땅에 혼자였다.

다른 방식으로 만났다면 로사와 나는 친구가 되었을지도 모른다. 나탄은 항상 우리가 백조와 갈까마귀처럼 다르다고 했지만, 그 말은 틀렸다. 우선 우리는 둘 다 그를 사랑했다. 그리고 내가 목사에게 뭐라고 말했건, 로사의 시는 내 영혼의 부스러기에 불을 붙여 나의 내면을 밝혔다. 나탄은 늘 그녀를 사랑했다. 어떻게 그러지 않을 수 있었겠는가? 로사의 시는 사람들을 램프로 만들었다.

우리는 서로를 이해하지 못했지만, 그것은 나뿐 아니라 그녀의 잘못이기도 하다. 나를 처음 만난 순간, 로사는 우리가 적이라는 점을 분명히 밝혔다. 그녀는 어느 여름밤 이들뤼가 스타디르의 바스토바에 유령처럼 나타났다. 그녀가 오는 소리, 문이 열리는 소리를 아무도 듣지 못했다. 로사는 어린 딸을 안고 나타났다. 검은 옷차림이었는데, 그 색이 피부와 대조되어 얼굴에서 빛이 나는 것 같았다. 시가는 언제나 로사가 천사 같다고 말했다. 하지만 그날 밤 나는 그녀가 피곤하고 지쳐 보인다고 생각했다.

나는 로사가 나를 아는 것보다 로사에 대해 많이 알고 있었다. "멋진 여자야." 언젠가 나탄이 말했을 때 나는 질투의 바늘에 폐가 찔리는 느낌이었다. "훌륭한 산파에, 뛰어난 시인이지." 게다가 로사는 그의 아이를 낳았다! 그들의 딸은 아무것도 놓치지 않는 그의 예리한 눈빛을 닮았다. 하지만 나탄은 나를 안심시켰다. "로사는 나를 숨 막히게 했어. 내가 계속 자기 부부하고 같이 살기를 원했지. 하지만 나에겐 나만의 인생이 필요했고, 지금 그 인생을 살고 있어. 내 농장에서 누구의 간섭도 없이."

그는 로사에게 절연을 알리는 편지를 보냈다고 했다. 그리고 나에게 품은 사랑이 그녀에게 품었던 사랑보다 더 크다고도 말했다. 그는 내가 사생아, 빈민, 하인이라는 사실을 좋아했다. "너는 모든 걸 싸워서 얻어야 했잖아. 악착같은 삶이지. 로사하고는 달라."

하지만 그날 저녁 그녀가 두 사람의 딸을 안고 문 앞에 나타났을 때, 나탄의 얼굴은 환히 빛났다.

로사는 아무 말도 하지 않았다. 나를 바라보자 눈이 가늘어졌다. 내 얼굴에 총이라도 겨누는 것 같았다.

"당신이 아그네스 마그누스도티르로군요. 키디아스카르드의 장미. 계곡의 장미라는."

장갑을 벗은 그녀의 손이 내 손에 차갑게 닿았다.

"나는 시인 로사예요. 드디어 만났군요. 반가워요."

로사는 시가를, 이어서 나탄을 보고 눈썹을 치올렸다.

"어엿한 한 가구를 꾸린 모습을 보니 기쁘네."

나는 그 목소리에 비난이 담겨 있음을 느꼈고, 일부러 나탄의 옆에 가 섰다. 그는 이제 내 것이라는 뜻이었다.

"이 아이가 소란나인가 보군요." 아이는 자기 이름을 듣자 방긋 웃었다.

로사는 아이를 다시 품에 안았다. "그래요, 나탄과 내 아이죠."

"숙녀분들." 나탄은 즐거워 보였다. "모두 사이좋게 지냅시다. 시가, 커피를 준비해줄래? 로사, 외투는 벗어둬."

"아니, 괜찮아." 로사는 소란나를 내 손이 닿지 않는 구석에 내려놓았다. "난 아이를 데려다주려고 온 거야."

"뭐라고요?" 로사의 딸이 여기 와서 살 거라는 말은 들은 적이 없었다. 나는 나탄에게 왜 미리 말해주지 않았느냐고 조그맣게 물었다. 로사가 올 거라고 왜 얘기하지 않았지? 나는 두 사람이 아직 연락하는 줄도 몰랐어.

"이게 내가 로사를 위해서 해줄 수 있는 최소한이야." 그가 대답했다. "소란나는 작년 겨울에도 여기 있었어. 내 딸이기도 하니까 일 년 중 몇 달은 여기서 지내는 게 옳지."

그러자 로사가 날카롭게 말했다. "모든 일을 여자하고 시시콜콜 의논하는 줄은 몰랐네, 나탄? 당신 이 정도로 휘둘리며 사는 거야? 그리고 보아하니 아그네스는 우리 아이를 자기 집에 두고 싶지 않은 것 같은데."

나탄이 웃었다. "자기 집? 로사, 아그네스는 내 하인이야."

"정말 하인일 뿐인 거야?" 그녀가 다시 눈썹을 치올렸다. "나는 아그네스에게 우리 아이를 맡기고 싶지 않아."

"소란나를 기쁘게 돌보겠어요." 내가 말했다. 거짓말이었다.

"당신이 기쁘건 어쨌건 그건 나한테 중요하지 않아요, 아그네스."

나탄으로서는 과거 애인과 현재 애인의 충돌을 보고 싶지 않았을 것이다. "그러지 말고 로사, 모두 함께 커피나 마시자고."

로사는 높은 소리로 웃었다. "하, 당신이나 좋겠지! 자기 계집들 전부를 한 지붕 아래 모아놓고 식사하는 거! 하지만 난 사양하겠어." 로사는 그의 손에서 팔을 빼내고 돌아섰다. 하지만 문을 나서기 전에 나에게 말했다.

"소란나에게 잘해줘요." 고개를 끄덕이는데, 로사가 갑자기 몸을 기울이고는 내 팔에 가볍게 손을 댔다. "불에 덴 아이는 불을 두려워하죠." 부드럽고 조심스러운 목소리였다. 그러고서 그녀는 뒤도 돌아보지 않고 떠났다.

엄마가 떠나자 아이는 울었고, 시가가 아이를 달랬다. 나탄은 로사가 다시 돌아오기라도 할 듯 문을 바라보았다.

"로사에게 우리에 대해 뭐라고 말한 거야?" 내가 나탄에게 속삭여 물었다.

"아무 말도 안 했어."

"키디아스카르드의 장미라는 건 뭐지? 당신 계집들이라는 건 뭐고?"

그는 어깨만 으쓱했다. "로사는 별명을 잘 지어줘. 아마 네가 아름답다고 생각한 모양이지."

"칭찬 같지 않았어."

나탄은 무시했다. "작업장에 가봐야겠어."

"시가가 커피를 만들 건데."

"시끄러워, 아그네스! 간섭 좀 그만해."

"로사를 따라가는 거야?"

그는 대답하지 않고 나갔다.

✻

어느 날 밤 고열 속에서 토티는 바스토바의 문 앞에 나타난 아그네스의 모습을 보았다. "사람들이 아그네스를 이리로 보냈네요." 그가 아버지에게 말했다. 아버지는 말없이 침대를 내려다보고는 덜덜 떠는 아들을 모포로 감싸주었다.

"들어와요." 토티가 말했다. 그의 두 팔이 침구를 떨쳐내고 답답한 공기 중으로 나가 그녀를 향해 뻗었다. "이리 와요. 우리 인생이 이렇게 얽혔군요. 하느님이 마련하신 거예요."

그러자 그녀가 그의 침대 옆에 무릎을 꿇고 속삭였다. 그녀의 길고 검은 머리가 귀에 스치자 토티는 열망이 온몸을 훑고 지나가는 것을 느꼈다. "여기는 너무 더워요." 그가 말했다. 그녀는 몸을 기울여 입으로 그의 땀을 닦아주려 했지만 혀가 너무 까칠했다. 이어 그녀가 두 손으로 그의 목을 감싸고 손가락에 힘을 주기 시작했다.

"아그네스, 아그네스!" 그는 힘겹게 숨을 몰아쉬며 그녀를 밀쳤다. 그녀가 그의 손을 잡아 모포 위로 강하게 내리누르고는 말했다. "저항하지 말아요. 가만히 있어요."

토티가 신음했다. 불길이 피부를 핥고, 연기가 입안으로 쏟아졌다. 그가 기침을 하는 동안, 아그네스는 크게 오르내리는 그의 가슴 위에 올라앉아 칼을 들었다.

✻

"말도 안 돼." 스테이나가 빗자루를 들고 바스토바 바닥의 먼지를 공중에 흩뜨리며 말했다.

"언니! 지금 청소를 하는 게 아니라 더 어지럽히고 있잖아."

스테이나는 계속 맹렬하게 비질을 해댔다. "너무 잔인해. 로슬린이 지어낸 이야기 아냐?"

"하지만 로슬린만 그 이야기를 들은 게 아니야." 뢰이가가 재채기를 했다. "봐, 방이 더 더러워졌다니까."

"그러면 네가 해." 스테이나는 동생의 손에 빗자루를 쥐여 주고 침대에 앉았다.

"뭣 때문에 이러는 거니?" 마르그리에트가 방에 들어와서 한심하다는 눈길로 바닥을 내려다보았다. "누가 이렇게 한 거야?"

"언니요." 뢰이가가 비난하는 목소리로 말했다.

"지붕이 부스러지는 게 제 잘못은 아니잖아요! 보세요, 사방에 지붕 조각이에요." 스테이나가 다시 일어서서 몸을 떨었다. "습기도 차고요. 구석에 물방울이 맺혀요."

"기분 상한 일이 있었나 보구나." 마르그리에트가 가볍게 말하고 뢰이가를 돌아보았다. "언니 기분이 왜 저러니?"

뢰이가는 눈을 샐쭉 굴렸다. "제가 아그네스에 대해서 들은 이야기를 해줬거든요. 언니는 그게 사실이 아닐 거래요."

"그래? 무슨 이야기인데?" 마르그리에트가 기침을 하고 손을 저어 얼굴 앞의 먼지를 흩뜨렸다.

"아그네스의 어린 시절을 기억하는 사람들이 그러는데, 그 시절에 지나가던 어떤 나그네가 아그네스의 머리에 도끼가 떨어질 거라고 예언했대요."

마르그리에트가 코를 찌푸렸다. "로슬린한테 들었니?"

뢰이가는 얼굴을 찡그렸다. "로슬린한테만 들은 건 아니에요. 아그네스가 어렸을 때 건초밭 감시하는 일을 했는데, 어느 날 한 나그네가 그 밭에서 야영을 했대요. 그 사람이 데려온 말이 풀밭을 망쳐서 아그네스가 나가라고 했더니 나그네가 욕을 하면서 언젠가 너는 머리가 잘릴 거라고 소리쳤대요."

마르그리에트가 쿵 콧소리를 내더니 갑자기 기침 발작을 일으켰다. 뢰이가는 빗자루를 내려놓고 어머니를 침대로 데려갔다. 스테이나는 꼼짝도 않고 선 채 고집스러운 얼굴로 그 모습을 지켜보았다.

"됐어요, 어머니. 이제 괜찮을 거예요." 그러면서 뢰이가는 어머니의 등을 쓸어주다가 마르그리에트의 입에서 빨간 핏덩이가 나오자 비명을 삼켰다.

"어머니! 피가 나요!" 스테이나가 달려오다가 빗자루에 걸려 비틀거렸다.

뢰이가가 언니를 밀었다. "가만있어, 숨 좀 쉬시게!"

그들은 걱정스러운 눈길로 기침을 멈추지 않는 마르그리에트를 바라보았다.

"이끼탕 드려봤어요?" 아그네스가 문간에 서서 뢰이가에게 물었다.

"이제 괜찮아." 마르그리에트가 가슴에 손을 얹으며 말했다. "이끼탕은 폐를 진정시켜요."

뢰이가가 찌푸린 얼굴로 문을 향해 돌아섰다. "참견 좀 하지 말아요, 네?"

아그네스는 못 들은 척했다. "이끼 드려봤어요?"

"그쪽 조언은 필요 없어요." 뢰이가가 차갑게 말했다.

아그네스는 고개를 저었다. "필요한 것 같은데."

마르그리에트가 기침을 멈추고 눈을 가늘게 뜨며 그녀를 보았다.

"뭘 어떻게 하라는 거예요?" 뢰이가가 나직하게 물었다.

아그네스는 심호흡을 했다. "이끼를 다져서 물에 넣고 끓여요. 아주 오래. 식히면 검고 뭉글뭉글한 탕이 돼요. 맛은 안 좋지만 각혈을 막아주죠."

마르그리에트와 뢰이가는 침묵 속에 아그네스를 바라보았다.

스테이나가 다시 침대에 앉아 작은 소리로 물었다. "나탄 케틸손에게 배운 건가요?"

"그냥 전하는 지혜예요. 내가 끓여드릴 수도 있어요." 아그네스가 말했다.

마르그리에트가 앞치마 자락으로 입을 닦고는 고개를 끄덕였다. "해봐." 아그네스는 잠시 망설이다가 돌아서서 복도를 걸어갔다.

뢰이가는 어머니를 보았다. "어머니, 저 여자가 만드는 건 먹으면 안……."

"그만해라, 뢰이가. 그만하면 됐어." 마르그리에트가 딸의 말을 가로막았다.

✱

목사는 아직도 오지 않는다. 하지만 겨울은 왔다. 바람이 오두막에 눈을 던지며 가을을 밀어냈고, 공기는 희박해졌다. 숨을 쉬면 입 앞에 하얀 유령이 생겨나고, 안개는 산에서 내려와 얼어붙은 땅을 뒤덮는다. 어둠이 온다. 어둠이 멍 자국처럼 땅에 내려앉지만 목사는 오지 않는다.

왜 오지 않는가?

혹시 오늘 밤 목사가 온다면, 나탄과 내가 부부처럼 살았다고 얘기할까? 그러면 우리 사이가 어떻게 변했는지도 말할 수 있을 것이다. 하지만 어쩌면 그 역시 이미 짐작하고 있는지 모른다.

소금기가 왔다. 어두운 바람이 일고, 검은 모래가 피부에 따갑다. 아랫녘, 추운 길이 더 추운 바다로 내려가고, 소금기가 왔다.

토티에게 뭐라고 말할까?

목사님, 여름이 끝날 무렵부터 나탄은 이들뤼가스타디르를 비우기 시작했어요. 그리고 돌아올 때마다 점점 더 낯선 사람이 되었죠. 제가 유가공실에 혼자 있는 걸 보고는 제 손에서 솔을 빼앗더니 묻는 말이, 자기가 사람들을 살려서 돈을 버는 동안 다니엘과 한 침대에서 따뜻하게 지냈느냐는 거였어요. 그리고 저더러 프리드리크를 사랑한다고도 비난했어요! 그 덩치 큰 얼간이, 더러운 양털 냄새를 풍기는 주먹질쟁이를요. 나탄의 비난에 전 너무 어이가 없었어요. 그가 돌아오기를 얼마나 기다렸는지, 그때껏 내가 알던 사람들과 자신이 내게 얼마나 다른지 어떻게 모를 수가 있었을까요.

이런 이야기에 토티가 얼굴을 붉히는 모습이 눈에 선하다. 바지에 손의 땀을 닦는 모습도 보이는 것 같다. 천천히 고개를 끄덕이는 모습도. 휘둥그레진 눈으로 나를 보는 그의 얼굴 위에 바스토바의 촛불 빛이 펄럭거리는 모습도.

목사님, 저는 나탄에게 다니엘은 내게 아무 의미 없는 사람이라고 했어요. 또 프리드리크는 시가를 좋아한다고, 나는 언제나 그의 사람이고, 그가 원한다면 아내도 될 수 있다고 했어요.

그는 그런 생각에 자주 사로잡혔어요. 한번은 나탄이 작업장에서 탕의 거품을 걷어내는 걸 보고 제가 도와주겠다고 했어요. 처음 거기 갔을 때처럼요. 하지만 그는 이제 나를 밀쳐내기 시작했어요. 필요 없다고 했어요. 필요 없다는 게 내 도움이었을까요, 내 존재였을까요? 그는 내게 문을 가리켜 보였어요.

"나가. 너는 여기 필요 없어. 나는 바빠."

때로 나는 별채에 나가서 소 허벅지 뼈를 들고 말린 대구 대가리를 두드렸어요. 화풀이할 대상이 필요해서요. 나탄의 애정이 식고 있었고, 나는 그가 나를 사랑한 적이 있었는지조차 의심이 들었어요.

하지만 제가 바닷가에서 오리털을 줍고 있으면 그가 가끔씩 찾아오기도 했어요. 그러곤 나를 새 둥지 곁으로 데리고 갔죠. 두 손을 내 머리카락에 넣고, 물에 빠진 사람처럼 절박한 표정을 지었어요. 그러면 나는 이 사람에겐 공기가 필요하듯 내가 필요하다고, 그의 눈길을 보면, 그가 나를 물속의 부표처럼 잡는 걸 보면 알 수 있다고 생각했어요.

목사님, 더 가까이 앉으세요. 정말 솔직하게 말씀드릴게요.

저는 그의 하인인 게 싫었어요. 어떤 날은 그의 애인이 되어서 그와 거친 호흡을 주고받다가도, 다음 날이면 하녀 아그네스가 되었죠. 가정부조차 못 되었어요! 게다가 그의 지시는 점점 질책처럼 변해갔어요.

"양들을 목초지에서 불러들여. 소젖을 짜. 양젖을 짜. 물을 길어 와. 재를 모아다 흙에 뿌려. 소란나에게 밥을 줘. 아이가 울지 않게 해. 제발 아이 울음 좀 그치게 해봐! 이 냄비는 아직도 더럽군. 시가한테 비커 닦는 법을 배워."

무슨 말인지 아시겠어요, 목사님? 혹시 목사님에게 사랑은 흔들림 없는 것인가요? 여자를 사랑하신 적이 있나요? 그 사람에게 휘둘리는 자신이 싫어질 정도로 사랑한 사람이 있나요?

저는 하루 종일 모든 생각이 나탄에게로 돌아가는 게 싫었어요. 그런 집착은 병이 되었죠. 그가 나를 좋아하지 않는다는 암시에 속이 울렁거리는 게 싫었어요. 그가 필요로 하지도 않는 것들을 가지고 작업장으로 가면서 돌부리에 자꾸 발이 걸리는 게 싫었어요.

결국 다니엘이 진실을 말해주었어요.

어느 날 나탄이 집에 없을 때 다니엘이 저를 기다리고 있었어요. 제가 작업장 문을 잠그고 나와보니 다니엘이 바닷가에서 있었죠. 한 손에는 낫을, 다른 손에는 모자를 들고서요.

"거기서 뭐 하는 거야?" 그가 물었어요.

"신경 쓸 거 없어."

"우리는 거기 들어가면 안 돼. 열쇠는 어디서 찾았지?"

"나탄이 줬어. 나탄은 나를 믿으니까."

"아, 그래." 다니엘이 말했어요. "하인들은 특별한 대접을 받는다는 걸 잊었네."

"그게 무슨 뜻이야?"

다니엘은 웃었어요. "나는 물범 가죽 신발도 없고 새 옷도 없잖아."

기분이 내킬 때 나탄은 인심이 후했어요. "넌 여기 온 지 얼마 안 되잖아. 나탄이 돌아올 때 선물을 사 올 거야." 제가 말했죠.

"나는 나탄에게서 뭘 바라지 않아."

"바라지 않는다고? 방금 우리만 특별한 대접을 받는다고 투덜거린 거 아냐?"

"나는 아그네스에게 바라는 게 있어." 다니엘의 어조가 바뀌었어요. 부드러운 목소리였죠. "아그네스, 내가 널 좋아하는 거 알고 있지?"

나는 웃었어요. "날 좋아한다고? 너 예전에 게이타스카르드 사람들한테 우리가 약혼했다고 떠들어댔지?"

"희망은 품을 수 있잖아, 아그네스. 네가 언제까지나 나탄의 사람일 수는 없어."

그의 말에 저는 발길을 멈추었어요. 갑자기 머리가 어지러웠죠. "방금 뭐라고 했어?"

"우리가 모르는 줄 알아? 시가도 알고 나도 알고 프리드리크도 알아. 게이타스카르드 사람들도 다 알아. 네가 밤마다 몰래 창고로 들어갔던 거 말야." 그가 웃었어요.

"소문 따위보다는 건초에 힘을 쏟지 그래? 가서 할 일을 해, 다니엘."

그는 분노로 얼굴이 일그러졌어요. "네가 우리보다 높은 사람인 것 같아? 잠자리를 같이하는 농부가 한 명 더 있다고?"

"저속한 소리 하지 마."

"멍청한 소리 하지 마. 아내 놀이를 한다고 아내가 되지는 않아, 아그네스."

"나는 그 사람 가정부야."

다니엘은 웃었어요. "아 그래, 정부인 건 확실하지."

그때 제 분노가 폭발했어요. 그래서 다니엘의 손에서 낫을 빼앗아 그의 가슴에 대고 겨누었죠. "그럼 너는 뭔데, 다니엘? 주인을 험담하고 그 사람의 여자를 모욕하는 일꾼? 역겨운 소리 그만해."

만약 목사가 오면 이런 이야기를 할까? 아마 그는 이미 결론을 내렸을 것이다. 그래서 오지 않는 것이리라.

어쩌면 그에게 다른 날, 그러니까 죽음의 파도가 부딪쳐 왔던 그날 이야기를 할 수도 있을 것이다. 그날 나는 시가가 화덕 벽을 수선하게 돌을 주워다 달라고 해서 밖에 나갔다가 노젓는 소리를 들었다. 온 세상이 숨을 죽인 듯 아주 고요한 날이었다. 바다는 조용히 똬리를 틀고 있었다.

다니엘과 나탄이 고기잡이를 나갔지만, 아직 이른 오전이라 벌써 돌아올 리가 없다고 생각했다. 하지만 다니엘이 노를 저어 오고, 나탄은 배에 똑바로 앉아 있는 모습이 보였다. 가까워졌을 때 보니 나탄은 음울하게 굳은 얼굴을 한 채 두 손은 금세 토할 것처럼 뱃전을 꽉 움켜잡고 있었다.

배가 해변에 닿자 나탄은 배에서 뛰어내려 얕은 물을 첨벙거리며 걸었다. 발을 끌며 걸어서 자갈이 물 밖으로 이리저리 튀어 올랐다.

그동안의 경험을 통해 이미 나는 나탄이 음울한 기분에 사로잡히면 내가 할 수 있는 일이 없다는 걸 알고 있었고, 그래서 그가 물을 뚝뚝 흘리며 해변을 걸어오는 모습을 보고도 말을 걸지 않았다. 그는 나를 보지도 않고 지나쳐 농장 쪽으로 갔다.

다니엘이 배를 뭍으로 끌어 올렸을 때, 내가 그에게 가서 무슨 일이냐고 물었다. 둘이 싸웠어? 그물을 잃어버렸어?

다니엘에겐 주인이 화를 내는 게 재미있어 보이는 것 같았다. 그가 그물을 배에서 끌어낸 뒤 그 한쪽을 나에게 주어서 우리는 그것을 함께 이들뤼가스타디르로 끌고 갔다.

"우리 배에 죽음의 파도가 부딪쳤다는군." 그가 말했다. 턱수염에 소금이 매달려 있었다. 그는 나탄이 그렇게 미신에 휘둘리는 사람인지 몰랐다고 했다.

그와 나탄이 그물을 걷는데 거대한 파도가 세 번 연이어 닥쳤다고 했다. 다니엘에 따르면 배가 뒤집히지 않은 게 다행이었다. 그는 줄을 놓치지 않으려고 안간힘을 써서 결국 줄을 건사해냈는데, 고개를 들어보니 나탄이 유령처럼 창백했다. 무슨 일이냐고 묻자 나탄은 정신이 나간 것 같은 표정으로 말했다. "방금 그건 죽음의 파도였어, 다니엘."

다니엘은 죽음의 파도라는 건 아낙네들이 하는 말이라고, 나탄처럼 학식 깊은 사람이 그런 헛소리를 믿을 줄 몰랐다고 말했다. 그러자 나탄이 화를 벌컥 내면서 그의 팔을 잡고 네가 바다에 가라앉으면 그렇게 웃지 못할 거라고 말했다.

다니엘은 나탄의 손을 뿌리치고 배에 들이친 바닷물을 퍼내자고 했지만, 나탄은 말했다. "내가 여기 앉아서 다음번 파도가 날 익사시키기를 기다릴 것 같아? 돌아가야 해."

어쩌면 미신이 옳다는 걸 증명하기 위해 그가 자신을 물에 빠뜨릴 수도 있을 것 같다는 생각에 다니얼은 배를 돌렸다.

이야기를 들은 나는 나탄과 대화를 해봐야겠다고 생각했다. 다니엘은 그를 건드리지 말라고 했다. 나탄이 지금은 불안과 우울에 빠져 있으니 다시 기분이 좋아지고 분별력을 찾을 때까지 기다리는 게 좋을 거라고. 하지만 나는 나탄의 뒤를 좇아 오두막으로 갔다. 나탄은 시가에게 소리를 지르고 있었다. 시가가 그의 옷을 벗기다가 젖은 셔츠를 얼굴에 달라붙게 한 것이다.

그의 거친 말에 시가의 마음이 상한 듯 보여, 나는 시가에게 나가라고 한 뒤 대신 그의 옷을 벗기려고 했다. 하지만 그는 나를 밀치고 다시 시가를 불렀다. "네 자리를 잊었구나, 아그네스." 그가 말했다.

몇 시간 후 나탄이 작업장으로 갈 때 나는 혹시 필요할지 모른다는 생각에 불을 켜지 않은 램프를 들고 그를 따라갔다. 지난 몇 주 동안 낮이 계속 짧아져 빛이 벌써 사위고 있었다. 바다는 불안해 보였다.

나탄은 작업장 문을 열다가 문이 잠겨 있지 않은 것을 깨달았다. 그는 나에게 허락 없이 거기 왔었는지 물었고, 나는 당신이 고기잡이를 나가면 내가 작업장의 불이 꺼지지 않게 돌본다는 걸 알지 않냐고, 나갈 때 깜박하고 문을 잠그지 않은 모양이라고 대답했다. 그러자 그는 내가 자기 물건에 손을 댄다고, 자기 돈을 찾으려고 뒤진다고, 자신을 이용하려 한다고 욕하기 시작했다.

그를 이용하려 한다니! 그 말에 나는 자제력을 잃고, 거짓말로 나를 이 외딴 농장으로 꾄 것은 당신이라고 말했다. 나더러 가정부로 오라고 했지만 와보니 시가가 가정부였다고. 나는 시가가 나보다 봉급을 많이 받냐고 물었고, 내가 어쨌건 그를 따라올 것을 알면서 왜 애초에 나를 속였는지도 물었다.

나탄은 물건들을 확인했다. 내가 물건을 훔쳤을지 모른다는 그의 의심은 내게 상처가 되었다. 그의 동전, 그의 약, 아니 그가 거기 숨긴 그 어떤 것이라도 내가 훔쳐서 무얼 하겠는가?

나는 작업장을 나가지 않았다. 그도 나를 내보낼 수 없었다. 없어진 게 없다는 걸 확인하자 그는 소금 처리를 할 물범 가죽만 몇 장 꺼내고 나에게는 아무 말도 하지 않았다. 하지만 어느덧 오후가 저무는 참이라 바깥 하늘이 낮고 침침해 일을 하기에는 어두웠다. 나는 화덕 옆에 우울하게 앉아서 그를 바라보았다. 그가 나를 돌아보기를, 나를 안아주기를, 사과하기를 기다렸다.

나탄은 내가 있는 걸 잊었거나 신경 쓰지 않는 것 같았지만, 시간이 조금 흐르자 칼을 바닥에 내려놓고 천에 손을 닦았다. 그런 뒤 작업장을 나가 돌출 바위 끝에 가 서서 바다를 내다보았다. 나는 그를 따라갔다.

나는 그를 달래려고 그의 허리에 팔을 두르며 미안하다고 말했다.

나탄은 몸을 빼지 않았지만, 내 몸이 닿는 순간 그의 몸이 굳는 게 느껴졌다. 나는 그의 더러운 셔츠 주름에 얼굴을 묻고 그의 등에 키스했다.

"하지 마." 그가 말했다. 그의 얼굴은 아직도 바다를 향하고 있었다. 나는 팔에 힘을 더 주고 그에게 몸을 밀착했다.

"하지 마, 아그네스." 그가 내 손을 잡고 나를 밀어냈다. 턱을 앙다물었다가 푸느라 근육이 실룩거렸다.

바람이 강해졌다. 나탄의 모자가 날아가 바다에 떨어졌다.

나는 그에게 왜 이러냐고 물었다. 누구한테 협박이라도 받은 거냐고 묻자 그는 웃었다. 눈빛은 차가웠다. 모자에서 풀려난 그의 검은 머리가 얼굴 주변에 흩날렸다.

그는 주변에 죽음의 징조가 보인다고 말했다.

이어지는 침묵 속에서 나는 심호흡을 했다. "나탄, 당신은 죽지 않아."

"그러면 죽음의 파도는 뭐야." 낮고 팽팽한 목소리였다. "징조들이 있어. 요즘 내가 계속 꾸는 꿈들도 그렇고."

"나탄, 사람들한테 그 꿈 얘기를 하면서 당신 늘 웃잖아."

나는 평정을 잃지 않으려 애썼다.

"내가 웃는 것 같아, 아그네스?"

그가 다가와 내 어깨를 잡고는 이마가 닿을 만큼 얼굴을 바짝 가져다 댔다.

"나는 매일 밤 죽음의 꿈을 꿔. 사방에 죽음이 보여. 피가 사방에 보인다고." 그가 나직하게 말했다.

"그거야 짐승 가죽을 벗기니까……."

나탄은 내 어깨를 더 꽉 잡았다. "땅 위에도 보여. 그게 어둡고 끈끈한 웅덩이를 만들고 있어." 그러곤 입술을 핥았다. "그 맛도 느껴져, 아그네스. 아침에 깰 때마다 입안에서 피의 맛이 나."

"자다가 혀를 깨물면……."

그가 차갑게 웃었다. "너하고 다니엘이 배 옆에서 이야기하는 거 봤어."

"이 손 놔, 나탄."

그는 내 말을 무시했다.

"이 손 놓으라고!" 나는 몸을 비틀어 그의 손아귀에서 벗어났다. "당신이 하는 말을 당신이 직접 들어봐야 해. 늙은 할머니처럼 꿈이 어쩌고 조짐이 어쩌고 하는 거."

날은 추웠다. 바다에서 크고 혼탁한 구름이 밀려와 하늘에는 희미한 빛줄기 몇 개밖에 남지 않았다. 하지만 그렇게 어두운데도 나탄의 눈이 반짝이는 것이 보였다. 그 눈빛이 나를 불안하게 했다.

"아그네스, 그동안 계속 네 꿈을 꾸었어." 그가 말했다.

나는 아무 말도 하지 않았다. 갑자기 오두막으로 돌아가 램프를 켜고 싶었다. 바다가 두 걸음도 안 되는 곳에 있다는 사실이 문득 의식되었다.

"꿈에서 내가 침대에 있는데 벽에서 피가 흘렀어. 그게 내 머리에 떨어지면서 살이 탔어."

그가 내게 한 걸음 다가왔다.

"나는 침대에 묶여 있는데, 피가 일어나서 나를 덮쳤어. 그러더니 갑자기 모든 게 사라졌어. 움직일 수 있게 되어 일어나 앉아서 둘러보니 방이 텅 비어 있었어."

그가 내 손을 꽉 잡아 날카로운 손톱이 내 손바닥을 파고들었다.

"그런데 그때 널 봤어. 그래서 너한테 갔지. 가까이 가보니 네 머리카락이 벽에 못 박혀 있었어."

그가 이 말을 했을 때 강한 바람이 불어와 내 모자를 날리고 머리도 풀어버렸다. 머리를 땋아두지 않았기에 머리카락은 기다란 촉수처럼 바람에 마구 휘날렸다. 나탄이 얼른 내 머리카락을 움켜잡고 나를 잡아당겼다.

"나탄! 아파!"

하지만 나탄은 다른 것을 보고 있었다. 그가 나직하게 물었다. "저게 뭐지?"

바람을 타고 갑자기 무언가가 썩는 고약한 냄새가 날아왔다.

"해초겠지. 아니면 물범 시체든가. 머리 놔."

"쉿!"

나는 그의 감정 기복에 넌더리가 났다. "아무도 당신 잡으러 안 와, 나탄. 당신은 그렇게 중요한 사람이 아니라고."

나는 그에게서 머리칼을 잡아 빼고 오두막을 향해 돌아섰다. 하지만 나탄이 블라우스 소매를 붙들고 나를 돌려세우더니 내 얼굴에 주먹을 날렸다.

나는 깜짝 놀라 뺨에 손을 댔지만, 나탄이 내 손을 잡고 나를 자기 곁에 웅크리게 했다. 차가운 바람 속에서도 그에게 맞은 자리에 피가 몰리는 것이 느껴졌다.

"다시는 나한테 그런 식으로 말하지 마." 그가 내 귓가에 입을 대고 말했다. 낮고 딱딱한 목소리였다. "널 여기 부른 게 잘못이었어."

그는 계속 나를 붙든 채 손가락을 비틀었고, 내가 마침내 고통의 비명을 내지르자 손을 풀고 나를 밀쳤다.

나는 사위는 빛 속에 비틀거리며 돌출 바위 위를 걸어간 뒤 오두막을 향해 언덕을 올랐다. 발이 치마에 걸리고, 바람에 귀가 아렸다. 나는 울고 있었다. 바람 소리와 내 거친 숨소리에도 불구하고, 바닷가 언덕에서 외치는 나탄의 목소리가 들렸다.

"네 자리를 잊지 마, 아그네스!"

그날 밤 나는 나탄이 오두막에 돌아오기를 기다렸고, 그가 돌아오면 화해하리라는 희망 속에 램프를 끄지 않았다. 시간은 죄인들처럼 천천히 지나갔다. 자정이 왔다가 가도록 그는 오지 않았다. 시가와 다니엘은 오래전에 옷을 벗고 각자 침대에 들어 잠에 빠졌지만, 나는 잠을 이루지 못하고 램프 불이 심지 위에서 춤추는 모습을 지켜보았다. 머리가 쿵쿵 울렸다. 무언가 나쁜 일이 일어나리라는 예감이 들었다.

몇 번인가 오두막 바깥에서 발소리가 들린 것 같았는데 문을 열면 어둠과 해변을 두드리는 파도 소리뿐이었다. 안개가 짙어서 나탄의 작업장에 램프가 켜져 있는지도 알 수 없었다. 나는 식어가는 침대로 돌아와 계속 기다렸다.

그러다 깜박 잠이 들었던 모양이다. 깨어보니 그림자들뿐이었다. 램프가 꺼져 있었지만, 나탄이 침대에 없다는 건 알 수 있었다. 그때 복도에서 그의 발소리가 들렸다. 빗장 푸는 소리가 나를 깨운 모양이었다. 나는 숨을 참고 그의 따뜻한 손이 내 침대의 모포를 걷기를 기다렸다. 그가 내 옆에 따뜻한 몸을 눕히기를, 부드러운 목소리로 아까는 미안했다고 사과하기를.

하지만 나탄은 내 침대로 오지 않았다. 나는 실눈을 뜨고 그가 의자에 앉아 부츠를 벗는 모습을 지켜보았다. 그는 바지를 벗고 이어 머리 위로 천천히 셔츠를 벗었다. 옷들이 바닥에 떨어졌다. 그는 다시 일어섰다. 잠시 나는 그가 내 침대로 오리라고 생각했다. 하지만 그는 창가로 조용히 두 걸음을 떼었고, 이내 희미한 빛 속에서 그가 시가의 모포를 걷는 모습이 보였다.

그때 나는 로사가 우리를 그의 계집들이라고 부른 게 무슨 의미였는지 깨달았다. 그가 시가에게 뭐라고 속삭이고 시가가 소리 죽여 대답하는 동안, 소리가 터져 나오는 것을 막고 기척을 감추느라 내 몸은 뻣뻣해졌다. 속이 울렁여 손을 깨물었다. 심장이 멈추고 목이 졸리는 것 같았다.

그는 나직한 소리를 내며 그녀의 몸으로 들어갔다. 나는 눈을 감고 숨을 참았다. 숨을 쉬면 통곡이 될 것을 알았기 때문이다. 손톱으로 팔뚝을 꽉 누르다가 무언가 미끈거려서 보니 피였다.

나는 나탄이 시가의 침대에서 나와 자기 침대에 들 때까지 기다렸다. 그리고 다시 시가의 숨이 차분해지고 나탄이 코를 골 때까지 기다렸다. 그들이 잠든 것이 확실해지자 일어나 앉아서 내 앞의 모포를 응시했다. 고통에, 그리고 다른 어떤 것에 목이 메었다. 거칠고, 격렬하고, 타르만큼 검은 무언가였다. 나는 울지 않았다. 분노가 온몸을 채워 두 손과 허리가 뻣뻣해졌다. 동이 트기 전에 짐을 챙겨 이곳을 떠날 수도 있지만, 도대체 어디로 간단 말인가? 내가 아는 곳은 바튼스달뤼르 계곡뿐이었다. 그곳의 바위 땅, 머리에 눈을 인 산, 백조가 드나드는 호수, 강가의 주름진 풀밭을 나는 알았다. 그리고 갈까마귀, 언제나 하늘을 도는 갈까마귀도. 하지만 이들뤼가스타디르는 달랐다. 나는 친구가 없었다. 그곳의 풍광도 몰랐다. 그곳에는 바다와 하늘이 이룬 완벽한 수평선을 교란하는 돌출 바위들뿐, 그밖에는 아무도, 아무것도 없었다. 나는 갈 곳이 없었다.

11장

4월 19일, 프리드리크의 동생으로 카타달뤼르에 살고 있는 비아르드니 시귀르드손이 다시 법정에 섰다. 똘똘해 보이는 열 살 소년이다. 소년은 오랜 심문에도 좀처럼 정보를 주지 않다가, 마침내 프리드리크가 마지막 해 가을 아버지가 집을 비운 사이 젖양 두 마리와 새끼 양 한 마리의 목을 그었다고 말했다. 소년은 그 양들이 나탄의 것이었다고 기억했다. 어머니가 그에게 그 사실을 몰랐다고 말하라고, 재판에 가면 아무 말도 하지 말라고 시켰다고 했다. 하지만 그 뒤로는 협박과 회유 어떤 작전을 써도 소년에게서 더이상의 정보를 얻어낼 수 없었다.

성명 미상의 서기, 1828년

훌쩍이는 소리에 마르그리에트는 잠에서 깨었다. 그녀는 어둠 저편의 딸들 쪽을 보았다. 그들은 자고 있었다.

아그네스.

마르그리에트는 남편 옆의 베개에 머리를 누인 채 귀를 기울였다. 그렇다. 죄수가 울고 있었다. 그 가늘고 긴장된 울음이 마르그리에트의 목을 조였다. 아그네스에게 가봐야 할까? 어쩌면 수작일지도 모른다. 밤눈이 어두운 게 안타까웠다. 울음은 멈추었다가 다시 터져 나왔다. 아이의 울음소리 같았다.

마르그리에트는 조심스레 침대에서 내려온 뒤 더듬더듬 문을 나가 복도를 걸었다. 부엌 화덕에서 석탄불이 깜박거리며 죽어갔다. 그녀는 화로 선반에서 초를 내려 깜부기불에 대고 불을 붙였다. 그러곤 따뜻한 부엌을 나가기 전에 잠시 멈추었다. 구슬픈 울음이 계속 들려왔다. 마르그리에트는 저도 모르게 겁이 났다.

바스토바의 벽과 서까래들 위에서 촛불 빛이 춤을 추었다. 벽을 얼음으로 뒤덮은 십이월의 추위를 피해 다들 모포 속에 머리를 깊이 묻고 잠들어 있었다. 마르그리에트는 외풍에 꺼지지 않도록 손으로 촛불을 가린 채 천천히 아그네스를 향해 걸어갔다. 여자는 눈을 감고 있었지만 눈꺼풀 밑에서 눈알이 움직였고, 모포는 침대 발치까지 내려가 있었다. 아그네스는 팔꿈치를 옆구리에 꼭 붙이고 몸을 떨었다. 두 손은 주먹다짐이라도 하려는 사람처럼 불끈 쥔 채였다.

"아그네스?"

여자가 신음했다. 마르그리에트가 비어 있는 손으로 모포를 여자의 몸 위에 덮어주었다. 하지만 모포가 가슴 위를 지나갈 때 아그네스가 마르그리에트의 손목을 잡았다.

마르그리에트는 놀라서 입이 딱 벌어졌지만, 비명은 나오지 않았다. 아그네스의 차가운 손에 그 자리에서 얼어붙었다.

"뭐 하시는 건가요?" 아그네스의 목소리는 손 못지않게 차가웠다. 촛불이 펄럭였다.

"아무것도 아냐. 떨고 있는 것 같아서."

"절 보고 계셨군요."

마르그리에트는 기침을 했다. 입안에 피의 맛이 느껴졌다.

그녀는 초를 내려놓을까 망설이며 피를 삼켰다. "널 보고 있던 게 아냐. 네 소리에 깼어. 네가 울어서."

아그네스는 마르그리에트를 잠시 바라보더니 손을 떨어뜨렸다. 마르그리에트는 아그네스가 뺨에서 눈물을 닦고 그것을 살펴보는 모습을 바라보았다.

"제가 울었다고요?"

마르그리에트가 고개를 끄덕였다. "그 소리에 내가 깼어."

"꿈을 꿨나 봐요." 아그네스는 서까래를 올려다보았다.

마르그리에트가 다시 기침을 했는데, 이번에는 너무 갑작스럽게 터진 터라 입에 손을 올릴 틈도 없었다. 두 여자 모두 모포에 떨어진 핏방울을 보았다. 아그네스가 마르그리에트를 향해 고개를 들었다.

"앉으실래요?" 그녀가 다리를 접었고, 마르그리에트는 침대 가장자리에 앉았다.

"두 여자가 죽어가네요." 아그네스가 나직이 말했다.

다른 때 같으면 그 말에 모욕감을 느꼈겠지만, 아그네스 옆에 있으니 그 말이 맞는다는 생각이 들었다.

"나 때문에 욘이 걱정이 많아." 마르그리에트가 인정했다. "말은 안 하지만, 이렇게 오래 부부로 살고 있는데 그런 건 당연히 알지."

"아저씨께 이끼탕에 대해 말씀드렸나요?"

"욘도 네가 약초에 밝다는 건 알아. 로슬린과 아기 이야기를 들었거든."

아그네스는 골똘해졌다. "하지만 싫은 건가요?"

마르그리에트는 고개를 저었다. "욘을 나쁘게 생각하면 안 돼." 그녀는 바닥을 내려다보았다. "그저 조용한 기독교인의 삶을 살려고 최선을 다할 뿐이야. 우리 모두가 그렇지. 남편은 누구에게도 해를 끼치고 싶어 하지 않아. 그런데 네가 여기 와서……." 그녀는 입을 열었지만 거기서 멈추었다. "생각할 게 많아서 그래. 어쨌건 우리는 할 수 있는 한 버틸 거야."

"하지만 사모님 병이 악화되고 있다는 걸 아시잖아요."

마르그리에트는 폐에 답답함을 느끼고 어깨를 으쓱였다. "무슨 꿈을 꾼 거지?" 잠시 침묵이 흐른 뒤 그녀가 물었다.

아그네스는 모포를 목 앞으로 끌어당겼다. "카타달뤼르요."

"프리드리크의 농장?"

아그네스가 고개를 끄덕였다.

"악몽이었어?"

아그네스의 시선이 두 사람 사이에 놓인 모포의 핏자국에 가닿았다. 그것을 유심히 살피는 눈치였다. "나탄이 죽기 전에 한동안 저는 거기서 지냈어요."

"나는 계속 이들뤼가스타디르에 산 줄 알았는데?" 마르그리에트가 몸을 떨자 아그네스는 침대 머리판에 걸쳐놓은 숄을 집어 그녀에게 건넸다.

"나탄이 저를 쫓아냈어요. 저는 갈 데가 없어서 프리드리크의 집인 카타달뤼르로 갔고요."

"둘은 사이가 안 좋았다며."

"안 좋았죠." 아그네스가 마르그리에트를 바라보았다. "왜 저한테 살인 사건에 대해 묻지 않으세요?"

마르그리에트는 그 질문에 놀랐다. "그건 너하고 목사님 사이의 일이라고 생각했어."

아그네스가 고개를 저었다.

마르그리에트는 입이 말랐다. 남편이 있는 곳을 건너다보니, 그는 코를 골고 있었다. "나랑 같이 부엌으로 갈까?" 그녀가 말했다. "몸에 온기를 쬐지 않으면 아침엔 시체가 되어 있을 것 같아."

아그네스는 유가공실에서 가져온 등받이 없는 의자에 앉아서 마르그리에트가 화덕의 깜부기불을 쑤시고 마른 소똥을 넣어 불길을 키우는 모습을 바라보았다. 그녀는 연기 속에 기침하며 눈을 닦았다.

"마실 것 좀 줄까?"

아그네스가 고개를 끄덕이자, 마르그리에트는 갈고리에 작은 우유 냄비를 걸고 아그네스 옆에 놓인 의자에 나란히 앉아 불쏘시개에 불길이 이는 것을 지켜보았다.

"내 어머니는 화덕의 불씨를 꺼뜨리지 않으셨어." 마르그리에트가 말했다. 자신을 바라보는 아그네스의 시선이 느껴졌지만, 고개를 돌리지 않았다. "집 안에 불씨가 있는 동안은 악마가 들어올 수 없다고 믿으셨거든. 마녀의 시간이라는 한밤중에도 말이야."

아그네스는 조용히 있다가 마침내 물었다. "사모님도 그런 걸 믿으세요?"

마르그리에트는 불을 향해 두 손을 뻗고 말했다. "이렇게 몸을 따뜻하게 해주니 화덕이 참 유용한 물건 같긴 해."

아그네스는 고개를 끄덕였다. 불꽃이 그들 앞에서 타닥거리며 너울거렸다. "제가 가플에서 일하던 어느 겨울에 불이 꺼진 적이 있어요. 제 잘못이었죠. 눈 때문에 꼼짝을 할 수 없었는데 아이들이 배를 곯았거든요. 유청을 천에 적셔 막내아이에게 먹이느라 미처 부엌을 살피지 못했어요. 빛도 불도 없이 사흘을 지낸 뒤에야 날이 개어서 이웃 농장에 도움을 청할 수 있었죠. 자칫하면 꼼짝없이 침대에서 얼어 죽을 뻔했어요."

"그런 일들이 있지." 마르그리에트가 말했다. "사람이 죽는 방법은 여러 가지야."

두 여자는 침묵에 잠겼다. 우유의 표면이 흔들리자 마르그리에트가 일어나서 우유를 따랐다. 그녀는 김이 오르는 잔을 아그네스에게 건네고 다시 앉았다.

"이 집은 복받은 집이에요. 모든 걸 갖추고 있잖아요." 아그네스가 말했다.

"올해엔 추가 수입이 있었어." 마르그리에트가 대답했다. "블뢴달 군수가 보상을 해주었거든." 그러곤 곧장 그 말을 후회했지만 아그네스는 아무런 반응을 보이지 않았다.

"그건 생각하지 못했네요." 그녀가 마침내 말했다.

"대단치는 않아." 마르그리에트가 덧붙였다.

"그렇겠죠. 제가 대단치 않으니까요." 아그네스가 차갑게 대꾸했다. 마르그리에트는 그녀를 보며 우유를 마셨다. 따뜻한 액체가 위를 채우고 온몸에 온기를 전하는 것이 느껴졌다.

"요즘은 목사님이 안 오시네." 마르그리에트가 화제를 바꾸었다.

"네." 아그네스는 아직도 잠이 덜 깬 얼굴이었고, 마르그리에트는 갑자기 그녀에게 팔을 두르고 싶었다. 아그네스의 얼굴이 아기 같아 보여서 그런 모양이라고 마르그리에트는 생각했다. 그녀는 컵을 더 꽉 움켜쥐었다.

"사모님을 깨울 생각은 아니었어요." 아그네스가 말했다.

마르그리에트는 어깨를 으쓱했다. "나는 밤에 자주 깨. 애들이 어렸을 때도 늘 자다 깨서 다들 잘 자는지 살피곤 했지."

"지금도 그래서 깨신 거예요?"

마르그리에트가 재빨리 아그네스를 바라보았다. "아니, 그렇지 않아."

"따님들을 걱정하시게 해서 죄송해요." 아그네스가 말했다. "제가 있어서잖아요."

"엄마는 늘 애들 걱정을 하기 마련이야."

"저는 엄마가 되어본 적이 없어요."

"그래도 어머니는 있었잖아."

아그네스는 고개를 저었다. "어머니는 제가 어렸을 때 절 버리고 떠났어요. 그 뒤로는 어머니가 없었죠."

"그런 건 중요하지 않아." 잠시 후 마르그리에트가 입을 열었다. "어디에 있건 어머니는 널 생각할 거야."

"전 그렇게 생각하지 않아요."

마르그리에트는 잠깐 멈칫했다가 다시 입을 열었다. "어머니는 항상 아이들을 생각해. 네 어머니도, 프리드리크의 어머니도, 시가의 어머니도 모두."

"시가의 어머니는 돌아가셨어요." 아그네스가 퉁명스럽게 대꾸했다. "그리고 프리드리크의 어머니는 코펜하겐으로 보내질 거고요."

"왜?"

아그네스는 조심스러운 눈길로 마르그리에트를 보았다.

"소르비외르그는 프리드리크의 계획을 알고 있었어요. 프리드리크가 양을 훔친 걸 알았는데, 법정에서 거짓말을 했죠."

"그렇구나." 마르그리에트는 대답하고 다시 우유를 마셨다.

"소르비외르그는 제 생명을 구해주었어요." 아그네스가 잠시 후에 덧붙였다. "나탄에게 쫓겨난 뒤 저는 그 집 문 앞에 가서 쓰러졌어요. 그분이 절 데리고 들어가서 거기 살게 하지 않았다면 아마 죽었을 거예요."

마르그리에트가 고개를 끄덕였다. "하나부터 열까지 나쁘기만 한 사람은 없는 법이지."

"소르비외르그는 어려서 하인으로 일할 때 안주인의 침대에 불을 놓고 그 집 개를 도끼로 죽인 적이 있어요. 재판할 때 그 이야기가 나왔죠."

"세상에."

"그 일은 저한테도 도움이 안 됐어요." 아그네스가 재빨리 말했다. "소르비외르그가 저하고 친하다고 했거든요. 그분은 나탄과 제가 싸우고 자기한테 조언을 부탁했다고 증언했어요."

"사실은 그렇지 않고?"

"그분이 저에게 이들뤼가스타디르에 불을 지르라고 한 적은 없어요. 제가 카타달뤼르에 간 것도 소르비외르그에게 도움을 청하거나 프리드리크와 범죄를 꾸미기 위해서가 아니었고요. 사람들은 제가 의도를 품고 카타달뤼르에 간 것처럼 이야기를 몰아갔죠. 그러니까, 살인을 모의하러 갔다고요." 아그네스는 우유를 삼키다가 가볍게 콜록거렸다. "제가 카타달뤼르에 간 건 이들뤼가스타디르에서 쫓겨나고 갈 데가 없어서였어요."

마르그리에트는 침묵을 지켰다. 그리고 불을 들여다보며 아그네스가 밤에 몰래 부엌에 가서 불길을 가져다가 모두가 잠든 코르든사우에 불을 지르는 모습을 상상해보았다. 그러면 나는 연기에 잠이 깰까?

"이들뤼가스타디르에 불을 지른 건 프리드리크였지, 아그네스?" 마르그리에트는 염려의 기색을 띠지 않으려 애쓰며 물었다.

"재판에서 저는 부엌에서 불이 번졌다고 말했어요." 아그네스가 단호하게 말했다. "나탄이 약초 냄비를 화로 고리에 걸어두었는데, 거기서 불이 번졌다고요."

마르그리에트는 잠시 아무 말도 하지 않았다. "나는 프리드리크가 불을 질렀다고 들었는데."

"아니에요." 아그네스가 말했다.

마르그리에트는 다시 기침을 하고 불 속에 가래를 뱉었다. 가래가 깜부기불 위에서 거품을 일으켰다. "네가 친구를 옹호하는 거라면……."

"프리드리크는 제 친구가 아니에요!" 아그네스가 말을 잘랐다. 그러더니 고개를 젓고 우유를 바닥에 내려놓았다. "그 애하고 저는 친구 사이가 아니에요."

"둘이 함께 보낸 시간이 많았다고 들었는데." 마르그리에트가 말했다.

아그네스는 인상을 쓰고 화로로 시선을 돌렸다. "아니에요. 하지만 이들뤼가스타디르에서……." 아그네스가 한숨을 쉬었다. "나탄은 집을 자주 비웠어요. 외로움이……." 그녀는 적당한 표현을 찾았다. "외로움이 사방에서 이빨을 드러냈어요. 그럴 때 찾아오는 사람을 물리칠 수는 없었죠."

"그래서 프리드리크가 이들뤼가스타디르를 자주 찾아갔던 거군."

아그네스는 고개를 끄덕였다. "카타달뤼르에서 별로 멀지 않으니까요. 시가하고 정분도 있었고요."

"시가 이야기는 들었어." 마르그리에트가 일어나서 불에 소똥을 더 넣었다.

"사람들은 시가를 좋아해요. 예쁘거든요."

"그리고 좀 단순하다고 들었어."

아그네스는 마르그리에트를 가만히 바라보았다. "네, 그리고 프리드리크는 좀 다른 감정을 느꼈고요. 나탄이 집에 없으면 프리드리크가 사소한 구실로, 아니면 부모님이나 목사님의 전갈이 있다는 거짓말을 가지고 찾아와서 마실 것이나 먹을 것을 청했어요. 시가가 우유나 먹을 걸 가져다주면 둘이서 함께 웃으면서 이야기를 했죠. 가을 무렵에는 두 사람이 시가의 침대에 나란히 앉아 다정하게 속삭이는 일이 잦아졌어요."

"겨울에 혼자 있는 건 힘든 일이지." 마르그리에트가 말했다.

아그네스가 고개를 끄덕였다. "이들뤼가스타디르에서는 더 힘들었죠. 이 계곡하고는 달랐어요. 하루하루가 무겁게 왔다가 무겁게 떠났고, 저는 친구도 이웃도 없었어요. 시가와 다니엘뿐이었죠. 다니엘은 나탄이 게이타스카르드에서 데려온 남자 하인이에요. 그리고 가끔 프리드리크가 왔고요."

"어두우면 더 외롭게 느껴지는 법이지." 마르그리에트가 사려 깊게 말했다. "너무 오래 혼자 있는 건 사람한테 안 좋아." 그런 뒤 아그네스에게 우유를 더 주었다.

"나탄은 겨울을 싫어했어요. 그 사람은 평생토록 어둠에 익숙해지지 않았어요."

"그러면 왜 하필 이들뤼가스타디르를 산 거지? 이웃들이 가까이 있는 다른 농장을 사지 않고?"

"그 사람은 집을 자주 비웠어요. 주로 게이타스카르드에 갔죠. 일 때문이라고 했지만, 친구들을 만나고 싶어서였던 것 같아요. 아니면 저를 피하기 위해서였거나." 아그네스가 덧붙였다. "나탄이 집에 있으면 조금 나았어요. 우리는 모두 나탄이 집에 좀더 머물기를 원했어요. 하지만 시간이 갈수록 그는 점점 더 오래 집을 비웠고, 집에 와도 우리를 반가워하지 않았어요. 자기 딸인 소란나조차도 반갑지 않은 것 같았어요. 딸도 우리에게 맡겨두고 나다녔죠."

"손님이 오는 것도 싫어했다니 나탄은 정말 무정했던 것 같아. 세 사람이 그렇게 외롭게 지내는데 말야."

아그네스는 희미한 미소를 지었다. "손님이 오는 걸 싫어한 건 아니에요, 그 사람이 프리드리크인 게 싫었던 거죠."

"아, 그렇군."

"프리드리크하고 나탄은 가장 사이가 좋을 때도 아슬아슬한 공존 정도였어요. 언제나 서로를 의심했죠. 그러다가 둘 사이에 싸움이 벌어졌어요. 그해 가을, 힌디스비크 해변에 고래가 밀려왔을 때요."

"그래, 기억나. 우리는 그때 계곡 북쪽 사람들한테서 고래 기름을 샀지. 그 사람들이 거기 가서 그걸 사 왔거든."

"우리에겐 행운이었죠. 그해 수확 철에 비가 많이 와서 건초가 썩거나 불타버리는 건 아닌지, 짐승들도 다 죽어서 봄까지 먹을 식량이 없어지는 건 아닌지 걱정했거든요. 고래 소식이 왔을 때 나탄은 집에 있었고, 그 해변 땅 임자들에게 고기를 사러 갔어요.

나탄은 저녁에야 돌아왔어요. 문을 열어주니 진흙투성이로 서 있더라고요. 머리도 얼굴도 엉망이고, 옷도 그런 걸레가 없었죠. 제가 무슨 일이냐고 물었어요. 나탄이 고깃값을 내고 자기 몫을 자르는데 프리드리크가 나타나서 함께 고기를 썰었대요. 나탄이 프리드리크에게 돈을 내고 네 몫을 사라고 했더니, 프리드리크가 그를 쓰러뜨리고 폭행했다는 거예요. 그런데 나중에 이들뤼가스타디르하고 가장 가까운 스타파르 농장 사람들은 다른 얘길 하더라고요. 나탄이 먼저 소리를 지르며 프리드리크를 밀었고, 그래서 프리드리크가 달려들어 그를 때려눕힌 거라고요. 어쨌건 그런 뒤 프리드리크는 나탄을 때리고 진흙 속에 끌고 다녔대요. 하지만 그때 제가 알 수 있었던 건 그저 나탄이 겉모습도 기분도 엉망이 돼서 왔다는 것뿐이었죠."

"편치 않았겠네." 마르그리에트가 나직하게 말했다.

아그네스는 고개를 저었다. "시가가 더 힘들어했어요. 제가 고래고기를 절이고 있는데, 시가가 불 앞에서 씻는 나탄을 달래는 소리가 들리더라고요. 나탄은 프리드리크가 미친놈이라고, 스무 살도 되기 전에 살인을 할 놈이라고 소리쳤어요. 자기 애인을 두고 그런 말을 하니까 시가는 속이 상했죠. 물론 나탄에게 바로 대꾸를 하지는 않았지만, 밤에 잠자리에 들었을 때 저는 시가가 우는 소리를 들었어요."

마르그리에트는 아무 말도 하지 않았다. 아그네스를 보고 싶었지만, 그쪽으로 고개를 돌리면 그녀가 이야기를 멈추고 지금의 분위기가 깨질 것 같았다. 마르그리에트는 신중하게 말을 골랐다.

"이들뤼가스타디르에서 지낸 시간은 참 힘들었겠어."

"고래 사건 이후 더 힘들어졌어요. 나탄은 전보다 더 자주 집을 비웠죠. 그리고 집에 오면 시가와 제게 그렇게 빈둥대라고 돈을 주는 게 아니라며 화를 내고 우리가 하는 모든 일에 트집을 잡았어요. 버터가 무르다는 둥, 바스토바가 더럽다는 둥, 작업장에 들어가 물약을 엎었다는 둥. 나탄이 없을 때면 누구도 감히 작업장에 들어가지 못하는데 말예요. 바람이 물건을 흩어놓는 경우도 있었거든요. 부유목을 끌고 오느라 마당이 어지러워지면, 그 사람은 우리가 돈을 찾아 땅을 판다고 했어요. 하지만 우리는 그런 말을 듣기 전에는 그 사람이 돈을 땅에 묻어두는 줄도 몰랐죠.

모든 일이 최악을 향해 달려갔어요. 한번은 나탄이 남부에 갔다가 돌아오는 길에 이들뤼가스타디르에서 나오는 프리드리크와 마주쳤어요. 두 사람 다 처음에는 예의를 지켰던 것 같지만, 곧 둘이 고개에서 싸우는 소리가 시가와 저한테까지 들렸어요. 나탄은 금방이라도 프리드리크를 때릴 기세로, 군수에게서 프리드리크의 농장 출입을 금하는 명령을 받아내겠다고 소리쳤어요. 싸움이 한동안 계속된 뒤 프리드리크는 집으로 갔어요.

그날 밤 나탄은 분노를 주체하지 못했어요. 시가를 밖으로 끌어내서는 자기 믿음을 저버렸다고, 거짓말을 했다고 펄펄 뛰었어요. 나탄이 쫓아내겠다고 위협하자 시가는 제발 그러지 말아달라고 사정을 했어요. 갈 데가 없다고, 이 계절에는 아무도 하인을 쓰지 않는다고, 눈 속에서 얼어 죽을 거라면서요. 그러다 나탄이 목소리를 낮췄고, 저는 그때부터 그의 말소리를 듣지 못했어요. 두 사람 다 한 시간도 더 지나서야 집 안에 들어왔고, 시가는 빨개진 눈으로 곧장 침대에 들었어요. 그런 뒤 이번엔 나탄이 저더러 따라오라고 했죠.

밖은 칠흑처럼 캄캄했어요. 그는 저를 바닷가로 데리고 가더니, 프리드리크가 시가와 결혼하게 해달라고 청했다고 말했어요. 시가가 자기 몰래 프리드리크와 연애질하는 건 알았지만 여기까지 올 줄은 몰랐다고 하더군요. 그저 한때의 장난으로 여겼다고.

제가 나탄에게 선량한 청춘 남녀가 서로 좋아하는 건 아무 문제 없는 일이라고 하자, 그는 픽 웃으며 두 사람 다 선량하다고 볼 수 없다고 했어요. 이어 주머니에서 은화 세 개를 꺼내더니 프리드리크가 결혼 허락을 구하며 그 돈을 주었다고 했어요. 제가 결혼에 반대한다면서 그 돈은 왜 받았느냐고 묻자, 나탄은 다시 웃으며 공짜로 주는 돈을 왜 거절하느냐고 했어요. 그러곤 자기가 프리드리크를 싫어하는 걸 알면서 왜 자기 없을 때 시가와 프리드리크가 농탕을 치게 두었느냐고 물었어요. 저는 나도 프리드리크가 썩 맘에 들지 않지만 그동안 하인과 사람이 많은 농장에서 일하는 데 익숙해져 있다 보니 이들뤼가스타디르는 너무 외롭다고 했죠."

아그네스는 우유를 다 마신 뒤 찌꺼기를 불에 던졌다. 치지직 소리에 마르그리에트가 몸을 움찔했다.

"다시 잠이 올 것 같지 않네요." 아그네스가 말했다.

마르그리에트가 고개를 끄덕였다. "나도 그래." 그런 뒤 망설이다가 말했다. "프리드리크와 시가가 결혼한 사이인 줄은 몰랐는걸."

아그네스는 짧게 웃고 말했다. "결혼한 건 아니에요. 프리드리크가 청혼을 했을 뿐이죠. 그 아이는 다음 날 다시 왔어요. 나탄은 게이타스카르드에 가고 없었고요. 시가가 우울해서 허깨비처럼 힘이 없길래 제가 부엌에서 나탄이 어젯밤에 무슨 말을 했느냐고 물었어요. 하지만 시가는 울음을 터뜨리며 아무 대답도 하지 않았어요. 프리드리크를 사랑한다고 나탄에게 얘기했냐니까 고개를 저었어요. 그러다 제가 프리드리크가 나탄에게 결혼 허락을 청하면서 돈을 주었다고 말하자 시가는 충격을 받고 눈물을 그쳤어요. 입을 딱 벌리고 절 보면서 나탄이 결혼을 허락했다니 믿을 수 없다고 했죠. 그런 남자와 결혼하면 안 된다고 했대요. 너는 너무 어리고 내 하인이니 내가 내보낼 때까지 여기 있어야 한다고요.

그날 프리드리크가 나타나자 다니엘이 목숨을 부지하고 싶으면 그만 돌아가라고 했지만 그는 들은 척도 하지 않고 제게 시가가 어디 있는지 물었어요. 같이 집 안에 들어가 거기서 벌어지는 일을 볼 수는 없었기에 저는 바닷가에 내려가서 기다렸죠. 그러고 있자니 아니나 다를까, 프리드리크가 시가의 손을 잡고 나와서 저와 다니엘에게 자기들은 이제 약혼한 사이라고 말했어요."

"그래서 넌 어떻게 했어?" 마르그리에트가 물었다.

아그네스는 한숨을 쉬었다. "제가 뭘 어떻게 하겠어요? 비탈을 올라가 모두에게 브랜디를 조금씩 따라주었죠. 프리드리크는 웃었지만 시가는 걱정이 가득했어요. 술을 몇 모금 마신 뒤 다니엘은 두 사람에게 노래를 불러주었고, 저는 바람을 쐬러 나가서 바닷가로 내려갔어요."

불이 두 사람 앞에서 타닥거렸다. 똥 덩어리 하나가 갈라지면서 서까래를 향해 불꽃을 날렸다.

얼마 후에 아그네스가 물었다. "바다에 자주 가세요?"

마르그리에트가 고개를 젓고 몸을 숄에 더 깊이 파묻었다.

"예전에는 바닷가에서 일도 했지. 라웅기달뤼르 근처에서."

"바튼스네스의 바다는 달라요. 피오르 근처의 물은 때로 거울 같죠. 혀를 대고 싶다는 생각마저 들어요. '죽은 사람 눈처럼 부옇다'고 나탄은 말했어요." 그녀는 불 앞으로 더 다가갔다. "한번은 빙하 두 개가 부딪히는 걸 보았어요. 바람에 밀려서요. 양쪽 빙하에 부유목이 쌓여 있었는데, 얼마 후에 굉음이 울리면서 부유목에 불길이 일었어요."

"사가 속 이야기 같군."

"정말 기이했어요." 아그네스가 말했다. "그냥 멍하니 보고 있을 수밖에 없었죠. 밤이 내린 뒤에도 바다에 작은 불길들이 떠다녔어요."

두 여자는 잠시 불을 바라보았다. 불길은 이제 두 여자의 얼굴에 퍼진 붉은빛 속에 차츰 죽어가고 있었다. 바깥에서 울리는 낮은 소리가 곧 더욱 거세게 불어닥칠 겨울바람을 예고했다.

✱

프리드리크가 시가에게 청혼하고 나서 눈이 산적도 묻어버릴 만큼 쏟아졌다. 프리드리크가 돌아갈 길이 막혀, 나는 그에게 다니엘과 같은 침대를 쓰게 했다. 술을 마신 뒤라 그들은 곧바로 곯아떨어졌다.

나는 잠이 오지 않았다. 나탄과 시가 생각에 머리가 어지러웠고 꿈도 사나웠다. 나는 나탄이 프리드리크를 싫어하는 이유를 알고 있었다. 그가 자기 돈과 물건을 훔쳐서가 아니었다. 물론 그런 이유도 있겠지만, 그게 전부는 아니었다. 그것은 시가 때문이었다. 그가 나를 외면하는 만큼 시가를 원하기 때문이었다.

그러다 잠깐 잠에 빠졌던 모양이다. 문득 깨어보니 바스토바는 텅 비고 눈은 그쳐 있었다. 회색으로 번들거리는 바다를 빼면 바깥세상은 온통 하얬다. 들판에서 시끄러운 소리가 들리기에 무슨 일인가 싶어 나가보니 프리드리크가 죽은 양을 차고 있었다. 그의 폭력성에 속이 뒤틀렸다.

"뭐 하는 거야?" 내 목소리가 고요한 대기 속에 울렸다. 프리드리크는 내 말을 못 듣고 계속 씩씩거리며 양을 찼다. 그의 발길질에 핏빛으로 물든 눈덩이가 사방으로 흩날렸다.

"프리드리크! 너 뭐 하는 거니?" 내가 다시 소리쳤다.

그는 발을 멈추고 돌아보았다. 그러곤 소매로 얼굴을 닦고 눈 속에 장화를 끌면서 내게 걸어왔다. 가까워졌을 때 보니 기분이 안 좋아 보였다.

"안녕, 아그네스." 그가 숨을 몰아쉬며 말했다.

"왜 짐승을 차는 거야?"

프리드리크는 숨을 헐떡였다. 숨이 입 앞에서 안개를 이루었다. "이미 죽어 있었어요."

"왜 그걸 차냐고?"

"무슨 상관이에요?" 프리드리크가 눈을 찌푸리고 무거운 하늘을 보았다. "눈이 더 올 것 같아요. 밖에 나오지 않는 게 좋아요." 그러더니 코를 훌쩍이고 장갑으로 코를 닦아 양털 장갑에 반들거리는 얼룩을 남겼다.

"나탄이 가만 안 둘 거야." 내가 양 주변의 피와 흙 자국을 가리켰다. "고기를 망쳤잖아. 가죽도."

프리드리크는 웃었다. 그 애에게 따귀라도 날리고 싶었지만, 나는 그를 제압할 수 없었고 그도 그 사실을 알았다.

"이미 죽어 있었다니까요, 아그네스. 오늘 새벽에 죽었어요." 그는 뺨에서 피와 함께 녹은 눈을 닦고는 부유목에서 발을 빼고 내 곁을 지나갔다. "걱정 말아요. 먹는 데는 지장 없어요."

"네가 발로 짓밟았잖아."

그는 눈을 옆으로 샐쭉 굴렸다.

"밖에 있으면 감기 걸려요." 그가 뒤도 돌아보지 않고 말했다. 나는 눈구름이 산 위로 내려오는 것을 보다가 찬 공기에 몸을 떨었다.

프리드리크가 양을 걷어차는 모습은 섬뜩했다. 불길한 광경이었다. 검은 팔다리가 부드러운 사체를 퍽퍽 걷어차서 눈 속에 피의 안개를 피워 올리는 광경.

눈이 다시 내리기 시작했다. 나는 프리드리크를 따라 집으로 들어가려고 돌아서다가 갈까마귀가 양의 시신에 내려앉는 모습을 보았다. 갈까마귀는 까악 하고 구슬픈 울음을 내지르더니 양의 내장에 부리를 박았다. 눈가루가 놈의 검은 깃털 위로 떨어졌다.

집 안에 들어갔을 때 프리드리크와 시가는 침대에 함께 앉아서 나직하게 속삭이고 있었다. 시가는 운 것 같았다.

"양 두 마리가 없어졌어." 내가 말했다.

"한 마리는 죽었어요. 직접 봤잖아요." 프리드리크가 하품을 했다.

"네가 발길질한 양 말고. 다른 두 마리야."

프리드리크가 고약한 미소를 짓는 순간 나는 사태를 깨달았다.

"네가 죽였구나." 시가가 눈물을 쏟고 프리드리크는 자리에서 일어섰다. 그가 내게 다가와서 나를 바짝 굽어보았다. 땀 냄새가 났다.

"아그네스, 시가하고 나는 아까부터 중요한 이야기를 하던 중이에요." 그의 목소리가 분노로 갈라졌다. "나탄이 시가를 가지고 놀았어요."

나는 목소리가 차분히 나올 때까지 기다렸다.

"나도 알아."

시가가 눈물을 터뜨렸다. "미안해요, 아그네스! 언니한테는 정말로 얘기하려고 했어요!"

프리드리크가 말을 멈추었다. "알고 있었다고요?"

"나는 시가가 허락한 줄 알았어." 내 목소리가 갈라졌다.

"나탄이 시가를 욕보였다고요!" 그가 바닥을 서성거렸다. 그의 손에는 나탄이 시가에게 선물한 녹색 실크 잠옷이 들려 있었다. "놈을 죽일 거예요."

나는 눈을 옆으로 굴렸다. "그렇게 해봐. 그러면 많은 게 달라질 테니." 그러곤 시가에게 돌아서서 물었다. "정말로 강제로 당한 거니?"

"당연히 강제로죠!" 프리드리크가 다시 시가의 옆에 앉아서 매트리스를 내리쳤다. 시가가 깜짝 놀랐다.

"모르겠어요." 그녀가 속삭였다.

나는 그가 그녀의 침대에 들어가서 움직이던 소리를 떠올렸다. 죽음의 파도가 닥친 날이었다. 헐떡이는 숨소리, 짧고 가벼운 신음. 드잡이 같은 건 없었다.

"이건 하느님을 거스르는 일이에요." 프리드리크가 말했다.

나는 웃지 않을 수 없었다. "이 일이 하느님과 무슨 상관이지?"

시가는 겁먹은 눈치였다. "아그네스, 나한테 실망했어요?"

"내가 왜 실망하겠어?" 내 목소리는 바다처럼 잔잔했다.

프리드리크가 눈을 부릅뜨고 잠옷을 내려다보았다. "그놈은 개새끼예요. 내가 죽일 거예요."

"나탄이 죽는 건 싫어." 시가가 어색하게 웃으며 말했다. 나는 그 애의 뺨을 때리고 싶었다.

나는 웃었다. "프리드리크는 아무도 안 죽여."

"죽일 거예요." 그가 두 주먹을 불끈 쥐고 다시 일어섰다.

"아니, 안 죽여." 내가 말했다. "어쨌건 상관없잖아? 이러건 저러건 너는 시가하고 결혼할 거니까."

프리드리크가 비웃었다. "하긴, 당신 같은 여자가 이해할 거라 기대하지는 않았어요."

나는 입이 마르는 게 느껴졌다.

"시가 말로는 나탄이 아그네스도 가지고 놀았다던데요. 차이점이라면 당신은 그걸 좋아했다는 것뿐이고요."

내가 다가가자 시가가 움찔했다. "때리지 않을 테니 걱정 마." 나는 이렇게 말했지만 때리고 싶었다.

다니엘이 들어오자 프리드리크는 입을 다물었다. 나는 분노로 온몸이 떨렸다. 프리드리크가 싫었다. 추위에 빨개진 그의 여드름투성이 피부도, 파란 눈도, 끈끈한 금발 속눈썹도 싫었다. 그의 높은 목소리도 싫고, 말똥 냄새도 싫고, 툭하면 우리 집에 오는 것도 싫었다.

"집에 가, 프리드리크." 다니엘이 먼저 말했다.

"눈보라가 닥칠 거예요."

"뚫고 가." 나는 다니엘이 함께 있는 게 고마웠다.

"아무 데도 안 가요." 프리드리크가 말하고 다시 시가 옆에 앉아서 보호하듯 그녀에게 한 팔을 둘렀다.

"맞지? 나탄이 두 사람 모두하고 잠자리를 한 거." 다니엘이 나직하게 말하고는 고개를 저었다. "불경한 일이야."

"프리드리크가 양을 죽였어!"

"뭐라고? 여기서?"

"어젯밤 아니면 오늘 새벽에, 카타달뤼르로 적어도 두 마리를 데리고 가서 거기서 죽인 것 같아."

"나탄이 프리드리크를 죽이겠군!"

"프리드리크가 나탄을 먼저 죽일지도 몰라." 내가 말했다. "프리드리크는 지금 제정신이 아냐."

다니엘은 두 손으로 머리카락을 훑고 침대에 앉은 한 쌍의 연인을 바라보았다. "멍청한데다 난폭하기까지 해." 그가 한숨을 쉬었다. "좀 진정되면 내가 이야기할게."

나탄은 사흘 뒤 이들뤼가스타디르로 돌아왔다. 그가 왔을 때 프리드리크는 없었다. 만약 프리드리크가 있었다면 무슨 일이 벌어졌을지 모른다. 어쨌거나 나탄은 시가와 프리드리크의 약혼 소식을 달가워하지 않았다. 소식을 전한 건 나였다. 시가는 그가 마당에 들어서는 소리를 듣자마자 창고로 피했다.

"내가 집을 비우기만 하면 참사가 생기는군."

"이건 참사가 아니야, 나탄. 프리드리크에게서 돈을 받았잖아. 이런 일이 생길 줄 예상을 했어야지."

"넌 이 일이 기쁜 것 같네." 그가 말했다.

"내가 기쁘다고? 이 일이 나하고 무슨 상관인데?"

"가을 내내 뚜쟁이 짓을 했잖아."

나는 그가 안장을 푸는 동안 고삐를 잡고 있었다. "그런 짓 안 했어."

"모두가 축하했겠군."

"아니, 시가마저 혼란스러워하는 것 같아."

그는 돌아서서 나를 똑바로 보더니 눈썹을 치켜올렸다. "정말이야?"

나는 고개를 끄덕였다. "프리드리크는 뛸 듯이 좋아했지만 시가는 그렇게 기쁜 것 같지 않아."

그러자 나탄이 빙긋 웃으며 고개를 저었다. "멍청한 어린애들이야, 둘 다." 그는 내 손에서 고삐와 안장 방석을 받아 눈 위에 내려놓았다. 차분한 모습이었다. "아그네스, 너한테 사과할게. 너를 때린 건 잘못이야."

나는 대답하지 않았지만, 그가 내 손을 잡는 것을 뿌리치지도 않았다.

"보름하고 이야기를 좀 해봤는데, 그 사람이 나더러 정신이 딴 데 팔려 있다더군. 습기 찬 땅을 너무 많이 돌아다녔어. 내 꿈들도……." 그의 목소리가 끊겼다. "우리 서로 못할 짓을 많이 한 것 같아. 나도 내가 아니었어."

그는 내 손을 놓고 고삐와 방석을 집어 들어 나에게 건넸다. "여기, 이걸 정리해줘. 안에서 보자." 내가 돌아서자 그는 다시 나를 잡고 부드럽게 말했다. "아그네스, 다시 만나서 기뻐."

그날 밤 우리는 예전과 같은 욕망에 사로잡혀 타올랐다. 차가운 어둠 속에 깨어났을 때 나는 그가 옆에 잠들어 있다는 행복감에 온몸이 달아올랐다. 시가와 다니엘이 깨어서 우리가 한 침대에 있는 것을 보았는지 몰라도 그들은 아무 말도 하지 않았다. 나는 그의 침대에서 모포를 가져다가 내 침대 발치에 두었다.

✻

마르그리에트가 유가공실에 가서 우유를 다시 한 냄비 가지고 돌아왔다. 바깥바람이 너무 세차 웅웅 신음하는 소리가 들릴 지경이었다.

아그네스는 몸을 기울여 화로의 석탄을 쑤석이고 물었다.

"토탄이나 소똥을 더 넣어도 될까요?"

마르그리에트가 소똥을 가리켰다. "넣어. 우리가 여기 있는 동안에는 불을 계속 피워도 돼."

"어디까지 이야기했죠?"

"프리드리크가 시가한테 청혼했다고 했어." 마르그리에트가 우유를 조용히 냄비에 따랐다. 우유가 뜨거운 금속에 닿아 치지직 소리를 냈다.

"프리드리크와 약혼한 뒤 시가는 나탄 보기를 두려워했어요. 나탄은 창고에 숨은 시가를 찾아갔죠. 시가가 나중에 말하기를, 나탄이 그동안 힘들게 해서 미안하다고, 프리드리크에 대한 불만 때문에 판단력이 흐려졌다고 그랬대요. 그리고 시가를 축복해주면서, 돈도 명예도 없는 남자와 결혼을 원하는 것도 다 네 선택이라고 덧붙였대요. 저한테는 강아지들의 장난을 막지 않겠다고 했고요.

그런 나탄의 모습에, 저는 시가가 프리드리크와 결혼하면 이제 프리드리크를 안 봐도 된다는 걸 깨닫고 저러나 보다 생각했어요. 집 주변에 숨긴 돈을 걱정할 필요가 없어진다고요.

크리스마스 축일이 시작되었지만, 우리는 딱히 신경 쓰지 않았어요. 나탄은 다니엘을 게이타스카르드로 돌려보냈고, 저는 이제 시가와 둘뿐이던 지난날과 똑같아질 거라고 생각했죠. 그래서 오두막을 청소하고 성 소를라우퀴르의 날❖을 위해 홍어 요리를 준비할 생각이었는데, 프리드리크와 약혼한 이후로 시가는 저하고 별로 대화하고 싶어 하지 않는 것 같았어요. 우울해지고 일도 게을리하면서 하염없이 창밖만 내다보았죠. 말을 걸면 깜짝깜짝 놀랐고, 제 눈길도 피했어요. 나탄이 시가에게 프리드리크를 불러서 함께 크리스마스 술을 마시자고 했지만, 프리드리크는 오지 않았어요. 아마 시가는 나탄이 갑작스레 프리드리크에게 호의를 보이는 것이 미덥지 않았던 모양이에요. 두 남자가 서로 부딪치는 걸 막으려는 것 같았어요."

✻

어느 날 밤늦게 나는 그에게 말하기로 결심했다.

"나탄, 당신이 시가를 취했던 거 알아."

그는 졸고 있다가 이 말에 번쩍 눈을 떴다.

"다 알고 있어, 나탄. 하지만 용서할게."

❖ 12월 23일. 12세기 아이슬란드에서 가톨릭을 위해 헌신한 소를라우퀴르 주교를 기리는 날로, 1199년부터 축제로 자리잡았다.

그가 나를 보더니 웃음을 터뜨렸다. "날 용서한다고?"

나는 어둠 속에서 그의 손을 잡았다. "따지려고 말을 꺼낸 게 아니야. 다만 내가 안다는 걸 알려주고 싶었어."

그의 손이 죽은 듯 내 손 안에 있었다. 그는 생각에 잠겨 있었다.

"나도 네가 보는 거 알았어." 그가 말했다.

그 말이 주먹처럼 내 복부를 강타했다. 입이 벌어졌지만 나는 아무 말도 하지 않고 그냥 다물어버렸다. 그러곤 침대에서 일어나 램프를 가지고 돌아왔다. 그의 얼굴을 보지 않고는 말을 할 수 없었다. 어둠 속에서는 그가 하는 말을 믿을 수 없었다.

램프 불빛이 그의 피부에 너울거렸다. 그는 나를 차분히 바라보다가 고개를 돌려 시가가 깨어 있는지 힐끔 살폈다.

"나탄."

내 목소리는 늙은 것 같았다. 나는 눈길을 내려 내 벗은 몸을 보았고, 처음으로 그가 나를 어떻게 볼지 생각해보았다.

"당신은 나를 농락했어."

나탄은 손으로 눈을 가렸다. "불 꺼, 아그네스."

나는 침대 기둥을 잡고 몸을 지탱했다. "당신은 잔인한 사람이야."

"이런 이야기 하고 싶지 않아."

"처음부터 나한테 가정부 자리를 줄 생각이 아니었지?"

"불 끄고 자. 네 눈이 꼭 눈 더미에 뚫린 오줌 구멍 같아."

"자라고?" 나는 그를 노려보면서 울지 않고도 말할 수 있을 때까지 기다렸다. "내가 아는지 어떻게 알았어?"

그는 웃기만 할 뿐 대답이 없었다.

"날 사랑해?"

"바보 같은 소리."

"대답해봐."

그는 램프로 손을 뻗었다. "불 꺼!"

"나탄." 문득 애원하는 듯한 목소리가 나왔다. 그 목소리에 담긴 한탄이 내게도 놀라웠다.

"내가 널 원하지 않으면 여기로 불렀겠어?"

"그래, 원했겠지. 하녀로."

"넌 하인 이상이야, 아그네스."

"그래?"

"불 꺼."

"싫어! 당신이 날 이렇게 대할 수는 없어!" 나는 램프를 그의 손에서 잡아챘다.

그의 눈이 번득였다. "넌 잔소리꾼이야, 아그네스."

나는 폭발했다.

"잔소리꾼? 그런 소리 집어치워! 나는 당신에게 모든 걸 허락했어. 당신이 떠나는 걸 막은 적 있어? 당신이 내가 잠든 줄 알고 옆 침대의 시가에게 올라가는 걸 말린 적 있어? 그 애는 열다섯 살이라고! 당신은 개자식이야."

그는 팔꿈치로 일어나 앉았다. "왜 네가 잠들 때까지 기다렸다고 생각하지?"

나탄의 얼굴에는 경멸이 아니라 가소롭고 흥미롭다는 표정이 떠올라 있었다. 갑작스러운 절망과 상실이 무겁게 덮치며 나는 거대한 슬픔에 짓눌렸다.

"당신이 미워." 어리석고 유치하게 들리는 말이었다.

"내가 널 사랑한다고 생각해?" 나탄은 고개를 저었다. "너, 아그네스를?" 그가 눈을 가늘게 뜨고 일어섰다. 그의 숨결이 내 얼굴에 뜨겁게 닿았다. "너는 싸구려야. 내가 잘못 판단했어."

"내가 싸구려라면 그렇게 만든 건 당신이야!"

"그래, 너는 순수하고 고결하고, 잘못은 다 다른 사람들한테 있다는 거지."

"아니, 잘못은 당신에게만 있어!"

"미안해. 너도 나와 같은 걸 원하는 줄 알았어." 그는 나를 잡아서 확 끌어당겼다. "네가 그 계곡을 벗어나고 싶어 하는 줄 알았다고. 하지만 사실 넌 네가 가질 수 없는 걸 원하고 있었어.”

“내가 원한 건 당신이야! 계곡을 떠나고 싶었던 건 당신 곁에 있고 싶어서였고.” 나는 분노를 감당할 수 없었다. “더이상 이곳을 참을 수 없어.”

“그러면 나가!” 나탄이 한 걸음 물러서서 내 팔목을 잡았다. “나가라고! 너는 여기서 말썽만 일으켰어!” 그는 나를 바스토바에서 끌어내려 했다. 시가가 침대에 앉아 우리를 보고 있었다. 소란나는 울음을 터뜨렸다.

“이거 놔!”

“네가 원하는 대로 해주겠다는데 왜 그래? 내가 밉다며? 여기 있기 싫다며? 잘됐네! 문은 저쪽이야.”

나탄은 체구는 작아도 힘이 셌다. 그는 나를 복도로 끌고 가서 문밖으로 쫓아냈다. 나는 문 앞에서 발이 걸려 눈 속에 엎어졌다. 벌거벗은 채. 내가 무릎으로 일어나 앉을 때 그가 내 눈앞에서 문을 쾅 닫았다.

바깥은 어둡고 폭설이 내렸지만 나는 분노와 슬픔에 휩싸여 아무것도 느낄 수 없었다. 문을 두드리거나 창가로 가서 시가한테 나를 들여보내달라고 소리치고 싶었지만, 한편으론 그에게 벌을 주고 싶기도 했다. 나는 두 팔로 알몸을 감싸고 어디로 갈지 생각했다. 추위가 바늘처럼 살갗을 찔렀다. 이대로 죽어버릴까, 바다로 걸어가서 차가운 물에 몸을 던질까 하는 생각도 들었다. 물이 폐를 채울 필요도 없이 추위만으로도 죽을 수 있을 것 같았다. 나탄이 해초들에 섞여 올라온 내 시신을 보는 모습이 떠올랐다.

나는 우사로 갔다.

너무 추워서 잠을 잘 수 없었다. 나는 암소 옆에 웅크리고 앉아 녀석의 따뜻한 몸에 맨살을 대고 안장 방석으로 몸을 덮었다. 동상에 걸릴까 봐 발가락은 소똥 속에 넣었다.

얼마쯤 지난 뒤 누가 우사에 들어왔다.

"나탄?" 내 목소리는 가늘고 처량했다.

시가였다. 시가가 내 옷과 신발을 가져왔다. 울어서 눈이 퉁퉁 부어 있었다.

"언니를 집에 들이지 말래요." 시가가 말했다.

나는 천천히 옷을 입었다. 추워서 손가락이 제대로 움직이지 않았다. "그러다 내가 여기서 죽으면?"

나는 돌아서는 시가의 어깨를 잡았다.

"나탄을 좀 달래봐, 시가. 지금 제정신이 아냐."

그녀는 눈물 가득한 눈으로 나를 보며 속삭였다. "여기서 사는 게 지긋지긋해요."

다음 날 아침 잠에서 깬 나는 내가 어디 있는지 잠시 어리둥절했다. 이윽고 간밤의 기억이 되살아나자 분노가 가슴을 조이면서 정신이 번쩍 들었다. 나는 암소의 몸에 차가운 코와 손가락을 데우며 앞으로 어떻게 할지 생각했다. 나탄이 짐승을 먹이러 나오기 전에 떠나고 싶었다.

✻

브레이다볼스타뒤르의 어두운 바스토바에서 잠이 깬 토티는 침대 끝, 벽에 기대앉은 아버지의 모습을 보았다. 그는 희끗희끗한 머리를 가슴에 떨군 채 자고 있었다.

"아버지?" 그의 목소리는 간신히 속삭이는 수준이었다. 그 정도 소리를 내는 것만으로도 목구멍이 타올랐다.

그는 발을 움직여 아버지를 깨우려고 했지만 다리가 평생 그렇게 무거운 적이 없었다. "아버지?" 그가 다시 불렀다.

욘 목사가 몸을 움직이다가 눈을 번쩍 떴다. "얘야!" 그가 수염을 닦고 아들에게 고개를 기울였다. "깨어났구나. 하느님, 감사합니다!"

토티는 팔을 들어 올리려 했지만 팔이 옆구리에 붙어 움직여지지 않았다. 모포가 그를 꽁꽁 감싸고 있었다.

"또 고열을 앓았어. 땀을 빼주려고 그렇게 해뒀다." 아버지가 말하고 굳은살 박인 손을 토티의 이마에 댔다.

"코르든사우에 가야 해요. 아그네스를 만나야 해요." 토티가 중얼거렸다. 혀가 까칠했다.

아버지는 고개를 저었다. "그 여자를 돌보다가 네가 이렇게 됐어."

토티는 괴로운 표정이 되었다. "지금이 몇 월인가요?"

"십이월이야."

토티가 일어나려고 하자 욘 목사가 그의 머리를 다시 베개에 뉘었다. "하느님이 회복시켜주실 때까지 그 여자 일은 잊어야 해."

"아그네스에게는 아무도 없어요." 토티는 말하고 몸을 일으키려 했지만, 근육이 뜻에 따라주질 않았다.

"그 여자가 자초한 거지." 갑자기 아버지의 목소리가 작은 방에 크게 울렸다. 그는 아들을 잡아 침대에 눌렀다. 불을 밝히지 않은 바스토바에서 아버지의 얼굴은 어두웠다. "네 시간을 바칠 가치가 없는 여자다."

*

마르그리에트는 잠시 침묵에 잠겼다. 우유가 컵에서 식어갔다. "너를 눈 속에 내쫓았다고?"

아그네스는 마르그리에트를 가만 바라보며 고개를 끄덕였다.

마르그리에트는 고개를 저었다. "그러다 얼어 죽으라고?"

"완전히 미쳐 있었어요." 아그네스가 숄을 어깨에 더 바짝 둘렀다. "나탄은 시가를 독차지하고 싶어 했어요. 하지만 결국 시가가 자기보다 프리드리크를 더 좋아한다는 걸 알게 됐죠."

마르그리에트는 코를 훌쩍이고 부지깽이로 불 속을 쑤셨다. "그러면……." 그녀는 불만 들여다보고 있는 아그네스 쪽으로 슬쩍 시선을 던졌다. "계속 이야기해봐." 마르그리에트가 조용히 말했다.

아그네스는 한숨을 쉬고 팔을 풀었다. "저는 카타달뤼르에 있는 프리드리크의 집으로 갔어요. 가본 적은 없지만 어디 있는지 이야기는 들었고, 날이 어느 정도 개어서 큰 문제 없이 걸어갈 수 있었어요. 물론 여러 시간이 걸렸고, 카타달뤼르에 도착했을 무렵엔 정신이 혼미할 만큼 탈진해 있었죠. 프리드리크의 어머니가 문을 열었을 때 저는 무릎으로 쓰러져 있었어요.

카타달뤼르는 지독한 곳이었어요. 지저분하고 옹색하기 이를 데 없었어요. 금세라도 내려앉을 것 같은 지붕에, 집 안팎이 더없이 칙칙했어요. 소똥 불에서 올라온 연기가 부엌 벽에 가득하고 바스토바도 아주 우중충했죠. 안에 들어가니 아이들이 여럿 있었어요. 프리드리크의 형제들이 추위를 피해 한 침대에 모여 있었죠. 프리드리크는 아버지와 삼촌과 함께 다른 침대에 앉아서 칼을 갈고 있었고요.

프리드리크는 저를 보자마자 '그자가 또 무슨 짓을 했죠?' 하고 물었어요. 이어 혹시 나탄이 시가와 결혼하기로 했냐고 물었죠.

저는 고개를 젓고 나탄이 나를 내쫓았다고 했어요. 우사에서 밤을 보냈다는 말도 했지만 프리드리크는 별로 동정하지 않았어요. 다만 어쩌다 그렇게 됐냐고 묻길래, 나탄에게 시가한테 그러면 안 된다고 얘기했다가 싸움이 났다고 말했어요.

그때 프리드리크의 어머니가 끼어들었어요. 조용히 우리 이야기를 듣다가 불쑥 프리드리크의 팔을 잡고 말했죠. '그 사람이 네 색시를 빼앗아 가려나 보다.'

그때 프리드리크가 침대 위의 칼을 내려다보는 것 같아서 전 겁이 났어요.

저는 프리드리크에게 티외르든의 목사님에게 가보라고, 그러면 지방 관원을 만나서 사정을 설명할 수 있을 거라고 했어요. 하지만 프리드리크의 어머니인 소르비외르그가 다시 끼어들었어요. 그분이 프리드리크의 어깨를 잡고 그를 바라보면서 말했어요. '나탄이 살아 있는 한 네가 시가를 얻을 방법은 없어.' 그런 뒤 모두 자리에 앉았어요. 하지만 제가 잠을 자는 동안에 그 사람들은 나탄을 죽이기로 했던 것 같아요."

마르그리에트는 움직이지 않았다. 불은 이미 꺼져 있었다. 희미한 깜부기불 몇 조각만이 재 속에서 깜박거렸다. 바람은 쉴 새 없이 날뛰었다. 마르그리에트는 천천히 숨을 내쉬었다. 피로가 밀려왔다. "이제 도로 가서 자는 게 좋을 것 같네."

아그네스가 고개를 돌아보았다. "마저 듣고 싶지 않으세요?"

12장

사일링스달레의 뢰이가르에서, 그뷔드룬은 아침 일찍 해가 뜨자마자 일어났다. 그녀는 형제들이 자는 방으로 가서 오스파크를 깨웠다. 오스파크와 형제들은 즉시 일어났다. 오스파크는 누이를 보고 무슨 일로 이렇게 일찍 일어났는지 물었다. 그뷔드룬은 그들에게 그날 무슨 일을 할 계획이냐고 물었다. 오스파크는 하루를 조용하게 보낼 거라고 말했다. "지금은 할 일이 별로 없으니까."

그뷔드룬이 말했다. "너희 같은 녀석들은 농부의 딸로 태어나는 게 딱 좋았어. 좋은 일이건 나쁜 일이건 아무 일도 하지 않으니까. 너희를 그렇게 모욕한 캬르탄이 제 일행 하나만 데리고 집 앞을 지나가는데도 태평하기만 해. 그가 일행을 한두 명만 거느리고 다녀도 그와 맞닥뜨릴 용기를 내지 못하는 너희에게 캬르탄의 집에 쳐들어가 그를 공격하기를 바라는 건 헛된 일이겠지.

너희는 그저 방에 들어박혀 남자 행세를 할 뿐 집 밖으로 나갈 줄을 몰라."

오스파크는 누이에게 말이 너무 심하다고 했지만 사실 반박하기가 힘들었다. 그래서 즉시 침대에서 뛰쳐나와 옷을 입었고, 다른 형제들도 그 뒤를 따랐다. 그런 뒤 그들은 캬르탄의 집을 습격할 채비를 갖추었다.

『락스다일라 사가』

내가 프리드리크와 함께 이들뤄가스타디르로 돌아갔을 때 나탄은 집에 없었다. 그가 있었으면 무슨 일이 벌어졌을지 모른다. 몇 분 동안 문을 두드린 뒤에야 시가가 문을 열고 우리를 안으로 들여주었다. 그녀는 나탄의 딸을 업고 있었다.

"아그네스를 절대 집에 들이지 말라고 했어요." 말은 그렇게 하면서도 시가는 우리를 안에 들여주었다.

나는 그녀에게서 커피를 받아 들고 물었다. "나탄은 어디 갔지?"

"게이타스카르드에서 심부름꾼이 왔었어요. 보름의 건강이 안 좋대요. 그래서 아침 일찍 떠났어요."

"기분은 어떤 것 같았어?"

시가가 나를 보았다. "별로 안 좋았어요."

"다시 강제로 널 취했어?" 프리드리크는 나탄의 침대 옆 선반을 살펴보았다. 시가는 상자들을 흔들어보는 그의 모습을 불안하게 지켜보았다.

"뭘 찾는 거야?"

"보상." 프리드리크가 나직이 말했다. 그는 창밖에 쌓인 눈을 내다보았다. "내 생각이 맞을 거야. 마당에 전부 묻어놨을 거야."

나는 시가를 보았다. "나에 대해서는 아무 말 안 했어?"

시가는 고개를 저었다.

나는 음울한 웃음을 지어 보였다. "나한테 전하기 힘든 말이겠지."

프리드리크는 어깨의 눈을 털더니 시가 옆에 앉아서 그녀를 무릎 위로 끌어 올리고 말했다. "나의 작은 새, 나의 신부."

시가는 그의 애무에 저항하며 다시 침대에 내려와 앉았다. "그렇게 부르지 마." 그녀가 말했다.

프리드리크의 얼굴이 벌게졌다. "왜? 넌 내 거잖아."

"나탄의 마음이 바뀌었어. 결혼 허락 못 해준대, 절대로."

그녀의 목소리가 흐느낌으로 바뀌었다.

"더러운 자식!"

그토록 우울한 와중에도 나는 프리드리크의 격렬한 외침에 미소를 짓지 않을 수 없었다. "나탄이 마음을 돌릴 거야." 내가 말했다.

시가는 눈물을 닦고 고개를 저었다. "내가 결혼을 한다면 그 상대는 자기여야 한대요."

그 말에 나는 심장이 덜컹했고, 프리드리크는 얼굴이 하얘졌다. "뭐라고?"

"그렇게 말했어." 시가가 훌쩍였다.

"그래서 너는 뭐라고 했어?" 내 목소리가 가늘게 흔들렸다.

시가는 다시 울음을 터뜨렸다.

"설마, 좋다고 했어?" 프리드리크가 그녀에게 한 팔을 두르자 시가는 그의 목에 얼굴을 묻으며 목 놓아 울었다.

우리 셋은 그 뒤로 이틀을 이들뤼가스타디르에서 함께 보내며 떠날 계획을 세웠다. 시가가 스토라보르그에 돌아갈 수 있을지도 모른다고 해서 나는 날씨가 허락하는 대로 함께 계곡으로 가자고 했다. 프리드리크는 나더러 아우스비아르드나르스타디르에 가서 겨울 일자리를 찾아보라고 했다. 거기 농부는 나탄을 좋아하지 않으니 나를 불쌍히 여겨 받아줄지도 모른다는 얘기였다.

어느 날 오후 우리가 그런 이야기를 하고 있는데 사람들이 고개를 내려오는 모습이 보였다. 우리는 탈출 계획에 몰두해서 그들의 모습을 뒤늦게야 발견했다. 날씨가 약간 좋아져서 모두 마당에 나와 있었고, 숨기에는 늦은 시점이었다. 그들이 이미 우리를 보았을 게 분명했다.

"아그네스!" 시가가 나직하게 외쳤다. "나탄이에요. 언니가 여기 있는 걸 보면 날 가만 안 둘 거예요."

심장이 전쟁터의 북소리처럼 쿵쾅거렸지만 그런 모습을 보일 수는 없었다. "하지만 일행이 있어, 시가. 다른 사람이 있으면 아무 짓도 못 할 거야."

우리 셋은 말 탄 두 사람을 기다렸다. 그들이 가까워졌을 때 나는 나탄의 동행이 양 백정 피에튀르라는 것을 알고 깜짝 놀랐다.

"봐, 피에튀르, 세 여우가 내 집을 어슬렁거리고 있군." 그가 말했다. 입은 미소를 지었지만 눈은 차가웠다. 그가 프리드리크에게 달려들지도 모른다고 생각했는데, 말에서 내린 그는 나에게로 걸어왔다.

"이 여자가 여기서 뭐 하는 거지?" 그의 미소가 사라졌다. 나는 얼굴이 달아올랐다. 피에튀르를 흘낏 보니 그도 놀란 것 같았다.

"제발 겨울을 날 때까지만이라도 아그네스를 여기서 지내게 해줘요." 시가가 하소연했다.

"이제 너한테 신물이 나, 아그네스."

"내가 뭘 어쨌다고?" 나는 짐짓 태연하게 물었다.

"나가고 싶다며. 그러니까 가! 나가라고!" 그가 내게 한 걸음 더 다가왔다.

시가는 불안해 보였다. "아그네스는 갈 데가 없어요, 나탄. 눈이 올 거예요."

나탄이 웃었다. "너는 솔직하게 말하는 법이 없어, 아그네스. 말과 속생각이 다르지. 떠나고 싶다며? 떠나!"

나는 내가 원하는 건 나탄 당신이라고 말하고 싶었다. 당신에게 다시 사랑받는 것이라고. 하지만 아무 말도 하지 않았다. 아무 말도 할 수 없었다.

침묵을 깬 것은 프리드리크였다.

"네놈은 시가랑 결혼 못 해." 그가 이를 앙다물고 말했다.

나탄이 다시 웃었다. "또 시작이군." 그러곤 피에튀르를 돌아보았다. "어린애들이랑 살면 이렇다니까. 자기들 장난에 날 끌어들여."

피에튀르가 희미하게 웃었다.

"좋아." 나탄은 말을 들판 쪽으로 돌렸다. "아그네스, 여기 있어도 되지만 바스토바는 안 돼. 피에튀르하고 나는 오늘 밤 여기서 자고 내일 아침에 다시 게이타스카르드로 갈 거야. 우리가 다시 돌아왔을 때 네가 여기 있으면 널 침입자로 군수에게 고발할 거야. 프리드리크, 넌 피에튀르에게 목 따이기 전에 꺼져." 그러고서 나탄은 웃었지만, 피에튀르는 바닥을 내려다보았다.

그날 밤 나는 다시 우사에서 잤다. 처음 쫓겨난 날만큼 춥지는 않았고, 시가가 마련해준 잠자리도 있었다. 분변 냄새가 가득하고 바닥에는 이가 들끓었지만 나는 결국 잠이 들었다.

잠에서 깨었을 때는 어두웠다. 일어나 우사 문 앞에 가보니 오두막 창문으로 아직도 빛이 새어 나오고 있었다. 한잠 잔 덕에 머리가 맑았고, 나는 오두막으로 돌아가 나탄과 화해를 시도해볼까 생각했다. 그때 우사 뒤쪽에서 눈 밟는 소리가 났다.

"시가?"

발소리가 멈추었다가 다시 울렸다. 그 소리는 내 쪽으로 왔다. 나는 우사의 어둠 속으로 물러나 벽에 등을 기댔다.

나직한 속삭임이 들렸다. "아그네스?"

프리드리크였다.

그가 안으로 들어왔다.

"여기서 뭐 하는 거야?"

그의 호흡이 거칠었다. 어두워서 얼굴은 보이지 않았지만 진한 땀 냄새도 풍겼다. 무언가 쩔그렁거리는 소리가 났다.

"카타달뤼르에서 여기까지 걸어온 거야?"

그는 기침을 하고 침을 뱉었다. "네."

"나탄이 널 보면 죽이려 들 거야."

"그자가 잠들 때까지 기다릴 거예요."

"어쩌려고? 나탄이 잠에서 깨어나 너랑 시가랑 한 침대에 다정하게 있는 걸 보면 날이 밝기도 전에 널 찢어 죽일걸."

프리드리크가 코를 훌쩍였다.

"그러려고 온 게 아니에요."

그의 목소리에 깃든 어떤 기운에 나는 멈칫했다.

"프리드리크. 그럼 뭘 하려고 온 거니?"

"문제를 완전히 해결하려고요. 내 것을 찾으러 왔어요."

우리 뒤쪽에서 소가 나직한 소리를 내며 흙바닥에 발굽을 긁었다.

"프리드리크?"

"왜 그래요? 아그네스도 이 일을 원하잖아요."

그 순간 달이 구름 뒤에서 나오면서, 나는 프리드리크의 손에 들린 것을 보았다. 망치와 칼이었다.

✱

그 뒤로 어떤 일들이 있었는가? 나는 그가 정말로 일을 저지르리라 생각하지 않았다. 그래서 지독한 피로감 속에 우사에 있는 내 잠자리로 돌아왔다. 그와 얽히고 싶지 않았다.

무슨 일이 있었는가?

나는 불안한 잠에서 깨어 밖으로 나갔다. 오두막은 이제 불이 꺼져 있었다. 프리드리크는 보이지 않았다.

나는 그를 찾으러 갔다. 갑자기 겁이 났다. 밤하늘이 맑아서 농장에 달빛이 가득했다. 별들도 총총했다. 눈이 발밑에서 뽀드득거렸다. 빗장을 더듬어보았는데 의외로 문이 쉽게 열렸다.

시가가 로사의 딸을 안은 채 복도에 웅크리고 앉아 있었다. 둘 다 울고 있었다.

"시가?"

시가의 반응은 약간 느렸다. "바스토바에……." 그녀가 거의 들리지도 않는 소리로 속삭였다.

나는 긴 복도를 걸었다. 그리고 무슨 정신에선지 부엌으로 가 램프를 가져왔다. 심장이 미친 듯이 뛰었다.

무슨 일이 있었는가?

몸이 덜덜 떨렸다. 손이 흔들려 결국 어둠 속에 램프를 떨구었다. 불 꺼진 심지 냄새가 피어오를 때 구석에서 무슨 소리가 났다. 마루 삐걱이는 소리와 누군가의 거친 숨소리. 그리고 아이가 베개를 때리는 것 같은 둔탁한 소리. 신음 소리, 질척거리는 소리. 그러더니 누군가 "아그네스?" 하고 속삭였다.

나는 심장이 덜컹했다. 나탄이라고 생각했다.

하지만 프리드리크였다.

"아그네스, 아그네스, 어디 있어요?" 그의 목소리는 가늘었다.

"여기 있어." 내가 말했다. 나는 허리를 굽히고 램프를 찾아 어둠 속을 더듬었다. "램프를 떨어뜨렸어."

프리드리크가 나를 향해 걸어왔다. "아그네스, 그자가 죽은 건지 모르겠어요." 그의 목소리가 내 마지막 말을 덮어버렸다. "죽었는지 어쨌는지 확실치가 않아요."

심장이 덜컥 멈추었다. 손가락이 움직여지지 않았다. 그래도 램프를 찾아서 모래 가득한 바닥을 더듬었지만 손마디가 굳어서 구부릴 수가 없었다. 설마 정말로 죽였을 리가. 프리드리크는 아직 어린애야. 죽였을 리 없어.

나는 마침내 램프를 찾아서 집어 들었다. 바닥의 거친 나뭇결에 손이 긁혔다.

"아그네스?"

"나 여기 있어!" 내가 말했다. 그 소리에 나도 놀랐다. 전혀 겁먹은 목소리가 아니었다. "램프에 불을 붙여야 돼."

"빨리 해요." 프리드리크가 말했다.

나는 더듬거리며 벽에 촛불 하나가 켜져 있는 복도로 나갔다. 거기서 램프에 불을 붙이고 바스토바로 돌아왔다. 두 손이 덜덜 떨려서 램프 불빛이 거친 벽 위에 불안하게 흔들리며 어두운 바스토바 입구를 비추었다. 마침내 방에 이르자 공포에 목이 졸리는 것 같았다. 안에 들어가고 싶지 않았다. 하지만 프리드리크가 무슨 일을 저질렀는지 봐야 했다.

처음에는 그 애가 거짓말을 한 거라고 생각했다. 나탄의 침대로 램프를 뻗자 그의 모포와 잠든 얼굴이 눈에 들어왔다. 아무 문제도 없어 보였다. 그러자 프리드리크가 말했다. "아그네스, 여기를 비춰봐요." 그가 시키는 대로 침대 저편을 비추자 피에튀르의 으스러진 머리가 보였다. 베개가 피로 검게 젖어 있었다. 벽에 무언가가 번득거려서 보니 핏방울들이 천천히 흘러내리고 있었다.

"오, 하느님." 내가 말했다. "오, 세상에. 오, 하느님."

그가 손에 쥔 망치에도 무언가가 달라붙어 있었다. 머리카락이었다. 나는 털썩 주저앉았다.

프리드리크가 나를 일으켜 세웠다. 여전히 손에 망치를 든 채였다. "나탄도 해쳤어?" 내가 묻자, 프리드리크는 나에게 램프를 침대 가까이 가져와보라고 했다. 나탄도 피를 흘리고 있었다. 얼굴 한쪽 광대뼈가 이상하게 납작해진 것 같았고, 목 옆에는 피에튀르의 피 같은 것이 고여 있었다.

가슴에서 비명이 터져 나왔고 온몸의 힘이 사라졌다. 나는 다시 램프를 떨어뜨리고 바닥에 주저앉았다. 어둠이 우리를 감쌌다.

프리드리크가 복도에서 촛불을 가져온 모양이었다. 방에 들어오는 그의 얼굴이 환히 빛났다. 그때 어떤 소리가 들렸다.

"뭐지?" 프리드리크가 얼른 옆으로 와서 나를 일으켜 세웠다. 우리 둘 다 덜덜 떨고 있었다. 다시 소리가 들렸다. 신음 소리였다.

"나탄?" 나는 프리드리크에게서 초를 빼앗아 들고 침대로 가서 나탄의 얼굴 앞에 댔다. 밝은 불빛 속에서 그가 눈꺼풀을 떨며 침대에서 몸을 움직이려 하고 있었다.

"어떻게 된 거지?" 프리드리크는 시체처럼 창백했고, 팽창한 동공은 새카맸다.

"망치로 쳤는데……." 그가 웅얼거렸다.

나탄이 다시 신음하자 이번에는 프리드리크가 다가와 귀를 기울였다.

"'보름'이라고 말했어요."

"보름 베크?"

"꿈을 꿨나 봐요."

우리는 가만히 서서 나탄이 생명의 신호를 보이기를 기다렸다. 무시무시한 침묵이 흘렀다. 이윽고 나탄이 천천히 한쪽 눈을 뜨고 나를 보았다.

"아그네스?" 그가 웅얼거렸다.

"나 여기 있어. 나탄, 여기 있어." 내가 말했다. 안도감이 밀려들었다.

그는 프리드리크에게로 눈길을 옮겼다. 그러더니 고개를 돌려 피에튀르의 꺼진 두개골을 보았다. 그가 상황을 파악했다는 것을 알 수 있었다.

"안 돼." 그의 목소리가 갈라졌다. "안 돼, 안 돼."

프리드리크가 뒷걸음질을 쳤다. 하지만 그렇게 그를 보낼 수는 없었다.

"네가 무슨 짓을 했는지 봐! 네가 한 짓을 보라고." 내가 나직하게 말했다.

"이럴 생각은 아니었어요! 나탄, 정말이에요." 프리드리크가 숨을 거칠게 몰아쉬며 우리 발밑에 놓인 피 묻은 칼을 내려다보았다.

나탄이 다시 소리를 질렀다. 그는 일어나려고 했지만 팔에 체중이 실리자 비명을 질렀다. 팔이 부러져 있었다.

"나탄을 죽이려 했잖아! 이제 어떻게 할 거야?" 내가 프리드리크를 돌아보며 소리쳤다.

쿵 소리가 나서 보니 나탄이 바닥에 떨어져 있었다. 그는 다치지 않은 팔로 간신히 침대에서 벗어났지만 더이상 움직이지 못했다.

"나탄을 일으켜." 내가 촛불을 바닥에 내려놓으며 말했지만, 프리드리크는 그에게 손을 대려 하지 않았다. 나 혼자서 나탄을 일으켜 침대에 기대앉히려는데, 그가 너무 무거운데다 머리가 부푼 모습과 등 뒤로 흐르는 피를 보자 나는 힘이 쭉 빠졌다. 팔다리가 물이 된 것 같았다. 그의 머리를 내 무릎에 눕혀놓고 살피니, 그날 밤을 넘기지 못할 것이 분명해 보였다.

"프리드리크, 프리드리크, 갚아주겠어. 이 일을 갚아주겠어." 나탄은 계속 중얼거렸다.

"프리드리크, 나탄이 너한테 말하잖아." 내가 그를 불렀지만 프리드리크는 고개를 돌린 채 우리를 외면했다. "이쪽을 봐." 내가 소리쳤다. "최소한 네가 죽인 사람의 말은 들어야지!"

나탄은 중얼거림을 멈추었다. 몸이 뻣뻣해지는가 싶더니, 그가 나를 올려다보았다. 머리가 옆으로 살짝 떨어졌다.

"아그네스……."

"그래, 나야, 아그네스야. 나 여기 있어, 나탄. 여기 있어."

그가 입을 벌렸다. 무슨 말인가 하려는 것 같았지만, 그르렁거리는 소리밖에 나오지 않았다. 나는 옆에 서 있는 프리드리크를 올려다보았다. 새하얀 얼굴에, 머리카락은 눈에 들어가고, 피가 튄 쪽의 뺨이 빨갛게 젖어 있었다. 겁에 질려 눈이 휘둥그렜다.

"왜 저러지?" 그가 물었다. 나탄이 콜록거렸다. 피가 턱을 타고 흘러내려 치마 위로 떨어졌다.

"왜 저러는 거야? 저러지 못하게 해!" 프리드리크가 소리쳤다.

내가 바닥에서 칼을 집어 들었다. "그러면 네가 끝내!"

프리드리크는 고개를 저었다. 그저 하얗게 질린 얼굴로 나를 바라볼 뿐이었다.

"해! 이렇게 고통 속에 천천히 죽게 할 거야?" 내가 말했다.

프리드리크는 계속 고개를 저었다. 나탄의 머리에서 피가 다시 쿨렁 흘러나오자 그는 움찔하며 말했다.

"안 돼. 난 못 해. 난 못 해."

나탄은 나를 바라보았다. 이가 피로 붉게 물들어 있었다. 그의 입술이 조용히 움직였고, 나는 그가 무슨 말을 하고 싶은지 알 수 있었다.

칼은 수월하게 들어갔다. 나탄의 셔츠가 살짝 찢어지면서 어설픈 입맞춤 비슷한 소리를 냈다. 내가 원했더라도 거기서 멈출 수는 없었을 것이다. 계속 손을 움직이던 나는 손목에 닿는 온기에 내 손이 그의 피로 덮였다는 것을 깨달았다. 밤의 한기 속에 피의 온기는 강렬했다. 나는 칼자루에서 손을 떼고 나탄을 내려놓은 뒤 칼을 내려다보았다. 칼은 그의 배에 꽂혀 있고, 셔츠는 칼날 주변 부분이 검게 젖은 채 주름져 있었다. 우리는 잠시 서로를 보았다. 촛불 빛이 그의 이마 가장자리와 눈썹에 닿는 순간 나는 문득 고마운 마음이 들었다. 그가 나를 똑바로 보았기 때문이다. 그것은 용서 같았다.

"아그네스." 프리드리크가 내 등 뒤에 와 있었다. 망치는 바닥에 내려놓고 두 손으로 머리를 잡고 있었다. "아그네스가 나탄을 죽였어."

나는 울고 싶었다. 나탄의 몸 위에 엎드려 통곡하고 싶었다. 하지만 그럴 시간이 없었다.

나는 프리드리크가 싫었다. 그는 바닥에 주저앉아 숨을 깊이 들이쉬며 공포에 흐느꼈고, 울음을 그칠 것 같지 않았다. 하지만 결국 프리드리크는 깊이 떨리는 한숨을 쉬며 일어나 나탄의 배에서 칼을 뺐다.

"뭐 하는 거야?" 내가 물었다. 소리 지를 힘도 없었다.

"이건 내 칼이에요." 프리드리크가 말하더니 칼을 바지에 닦고 밖으로 걸어 나갔다.

"거기 서!" 나는 소리쳤다.

프리드리크가 돌아서서 어깨를 으쓱했다.

"너는 교수형을 당할 거야." 내가 갈라진 목소리로 말하자 프리드리크는 발을 멈추었다. 그의 손이 끈적한 칼자루를 꽉 움켜잡는 것이 보였다.

"내가 교수형을 당하면 아그네스는 화형을 당할 거예요."

그가 코를 훌쩍이면서 천천히 말했다.

나는 고개를 내려 피 묻은 손을 보았다. 목에도, 옷에도 피가 가득했다. 촛불이 보이지 않는 외풍에 펄럭였고, 나는 아침이 밝으면 방이 어떤 모습일까 생각했다.

그때 나탄이 힌디스비크에서 사 온 고래기름이 생각났다.

13장

1829년 12월 22일

참고 : 후나바튼 군의 비외르든 블뢴달 군수님

군수님께 다음을 제출합니다.

1. 올 6월 25일 후나바튼 군의 프리드리크 시귀르드손, 아그네스 마그누스도티르, 시그리뒤르 그뷔드뮌스도티르가 살인, 방화, 절도 등의 혐의로 기소된 사건에 대한 대법원 판결의 원본. 대법원 판결은 이달 20일에 레이캬비크에서 급송 우편으로 이곳에 도착했습니다.

2. 국왕 폐하 교서의 확인된 사본: 시그리뒤르 그뷔드뮌스도티르와 관련해서 8월 26일 주지사에게 보낸 교서 및 상기한 자에 대한 국왕의 은총과 자비에 따라, 코펜하겐의 대법원에서 내

린 사형 판결을 사면합니다. 그 대신 죄인은 국왕 폐하의 칙령에 의거, 코펜하겐으로 이송되어 생명을 다하는 날까지 엄격한 감시 속에 노역을 바쳐야 합니다. 프리드리크 시귀르드손과 아그네스 마그누스도티르에 대한 대법원 판결은 유지됩니다.

3. 이 사건과 관련하여 8월 29일 덴마크 국왕 비서실이 주지사에게 보낸 문서의 확인된 사본: 국왕 폐하의 비서실장께서는 범죄 현장 또는 최대한 거기서 가까운 곳에서 폭동이나 예기치 못한 사태가 벌어지지 않을 만한 시기에 처벌이 이루어지는 것이 최선이라는 의견을 주셨습니다. 주지사 역시 이 견해에 전적으로 동의하리라 사료됩니다.

4. 이들뤼가스타디르의 농부 그뷔드뮌뒤르 케틸손이 대법원 판결에 따라 프리드리크 시귀르드손과 아그네스 마그누스도티르를 처형하기로 오늘 결정된바, 군수께서 비서실 편지에 적힌 대로 이 일을 적절하게 집행하시기를 요청합니다. 군수께서는 상기한 국왕 폐하의 교서에 따른 변동 사항을 참작하여 사형 집행을 적법하게, 그리고 지체 없이 수행하셔야 합니다. 집행이 완료되면 확인서를 보내주시기 바랍니다. 존경하는 군수께서 적절한 방식으로 죄인들을 처형하고 모든 것을 사정에 맞게 실행할

것을 믿습니다. 하지만 다음의 사항에 주의를 기울여주시기를 바랍니다.

a. 이미 시행중인 경우가 아니라면, 군수께서는 즉시 성직자들이 매일 죄인 프리드리크 시귀르드손과 아그네스 마그누스도티르를 방문하게 조치해주십시오. 담당 성직자들은 교회의 조언 아래 죄인들에게 종교적 가르침과 위로를 베풀고, 그들이 운명을 향해 걸어가도록 준비시켜야 합니다. 담당 성직자들은 죄인들과 처형지에 동행해야 합니다.

b. 군수께서는 처형지를 이들뤼가스타디르나 이른바 딩기 지방의 적당한 장소, 또는 사람들이 사방에서 볼 수 있는 언덕(하지만 너무 높지는 않은) 가운데 원하시는 대로 선택하실 수 있습니다.

c. 참수단은 나무 대신 뗏장에 난간을 설치해서 만들어도 됩니다. 참수단 위에는 턱을 댈 부분을 움푹하게 판 나무토막을 놓고, 붉은 면직 천이나 평직 모직 천으로 가려놓아야 합니다.

d. 선정된 처형인은 군수님의 자택에서 맡은 임무에 대해 격

려 속에 비밀 훈련을 받아야 합니다. 그렇게 해야 그자가 중요한 순간에 믿음이나 자제력을 잃지 않을 수 있습니다. 참수는 죄인들에게 고통을 끼치지 않도록 한 번에 수행되어야 합니다. 처형인 그뷔드뮌뒤르 케틸손에게는 극소량의 술이 허용됩니다.

e. 군수께서는 참수단 주변에 사람들이 두세 겹으로 둘러설 수 있도록 인근의 농부를 최대한 많이 소집해주십시오. 농부들의 참석은 의무로, 대가는 지급되지 않습니다.

f. 권한이 없는 사람은 참수단 앞으로 갈 수 없습니다.

g. 두 번째로 처형되는 사람은 첫 번째 처형 장면을 보아서는 안 되며, 참수단이 보이지 않는 곳에서 따로 준비하고 있어야 합니다.

h. 처형된 시신은 흰색 미가공 목관에 담아 장례식 없이 즉시 매장합니다. 군수께서는 반드시 처형지에 참석하여 대법원과 국왕 폐하의 판결을 읽고, 처형을 집행하고, 관청 기록부에 사건을 기록해야 합니다. 기록 언어는 덴마크어, 아이슬란드어 중 어느 쪽이든 무방하되, 정확하게 기록한 뒤 번역본을 국왕 비서실로

보내야 합니다. 기록에는 처형을 어떻게 수행하고 마무리했는지 완벽하고 정확하게 담아야 합니다. 또한 그뷔드뮌뒤르 케틸손이 그 일을 하기로 했음을 기록하고, 그가 사례금을 어떻게 쓰기로 했는지도 명시해야 합니다. 마지막으로 군수님의 8월 20일 자 편지에 감사를 표합니다. 거기 답을 드리면, 도끼는 처형 후 코펜하겐에 반납해야 하고, 그 값은 이 사건의 기타 비용과 마찬가지로 지불될 것입니다.

G. 욘손

국왕 폐하의 비서

덴마크 코펜하겐

스비나바튼, 소르켈스호들, 스베라우 군의 관원들에게

6월 25일 자 대법원 판결과 6월 26일 자 국왕 폐하의 너그러운 교서에 따라 나는 죄수 프리드리크 시귀르드손과 아그네스 마그누스도티르의 처형 일자를 1월 12일 화요일로 확정한다. 장소는 홀라바크 농장과 스베인스타다리 농장 사이, 라운홀라 오두막 근처의 작은 언덕이다.

12월 22일 주지사께 전해진 지시에 의거, 관원들은 스비나바튼 군의 농부들 중 일부에게 정오 이전 처형에 참석할 것을 명령해야 한다. 이 일은 되도록 빨리 수행되어야 한다. 욘스보크 법전 7장 만헬기스발크와 2장 시오프나다르발크에 따라 농부들은 참석의 의무를 지니며, 명령에 따르지 않으면 처벌을 받을 것이다. 농장을 비우거나 이동하는 것에 대해 곤란함을 표하는 농부들에게는 이 점을 반드시 경고해주시기 바란다. 그리고 관원들

또한 이 행사에 반드시 참석해야 함을 유념해주기 바란다.

악천후로 처형이 불가능해질 경우 바로 다음 날이 새로운 예정일이 되며, 참석을 명령받은 사람들 또한 그대로 참석해야 한다. 참석자들은 식사를 준비해 와야 한다. 절기상 기후 문제로 시간이 지연될 가능성이 높기 때문이다.

군수

비외르든 블뢴달

1830년 1월 7일, 목요일

존경하고 사랑하는 친구이자 형제(B. 블뢴달)에게

저를 위해 해주신 일들, 여러 차례의 만남, 오늘 아침의 지시와 말씀에 깊이 감사드립니다. 저는 오늘 오전 중으로 여기서 비디달뤼르의 사람들을 만나서 다음 주 화요일에 절대 늦지 말 것을 이를 예정입니다. 시그리뒤르에게는 감형의 조건을 전했고, 이에 그 소녀는 하느님께 기도하면서 국왕 폐하의 관대하신 처분에 감사하고 있습니다. 급히 펜을 내려놓게 되어 죄송하지만, 하느님이 군수님과 군수님 가내에 늘 함께하셔서 새해에도, 그 후로도 영원히, 이생뿐 아니라 내세에도 복을 가득 주시기를 바랍니다.

미드호프의 P. 피에튀르손 목사

아이슬란드의 매장 송가

구세주를 생각하네,
그의 힘을 믿네,
잠잘 때나 깨어 있을 때나
그의 힘센 팔이 나를 감싸주네.
그리스도는 나의 반석, 나의 용기
그리스도는 내 영혼의 생명,
그리스도로 인해(내 조용한 심장은 알지)
나는 고초를 견디네.

그렇게 나는 그리스도의 이름 안에 살고,
그렇게 나는 그리스도의 이름 안에 죽네.

생의 활기가 차가운 죽음의 그림자를
피해 달아나도 두렵지 않아.
오 무덤이여, 너의 승리는 어디 있는지?
오 죽음이여, 너의 고통은 어디 있는지?
"언제든 오라, 내 반겨 맞으리!"
그리스도 안에서 나는 편안히 노래하네.

1월 6일, 토티는 다급한 노크 소리에 잠에서 깨었다. 한쪽 눈을 떠보니 방 안에 빛이 희미하게 비치고 있었다. 늦잠을 잔 것이다. 노크는 계속되었다. 그는 내키지 않는 마음으로 양말 신은 발을 바닥에 내리고 자리에서 일어나 추위를 막기 위해 몸에 모포를 둘렀다. 그러곤 다리를 덜덜 떨며 현관으로 걸어간 뒤 벽에 손을 대서 몸을 지탱했다.

손님은 크밤뮈르에서 온 심부름꾼이었다. 그는 차가운 아침 공기 속에 두 손을 호호 불며 장화 신은 발을 구르고 있었다. 그가 목례를 하고 토티에게 편지를 건넸다. 블뢴달의 붉은 봉인이 찍혀 있었다. 봉인이 흰 종이 위에 떨어진 핏방울처럼 보였다.

"소르바르뒤르 욘손 부목사님이시죠?"

"네."

남자의 코는 추위로 빨갰다. "늦어서 죄송합니다. 기상 상황이 워낙 안 좋아 더 일찍 올 수가 없었습니다."

토티는 기운 없이 남자에게 안에 들어와서 커피나 한잔하라고 했지만, 하인은 불안한 눈길로 북쪽 고개 쪽을 바라보았다.

"죄송합니다, 목사님. 바로 떠나야 할 것 같습니다. 눈이 더 올 모양인데 길에서 눈을 만나긴 싫거든요."

토티는 문을 닫고 석탄불을 일으키려고 부엌으로 휘청휘청 걸어갔다. 아버지는 어디 계시지? 그는 화로에 물 주전자를 올리고 불 앞으로 천천히 의자를 끌어당겼다. 그러곤 어지럼증이 가시기를 기다렸다가 봉인을 찢고 편지를 열었다.

토티는 편지를 세 번 읽은 뒤 그것을 무릎에 얹은 채 불을 응시했다. 이런 일이 있을 수는 없었다. 이런 식은 아니었다. 아직 해야 할 말과 일이 많이 남아 있었고, 당장 자신이 그녀의 곁에 있지도 않았다. 벌떡 일어서자 모포가 어깨에서 미끄러져 내렸다. 그는 바스토바로 비틀거리며 들어갔다. 트렁크에서 옷과 몇 가지 물건을 꺼내 자루에 담을 때 아버지가 오두막에 들어왔다.

"토티? 무슨 일이냐? 왜 옷을 입는 거냐? 넌 아직 몸이 성치 않아."

토티는 트렁크 뚜껑을 탕 닫고 고개를 저었다. "아그네스 때문에요. 처형 날짜가 엿새 후로 잡혔어요. 편지를 지금에야 받았어요." 그는 침대에 앉아 발을 장화에 욱여넣었다.

"너는 거기 갈 만한 몸이 아냐."

"너무 갑작스러워요, 아버지. 저는 이 일에 실패했어요."

노목사는 아들 옆에 앉아서 엄격하게 말했다. "너는 지금 허약해. 추위를 견디지 못해. 밖에는 눈이 와."

토티는 머리가 지끈거렸다. "그래도 코르든사우에 가야 돼요. 얼른 떠나면 눈보라를 피할 수 있을 거예요."

욘 목사는 아들의 어깨에 손을 무겁게 얹었다. "토티, 지금 옷도 제대로 못 입으면서 무슨 소리냐? 살인자 때문에 네가 죽을 수는 없어."

토티는 분노가 타오르는 눈으로 아버지를 보았다. "그러면 하느님의 아들은 뭐죠? 그분이 돌아가신 건 의인들만을 위해서였나요?"

"너는 하느님의 아들이 아니야. 거기 가면 너는 죽는다."

"그래도 갈 거예요."

"안 돼."

"하느님의 뜻이에요."

노목사는 고개를 저었다. "그건 자살행위야. 하느님 뜻에 어긋나."

토티는 불안정하게 서서 아버지를 내려다보았다. "주님은 저를 용서하실 거예요."

교회는 지독하게 추웠다. 토티는 제단 앞에 가 털썩 무릎을 꿇었다. 두 손이 떨렸고, 꽁꽁 싸맨 옷 속의 피부는 뜨거웠다. 머리 위에서 천장이 춤을 추었다.

"하느님 아버지……." 그의 목소리가 갈라졌다. "아그네스를 불쌍히 여겨주소서. 우리 모두를 불쌍히 여겨주소서."

✱

마르그리에트는 머리에 숄을 두르고 창고에서 마른 소똥을 챙기다가 현관 앞에서 누가 신발의 눈을 긁는 소리를 들었다. 그녀는 가만 기다려보았다. 문이 끼익 열렸다.

"그뷔드뮌뒤르 자네야?" 그녀가 바스토바에서 급히 나가보니 복도에 토티가 서 있었다. 그는 백짓장처럼 하얀 얼굴로 굵은 땀방울을 흘리고 있었다. "세상에, 목사님! 이렇게 핼쑥할 수가! 너무 여위셨네요!"

"부인, 욘은 안에 있나요?" 다급한 목소리였다.

마르그리에트는 고개를 끄덕이고 토티를 바스토바에 들였다. "응접실에 앉으세요." 그녀가 커튼을 들추며 말했다. "이런 날씨에 오시다니. 세상에, 이렇게 떨면서! 아니, 먼저 부엌에서 몸 좀 녹이세요. 그동안 무슨 일이라도 있었던 건가요?"

"몸이 안 좋았습니다." 토티가 갈라진 목소리로 대답했다. "고열에 목이 부어서 숨도 제대로 못 쉬었어요." 그가 털썩 무겁게 앉았다. "그래서 이제야 온 겁니다." 그는 말을 멈추고 잠시 씨근덕거렸다. "어쩔 수가 없었습니다."

마르그리에트는 그를 가만 바라보았다. "욘을 데리고 올게요." 그러곤 조용히 뢰이가를 불러 목사의 얼음투성이 코트를 벗기게 했다.

잠시 후 마르그리에트와 욘이 부엌으로 들어왔다.

"목사님," 욘이 토티에게 손을 내밀며 따뜻하게 말했다. "오셔서 반갑습니다. 그런데 집사람 말이, 건강이 안 좋으시다고요?"

"아그네스는 어디 있나요?" 토티가 곧바로 물었다.

마르그리에트와 욘은 서로를 보았다. "크리스틴하고 스테이나하고 같이 있습니다. 불러다 드릴까요?" 마르그리에트가 물었다.

"아뇨, 아직요." 토티가 말했다. 그는 힘겹게 장갑을 벗고 셔츠를 더듬었다. "여기." 그가 욘에게 군수의 편지를 건네면서 침을 꿀꺽 삼켰다.

"이게 뭔가요?" 욘이 물었다.

"블뢴달의 편지입니다. 아그네스의 처형 날짜가 잡혔어요."

뢰이가가 숨을 삼켰다.

"언제인가요?" 욘이 조용히 물었다.

"1월 12일입니다. 오늘이 6일이죠. 두 분도 모르고 계셨군요?" 토티가 물었다.

욘이 고개를 끄덕였다. "아무 소식 못 들었어요. 날씨가 워낙 나빠서 밖을 다닐 수가 없었죠."

토티는 우울한 얼굴로 고개를 끄덕였다. "어쨌든 이제 아시게 됐네요."

뢰이가는 목사에게서 아버지에게로 눈길을 돌렸다. "아그네스한테 말씀하실 거예요?"

마르그리에트가 테이블 위로 손을 뻗어 토티의 손을 잡고는 그를 바라보며 말했다. "몸이 너무 뜨거워요. 제가 아그네스를 데려올게요. 목사님께서 말씀하시는 게 좋을 거예요."

✻

목사가 말을 하는데 무슨 얘기인지 들리질 않는다. 우리 둘 다 물속에 있는 것 같다. 머리 위에서 빛이 깜박이고, 나는 내 앞에서 흔들리는 목사의 두 손을 보고 있다. 그가 내 손목을 잡았다가 놓는 모습이 마치 물 위로 올라가려고 지푸라기라도 잡으려는 사람 같다. 그는 해골 같다. 이 물은 다 어디서 온 걸까? 숨을 쉬기가 힘들다.

아그네스. 그가 말한다. 아그네스, 내가 옆에 있을 거예요.

아그네스. 목사가 말한다.

목사는 정말이지 친절하다. 그가 나를 끌어당겨 감싸 안지만 나는 그가 내 곁에 있기를 원하지 않는다. 그의 입은 물고기처럼 뻐끔거리고 여윈 얼굴의 뼈는 칼날 같다. 그를 견딜 수가 없다. 그가 뭘 원하는지 모르겠다. 죽음을 향해 끌려가지 않는 사람들은 심장이 메마르고 단단해져 바위의 둥지처럼 텅 빈 알만 남게 되는 지경을 이해하지 못한다. 나는 찬바람에 말라가는 죽은 생선이다. 해변의 죽은 새다. 내 안의 물기는 사라졌다. 내 목에 도끼를 내리칠 때 피가 흐를지 어쩔지도 모르겠다. 아니다, 나는 아직 따뜻하고, 내 피는 아직 핏줄 속에서 바람처럼 울부짖는다. 빈 둥지를 흔들며 새들이 어디 갔느냐고, 모두 어디 갔느냐고 묻는다.

✱

"아그네스? 아그네스? 내가 여기 있어요. 내가 옆에 있어요." 토티는 초조한 눈길로 아그네스를 보았다. 여자는 바닥을 내려다보며 힘겹게 숨을 쉬고 몸을 흔들어 의자를 삐걱였다. 토티는 목구멍으로 울음이 치미는 게 느껴졌지만 마르그리에트, 욘, 스테이나와 뢰이가, 그리고 하인들까지 모두 부엌문 앞에 서서 바라보고 있다는 사실을 의식하지 않을 수 없었다.

"아그네스한테 물을 좀 갖다주어야 할 것 같은데요." 스테이나가 말했다.

"아니야." 욘이 말하고는 기다리고 있는 일꾼들 쪽으로 몸을 돌렸다. "비아르드니! 브랜디를 가져와."

브랜디가 오자 마르그리에트가 그것을 아그네스의 입술에 대주었다. "마셔." 그녀가 말했지만, 아그네스는 한 모금을 마시다가 사레가 들려서 대부분을 숄 위에 흘려버렸다. "마시면 좀 나아질 거야."

"며칠 남은 건가요?" 아그네스가 갈라진 목소리로 물었다. 토티는 그녀가 손톱으로 자기 팔뚝을 찌르는 모습을 보았다.

"엿새 남았습니다." 토티가 부드럽게 말하고 그녀의 손을 잡았다. "하지만 내가 여기 있어요. 나는 가지 않아요."

"토티 목사님?"

"네."

"제가 블뢴달을 만나면 그분이 마음을 바꾸고 청원을 받아 줄까요? 목사님이 그분에게 제 이야기를 해주실 수 있나요? 목사님 말씀은 듣지 않을까요? 아무래도……."

토티는 떨리는 손으로 여자의 어깨를 잡았다. "나는 여기 있어요, 아그네스 옆에."

"아뇨!" 그녀가 그를 밀었다. "아니에요! 가서 이야기하세요! 목사님이 높은 분들한테 이야기해야 돼요!"

토티는 마르그리에트가 혀를 차는 소리를 들었다. "이건 옳지 않아요." 그녀가 입을 열었다. "아그네스의 잘못이 아니에요."

"네?" 토티가 돌아보았다. "두 분이 말씀을 나누셨나요?" 뒤에서 두 딸 중 하나가 울음을 터뜨렸다.

마르그리에트가 고개를 끄덕였다. 눈에 눈물이 가득했다. "얼마 전에 둘이 밤늦게까지 이야기했어요. 이건 옳지 않아요." 그녀가 다시 말했다. "오, 하느님. 우리가 할 수 있는 일이 없을까요, 목사님? 아그네스를 도울 방법이 없을까요?" 그러더니 토티가 대답할 겨를도 없이 크게 한숨을 토한 뒤 두 손을 눈에 대고 비틀거리며 방을 나갔다. 욘이 그 뒤를 따랐다.

아그네스는 덜덜 떨면서 자기 손을 바라보았다.

"손이 안 움직여요." 그녀가 조용히 말하고는 휘둥그런 눈으로 그를 올려다보았다. "안 움직여요."

토티가 그녀의 뻣뻣한 손을 다시 잡았다. 누가 더 떨고 있는지 알 수 없었다.

"내가 여기 있어요, 아그네스." 그가 할 수 있는 말은 그게 전부였다.

✻

나는 무너지지 않는다. 나는 작은 것들을 생각한다. 내 피부에 닿는 리넨의 감촉에 정신을 집중한다.

최대한 깊고 조용히 숨을 들이마신다.

이제 하늘이 어두워지고, 차가운 바람이 우리를 뚫고 간다. 바람은 우리가 마치 투명 인간인 것처럼, 우리가 살았건 죽었건 상관하지 않는다는 듯 우리를 뚫고 지나간다. 우리가 떠나도 바람은 계속 불면서 풀잎을 땅에 눕힐 것이다. 땅이 얼었건 녹았건 바람은 상관하지 않는다. 땅은 다시 얼었다 녹을 것이다. 그리고 지금 뜨거운 피와 싱싱한 골수로 차 있는 우리의 뼈도 곧 물기를 잃고 연약해져 쪼개지고, 그 위를 덮은 흙과 함께 얼었다 녹을 것이다. 우리 몸의 마지막 물기는 풀뿌리가 끌어 올리고 바람이 집어다가 다시 바위에 던질 것이다. 아니면 그 손톱으로 우리를 집어 들어 눈보라가 치는 바다로 데리고 갈 것이다.

✻

토티 목사는 아그네스가 잠들 때까지 밤늦도록 그녀의 곁에 머물렀다. 마르그리에트는 바스토바 구석에서 불안한 눈길로 목사를 지켜보았다. 목사도 잠이 들었다. 그는 침대 기둥에 기대어 어깨를 늘어뜨린 채, 마르그리에트가 조심스레 덮어준 모포 밑에서 격렬하게 몸을 떨었다. 마르그리에트는 그를 깨워 빈 침대로 옮겨줄까 하다가 그만두었다. 그가 쉽게 움직일 것 같지 않았다.

마르그리에트는 마침내 뜨개질거리를 내려놓았다. 헤르디스가 죽었을 때가 떠올랐다. 아그네스가 온 뒤로는 헤르디스 생각을 한 적이 거의 없었다. 하지만 음울한 죽음의 예고와 밤늦도록 켜진 불, 지친 울음에 둘러싸여 있다 보니 그녀가 떠올랐다. 마르그리에트는 잠든 식구들을 훑어보았다. 뢰이가의 침대가 비어 있었다.

마르그리에트는 딸을 찾으려고 의자에서 일어서다가 기침

발작이 터져 바닥에 털썩 무릎을 꿇었다. 마룻바닥에 대고 얼마간 발은기침을 했더니 폐에서 끈적한 핏덩이가 튀어나왔다. 그러고 나자 힘이 없어서 그녀는 한참 동안 두 손 두 발로 마루를 짚고 있다가 겨우 일어났다.

뢰이가를 찾는 데는 몇 분쯤 걸렸다. 부엌의 화덕 옆에도, 유가공실에도 뢰이가는 없었다. 마르그리에트는 초를 높이 들고 어두운 찬광으로 들어갔다.

"뢰이가?"

나무통들을 한데 모아 세워놓은 모퉁이에서 희미한 소리가 들렸다.

"뢰이가, 너니?"

촛불 빛이 벽 위로 그림자를 던지다가 헐렁한 곡식 자루 뒤에 있는 사람을 비추었다.

"어머니?"

"너 여기서 뭐 하는 거니, 뢰이가?" 마르그리에트는 앞으로 다가가서 딸의 얼굴에 촛불을 비추었다.

뢰이가가 불빛에 눈을 찌푸리고 벌떡 일어섰다. 눈이 빨갰다. "아무것도 아니에요."

"무슨 속상한 일 있니?"

뢰이가는 눈을 깜박이고 얼른 눈을 비볐다. "아니에요, 어머니."

마르그리에트는 딸을 자세히 살폈다. "아까부터 널 찾았어."

"그냥 잠깐 혼자 있고 싶었어요."

그들은 흔들리는 촛불 빛 속에서 서로를 보았다.

"가서 자라." 마르그리에트가 마침내 말했다. 그런 뒤 뢰이가에게 초를 건네고 조용히 딸의 뒤를 따라 찬광을 나갔다.

*

돈주머니는 없었다. 프리드리크는 원하던 돈을 찾지 못했다. 아그네스, 아그네스, 도대체 어디 묻은 거죠? 트렁크에 있나요? 하지만 이미 늦었다. 내 손은 나무를 뒤덮고 바닥의 피와 섞인 고래기름에 끈끈하게 젖은 채 미끌거렸고, 램프는 이미 바닥에 떨어져 깨졌고, 시가는 유리 깨지는 소리에 비명을 질렀다.

사람들이 나에게 무언가 먹이려고 해요. 하지만 토티, 난 먹을 수 없어요. 날 먹이지 말아요, 자꾸 그러면 당신을 물어버릴 거예요. 나를 먹이는 손, 나를 사랑하기를 거부하는 손, 나를 떠나는 손을 물어버릴 거예요. 내 돌은 어디 있지? 당신은 몰라요! 난 당신에게 할 말이 없어요. 갈까마귀들은 어디 갔지? 요아스가 갈까마귀들을 쫓아버려서 이제는 새들이 내게 말을 하지 않아요. 내가 그들을 위해 돌을 씹다 이가 깨져도 그들은 나한테 말을 하지 않아요. 찾아오는 것은 바람뿐이에요. 바람만이 내게 말을 거는데, 그 말은 다 엉터리에요. 바람은 세상의 과부처럼 울부짖고 대답을 기다리지도 않아요.

너는 사라질 거야. 마지막 집도 없고, 매장도 없고, 있는 것이라곤 끝없는 흩어짐, 집에 가는 길을 내어주지 않고 사방으로 헤매게 만드는 좌절의 여로뿐이야 왜냐하면 집이 없으니까 있는 것이라곤 이 추운 섬뿐이고, 네 검은 몸은 섬 위로 얇게 펴지다가 마침내 바람의 울음을 익혀서 그 외로움을 흉내 낼 거야 너는 집에 못 가 너는 사라지고 침묵이 네 주인이 돼서 네 생명을 검은 물속으로 빨아들였다가 너를 기억할지도 모르는 별들을 만들어내겠지만 그래도 그들은 말하지 않을 거야 말하지 않을 거야 아무도 네 이름을 말하지 않는다면 너는 잊힌 거고 나도 잊힌 거야.

*

처형 전날 코르든사우의 가족은 바스토바에 모였다. 스테이나는 눈물 바람으로 집 안의 램프에 전부 불을 붙이고 여기저기 놓아서 방구석의 그림자를 몰아냈다. 하인들은 각자의 침대에 앉아 등을 벽에 기댄 채 아그네스의 침대에 앉은 토티와 아그네스를 말없이 바라보았다. 둘은 손을 잡고 있었고, 목사는 아그네스에게 조용히 속삭였다. 그녀는 바닥을 바라보면서 떨었다.

욘이 가축들을 먹이고 돌아와서는 침대 위쪽 마르그리에트 옆에 앉아 장화를 벗으려고 허리를 굽혔다. 마르그리에트는 뜨개질감을 내려놓고 일어나 남편의 겉옷을 벗겨준 뒤 낡은 코트를 앞에 들고 어정쩡하게 서 있었다.

"어머니?" 스테이나가 뢰이가 옆에서 일어섰다. 뢰이가는 옆에 놓인 램프의 춤추는 심지를 표정 없이 바라보고 있었다. "어머니, 제가 걸어둘게요."

마르그리에트는 입을 꽉 다물고 스테이나에게 젖은 코트를 조용히 건네주었다. 그런 뒤 천천히 무릎을 꿇고 기침을 삼키며 침대로 다가갔다. 스테이나는 어머니가 침대 밑으로 손을 뻗는 것을 보았다. "스테이나, 좀 도와줄래?"

스테이나는 마르그리에트를 도와 침대 밑에서 색칠된 트렁크를 꺼냈다. "이걸 침대 위, 아버지 옆에 올려주렴." 스테이나는 다소 힘겨워하며 나무 트렁크를 모포 위에 올렸다. 공중에 먼지가 일었다. 마르그리에트가 쇠 빗장을 풀었다. 트렁크 안에는 옷이 있었다.

마르그리에트는 목사 옆에서 떨고 있는 아그네스를 힐끔 보고 트렁크에서 고급스러운 모직 숄을 꺼냈다. 그러곤 말없이 아그네스에게 다가가 토티에게 고개를 끄덕여 보인 뒤 허리를 굽혀 그것을 아그네스의 어깨에 둘러주었다.

토티는 흐린 빛 속에서 마르그리에트를 올려다보고 창백한 얼굴로 긴장된 미소를 지었다.

마르그리에트는 식구들이 지켜보는 가운데 입을 다문 채 트렁크를 뒤졌다. 그리고 이번에는 밑단에 자수가 놓인 검은 치마를 모포 위에 꺼내놓았다. 이어 흰색 면 셔츠도 나오고, 자수로 장식한 좁은 조끼와 줄무늬 앞치마도 나왔다. 그녀는 두 손으로 옷의 주름을 폈다.

"뭐 하시는 거예요, 어머니?" 스테이나가 물었다.

"우리가 할 수 있는 건 이것뿐이야." 마르그리에트가 대답했다. 그녀는 누가 반대할 거냐고 묻는 듯 방 안을 둘러본 뒤 트렁크를 닫고 스테이나에게 그것을 침대 밑에 돌려놓으라고 손짓했다.

마르그리에트는 잠시 가만히 서서 뢰이가 쪽을 보다가 잰걸음으로 몇 발짝을 떼 그녀에게 가서 손을 내밀었다.

"네 브로치." 마르그리에트가 말했다. 뢰이가는 입을 벌린 채 어머니를 올려다보았다. 그녀는 잠시 망설였지만 곧 침대에서 일어나 바닥으로 허리를 굽혔다. 그러곤 어머니에게 브로치를 건넨 뒤 도로 자리에 앉아 눈물 고인 눈을 깜박였다. 마르그리에트는 침대에 놓은 조끼 위에 은 브로치를 올려놓고, 다시 뜨개질감을 집어 들었다.

✻

눈이 그치고, 세상은 움직임을 멈추었다. 구름은 시체처럼 공중에 조용히 매달려 있다. 움직이는 것은 갈까마귀와 코르든사우의 가족들뿐이지만, 나는 어느 쪽이 새고 어느 쪽이 사람인지 구별하지 못한다. 그들은 모두 검은 옷을 입고 내 주변을 돌며 식사를 기다린다. 시간은 어디로 갔는가? 그것은 여름과 함께 떠났다. 나는 시간을 초월해 있다. 목사는 어디 있는가? 괴잉귀스쾨르드의 강가에서 기다리는가. 이끼 틈, 용암 틈, 재 틈에서 해골을 찾는가.

마르그리에트가 와서 내 손을 잡는다. 어찌나 꽉 쥐는지 손가락이 아프다, 아프다.

"너는 괴물이 아냐." 그녀가 말한다. 그러곤 상기된 얼굴로 입술을 깨문다. 내 손가락과 뒤엉킨 그녀의 손가락이 뜨겁고 미끄럽다.

"사람들이 절 죽일 거예요." 누가 이 말을 했지? 나인가?

"우리는 널 기억할 거야, 아그네스." 마르그리에트가 손에 더 힘을 주어서 고통의 비명이 튀어나올 지경이다. 나는 운다. 나는 기억되고 싶지 않다. 여기 있고 싶다!

"사모님!"

"그래, 여기 있어, 아그네스. 너는 괜찮을 거야, 착한 아그네스."

나는 울면서 입을 벌린다. 입에 무언가가 들어 있다. 목이 막혀 뱉어내니 바닥에 돌멩이가 떨어진다. 마르그리에트를 돌아보지만 그녀는 못 본 것 같다. "돌멩이가 입안에 있었어요." 내가 말하지만 그녀는 이해하지 못하고 얼굴을 찌푸린다. 설명할 시간이 없다. 그녀는 내 손을 스테이나에게 건네준다. 내가 무슨 선물인 것처럼, 아니면 성찬식의 빵이라도 되는 것처럼. 스테이나의 손은 차갑다. 그녀는 손을 놓고 내 목을 끌어안는다. 스테이나의 울음소리가 귀에 시끄럽게 울리지만 나는 그녀에게 매달린다. 그녀의 몸이 따뜻하기 때문이다. 사람이 마지막으로 나를 이렇게 안아준 게 언제인지, 누가 마지막으로 내게 뺨을 댄 게 언제인지 기억나지 않는다.

"미안해요, 정말 미안해." 내가 말하고 있다. 하지만 뭐가 미안한지 나도 모른다. 모두가 공기 방울 속에서 이야기하는 것 같고, 울음을 참는 데 모든 힘이 들어간다. 등뼈까지 움찔거릴 정도로 참았는데 결국 울음이 터졌는지 내 얼굴에 눈물이 있다. 하지만 스테이나의 눈물인지도 모른다. 모든 것이 흥건하다. 바다다.

"사람들이 나를 물에 빠뜨릴까요?" 내가 묻자, 누군가가 고개를 젓는다. 뢰이가다. "아그네스." 그녀가 부르자 내가 말한다. "처음으로 내 이름을 불러주네요." 그러자 내가 칼로 배라도 찌른 양 그녀는 무너진다.

"이제 가야 해요." 토티가 말한다. 그를 돌아보고 싶지만 그럴 수가 없다. 여기는 지금 물속인데 나는 헤엄을 못 치기 때문이다.

"여기." 누군가 내 팔을 잡아서 나를 허공으로 올린다. 하늘이 다가와서 이러다 내가 구름과 충돌하는 것 아닌가 싶지만, 잠시 후 보니 사람들이 나를 말에 태웠다. 그들은 나를 시체처럼 무덤에 데려갈 것이다. 죽은 여자처럼 흙 속에 묻고, 돌멩이처럼 땅속에 밟아 넣을 것이다. 하늘에는 갈까마귀들이 있지만 물속을 나는 새는 없다. 귀 기울여주는 돌멩이가 없는데 어떤 새가 노래할 수 있을까?

나탄은 알 것이다. 그에게 꼭 물어봐야 한다.

✱

계곡을 덮은 눈은 리넨 같고, 또 머리 위에 늘어진 하늘의 시신을 감싸려고 기다리는 수의 같다.

이제 다 끝났다고 토티는 생각했다. 그는 말을 앞으로 몰아 아그네스 옆으로 갔다. 한 손으로 고삐를 잡고, 다른 손의 장갑을 벗어서 그녀의 다리에 손을 얹었다. 그 순간 뜨거운 오줌 냄새가 올라왔다. 아그네스가 휘둥그레진 눈으로 그를 보았다. 그녀의 입은 멋대로 덜그덕거렸다.

"죄송해요." 그녀가 입술을 움직여 말했다.

토티는 그녀의 다리를 잡은 손에 힘을 주었다. 그녀의 시선을 잡아두고 싶었지만, 그녀는 계곡을 둘러보느라 정신이 없었다. "아그네스, 아그네스, 날 봐요." 그가 말했다.

그녀가 그를 보았다. 그녀의 연청색 눈동자는 색이 바래 거의 하얗게 보였다. "내가 여기 있어요." 그가 말하고 다시 한

번 아그네스의 다리를 꽉 잡았다.

옆에서는 지방 관원 욘이 입을 굳게 다문 채 나아가고 있었다. 토티는 어느새 합류해 있는 남자들을 보고 놀랐다. 모두 검은 옷을 입었고, 추위를 막기 위해 목도리를 턱까지 칭칭 두르고 있었다. 느슨한 무리를 이룬 말들은 고삐를 씹으며 구름 같은 입김을 뿜었다.

"목사님!" 뒤에서 누가 불렀다. 토티가 돌아보니 덩치가 크고 금발을 길게 기른 한 남자가 코트 안쪽에서 작은 병을 꺼내 말없이 토티에게 건넸다. 토티는 고개를 끄덕이고 아그네스의 손에 그 병을 쥐여주었다.

"마셔요, 아그네스."

여자는 병을 내려다보았다가 다시 토티를 보았다. 토티는 고개를 끄덕였다. 그녀는 코르크 마개를 뽑고 두 손으로 병을 잡아 떨리는 입에 대고 마셔보았지만 곧 술을 뿜으며 기침을 했다. 토티가 부드럽게 말했다.

"한 모금 더 마셔요, 아그네스. 도움이 될 거예요."

두 번째 모금은 더 쉽게 내려갔고, 토티가 보니 아그네스는 이제 이를 아까처럼 격렬하게 부딪히지 않았다.

"다 마셔요, 아그네스. 당신 주려고 가져온 거예요." 금발 머리 남자가 말했다.

아그네스는 안장 위에서 고개를 돌리고 그를 제대로 보기 위해 긴 머리를 얼굴에서 떼어냈다.

"고맙습니다." 아그네스가 나직이 말했다.

얼마 후 사람들은 계곡 밖으로 이어지는 산등성이에 올라 바튼스달스홀라르의 첫 언덕들을 보았다. 기묘하게 생긴 그 언덕들이 푸른빛 속에 섬뜩해 보여 토티는 몸을 떨었다.

아그네스는 목도리 속에 턱을 파묻은 채 고개를 푹 숙여 머리카락을 늘어뜨리고 있었다. 브랜디를 마시고 잠이 든 걸까 토티는 생각했다. 하지만 말들이 멈추는 순간 아그네스가 고개를 번쩍 들었다. 그녀는 계곡 입구를 내려다보며 몸을 떨었다.

"도착한 건가요?" 그녀가 토티에게 속삭여 물었다. 목사는 말에서 내린 뒤 고삐를 다른 사람에게 건넸다. 그러곤 고개를 흔들어 밀려드는 구토감을 떨치고 눈 속을 걸었다. 눈 밟는 소리가 차가운 공기 속에 울렸다. 그가 아그네스에게 손을 내밀었다.

"내 손을 잡고 내려와요."

욘과 다른 남자도 와서 함께 아그네스를 안장에서 내려주었다. 바닥에 발이 닿자 그녀는 비틀거리다가 쓰러졌다.

"아그네스! 여기, 이 손 잡아요."

아그네스는 눈물 어린 눈으로 토티를 보며 갈라진 목소리를 냈다. "움직일 수가 없어요. 다리가 안 움직여요."

토티가 허리를 굽혀 그녀의 팔을 자기 어깨에 둘렀다. 그런 뒤 그녀를 일으키려다가 무릎이 꺾여 함께 눈 속에 쓰러졌다.

"목사님!" 욘이 그들을 도와주려고 달려왔다.

"아뇨, 됐어요!" 그 말은 비명이 되어 나왔다. 토티는 자기를 둘러싼 남자들을 올려다보았다. 아그네스가 그의 팔에 매달렸다. 토티는 다시 말했다. "괜찮아요. 제가 아그네스를 일으켜 세우겠습니다. 그래야 합니다."

남자들이 물러서자 그는 무릎으로 섰다가 천천히 몸을 일으켰다. 처음에는 비틀거렸지만 몸을 바로 세운 뒤 눈을 감고 심호흡을 해서 현기증을 몰아냈다. 흔들리지 마. 그가 속으로 되뇌었다. 이어 허리를 굽혀 아그네스에게 손을 내밀고 말했다.

"여기, 내 손 잡아요."

아그네스는 눈을 뜨고 그 손을 잡았다. 그녀의 손톱이 그의 피부를 파고들었다. "절 버리지 마세요. 버리시면 안 돼요." 그녀가 애원했다.

"버리지 않아요, 아그네스. 이렇게 옆에 있어요."

그는 이를 악물고 아그네스를 눈 속에서 끌어낸 뒤 그녀의 팔을 목에 둘러 위로 올렸다. "됐어요." 그가 부드럽게 말하며 그녀의 허리를 꽉 안았다. 똥 냄새도 상관하지 않았다. "됐어요."

지역의 농부들이 그들을 둘러싸고 한 덩어리를 이루어 우뚝 선 세 언덕을 향해 걷기 시작했다. 가운데 언덕에는 이미 마흔 명이 넘는 남자들이 검은 옷을 입고 서 있었다. 토티의 눈에는 그 모습이 먹잇감을 노리는 맹금처럼 보였다.

"저 사람들이랑 같이 가야 하나요?" 아그네스가 꺼칠한 목소리로 물었다.

"아뇨." 토티가 손을 뻗어 그녀의 눈에서 머리카락을 떼어주었다. "조금 더 가서 기다려야 해요. 프리드리크가 먼저 나올 거예요."

아그네스는 고개를 끄덕인 뒤 토티에게 매달렸고, 그는 힘을 다해 그녀의 무게를 지탱하며 비틀비틀 눈밭을 지나 두둑하게 올라온 곳으로 나아갔다. 이어 숨을 몰아쉬며 그녀를 눈 덮인 땅에 앉히고 자신도 그 옆에 주저앉았다. 욘이 그들 곁에 쪼그리고 앉아 장갑 속에서 술병을 꺼냈다. 그는 술을 한 모금 마시고 얼굴을 찌푸렸다.

몇 분이 비틀거리듯 지나갔다. 토티는 뼛속으로 쑤시고 들어오는 지독한 추위를 무시하려 애썼다. 대신, 아그네스의 두 손을 잡고 그녀의 머리를 자기 어깨에 얹었다.

"기도할까요, 아그네스?"

그녀가 눈을 뜨고 먼 곳을 응시했다. "노랫소리가 들려요."

토티는 소리가 나는 곳으로 고개를 돌렸다. 매장 송가였다. "꽃 같아요." 아그네스는 바닥에 앉아 몸을 떨며 그 소리에 귀를 기울였다.

"그러면 같이 듣습시다." 그가 그녀의 몸에 팔을 둘렀다. 노랫말이 눈벌판 위로 떠올라 그들에게 안개처럼 내려앉았다.

토티 왼쪽에서 욘이 무릎을 꿇고 앉아 두 손을 모아 쥐었다. 그 입술은 주기도문을 읊조리고 있었다. "주여, 우리의 죄를 사하여주소서." 토티가 아그네스를 잡은 손에 힘을 주자 그녀는 조그맣게 신음했다.

"목사님." 그녀가 겁먹은 목소리로 말했다. "저 아직 준비가 안 됐어요. 사람들도 이 일을 못 할 것 같아요. 시간을 좀 달라고 말해주실래요? 시간이 필요해요."

토티는 아그네스를 더 바짝 끌어안고 손을 꽉 잡았다.

"나는 당신을 버리지 않아요. 하느님은 늘 우리 곁에 있어요, 아그네스. 나는 절대 당신을 떠나지 않아요."

여자는 텅 빈 하늘을 올려다보았다. 첫 번째 도끼 떨어지는 소리가 계곡을 울렸다.

에필로그

죄수 프리드리크 시귀르드손과 아그네스 마그누스도티르는 오늘 구금지에서 처형지로 이동했고, 처형지까지 마그누스 아우르드나손 목사, 기슬리 기슬라손 목사, 요한 토마손 목사, 소르바르뒤르 욘손 부목사가 동행했다. 죄수들은 요한 토마손 목사와 소르바르뒤르 욘손 부목사의 도움 아래 죽음을 준비했다. 요한 토마손 목사가 프리드리크 시귀르드손에게 견책의 말을 한 뒤, 프리드리크는 단 한 번의 도끼질로 참수되었다. 처형 집행을 맡은 농부 그뷔드뮌뒤르 케틸손은 능숙하고 담대하게 임무를 수행했다. 죄수 아그네스 마그누스도티르는 이 일이 치러지는 동안 처형 장면이 보이지 않는 곳에서 대기하고 있다가 현장으로 옮겨 왔다. 소르바르뒤르 욘손 부목사가 죄수에게 죽음을 준비시킨 뒤, 같은 집행인이 역시 능숙한 솜씨로 참수를 실행했다. 두 사람의 머리는 현장에서 말뚝 두 개에 꽂혔고, 몸통은 손질하지 않은 나무 관에 넣어져 매장되었다. 그런 뒤 사람들은 흩어졌다. 이 일이 집행되는 동안, 그리고 전체 과정에 걸쳐 어떤 소란이나 무질서도 없었으며, 모든 일정은 마그누스 아우르드나손 목사의 짧은 연설로 끝났다.

위의 내용은 상위相違 없음을 밝힌다.
B. 블뢴달, R. 올센, A. 아우르드나손
후나바튼 군 행정 기록부에서, 1830년

이야기가 끝난 후에

작가의 말

이 소설은 허구이지만 실제 사건에 토대하고 있다. 아그네스 마그누스도티르는 아이슬란드에서 마지막으로 사형된 사람으로, 죄목은 1828년 3월 13일 밤과 14일 새벽 사이에 아이슬란드 북부 바튼스네스 반도의 이들뤼가스타디르에서 나탄 케틸손과 피에튀르 욘손의 살해에 동참했다는 것이었다. 아그네스와 프리드리크 시귀르드손은 1834년에 스리스타파르에서 티외르든 교회 묘지로 이장되어 한 무덤에 같이 묻혔다. 나탄 케틸손 역시 같은 묘지에 묻혔지만 무덤 표지는 사라지고 없다. 시그리뒤르 그뷔드뮌스도티르는 코펜하겐 섬유 감옥으로 이관되었다가 몇 년 후에 죽었다고 한다. 한동안 부유한 남자가 그녀를 감옥에서 구출해서 오래오래 잘 살았다는 얘기가 돌기도 했다. 이는 사실이 아니지만, 이런 소문이 있었던 것으로 미루어 사건 이후 사람들이 그녀에게 동정을 보였다는 사실을 알 수 있다.

이들뤼가스타디르의 살인 사건과 처형에 대한 나의 해석은 여러 해에 걸친 조사를 바탕으로 한다. 나는 행정 기록부, 교적부, 인구조사, 지역 역사서와 출간물을 뒤지고, 수많은 아이슬란드인을 취재했다. 몇몇 인물의 경우 필요에 따라 창작 또는 생략하고 이름을 바꾸기도 했지만, 비외르든 블뢴달이나 소르바르뒤르 욘손 부목사, 코르든사우의 사람들, 아그네스의 부모와 형제들 등 대부분은 역사적 기록에서 나온 인물들이다.

아그네스의 이야기를 전하기 위해 내가 이름을 가져온 이들의 후손에게는 불쾌감을 줄 의도가 전혀 없었음을 밝힌다.

각 장 서두의 서신과 서류와 발췌문은 원자료를 번역하고 각색한 것이다. 나탄의 작업장은 아직도 이들뤼가스타디르에 그 흔적이 남아 있고, 스리스타파르에는 처형 사실을 알리는 석판이 존재한다. 이 책의 지명은 모두 현실 그대로이며, 아그네스를 비롯한 등장인물들이 언급하는 농장들 중에는 여전히 운영되고 있는 곳도 많다.

아그네스의 인생에 대해 확실하게 알려진 사실과 살인 사건은 이 소설에 나오는 대로이며, 그 밖의 소소한 사건들은 기록에서 취한 것도 있고 추측의 산물, 그러니까 허구적 유사물인 것도 있다. 코르든사우 농장은 스토라보르그에 이어 아그네스를 구금했으며, 아그네스는 소르바르뒤르 욘손 부목사를 생의 마지막 성직자로 선택했다. 수수께끼 같은 그들의 첫 만남과 아그네스의 꿈까지, 그 두 사람의 관계는 모두 지역에 전하는 이야기로부터 취한 내용이다. 등장인물들의 높은 문해력 또한 역사적으로 정확한 사실이다. 아이슬란드는 18세기 말 이후 문맹이 거의 퇴치되었다.

기슬리 아우구스트권뢰익손, 올뢰브 가르다르스도티르, 로프튀르 귀토름손, 권나르 소르발센, 쇠렌 에드빈손, 리크하르드 토마손, 시귀르뒤르 마그누손 등의 학자에게 빚을 졌다. 그들은 19세기 아이슬란드의 위탁아와 교구 빈민, 유아사망률, 문맹률, 친족 관계 같은 주제에 대해 방대한 논문을 남겨주었다. 19세기 외국인 여행자들의 기록도 많은 참고가 되었다. 에버니저 헨더슨, 존 배로, 알렉산더 브라이스, 아서 딜런, 윌리엄 후커, 닐스 호레보, 조지 매켄지 경과 우노 본 트로일 같은 이들이다. 《후나베트닝귀르》, 《사그나사이티르 우르 후나싱기》, 《후나바튼스싱그 브란스타다안나우들》 같은 간행물도 귀중한 자료가 되었다.

이들뤼가스타디르의 살인 사건과 나탄 케틸손의 생애를 기술한 책과 논문 가운데 그뷔들뢰이귀르 그뷔드뮌손(『눈을 돌리지 마라Enginn Má Undan Líta』), 소르게이르 소르게이르손(『권위

Yfirvaldið』), 귄나르 S. 소를레이프손(『나탄 케틸손의 죽음Dauði Natans Ketilssonar』), 그뷔드브란뒤르 욘손(『나탄 케틸손의 죽음』), 일레인 호프만(『나탄 케틸손의 죽음』, 하들도르 프리드욘손이 아이슬란드어로 번역), 토마스 그뷔드뮌손(『속죄Friðþæging』), 시그룬 휠드 소르그림스도티르(「아그네스와 프리드리크의 죽음 전과 후Agnes og Friðrik fyrir og eftir dauðann」)의 저작이 있다. 이 저작들은 매우 유용했지만 서로 상충하는 내용도 있었고, 또 아그네스가 "살인을 일으키는 흉악한 마녀"라는 견해를 공유하는 것들도 있었다. 이 소설에서는 그녀를 좀더 양가적으로 그리고 싶었다.

감사의 말

자료를 조사하고 이 책을 쓰는 동안 많은 분들에게 빚을 졌습니다. 오사르에서 제게 많은 것을 베풀고, 커피를 제공하고, 번역을 도와주고, 밤늦게까지 대화를 나누어준 크누튀르 오스카르손과 그의 어머니에게 진심으로 감사드립니다. 두 분을 만난 것은 특별한 행운이었습니다. 욘 토르파손을 비롯해서 열성적으로 도움을 베풀고 재판 관련 원본 편지들을 찾아준 시오스캴라사픈 이슬란스 기록 보관소의 직원들, 아주 유용한 편지를 보내준 그뷔드뮌뒤르 요한손에게 감사드립니다. 시오드미니아사픈 도서관, 아우르드니 마그누손 아이슬란드학 연구소, 크링란 도서관, 아우르바이야르사픈, 글륌바이르의 사서와 직원들이 보여준 인내심과 도움에 감사드립니다.

제 '아이슬란드 가족'에게도 감사드립니다. 그분들이 없었다면 이 소설은 태어나지 못했을 것입니다. 피에튀르 비외르든손, 레이이나 권나르스도티르, 헤라 비르기스도티르, 하들도르 시귀르손, 실비아 되그 권나르스도티르, 마리아 레이니스도티르의 환대와 너그러움에 감사드립니다. 또한 저와 만나서 특이하고도 다양한 방식으로 이 소설에 도움을 베풀어주신 많은 아이슬란드인들께 감사드립니다. 이 소설을 제가 아이슬란드에게 보내는 어두운 연애편지로 보아주시기 바랍니다.

처음부터 저를 응원해준 플린더스 대학 관계자들, 특히 루스 스타크에게 감사드립니다. 초고를 읽어준 카일리 카델과 컬린다 애슈턴, 케이트 더글러스, 데이비드 소니그, 벡 스타퍼드의 우정과 그들이 준 기회에 감사드립니다.

제럴딘 브룩스의 현명한 의견과 조언에 깊이 감사드립니다. 호주 미출간 원고상賞, SA 작가 센터, 그리고 피터 비숍, 밸러리 파브, 패트릭 앨링턴, 마크 매클라우드의 너그러운 비평에 감사드립니다.

출판 에이전시 커티스 브라운 호주 지사의 피파 매슨과 애너벨 블레이에게 고마움을 전합니다. 영국 커티스 브라운의 고든 와이즈와 케이트 쿠퍼에게도, 또 라이터스 하우스의 댄 라자에게도 감사드립니다. 에마 래퍼티, 소피 조너선, 어맨다 브라우어, 조 재러의 예리한 안목과 사려 깊은 제안에 감사드립니다. 피카도 출판사의 알렉스 크레이그와 폴 배글리, 리틀 브라운 출판사의 주디 클레인, 이 책을 믿어주셔서 고맙습니다.

가장 깊은 감사는 제게 사랑과 꾸준한 관심을 쏟고, 또 저만큼이나 아그네스 마그누스도티르를 살펴주신 팸과 앨런과 브라이오니에게 드립니다. 그리고 마지막으로, 한 번도 의심하지 않고 매일 매시간 제게 힘을 준 앙하라드에게 감사의 말을 전합니다.

아그네스의 발견:

해나 켄트가 『살인자, 마녀 또는 아그네스』를 쓴 과정에 대해 말하다

이 년 전에 내 인생은 간단히 말해 엉망이었다. 2011년 1월이었고, 나는 플린더스 대학 박사 학위의 창작 부문 제출작으로 써야 하는 역사소설을 더이상 미룰 수 없는 상태였다. 문제는 내가 책을 쓰는 방법을 모른다는 것이었다.

내가 아그네스 마그누스도티르의 이야기를 처음 들은 것은 교환학생으로 아이슬란드 북부에 갔을 때였다. 당시 열일곱 살이었던 나는 고향 애들레이드를 떠나 외딴 어촌 쇠이다우르크로퀴르에서 열두 달을 살았다. 강철 빛깔 바다를 앞에 두고 거대한 산을 등진 채 피오르 옆에 아늑하게 자리 잡은 작은 마을이다.

내가 갔을 때 그곳은 일월이었고, 하루 중 스무 시간이 어둠에 싸여 있었다. 나무는 없었다. 집들은 눈의 포로가 되었고, 북대서양은 멀리서 북쪽 하늘과 만나 광막한 수평선을 이루었다. 세상의 끝처럼 느껴졌다.

나는 지독하게 외로웠다. 긴밀한 유대 관계로 이어진 마을 사람들 사이에서 나는 외부인이었다. 모든 사람이 내가 교환학생이라는 것을 알았다. 달리던 자동차도 속도를 늦추고 창밖으로 내 낯선 얼굴을 내다보았다. 하지만 내게 다가오는 사람은 거의 없었다. 나는 평생 처음으로 사회적 고립감을 느꼈다. 이런 소외감은 폐소공포증을 일으킬 정도로 어두운 겨울과 실내에 갇혀 지내야 했던 상황 때문에 더욱 증폭되었다. 나는 외로움을 물리치기 위해 글을 쓰며 어두운 시간들을 채웠다. 도서관이 피난처가 되고 책이 위안이 되었다.

이렇게 힘들던 교환학생 초기 시절 바튼스달스홀라르라는 곳에 가게 되었다. 독특한 풍광이 펼쳐진 곳이었다. 작은 흙언덕들이 계곡 입구에 총총 들어서 있었다. 내가 머무는 집의 부모님께 이 지역에 어떤 사연 같은 게 있느냐고 묻자 그분들은 나란히 붙은 세 언덕을 가리켜 보였다. 백오십 년 전에 아그네스라는 여자가 거기서 참수되었고, 그것이 아이슬란드의 마지막 사형 집행이었다고 했다.

흥미가 일었다. 그 여자가 무슨 짓을 했길래? 무슨 일이 일어났던 거지? 시간이 지나면서 나는 아그네스가 서른네 살의 여자 하인이었고, 1828년 두 남자의 살해 사건에 동참한 죄로 1830년 1월 12일에 참수되었다는 것을 알게 되었다. 비극적인 이야기 같았다. 아그네스에게 죄가 있다는 사실에 의구심을 품은 것은 아니었다. 돌이켜보면, 아그네스가 죽은 그 낯설고 외딴 장소가 나 자신의 외로움을 생각하게 만든 것 같다. 나는 아그네스를 나와 같은 아이슬란드 외딴 마을의 이방인으로 여기고, 그녀에게 약간의 동질감을 느꼈다.

그러는 사이 외로움이 누그러들고 나는 아이슬란드를 깊이 사랑하게 되었지만 그 처형 이야기, 아니 아그네스의 이야기를 하고 싶은 충동은 계속 커졌다. 기록에 남은 그녀는 전형적인 '괴물'이지만, 과연 그게 전부였을까? 호주로 귀국한 뒤에도 아그네스에 대한 생각은 의식 깊은 곳에 남아 있었다. 여러 해가 지나는 동안 그녀는 계속 내 곁에 머물렀고, 내가 박사과정에 들어갔을 땐 그녀의 이야기를 써서 학위를 받는 것이 너무도 당연하게 여겨졌다.

돌아보면 그것은 내 평생에 손꼽힐 만큼 무모하고 어리석은 결정이었다. 장편소설을 써본 적도 없고 인물 조사도 해본 적 없는 내가 전혀 모르는 역사 속 인물에 대해, 그것도 다른 나라와 익숙하지 않은 시대를 배경으로 장편소설을 쓰겠다고 공언을 했으니 말이다.

조사의 첫 단계는 믿을 수 없을 정도로 쉬웠다. 나는 날마다

19세기 아이슬란드에 대한 자료를 마구잡이로, 하지만 즐겁게 탐독했다. 1800년 영국인들의 여행 일지를 집어삼키고, 학술 논문들도 독파했다. 1800년대 아이슬란드라는 어둡고 안개에 싸인 시대와 관련된 정보를 찾아 데이터베이스를 뒤졌고, 특히 그 살인과 처형에 관련된 자료라면 무조건 수집했다. 그런 뒤에는 그렇게 찾은 시와 연극 대본, 향토사, 건조한 법원 기록을 힘겹게 번역했다.

하지만 시간이 지나면서 차츰 걱정이 들기 시작했다. 내가 찾은 자료들에서 아그네스는 가볍게 언급되고 지나가는 인물일 뿐이었고, 그나마도 인면수심의 괴물, 복수의 화신으로만 그려졌다. 그녀의 인생 이야기는 어디 있을까? 그녀의 진정한 모습은 어땠을까? 박사 과정을 시작하고 스물네 달이 지났을 때 나는 불안하게도 내가 이 수수께끼의 여자에 대해 아는 것이 네 가지뿐이라는 것을 깨달았다. 이름과 사망일, 하인이라는 신분, 그리고 아이슬란드 작명의 전통에 비추어 아버지 이름이 마그누스라는 것. 그걸 가지고 장편소설을 쓸 수 있을 것 같지가 않았다.

나는 대학에 지원금을 신청해 아이슬란드로 떠났고, 한 달 반 동안 그곳의 국립 자료실, 박물관, 도서관에 즐겁게 틀어박혀 행정 기록부, 교적부, 인구조사, 지도, 마이크로필름, 각종

일지와 향토사를 훑었다. 살인 현장과 처형 현장을 방문하고, 몇몇 아이슬란드인을 만나 그들이 아는 이야기를 전해 듣기도 했다. 그러는 사이 아그네스와 그 슬픈 인생의 궤적이 마침내 그림자들 밖으로 나오기 시작했고 2010년 말, 나는 아득한 옛적 신문을 장갑 없이 맨손으로 볼 수 있는 학생에게만 허락된 들뜬 기쁨 속에 지독한 시차를 안고 호주로 돌아왔다.

하지만 도약의 시기가 있으면 불가피하게 곤두박질의 시기가 뒤따르는 법이다. 이 년 동안 열망하던 여러 가지 자료를 마침내 손에 넣자 내게는 더이상 작품을 쓰지 않을 핑계가 없었다. 그때의 전율과 공포를 떠올리니 이 글을 쓰는 지금도 손에 땀이 솟는다. 사람들은 텅 빈 화폭의 공포를 그저 일시적인 망설임인 양, 순간적인 자기 의심인 양 이야기한다. 하지만 나에게 그것은 마치 광대의 의해 서커스단으로 납치되어 수많은 관중들 앞에서 성난 사자를 마주하게 된 상황과도 같았다. 물론 단편소설들을 써본 경험은 있었지만 그것으로는 위안이 되지 않았다. 고양이를 좋아한다고 고양잇과의 맹수를 다스릴 수 있는 것은 아니기 때문이다.

2011년 새해가 밝으면서 불가피함의 조종弔鐘이 엄숙하게 울렸다. 절망의 탄식과 격려의 구걸은 때려치우고 이제 일을 시작해야 했다. 나는 드레스 룸을 작업실로 개조해 벽에 아이슬란드 지도를 붙이고 컴퓨터에 처형 장소를 찍은 사진들을 붙였다. 키보드의 먼지를 닦고, 커피잔 받침을 책상 위에 전략적으로 배치했다. 일정은 비교적 명료하게 잡혀 있었고, 나는 매일 글을 쓸 수 있었다.

하지만 얼마나? 그리고 무엇을? 이야기의 처음으로 가서 시간순으로 써야 하나? 아니면 머리에 떠오르는 장면부터? 전업 작가들은 하루를 어떻게 보낼까? 하루에 몇 단어를 써야 괜찮은 작업량일까? 담배를 배우면 도움이 될까? 가만히 앉아서 창밖을 내다보는 것도 작업 시간에 들어가나?

어떻게 해야 할지 알 수가 없어서 해답을 찾아 다른 작가들의 인터뷰를 읽었다. 안타깝게도, 그들의 일상에 대한 짧은 탐색 후에 내가 얻은 결론은 일관된 작업 패턴이란 없다는 사실뿐이었다. 결국 하루에 무조건 천 단어를 쓰는 것을 목표로 설정했다. 근거는? 백 일이 지났을 때 십만 단어❖의 형편없는 글이 나온다 해도 아무것도 없는 것보다는 나으리라는 계산이었다.

나는 1월 24일에 『살인자, 마녀 또는 아그네스』의 초고를 쓰기 시작해서 5월 9일에 끝냈다. 주중에는 대부분 오전 8시 무렵 책상에 앉아 (그 시간에 가장 머리가 잘 돌아가고 기분도 긍

❖ 일반적인 단행본 한 권 분량.

정적이라는 것을 깨달은 터였다) 천 단어를 쓸 때까지 작업했다. 때로는 그 목표가 오전 11시에 완수되는 날도 있었다. 그러면 다른 일을 하거나 산책을 하거나 책을 읽었다. 반면에 밤이 되도록 컴퓨터 앞에 앉아 부서진 자신감을 부여잡고 전전긍긍할 때도 있었다.

시간이 지나면서 일상이 패턴을 띠게 되었고, 이 실험을 통해 내게는 어떻게 책을 쓰느냐는 질문에 대해서 대답할 말이 생겼다. 하지만 내가 어디로 가는지, 거기에 어떻게 가는 게 최선인지는 여전히 알 수 없었다. 처음에는 초고를 어느 정도 쓰다 보면 불이 번쩍 켜져서 마침내 책을 완성하는 방법을 알게 되리라 기대했다. 하지만 그런 일은 일어나지 않았다. 그 과정은 어둠 속을 손으로 더듬으며 나아가는 것과 비슷했다. 몸이 가서 부딪혀야만 그곳이 막다른 골목인지 알 수 있었다. 결국 나는 불안감 속에서도 계속 글을 쓰는 수밖에 없다는 사실을 깨닫게 되었다.

원고의 완성은 내게 의외의 사건이었다. 오전 내내 마지막 장면을 작업했는데, 그러다가 더 무엇을 써야 할지 모른다는 것을 깨달았다. 더이상 쓸 것이 없었다. 나는 키보드를 옆으로 치운 뒤 마지막 문장을 거듭 다시 읽었고, 그러자 예상치 못하게도 눈물이 터졌다. 기쁨의 눈물도, 불신의 눈물도 아니었다.

갑자기 너무나 슬펐다. 비탄이 닥쳤다. 나는 책상에 머리를 묻고 흐느꼈다. 초고가 완성되었지만 그 기분은 예상과 전혀 달랐다. 샴페인을 터뜨리지도, 혼자 축하의 시간을 갖지도 않았다. 너무도 쓸쓸한 기분에 퇴고는커녕 책상 위의 문서를 들여다볼 수도 없었다. 그날 내내 운 뒤, 프린트한 원고를 책상 밑에 내려놓았다. 원고는 거기서 그 상태로 다섯 달 동안 먼지 속에 머물렀다.

가끔 그 원고가 언젠가 출판이 될까 하는 생각도 해보았지만, 그럴 가능성은 너무도 희박해 보였다. 그런 뒤 2011년 10월 초에 친구를 만나 커피를 마실 때였다. 한 시간 내내 무일푼의 처지에 대해 한탄하는 소리를 들어주던 친구가 호주의 미출간 원고상에 응모해볼 생각이 없느냐고 물었다. 그뒤로 며칠 동안 나는 원고에서 필요 없는 부분들을 잘라내는 작업에 착수했다. 한 주 내내 씻지도 않고 하루 종일 일했다. 그리고 마침내, 마감 십오 분 전에 작품과 개요를 제출했다.

미출간 원고상을 받으면서 나는 새로운 세계에 들어섰다. 커티스 브라운 에이전시의 피파 매슨은 원고를 한번 읽어보겠다고 했다가 내가 실수로 스물세 번이나 보낸 파일을 확인한 뒤에(나는 민망한 심정으로 전화를 걸어 그건 서버의 문제 때문이며 반드시 읽어야 한다는 압박이 아니라고 설명했다) 나를 소속 작가로 받아들였다. 제럴딘 브룩스가 퇴고를 도와주기로 했고, 그녀의 현명하고 너그러운 조언 덕분에 나는 몇 차례 더 퇴고를 거친 끝에 마침내 다른 사람들에게 원고를 보여줄 수 있게 되었다. 이어 피파가 책을 국내 출판사들에 보내자, 거기서 작품은 해외로도 퍼져 뉴질랜드, 영국, 미국에서 각각 저작권 입찰이 이루어졌다.

나는 신인 작가로서 어떻게 이렇게 멋진 데뷔를 할 수 있었느냐는(특히나 이런 때에) 질문을 많이 받는다. 사람들이 왜 그걸 묻는지는 안다. 하지만 그건 나를 괴롭히는 질문이기도 하다. 성실한 노력이 답일까? 부분적으로는 그렇다. 하지만 성실한 노력이 출판의 열쇠라면 미출간 작가들은 그만큼 성실하지 않았다는 말이 되는데, 그건 사실이 아니다. 그러면 무엇인가? 행운? 출판계의 어지러운 지형에 익숙한 에이전트의 능력에 달린 것일까? 어쩌면 그 모든 것일지도 모른다. 잘 모르겠다. 내 책의 출간을 결정한 사람들도 모르지 않을까 싶다. 그저 때때로 이런 일이 일어나는 것이다. 그리고 나는 그 일이 내게 일어난 것에 감사할 뿐이다.

출판을 했다고 글쓰기에 대한 두려움이 사라진 것은 아니다. 하지만 이 두려움은 이제 너무 익숙해서 나를 마비시키기보다 자극한다. 어쨌건 내 불꽃을 유지해주는 것은 글쓰기다.

물론 두려움과 고통은 여전하고, 다 때려치우고 싶은 날도 많다. 어떤 날은 글쓰기라는 것이 나직한 욕설과 함께 'Delete' 키를 두드리는 일의 무한 반복 같기도 하다. 물론 내가 아예 이 세상과 인연을 끊고 등장인물들의 삶 속으로 완전히 들어가는 날들도 있다. 내가 생각할 수 있는 최선의 어휘를 최선의 순서로 배열할 수 있을 것 같은 순간, 글쓰기가 빠르고 풍성하고 순수하게 다가오는 순간들도 있다. 그런 순간들에 감사한다. 하지만 대부분의 날들은 두려움이 내 그림자를 이루며, 바로 그것이 글쓰기에 대한 사랑 못지않게 내 글을 이끌고 간다.

아마 원래 이런 것인지도 모른다. 읽을 가치가 있는 소설, 우리를 사로잡는 글, 우리 심장을 포위하는 글이란 사랑과 공포라는 부모에게서 창작자의 피를 묻히고 태어나는 것이리라.❖

❖ 이 글은 본래 2013년 《가디언》에 약간 다른 버전으로 실렸다. 좀더 긴 버전은 해나 켄트가 창립해서 주간을 맡고 있는 잡지인 《킬 유어 달링스》 13호에 실렸다.

작가와의 대화: 독서 클럽이 질문하고 해나 켄트가 대답하다

Q: 아그네스 이야기는 아이슬란드의 역사에서 어떤 정도의 위치에 있는가? 지역에 전하는 이야기인가? 아니면 온 국민이 아는 이야기인가?

A: 정도는 다르지만 아이슬란드 사람은 대개 이 이야기를 알고 있다. 지난 여러 해 동안 내가 만난 아이슬란드인들은 해당 지역 사람이건 남부 사람이건 상관없이 대부분 아그네스의 범죄와 처형 이야기를 알고 있었다. 그중에는 판결을 둘러싼 상황을 상세히 아는 사람들도 있었고, 그보다는 이야기의 개인적·가족사적 측면을 더 잘 아는 사람들도 있었다.

하지만 그들 대부분은 아그네스가 냉혹하게 살인을 계획하고 지휘했다고 생각한다. 아그네스를 범죄의 주모자로 보는 이런 이야기(역사적 증거는 확실하지 않다)는 내가 볼 때 아이슬란드에서 거의 신화가 된 것 같았다. 그리고 신화가 된 모든 역사적 사건이 그렇듯이 개인들은 과장되거나 이상화되었다. 대부분의 호주 사람들이 산적 네드 켈리를 복합적인 범죄자보다는 사람들의 인정을 추구한 영웅적 반항아로 그린 이야기에 익숙하듯, 많은 아이슬란드 사람들도 한 여성으로서의 아그네스보다 신화 속의 아그네스에 익숙하다.

Q: 당신이 아그네스에 특별히 끌린 이유는 무엇인가?

A: 나도 왜 내가 처형 이야기를 듣자마자 호기심을 느꼈는지 전혀 모르겠다. 오래전의 일이다. 나는 2003년 교환학생으로 아이슬란드 땅을 밟았고, 어느 날 아주 외롭고 아름다운 북부의 한 지방에 가게 되었다. 내가 머무는 집의 부모님께 그곳의 독특한 풍경에 대해 이야기하자 그분들은 아이슬란드 역사의 마지막 사형 집행이 거기서 이루어졌다고, 아그네스라는 여자가 두 남자를 살해한 죄로 참수되었다고 이야기해주었다.

그 여자에 대해 아무것도 몰랐음에도, 나는 그녀에게 '유대감'이라고밖에 표현할 수 없는 어떤 것을 느꼈다. 지금 생각해보면 그 이야기가 내게 그토록 깊은 반향을 일으킨 것은 그때 내가 처해 있던 정서적 상황 때문이 아니었나 싶다. 나는 긴밀한 유대 속에 살아가는 공동체의 이방인으로서 사람들의 눈에

띠는 존재라는 사실과, 또 사회적으로 고립되었다는 느낌과 싸워야 했다. 어떤 이야기가 인생의 특정 시기에 우리를 사로잡는 이유를 누가 알겠는가? 아이슬란드는 이야기가 풍부한 나라고, 그중 많은 수가 이 이야기처럼 극적이고 오묘하다. 어쨌거나 그 이유는 여전히 알 수 없지만, 아그네스에 대한 관심은 즉각적이었을 뿐 아니라 내가 아이슬란드 생활에 익숙해지고 또 호주로 돌아온 뒤로도 이어졌다.

Q: 아그네스의 이야기가 당신에게 그토록 큰 반향을 일으킨 이유는 무엇인가?

A: 말했듯이 애초에 왜 여자 사형수의 이야기에 그렇게 끌렸는지 완전히 알 수는 없지만, 그 사건에 대해 알수록 나는 자료 속의 아그네스가 예외 없이 악녀로 그려져 있다는 사실에 당황과 좌절을 느꼈다. 그러면서 과거의 많은 이들, 특히 여성들은 자신의 공적 자아를 표명할 방법이 없었다는 사실에 대해 생각하게 되었다. 죄를 저지른 여성 또는 규준을 벗어난 여성, 아니면 여성에게 인정되는 제한된 역할(엄마, 딸, 젊은 미혼 여성, 희생자)에 포함되지 못한 여성들은 의심의 눈길을 받았다. 천사 아니면 악마가 되어야 했다. 그것은 잔혹한 이분

법이었다.

내가 『살인자, 마녀 또는 아그네스』를 쓰기로 결심한 것은 열일곱 살 당시 아그네스라는 인물에게 끌려서이기도 하지만, 나아가 그녀가 여러 측면을 가진 하나의 인간이었음을 보여주고 싶어서였다. 사건을 조사해서 어떻게든 그녀의 무죄를 증명해야겠다기보다는 그녀의 복합적인, 그래서 인간적인 면모를 보여주고 싶었다.

Q: 독자들이 이 소설을 읽고 무엇을 얻기를 원하는가?

A : 아이슬란드에 대한 이해 또는 호기심을 얻기를 바란다. 무엇보다 아이슬란드는 정말로 독특한 곳으로, 다소 과장스럽게 들릴지 몰라도 나를 형성하는 데 큰 역할을 했다. 『살인자, 마녀 또는 아그네스』은 아름다움과 공포, 전통과 박탈이 공존할 뿐 아니라 서로 뒤엉켜 있는 이 나라에 대한 나의 찬가인 셈이다. 그곳은 극단들의 나라다. 그것이 내가 아이슬란드에 끌린 이유고, 독자들도 비슷한 매력을 느끼기를 바란다.

그리고 인간이 작성한 역사 기록이나 이야기가 모두 편견과 이해관계, 그리고 지배 이데올로기에 물들어 있을 가능성이 있다는 점 또한 독자들이 생각해주었으면 싶다. 우리가 듣는 모든 이야기에는 그 못지않게 주관적 진실을 지닌 다른 측면이 있을 수 있다.

Q: 당신의 조사와 이야기에 아이슬란드 사가가 얼마나 영향을 미쳤는가?

A: 사가는 내 조사에도 이야기에도 모두 많은 영향을 미쳤다. 아이슬란드를 이해하고자 하는 사람이라면 누구나 사가를 읽어야 한다. 그것은 초기 아이슬란드인의 삶과 그들이 존중한 규범에 대해 비범한 통찰을 안겨준다. 그리고 오늘날에도 사가에 나오는 장소들을 가볼 수 있다. 사가를 읽은 것은 내가 사랑하게 된 이 나라에 더 친숙해지고 싶어서였을 뿐 아니라 아그네스 시대의 사람들이 거기 아주 익숙하다는 사실을 알았기 때문이기도 했다.

Q: 특히 큰 영향을 미친 사가가 있는가? 있다면 간략히 설명해줄 수 있는가?

A: 소설을 위해 조사를 시작하고 얼마 지나지 않아서 『락스다일라 사가』가 아그네스의 비극과 상당한 연관성이 있다는

사실을 알게 되었다. 거기에는 “나는 내가 가장 사랑한 사람에게 최악이 되었노라”라는 유명한 구절이 있다. 나는 아그네스는 물론 마르그리에트를 포함한 몇몇 등장인물들이 작품 속에서 그 연관성을 인지하게 만들고 싶었다. 작품 속에서 사가가 언급될 때는 항상 명확한 의도가 있었다.

『락스다일라 사가』는 1245년경에 쓰인 것으로 브레이다피외르뒤르 군의 한 마을에서 백오십 년에 걸쳐 벌어지는 일들을 다루는데, 그중에서 그뷔드룬 오스비프르스도티르의 이야기가 가장 유명하다. 그뷔드룬은 아름답고 명석하고 사려 깊은 여성이지만 강제로 불행한 결혼을 했다가, 이후 자신이 진실로 사랑하는 남자(남편 보들리의 가장 친한 친구인 캬르탄)를 죽인다. 여자가 중심인물이라는 점에서 다른 사가들과 차별되는 이 이야기는 살인과 후회와 열렬한 사랑을 아주 시적이고도 감동적으로 묘사한다. 『살인자, 마녀 또는 아그네스』에 나오는 이들뤼가스타디르의 사건은 여러모로 『락스다일라 사가』의 갈등과 욕망과 배신을 흉내 낸 것들이다. 사가에 밝은 똑똑한 여자였던 아그네스는 자신의 경험을 이 고전과 연관 짓지 않을 수 없었을 것이다. 그녀와 그뷔드룬은 비슷한 행동에 대해 다른 방식으로 벌을 받았다.

Q:『살인자, 마녀 또는 아그네스』에서 아이슬란드라는 공간 자체가 역할을 한다고 생각하는가? 배경이 달랐으면 이야기가 어떻게 달라졌을까?

A: 물론이다. 당연히 그렇다. 이것은 아주 아이슬란드다운 이야기고, 나는 작품에서 특히 아이슬란드의 자연이 두드러진 역할을 하기를 원했다. 북유럽 국가들이 다 똑같다고 생각하는 사람도 있을 텐데(아시아 국가들을 다 뭉뚱그려 말하듯이), 나는 이 소설에서 아이슬란드만의 특징을 그리고 기리고 찬양하고 싶었다. 거기 사는 동안 나는 그곳의 풍광을 사랑하게 되었고, 이 이야기는 정확한 묘사와 시적 재가공이라는 이중의 장치를 통해 내가 아이슬란드에 바치는 헌사이다. 그래서 나는『살인자, 마녀 또는 아그네스』를 아이슬란드에 보내는 나의 "어두운 연애편지"라고 부른다.

내가 아이슬란드를 사랑하게 되지 않았다 해도, 이 이야기는 다른 풍광을 배경으로 쓰일 수 없었을 것이다. 아이슬란드의 풍광과 인물은 서로 밀접하게 얽혀 있고, 아그네스의 운명도 여러 면에서 그곳 자연 세계의 산물이다. 그곳이 그녀를 가두고 또 빚어낸 것이다. 그녀는 여러 가지 비유로 자신을 표현하는데, 그런 이미지와 비유는 그야말로 아이슬란드적인 것들이다. 바다, 바위, 바람, 얼음 그리고 빛. 마르그리에트의 절제나 토티의 영적 열렬함 같은 것들도 모두 아이슬란드 환경에 의해 태어났다.

미국 작가 론 래시는 "풍경이 운명"이라고 믿는다고 했다. 나는 그것을 염두에 두고 『살인자, 마녀 또는 아그네스』를 썼다.

Q: 아그네스는 강한 여주인공으로 그려졌지만 절박한 상황에 갇힌 것처럼 보이기도 한다. 그녀는 강한 사람인가? 아니면 잔인한 운명에 굴복하는 사람일까?

A: 좋은 질문이다. 나는 아그네스가 페미니즘적 영웅이며 『살인자, 마녀 또는 아그네스』가 페미니즘 소설이라는 말을 들을 때마다 좀 의아한 마음이 든다. 아그네스가 사회가 강제하는 한계와 기대(일부는 여성이라는 사실 때문에, 또 일부는 토지 없는 하인이라는 사회적 지위 때문에)에 맞서 싸웠다는 점은 의심할 나위가 없다. 그녀는 자신의 선택지가 제한되었다는 것을 알고 원망한다. 그녀를 페미니스트로 보는 이들은 우리에게 아그네스 같은 여자들의 이야기가 많지 않다고 말한다. 힘을 빼앗긴 뒤 그것을 깨닫고 이 세상에서 능동성을 얻기 위해 싸운 여자들에 대한 이야기 말이다. 반면 이런 서사적 궤적을 따라간 남자들을 주인공으로 하는 소설은 아주 많다.

아그네스는 강하지 않고 그 자신도 그것을 안다. 하지만 그녀가 운명에 굴복한다고 말하고 싶지는 않다. 그녀는 그 불가피함을 알면서도 빛이 사그라드는 데 분노한다. 또 수동적 희생자가 되기를 거부한다. 하지만 그렇다고 그녀가 영웅이라고 말하고 싶지도 않다. 그녀가 딱히 비범한 용기를 보여주었다고 할 수는 없기 때문이다. 아그네스는 그저 죽고 싶지 않은 인간이었을 뿐이다. 거기에 그녀 인생의 비극성과 고통이 모두 있다.

Q: 『살인자, 마녀 또는 아그네스』에서 용서와 연민이 정의와 상충한다고 생각하는가?

A: 그렇다. 주로 아그네스와 프리드리크에 대한 '정의'의 성격 때문이다. 누군가에게 사형 판결을 내릴 땐 그들이 어떤 일을 겪었건 연민이라는 것이 작동하지 않는다. 사형 제도에 용서는 없다. 그것은 아그네스 시대와 마찬가지로 지금도 진실이다. 사형 제도는 본성상 공적 용서를 배제한다. 『살인자, 마녀 또는 아그네스』에서 처음에 정의로운 판결을 지지하고 아그네스의 사형을 당연히 여기던 사람들은 그녀에게 공감해가면서 그런 태도를 유지하지 못하게 된다. 마지막까지 아그네

스의 사형을 당연하게 생각하는 자들은 그녀가 겪은 일, 그녀가 겪을 일을 그녀의 죄를 떠나서는 조금도 이해하지 않으며 이해할 의도도 능력도 없는 사람들뿐이다.

Q: 『살인자, 마녀 또는 아그네스』에서 진실은 얼마나 중요한가? 우리는 소설을 읽으며 아그네스의 비밀과 죄의 정도를 알아내고자 한다. 하지만 사람들이 각자의 서사에 골몰해 있는 현실의 세상에서 그러한 의지가 목소리를 얻을 수 있을까?

A : 그것이 바로 이 소설의 심장이다.

우리가 귀 기울여 이야기를 듣지 않으면 어떻게 다른 사람을 알겠는가? 반대로 진실이 주관적이라는 점을 알고 있는데 어떻게 사람들의 이야기를 믿을 수 있는가? 사실적 진실과 정서적 진실 사이에 차이가 있는가? 그렇다면 어떤 것이 우위이고 그 이유는 무엇인가? 자기표현이 불가능할 때 우리는 어떻게 진정한 이해를 얻을 수 있는가? 이것이 『살인자, 마녀 또는 아그네스』의 맥을 이루는 질문들이다. 그리고 내가 여전히 씨름하는 문제들이기도 하다.

옮긴이 고정아
대학에서 영문학을 공부하고 전문 번역가로 활동하며 『순수의 시대』, 『하워즈 엔드』, 『전망 좋은 방』, 『오만과 편견』, 『히든 피겨스』 등 많은 작품을 우리말로 옮겼고, 그중 『천국의 작은 새』로 2012년 6회 유영번역상을 받았다. 또한 『엘 데포』, 『클래식 음악의 괴짜들』, 『손힐』 등 어린이, 청소년 도서도 활발히 번역하고 있다.

살인자, 마녀 또는 아그네스
BURIAL RITES

초판 발행 2020년 11월 23일

지은이 해나 켄트
옮긴이 고정아
펴낸이 염현숙

책임편집 이송 | **편집** 임지호 | **외주교정** 홍상희
표지디자인 윤종윤 | **본문디자인** 이원경 | **저작권** 한문숙 김지영 이영은
마케팅 정민호 정진아 함유지 김혜연 김수현 | **홍보** 김희숙 김상만 지문희 김현지 박지원
제작 강신은 김동욱 임현식 | **제작처** 영신사

펴낸곳 (주)문학동네
출판등록 1993년 10월 22일 제406-2003-000045호
임프린트 엘릭시르

주소 10881 경기도 파주시 회동길 210
문의 031-955-1918(편집) 031-955-8896(마케팅) 031-955-8855(팩스)
전자우편 editor@elmys.co.kr | **홈페이지** www.elmys.co.kr

ISBN 978-89-546-7504-8 03840

엘릭시르는 출판그룹 문학동네의 임프린트입니다.

잘못된 책은 구입하신 서점에서 교환해드립니다.
기타 교환 문의 031) 955-2661, 3580